微光
———
青年批评家集丛

国家社会科学基金项目成果
江苏省优势学科建设成果

镜与针

新世纪文学论稿

沈杏培 著

上海文艺出版社
Shanghai Literature & Art Publishing House

"微光/青年批评家集丛"策划人语

金 理

在今天这样的时代里,尝试获取对于"文学批评"的共识,恐非易事。不过,既然我们的集丛以此为名义来召集,势必需要提出若干"嘤鸣求友"般的呼声——

首先,文学批评"能够凭借自身而独立存在"(弗莱:《批评的解剖》),其意义并不寄生于创作,批评与创作并肩而立,共同面对生机勃发的大千世界发言,"如共同追求一个理想的伴侣"——这个说法来自陈世骧先生对夏济安文学批评特质的理解:"他真是同感的走入作者的境界以内,深爱着作者的主题和用意,如共同追求一个理想的伴侣,为他计划如何是更好的途程,如何更丰足完美的达到目的。……他在这里不是在评论某一个人的作品,而是客观论列一般的现象,但是话

尽管说的犀利俏皮,却决没有置身事外的风凉意,而处处是在关心的负责。"(陈世骧:《〈夏济安选集〉序》)

其次,在理性的赏鉴与评断之外,批评本身是一门艺术,拒绝陈词滥调,置身于"陌生"的文学作品中,置身于新鲜的具体事物中。文学批评应该是美的、创造的,目击本源,"语语都在目前"。

再次,诚如韦勒克的分疏:"'文学理论'是对文学原理、文学范畴、文学标准的研究;而对具体的文学作品的研究,则要么是'文学批评'(主要是静态的探讨),要么是'文学史'。"但他尤其强调这三种方法互为结合、彼此支持,无法想象"没有文学理论和文学史又怎能有文学批评"(韦勒克:《文学理论、文学批评和文学史》)。故而,凡在文学理论的阐释、文学史的建构方面有新发见的著述,均在本集丛收入之列。

丛书名中的"微光"二字,取自鲁迅给白莽诗集《孩儿塔》作序:"这是东方的微光,是林中的响箭,是冬末的萌芽,是进军的第一步……"借用"微光"大概表示两个意思:微光联系着新生的事物和谦逊的态度,本书是一套为青年学者开放的集丛;态度谦逊但也不自视为低,微光是黎明前刺破黑夜的第一束光,我们也寄望这套书能给近年来略显沉闷的学界带来希望。

此外,"微光"还让我们联想起加斯东·巴什拉笔下的"孤独烛火",联想起巴什拉在《烛之火》中描绘的一幅动人图画:遐想者凝视孤独烛火,这是知与诗、理性与想象的结合。"在所有的形象中,火苗的形象——无论是朴实的还是最细腻的,乖巧的还是狂乱的——载有诗的信息。一切火苗的遐想者都是灵感丰富的诗人。"(《烛之火·前言》)——在这一意义上,"微光"献给"一切火苗的遐想者"。

我们期待有更多志同道合的师友加盟后续的出版计划。最后,集丛出版得到上海文艺出版社陈征社长、毕胜社长前后两任社长及李伟长兄的鼎力支持，胡远行先生与林雅琳女史亦献策出力，尤其远行先生本是集丛策划者，但他甘居幕后不愿列名，这都是我们要特为致谢的。

目 录

第一辑 新世纪文学理论维度
灾难文学的叙事伦理和书写禁忌 / 3
拐杖与囚笼:作者意图的合法性和功能限度 / 16
中国现当代文学研究中的"强行关联法"指谬 / 38
"唐小林现象"和当代文学批评的"求疵"传统 / 62
新世纪现实主义小说的文学性与思想性问题 / 78

第二辑 新世纪文学典型现象
新世纪长篇小说空间叙事的旧制与新途 / 91
青年写作与"新感受力"
　　——全国大学生创意写作短篇小说大赛获奖作品读札 / 120
新世纪小说阅读笔记两则 / 128
从"边缘人"到"新穷人":新世纪小说中的"进城青年"叙事 / 142
"无用的善"与"盈余的恶"——新世纪长篇小说的善恶伦理反思 / 169
文化博弈、生态危局和资本伦理下的审美救赎——新世纪小说中的狼叙事 / 192
"计划生育"的叙事向度与写作难度 / 215

第三辑　新世纪文学经典释读

苏童的"旧美学"与"新文景"——兼议《黄雀记》的存史问题 / 241

毕飞宇的阅读史与文学史关系考释 / 261

百科体、知识腔与接受障碍——《应物兄》的"知识叙事"反思 / 295

中国形象"三重奏"：文化差异·人性创伤·民族志
　　——美华作家袁劲梅《疯狂的榛子》解读 / 321

张承志与冈林信康的文学关系考论 / 343

《尹薇薇》改写事件与王蒙早期文艺思想及其变迁 / 365

后记 / 392

第一辑

新世纪文学理论维度

灾难文学的叙事伦理和书写禁忌

鼠疫就曾意味着流放和分离。——加缪《鼠疫》

一、灾难文学的伦理和"禁忌"

灾难面前,文学必须是行动者,"空头的"文学知识分子应该积极介入到灾难之中和民族精神现场。但面对一场与病毒的战役,如何介入,文学何为？似乎,在通往生命救助的接力赛和与时间赛跑的救治航道上,文学和文学家都不能直接帮上什么大忙。在一个健康有序的社会中,当技术专家和社会管理者联合接手疫灾的治理时,文学知识分子并无太多技术优势，除了积极响应社会动员参与实质性的介入事务外，立足专业岗位，守护真相与社会良序，发挥文学的诗性正义和精神感召，似乎仅能如此而已。事实上，很难说清文学在灾难中的自我形象和功能定位究竟是什么，但是根据既往经验，在灾难面前我们的文学常常过于"饶舌"：要么是漫无边际的悲哀堆砌和种种极致情绪的狂欢，要么是过于高亢的仪式性颂赞和过强的意识形态表述，这种文学常常是集体性的，而非个性的，是景观铺呈性的，而非人性体恤的，是外向型的，而非内省型的。这种不成熟的灾难文学情态，一度使研究者认为我们面对灾难"属未曾准备"[1]好。可以说，任何滥用文学之名廉价应景、肆意狂欢和急切颂赞都是不当的行径，都是对文学的亵渎，保护文学之名，是在守卫文学的尊严，更是对人道主义的捍卫。

伊格尔顿在《文学事件》一书中反对在文学定义和功能上的"怎么都行"主义，他认为文学这个词可以有很多种不同的用法，但这并不等于说它的使用方式完全是随意的。即便是那些持最慷慨的多元论观点的后现代主义者"也不可能把火腿三明治称为文学"。为了让文学的概念更加具体，伊格尔顿进一步提出了文学的五要素，即虚构性、道德性、语言性、非实用性以及规范性。只有具备了这"五种要素"或"它们的组合"，这种作品才叫文学[2]。值得注意的是，伊格尔顿所说的文学的"道德性"，是指能够为人类经验提供富有意义的洞察而非仅仅是报告经验性事实；"非实用性"是指，有别于购物清单的实用性。伊格尔顿对"文学是什么"的定义，对于我们思考文学如何表现灾难，以

---

[1] 张清华：《关于诗歌与社会的思考二题》，《诗歌与社会学术研讨会论文集》，2009年。
[2] ［英］特里·伊格尔顿：《文学事件》，阴志科译，河南大学出版社，2017年，第28页。

及在灾难面前文学不是什么的命题很有裨益。比如,真正的文学不是简单呈现"经验性事实",而需要对事实的"富有意义的洞察",比如文学不是以提供具体"实用性"见长。诚然,在灾难来袭与苦楚时分,文学有安抚人心、鼓舞士气的重要功能。但是当文学的喧嚣和歇斯底里成为生命重生的一种可能性的障碍,或是无效的陪伴,甚至有可能沦为某种意识与宣传的仪式时,保持安静肃穆,放弃轻浮的吟哦,是文学更为道德的选择。

在重大灾难面前,文学把自己打扮成故作欢乐的光明之灯,加入对逝者或活着英雄的"仪式性念诵",堕入对客观灾景和哀情的毫无节制的诗性抒发,都是不道德的、廉价的,也是违背情感伦理和叙事伦理的。1949年阿多诺提出了"奥斯维辛之后,写诗是野蛮的"论断,在阿多诺看来,音乐、诗歌都曾充当着纳粹野蛮行径的帮凶,"如果音乐、诗歌这些文明的精华与大屠杀的野蛮行为之间存在着辩证关系,那么'奥斯维辛之后'的我们依旧在那里低吟浅唱、写景抒情,仿佛什么也没有发生,就只能是欺骗、虚伪和野蛮。"[1]阿多诺在《否定的辩证法》中这样解释这个命题的意思,"在奥斯威辛集中营之后,任何漂亮的空话、甚至神学的空话都失去了权利,除非它经历一场变化。"[2]当然,奥斯维辛之后,诗人是否有写诗的自由和权利,是个见仁见智的话题。英国作家布衣对阿多诺持理解态度,他这样解释这个命题:"我觉得他的意思是,诗,混杂着'私人的自鸣得意的思索',是无法找到语句表达奥斯维辛那机械化了的、没有灵魂的、大工业方式的残忍的。此外,诗

---

[1] 单世联:《"奥斯维辛之后"的诗》,《文艺研究》2015年第10期。
[2] [德]阿多尔诺:《否定的辩证法》,张峰译,重庆出版社,1993年,第368页。

歌是欢娱和美好的产物,因此,集体屠杀无法以诗歌表现。"[1]同时,布衣指出了德国文艺界面对这一创伤主题存在的一些现象:几乎没有一部小说、戏剧或者电影直接表现种族灭绝;在德国,敢于直视奥斯维辛的文学并不走运;保罗·策兰在20世纪60年代要求编辑把《死亡赋格》这首有着"诗意残忍"风格的奥斯维辛题材的诗作从诗集中删除。

可见,面对苦难,面对死亡,面对种族的劫难和人性的失范,任何诗意都是不恰当的。正因为如此,阿多诺认为,在奥斯维辛之后,艺术不能再以从前的方式存在下去,同时,我们的情感反对任何"空谈"、反对从牺牲品的命运中"榨取任何意义"[2]。确实,在重大社会灾难和自然灾难面前,文学的任何诗意都是无意义的,任何故作欢快都是廉价的,更遑论试图从"牺牲者"的命运中开始文学的抒情,又是多么的不道德。诗人朵渔在汶川地震发生后迅疾写下的这首《今夜,写诗是轻浮的……》表达了这种艺术的谦卑和内省:今夜,大地轻摇,石头/离开了山坡,莽原敞开了伤口……/半个亚洲眩晕,亚洲/找不到悲愤的理由/想想,太轻浮了,这一切/在一张西部地图前,上海/是轻浮的,在伟大的废墟旁/论功行赏的将军/是轻浮的,还有哽咽的县长……确实,在一场民族的浩劫和废墟面前,在太多的生命瞬间消逝的沉痛现实面前,艺术是苍白的,抒情的艺术更是不道德的。诗人痛诉这种抒情的主体:电视,水泥,主持人,宣传部,官员,甚至"悲伤的好人""墓边的哭泣"都难脱轻浮的浅陋和廉价。诗的末尾,诗人对自己在内的写

---

[1] [英]布衣:《罪孽的报应》,社会科学文献出版社,2006年,第84页。
[2] [德]阿多尔诺:《否定的辩证法》,张峰译,第362页。

诗行为一同严厉审判——"今夜,天下写诗的人是轻浮的/轻浮如刽子手/轻浮如刀笔吏"。萨特在《什么是文学?》中提醒我们,艺术创作的主要动机在于我们"需要感到自己对于世界而言是主要的",甚至,在存在和真相面前,我们仅仅是"起揭示作用",而无"生产"能力,对于文学的这种"有限性"和"次要性",萨特说道,"如果我们知道我们是存在的侦察者,我们也知道我们并非存在的生产者。这个风景,如果弃之不顾,它就失去见证者,停滞在永恒的默默无闻状态之中。至少它将停滞在那里;没有那么疯狂的人会相信它将要消失。将要消失的是我们自己。"[1]由是观之,面对灾难及其带来的悲伤,文学和艺术不应放纵抒情主体的"需要",这种需要可能是轻浮的,不道德的,甚至残忍的。

二、文学及其公共性

那么,文学是否就此止步于灾难?作为公域的灾难和作为私域的抒情从而不可触碰?当然没有这么绝对。私人性的文学表述如果具备了某种恰当的方式,当然能够成为一种公共关切。从社会学的角度看,公共空间既是一个开放性的领地,又具有极强的排他性。正如阿伦特所说,我们的现实感依赖于一个公共领域的存在,但是并非每一种私人性都能成为公共领域的内容,"还是有许多东西无法经受在公共场合中他人始终在场而带来的喧闹、刺眼光芒;这样,只有那些被认为与公共领域相关的,值得被看和值得被听的东西,才是公共领域能

---

[1][法]萨特:《萨特文学论文集》,施康强等译,安徽文艺出版社,1998年,第94—95页。

够容许的东西,从而与它无关的东西就自动变成了一个私人的事情。"[1]那么,无数个体的私人生活和私人情感,与公共领域是什么关系?私人的能否转换为公共的?阿伦特认为,这种转换是可以的,经常要通过"讲故事"和"一般的对个人经验的艺术转换"才可以实现[2]。但同时,她也指出,在所有的个体经验中,剧烈疼痛的体验——这种体验不仅是阿伦特所说的身体的疼痛,也包括情感和心灵的创痛,"是唯一我们无法转化成适合公开显示形式的经验",这是因为"疼痛确实是一种边缘体验,介于生死之间,它是如此地主观和远离人和物的世界,以至于根本无法获得一种呈现。"[3]可见,文学并不天然具有公共性,私人性的文学如何进入公共空间并迸发出巨大召唤力量,这取决于文学对"个人经验的艺术转换"方式,以及文学拥抱怎样的现实事件。南帆曾说:"文学不是日常生活的单纯记录,文学是探索、分析、搜索和汇聚日常生活之中足以酿成重大历史事变的能量;同时,文学所拥有的心理动员进而使这些能量扩散至公共领域。"[4]可见,当文学不加选择地在灾难图景里抒情或狂欢时,它是轻浮的,是廉价的,甚至会带来"旁观他人痛苦"[5]的道德困境,但当文学找准讲故

---

[1] [美]汉娜·阿伦特:《人的境况》,王寅丽译,上海人民出版社,2009年,第33页。
[2] 同上,第32页。
[3] 同上,第33页。
[4] 南帆:《无名的能量》,人民文学出版社,2012年,第45页。
[5] 苏珊·桑塔格认为我们讨论苦难和暴行的叙事时,要把人的"卑下本能的暗流"考虑进去。她认为,在观看记录暴行凶案的照片时,并非所有人都是尊崇理智及良知而去观看,大部分表呈暴虐受创之躯体的图像,都会"撩起观者心中的淫邪趣味"。因而,这种"热切追寻异乎寻常的、凄惨的祸害"和"喜爱祸事"的心理,与人的恻隐之心一样,都是人与生俱来的。参见苏珊·桑塔格:《旁观他人之痛苦》,陈耀成译,城邦文化出版,2010年,第109—112页。

事的方式和个人经验和公共经验的转换方式,私人性的文学表述可以长久印刻在公共领域之中。

三、"安静的"英雄主义与"失重的"苦难

灾难文学是文学的一种重要类型。世界文学史上不缺乏对灾难书写的经典文本。英国作家丹尼尔·笛福的小说《瘟疫年纪事》书写的是17世纪中叶爆发于伦敦的黑死病,法国存在主义大师阿尔贝·加缪的《鼠疫》则是以20世纪40年代一场席卷奥兰城的鼠疫灾难作为描写对象,葡萄牙若泽·萨拉马戈的《失明症漫记》则叙写了失明症蔓延下的人类的脆弱和世界的失序。这些文本既是对人类历史的总结,也是对未来的警示,既是现实,也是预言,在艺术表现或是思想主题上都形成了不可磨灭的特色,成为灾难文学类型上的经典之作。篇幅所限,不能逐一展开对这些文本的分析,这里主要谈谈加缪《鼠疫》的"英雄观"及其叙事方式,以此反思我们的灾难文学中的英雄叙事。

加缪的《鼠疫》完成于1947年,既可以在隐喻的意义上解读,也可以当成是对现实疫情的"摹仿"文本来看。《鼠疫》一方面正面叙写鼠疫肆虐之下奥兰城的死亡惨景和"被困囚徒"的痛苦、无助、自救和反抗,加缪几乎用工笔细致描写凋敝的城市、病人发病的惨状和人的恐怖和绝望。另一方面,小说又专注探究与可怕疫灾进行抗争的人的精神生长,通过抗疫核心人物里厄医生,以及纪事人塔鲁、小职员格朗、神父帕纳卡、羁留记者朗贝尔等人在逆境下的抗争、自省和精神碰撞,完整呈现人的精神变化轨迹。《鼠疫》里人物众多,同时不乏英雄。比如,与妻子相隔两地,全身心投身于救治鼠疫患者的里厄;受里厄的

"抽象概念"的感召而放弃逃回巴黎与妻子团聚继而加入志愿医疗团队的外省记者朗贝尔;一心寻找"安宁"在抗疫中染病死去的塔鲁。这些人物都是这场战役中的中流砥柱,具有舍生忘死的英雄气质。但小说却未强化这种英雄叙事,并不强行赋予人物产生这些正义行为的逻辑和动机。相反,小说以清醒的"去英雄化"叙事方式淡化人的自救和他救的英雄意味,甚至,小说的叙事重心并不放在他们的英雄行为上,而是重在叙写他们内心的"生长"与"转化"。比如朗贝尔,面对封城难以回巴黎与妻子相聚的现实时,起初的他在公共利益和个人幸福的选择面前,毫不犹豫选择后者,继而处心积虑地寻找着出城的种种方法,但在经历过艰辛等待即将出城的前夜,他却放弃了出走,毅然加入了里厄的救援小组。

那么,是什么在"召唤"朗贝尔?不是神父帕纳卡那种滔滔不绝的煽动性演讲,也不是里厄的劝说,而是寡言的里厄默默救人所体现出的平凡的坚持、自然中的"诚挚"打动了朗贝尔。里厄显示出的"英雄正义"不是喧闹的,不是锣鼓式的,不是激情澎湃的,而是一种冷静的、自发的、静水深流式的付出。叙述人不失时机地阐释小说的这种"朴素的英雄主义":"献身于卫生防疫组织的人,他们那样做,其实也算不上丰功伟绩,只因他们知道那是唯一可做的事情,不下决心去做反倒是不可思议的。……这就是为什么,叙述者不会高歌称颂人的意愿和英雄主义,适当地重视英雄主义也就够了。"[1]加缪所欣赏的英雄主义既是朴素的,更是宁静的,他和里厄都厌倦那种"史诗般的,或者学校颁奖演说词式"的报纸报道和各种"套话",对疫灾中的人和事,"不

---

[1] [法]加缪:《局外人·鼠疫》,李玉民译,时代文艺出版社,2018年,第318—319页。

以一场演出的那种恶劣手法,既不恶意地大张挞伐,也不极尽夸饰之能事。"[1]加缪在这部小说中,是自觉地将所谓英雄置放于一种日常的甚至"次要的"位置,在抵抗鼠疫和抵达个体自由的路途上,里厄、塔鲁、格朗、朗贝尔,甚至神父、大法官和里厄母亲,人性的坚韧和美好令人动容,但却是那样宁静。这些英雄似乎都体现了加缪这样的美学逻辑:"如果人真的非要为自己树立起榜样和楷模,即所谓的英雄,如果在这个故事中非得有个英雄不可,那么叙述者恰恰要推荐这个微不足道、不显山不露水的英雄:他只有那么一点善良之心,还有一种看似可笑的理想。这就将赋予真理其原来的面目,确认二加二就是等于四,并且归还英雄主义其应有的次要地位,紧随幸福的豪放欲求之后,从来就没有超越过。"[2]总之,《鼠疫》是一部关于爱、痛苦和流放的书,言简义丰,关于英雄与平凡,生与死,善与恶,个体幸福与公共利益,流亡与救赎,值得细细回味。尤其是这种尊人性,突出英雄的日常性,淡化英雄的"神采",自觉祛除英雄叙事上的套话式修辞和过于澎湃的激情,注重记叙每个个体的独特精神世界及其"生长"轨迹的英雄叙事显示了不同凡响的艺术魅力。

我们的文学从不缺少英雄,灾难文学更是英雄辈出的胜地。写于2011年的《花冠病毒》是作家毕淑敏在"非典"之后的第八年完成的一部疫灾题材长篇小说。这部作品熔铸了作家作为亲历者奔赴抗击非典一线的经历与感受,又发挥了作家在医学上的知识优势,小说洋洋洒洒,叙事密实而富有激情,亦写实亦虚幻,亦想象亦隐喻。小说把故

---

[1] [法]加缪:《局外人·鼠疫》,李玉民译,第327页。
[2] 同上。

事时间设置在20NN年,一种迅猛的病毒降临燕市,以防疫指挥部作为故事焦点,以此呈现生存危机之下人们的应对、抗争、英勇和多棱众生相。客观来看,这部小说并不缺故事——关于生死,关于抗争,关于情爱;不缺知识——小说中的医学术语和相关知识几乎可以形成一个《病毒与治疗手册》;也不缺人物——英雄人物林立,不畏危情、以身殉职的科研教授于增风,深入险境、九死一生的女作家罗纬芝,还有抗疫一线负责人袁再春……但从读者接受和评价来看,这部小说的口碑并不是太"理想"。读者的批评主要集中在这些方面:比如过于刻意团圆的结尾;比如过于密集的知识影响了叙事的流畅,这些有用的"医学知识"和"科学叙事"成为了文学叙事的赘疣;比如人物塑造上的善恶二元论,尤其是英雄人物的高大、正义、自我牺牲,读者似乎对这些英雄属性并不"买账"。《花冠病毒》的写作和叙事是用心而用力的,而其读者反映的寂寥和负面,昭示的可能是作家关于灾难题材写作美学的失效。詹姆斯·伍德批评当代小说过于"雄心勃勃","一直在炫耀它们妩媚的拥堵"[1]。他认为,当代小说过于依赖"讲故事"的语法结构,"不同的故事互相纠缠,两倍、三倍地自我繁殖。人物之间永远看得见关系、关联,情节曲径通幽或偏执式的平行对应。"这种拥堵式的、过度的讲故事的方式,变成了当代小说"用来遮蔽辉煌中的匮乏的一种方式"[2]。确实,过强而丰富的"故事",造成的是人物的匮乏和叙事的可见性。《花冠病毒》中的知识拥堵是一方面,稍显脸谱化的二元对立人物模式,以及对英雄人物官方式的礼赞,是人物塑造上的某种败笔。

---

[1] [英]詹姆斯·伍德:《不负责任的自我:论笑与小说》,李小均译,河南大学出版社,2017年,第181页。
[2] 同上,第184—185页。

与《鼠疫》中静水深流式的"安静的英雄"不同,《花冠病毒》中的英雄是喧嚣的、炫目的,这种过于激情的英雄叙事强度恰恰与伍德所批评的"歇斯底里现实主义"症状一样。其实,在"灾难"这一叙事情境中,作家和叙事,都容易激情而失控,这种"失控"的英雄叙事和强情绪的表达,往往未必能征服读者的心。既往文学史有太多的"高大全""伟光正"式的英雄人物,这些人物代表的是各自时代的内涵及其美学秩序,而对于大多数读者来说,隔膜的甚至虚假的英雄不如一个日常的、瑕瑜互见的形象来得更加可信。

自然灾事和社会疫情催生出的文学及其写作思潮,由于苦难、毁灭、人与自然、悲剧等范畴,而天然具有了某种文学性,但却不必然产生伟大甚至合格的文学。以2008年汶川地震形成的"汶川地震诗歌"写作为例,以这次大地震作为对象,涌现了大量诗歌、散文,其中不乏《妈妈别哭》《千秋之爱》这种感人肺腑之作。但面对这些情绪激昂、各具形态的诗作,很多诗人与诗评家感到了失望。诗人徐敬亚将2008年春夏之交的这次诗歌阅读视作"一生中最恶劣的诗歌记忆之一",这些诗歌"使我厌烦、无聊,甚至感到恶心",诗人这样总结这些诗歌的硬伤:"为什么我们的悲痛中总是饱含激昂。为什么丧事中总是夹带锣鼓。出于什么内心依据一声声呼唤着一个个职务名词,是什么趋使一支笔伏地叩头般地写出感恩戴德的句子。"[1]丧事中的过于喧闹的"锣鼓",过于急切的官吏谀颂和权力崇拜,对拯救力量的无限感激,使这些诗歌成为一种平庸的媚俗之作,甚至丧失了诗歌成为诗歌的内在属性。关于大地震的每一首诗歌,每一次书写,都构成了一般意义上

---

[1] 徐敬亚:《大灾难中的诗歌悲凉》,《星星》2008年第8期。

的文学。但这些文学，如果操着同样的口吻、同样的经验、同样的情感，如果这些分行的文字仅仅是被征用来表达一种集体抒情或具体目的，这些贫乏的书写会让苦难"失重"[1]，这样的文学是值得警惕的，诗人在这样的时刻是需要检讨的。"写作艺术注定要变成纯粹宣传或纯粹娱乐，社会就会再次坠入直接性的泥潭，即膜翅目与腹足纲动物的没有记忆的生活之中。"[2]在技术与媒体高度发达的当下，灾难文学应该持守怎样的"叙事伦理"？灾难文学，不应充当喧闹的鼓手，而应是个体心灵的按摩师，"在个别人的生命破碎中呢喃，与个人生命的悖论深渊厮守在一起"[3]，唯其如此，这样的文学才是入心的，而不是媚俗的，才是审美的，而不是意识形态的，才是真诚的，而不是虚伪的，才是必须的，而不是冗余的。

简单总结本文的意思：在灾难面前，文学何为，作家何往，这既是叙事学的命题，也是伦理学命题。由于我们的灾难文学传统并不发达，稳定的叙事法则和成功的书写范例并不多，而灾难往往被视为一种升级版的苦难方式和故事资源，对灾难的书写常常滑向英雄主义的赞歌，或景观式的呈现——关于抒情者的汹涌激情，关于苦难的堆砌，仪式性的记忆和念诵，这种灾难文学似乎总是自带动员机制、光明方向和代言意识，喧闹而饶舌，却很少能打动人心。面对灾难，写作者需要检讨和自省："写作的一切潜命题、一切写作者的潜角色必须要得到拷问，得到检验。只有这样，我们从语言中所获得的，才不仅仅是虚拟

---

[1] 谢有顺：《苦难的书写如何才能不失重》，《南方文坛》2008年第5期。
[2] [法]萨特：《萨特文学论文集》，施康强等译，安徽文艺出版社，1998年，第278页。
[3] 刘小枫：《沉重的肉身：现代性伦理的叙事纬语》，上海人民出版社，1999年，引子第4—5页。

的慷慨和廉价的赞美,不是替死者感恩、为孤残者代言'幸福'的虚假写作,不是将哀歌变为颂歌、借血泪和生命来构造丰功伟绩的偷换式、盗贼式写作。"[1]面对灾难,记住文学不是什么,是为了从这些"禁忌"中重新反省文学的姿态与位置,重新思考文学的叙事伦理,从而避免文学成为令人生厌的陈词滥调。只有这样,文学才不会愧对灾难,文学才会保持其不变的尊严。

---

[1] 张清华:《关于诗歌与社会的思考二题》,《诗歌与社会学术研讨会论文集》,2009年。

拐杖与囚笼：作者意图的合法性和功能限度

作者意图是中外学界都很重视的一个理论话题，在不同时期的理论界定和文本研究实践中曾引起广泛探讨、争鸣，至今人们对这一近乎元命题的话题仍然莫衷一是。中国传统文论中的"以意逆志"和"知人论世"最早涉及文学批评实践中的作者意图问题。此处的"意"是指批评者之意，"志"是指作者之志。围绕文学批评中读者之意与作者之志的关系，形成了两种观念：一种是以东汉赵岐"以己意逆诗人之志，是为得其实"的尊崇作者意图派；另一种是以清代袁枚为代表的反对作者意图派。袁枚认为："作诗者以诗传，说诗者以说传。传者传其说之是，而不必尽合于作者也。"[1]

---

[1] 王先霈、王又平：《文学理论批评术语汇释》，高等教育出版社，2006年，第46—47页。

而在西方,围绕作者意图的合法性和功能作用,形成了意图谬见、感受谬见等概念。总体上,传统的"作者中心论"普遍认同作品的意义来自于作者,而 20 世纪以来"文本中心论"则坚持文本意义独立于作者的见解,"读者中心论"则声称文学作品的意义来源于读者[1]。尤其是随着结构主义、形式主义、新批评的兴起,作者意图被当成了需要清理掉的历史旧物,他们宣布:"就衡量一部文学作品成功与否来说,作者的构思或意图不是一个适用的标准,也不是一个理想的标准。"[2] 2014 年"强制阐释"论引发的巨大热潮中,作者意图、批评公正性等话题得到了新一轮的深度研究[3]。在这轮学术大潮中,作者意图成为文艺理论界频繁论及的热议话题:比如一个文本是否一定有明确的意图;作者意图对于读者接受和文学阐释是限制还是导航;读者前见、作者意图和文本意义的关系,等等。

  本文结合中国当代文学研究实践的具体个案,探讨文学批评和文学史写作如何甄别、合理利用作者意图。具体来看,探讨以下问题:作者意图,即包括作家的自述、访谈、创作谈、演讲等在内的有关著述动机、文本意义、写作意图的内容,对于文学批评和文学研究的价值是什么?作者意图视野与批评家视野究竟是怎样一种关系?作家的原初意图能否作为文本意义的阐释依据?作者意图的功能阈限是什么?如果无视作家意图,是否会影响文学批评的公正性和学术见解的客观

---

[1] 朱立元:《略论文学作品的意义生成——一个诠释学视角的考察》,《中国社会科学》2017 年第 5 期。
[2] 王先霈、王又平:《文学理论批评术语汇释》,第 326 页。
[3] 这个阶段的部分讨论成果目前已结集成书,收录了张江、朱立元、周宪和王宁的四十余篇重要成果。参见张江主编《阐释的张力:强制阐释论的"对话"》,中国社会科学出版社,2017 年。

性,对于一些刻意违背作家意图甚至篡改作家本意的编辑修改、意识形态介入,是否是一种违背作家意愿的非道德化实践?

一、被委以重任的"作家意图"和不可靠的"作者声音"

在中国现当代文学批评和研究中,作家声音往往被寄予厚望、委以重任:作家的声音是文学阐释活动中的重要甚至"方向性"的因素。征引作家的自述、访谈、演讲、日记、散文中的所谓真实性内容,以此建构文本的意义,评价文本的得失,成为研究者习焉不察的一种学术习惯。实际上,过多依赖作家自我发出的著述动机或文本意义,甚至把作者意图当作文本的意义,极易造成对文本解释丰富性、开放性的囚禁,以及对批评主体自我的阉割,这种弊端是显见的。有学者在分析文学批评中的"创作谈崇拜"情结的危害时指出,"创作谈"作为作者意图的一种表达方式,对于文本阐释有其重要性,但是过分倚重创作谈的"证词"作用,过分相信创作谈的"自传"性质,会使批评家难以抵达历史的真实,会对研究者批评思路、研究方法和理论思路形成"暗示性导引和禁锢"[1]。

一直以来,虚构与真实成为我们区分不同文体的一种重要范畴,甚至形成了较为固定的认知,比如小说是虚构的,诗歌是想象的,散文是真实的,传记是写实的,虚构是不可信的,写实是可信的。因而,我们常常毫不怀疑小说和诗歌的假定性,而又不假思索地相信散文、传

---

[1] 张光芒:《文学批评中作家"创作谈"的合法性问题》,《首都师范大学学报》2017年第2期。

记、日记、访谈的真实性。殊不知,随着现代叙事中各种文体的融合和文体边界的模糊,以真实与虚构来区分各种文体显得越发可疑。某种程度上,一切文本都是叙事,都是虚构和真实的杂糅,绝对的真实根本就是一种虚妄。正是由于我们对文体性质的这种认知,使我们在阐释和研究过程中有可能掉进某种陷阱。比如,莫言的散文、访谈就具有某种虚构性——这种虚构性,是指莫言的散文常常有前后矛盾、说法不一、文学性虚构的情况,从而带来散文和访谈言说内容的"假言性"。这种假言可能是作家的一种叙事,或者是记忆偏差导致。比如在叙述同一件事或同一个场景时,会出现不同的"版本"。在谈到写作的最初动因时,"莫言一会儿说是因为家里穷,听一位被打成右派的老师说,只要能写出一本书,不仅一天三顿都能吃上饺子;一会儿又说是因为爱上了那位石匠家清纯漂亮的女孩。因为石匠的女儿曾经对莫言许诺说,只要莫言能写出一本像《封神演义》那样的书,她就答应嫁给他。"[1]莫言确实太善于讲故事,太善于叙事了,即使是散文,即使是关于个体的自传性内容,莫言也常常前后不一,制造出同一件事的多个版本,甚至在这些散文中,"莫言的许多虚构,并非一次完成,而是在写作中不断添加素材,逐步编织完善成迷人的故事。"[2]知己莫如兄。莫言的大哥管谟贤似乎对莫言散文的这种虚构性和假定性看得最透,他在《大哥说莫言》一书中提醒读者:莫言的散文也是小说,不能当真的;他姑妄言之,我们姑妄听之可也。

不仅是在散文中注入虚构,莫言的有些访谈也缺少客观性和真实

---

[1] 唐小林:《孤独的"呐喊"》,作家出版社,2017年,第280页。
[2] 同上,第278页。

性,甚至出现自我掩饰、故意遮蔽和假言误导读者的现象。比如关于莫言与外国文学之间的影响关系,由于记忆偏差或是作者固有的防卫心理,"当事者的'交代'在告知的同时,也会带来遮掩和干扰,形成阅读注意的转移。"[1]众所周知,莫言写于20世纪80年代中期的《红高粱》有着明显的"魔幻现实主义"的色彩,尽管马尔克斯的《百年孤独》早在1982年获得诺贝尔文学奖,并且早在1982年莫言就有机会通过《外国文艺》读到部分马尔克斯小说的译文。但莫言声称"写完了《红高粱》之后我才读到了《百年孤独》"。[2]在这里,关于《红高粱》的写作时间及其影响渊源,莫言一方面多次强调《红高粱》的写作时间为1984年,而其实际写作时间为1985年底,将创作时间提前,无非是因为1984年国内尚无《百年孤独》的中译,这样就可以从时间上割断先有《百年孤独》再有《红高粱》的事实先后逻辑;另一方面,莫言直接"现身说法",多次强调自己的《红高粱》写作并未受马尔克斯影响。如果我们相信作家创作谈和各种写实性文字的真实性,那么,我们可能会由此得出莫言未受马尔克斯影响,或是《红高粱》的魔幻现实主义与马尔克斯无关的结论。事实上,有学者通过对莫言阅读史和写作史的细致考辨,令人信服地还原出莫言其实早在写作《红高粱》之前就已接触到马尔克斯作品的事实[3]。

当然,我们也可以将莫言叙述的不一致看成是记忆误差,或者暂

---

[1] 郭洪雷:《个人阅读史、文本考辨与小说技艺的创化生成——以莫言为例证》,《文学评论》2018年第1期。
[2] 莫言:《用耳朵阅读》,作家出版社,2012年,第250页。
[3] 郭洪雷:《个人阅读史、文本考辨与小说技艺的创化生成——以莫言为例证》,《文学评论》2018年第1期。

且认为莫言没有读过马尔克斯就开始了《红高粱》的写作,但莫言关于这部重要作品影响源和写作时间上的遮遮掩掩、前后不一,以及作家和批评家之间这种捉迷藏和拆谜般的"较劲"恰恰向我们传递出这样一种信息:作家的那些打上所谓具有客观属性的叙述有时并不可靠,指望作家把写作的全部秘密、真实动机和盘托出根本就是一种妄想。至于莫言何以要不断强调《红高粱》写作的独立性,主要还在于"影响的焦虑"心理所致。布鲁姆认为影响问题是诗歌写作中的核心问题,面对诗人与诗人之间影响的"痕迹"以及"影响的焦虑","即使作者本人开朗达观,面对这样的痕迹还是会有所忌讳,还是会有意无意采取一些写作策略来凸显自己的原创性。"[1]莫言曾把马尔克斯和福克纳比作"两座灼热的高炉","高炉"之喻显示了莫言面对文学经典盘踞内心的某种焦虑,为了摆脱这种影响的焦虑,避免做文学大师的影子,莫言故意切断与这种影响源之间的关联,遮掩、不谈自己与这种文学经典的阅读和接受实情,以此维护自己文学品质的原创性——这大概是莫言这些假言性的辩护和遮掩背后的真实动机。因而,理性甄别作家声音,合理征用作家那些所谓纪实性、真实性的作者意图,是莫言个案带给我们的重要启迪。

当然,作者声音和创作意图并不总是可疑的。那么,对于可信的、确切的作者意图我们如何征用,如何看待他们在文学史写作中的作用?我们是像传统实证学派、历史主义那样笃信创作意图的实存、稳定和静止,还是如新批评派、读者接受论那样干脆放逐创作的意图?

---

[1] [美]布鲁姆:《影响的剖析:文学作为生活方式》,金雯译,译林出版社,2016年,译者序第3页。

在19世纪以及更早的历史中,由于人们对科学、客观、历史理性的信奉,通过实证、逻辑的方式复呈历史的原貌和本质被认为是可行的。但随着20世纪相对论、新历史主义和各种后学的兴起,准确描述、客观呈现历史的确定性遭到了无情的抨击。在这种趋势下,历史主义和传统历史学派"重建历史的企图"遭到了极大嘲讽。在历史学派这儿,"设身处地地体察古人的内心世界并接受他们的标准,竭力排除我们自己的先入之见"成为他们的某种认知理性,这也导致他们的文学史和文学研究的目的在于"重新探索出作者的创作意图"或是"对作家创作意图的极大强调"。[1] 属于新批评一脉的勒内·韦勒克和奥斯汀·沃伦毫不客气地驱逐了创作意图对文学研究的作用,认为将作家的创作意图当作"文学史主要课题"的观念,是"十分错误的",他们认为,"一件艺术品的全部意义,是不能仅仅以作者和作者的同时代人的看法来界定的。它是一个累积的结果,亦即历代的无数读者对此作品批评过程的结果。历史重建论者宣称这个累积过程与批评无关,我们只需要探索原作开始的那个时代的意义即可。这似乎是不必要而且实际上也不可能成立的说法。"[2] 在韦勒克和沃伦看来,由于当下"20世纪人的姿态"的在场,我们没法做到只按原作所处时代的逻辑去理解作品,而排斥"其他的丰富意义"和"新的解释的可能性"。于是,他们主张打破传统文学史写作或文学研究中对创作意图和作品意义的静止性的界定,主张建构"从第三时代"切入文本的阐释路径,即"既不是他(研究者)的时代的,也不是原作者的时代的观点——去看待一件

---

[1] [美] 勒内·韦勒克、奥斯汀·沃伦:《文学理论》,刘象愚等译,文化艺术出版社,2010年,第34—35页。
[2] 同上,第36页。

艺术品,或去纵观历来对作品的解释和批评,以此作为探求它的全部意义的途径,将是十分有益的。"[1]可以看出,韦勒克和沃伦并不赞成"死守"文本原初意图的做法,认为所谓的历史化地复现历史原景从而尽可能逼近文本意义的路径极大忽略了批评主体的当下性和时代性,他主张以一种更为宏观和超越的视野,突破原作者和研究者所置身的时代可能会对研究主体形成的认知桎梏,动态性地考察作者意图,建构文本意义。可以说,这种对作者意图在研究系统中的功能定位、索解文本意义的方法是相当理性而高明的,极富启示意义。

二、秦兆阳对王蒙本意的"篡改"与余华转型的内在动因

作者意图之所以被人们一直争论不休,在于这样一个命题本身在文学研究系统中的多元化的意义和复杂性功能。任何一种脱离具体时代语境、离开具体文学阐释案例而贸然宣布作者意图重要或失效的做法,都是偏激、失当甚至错误的。当我们说,文学阐释活动中,不能过多征用作者意图,并不是完全要剥离作者意图在文学研究实践中的合理性作用。相反,在不少具体阐释个案中,离开了对作家本意的知晓,会造成对文本的误解。文学阐释既不应像传统"作者中心论"中过于自信地认同作品的意义主要来自作者,从而把找寻和印证作者意图视作文学批评的主要内容,也不应像阐释学和接受美学那样过于贬低作者意愿,视作者意图和文本原初意义为偶然性因素,从而过于看重阐释者、接受者的意义发现。

---

[1] [美]勒内·韦勒克、奥斯汀·沃伦:《文学理论》,刘象愚等译,第36—37页。

我认为,作者意图不应该是文学意义的唯一来源,但作者意图具有重要的学术功能,知晓并合理运用作者意图阐释作品意义是文学批评的基本伦理。尤其是意识形态过强的历史时期,文学的自主性和作家的主体性得不到保证时,清晰辨析哪些是作家本人的声音和印迹,哪些是外界强加给作家的声音和艺术形态,是文学研究重要的任务。这里,我通过《组织部来了个年轻人》这一文坛公案,来谈编辑的修改由于歪曲和忽视了作家的原意,而导致一桩文坛公案的产生,甚至给作家和编辑本人带来了巨大的麻烦。这里借助于版本视野,还原出王蒙的初版本及其作家"本意",并进一步分析这种意图如何被秦兆阳"篡改",以此探讨文学研究中如何处理作者原初意图、编辑意志和官方意志之间的复杂关系。

1956年至1957年上半年,被称为中国当代文学的"百花时代"。随着中共中央关于知识分子问题的会议召开以及"百花齐放　百家争鸣"方针的提出,文坛迎来了"早春天气"。正是在这样的背景下,1956年9月号的《人民文学》刊发了王蒙的小说《组织部新来的青年人》。这部小说以果敢激情的文笔,大胆干预社会现实,揭露官僚主义,发表之后随即引发了热烈争鸣。《文艺学习》《人民日报》《光明日报》《文汇报》《中国青年报》相继刊发肯定和批评文章。"看到作品引起这么大动静,看到人们争说《组》",王蒙的反应"主要是得意扬扬"。[1]但随后,随着1957年2月《文汇报》刊发李希凡的长文,这种"从政治上上纲,干脆把小说往敌对方面揭批,意在一棍毙命"的批判,令王蒙惊惧不已,随后他便给文艺界最高领导人周扬写信,"求见求谈求指示"。

───────────

〔1〕王蒙:《大起大落:〈组织部新来的年轻人〉发表之后》,《百年潮》2006年第7期。

更令王蒙始料不及的是,通过与萧殷的交谈,他获悉中宣部文艺处林默涵正在写一篇关于《组织部新来的青年人》的批评文章,而"林文指出来的几处写得不妥的文字与小说结尾,都不是我的原作,而是《人民文学》编辑部修改的结果",随后王蒙给林默涵写信说明了此事[1]。那么,王蒙所说的"写得不妥的文字与小说结尾"究竟是怎么回事?也就是说,一个作家的作品被批,结果作家说你们批评的内容都不是我原作的内容,我的原作不是这样写的。事实上确实如此。王蒙在1956年5月将稿子投往《人民文学》后的一个月收到编辑部的修改意见,王蒙自己对稿件做了修改。后来由于第九期的杂志临时抽去了一篇四万字的稿子,编辑部决定补发王蒙这篇。当时作为《人民文学》常务副主编的秦兆阳连夜赶着修改该稿——一向敬业勤勉的秦兆阳也正是因为自己的这次"磨稿"[2]而在后来酿成了这桩文坛公案。由于"改稿时深夜疲劳"[3],未经王蒙本人审阅,秦兆阳版的《组织部新来的青年人》[4]便刊发出来了。这部小说被李希凡和林默涵等人诟病的地方有这样几点:一是林震的性格非常软弱,战斗性不够;二是小说的结尾使小说调子灰暗;三是林震与赵慧文之间的爱情显得过于小资情调。实际上,王蒙最初的版本中,林震面对组织部敷衍不作为的状态有好几处愤而发声、慷慨陈词的书写,被秦兆阳删去了,这种删减部分削弱了林震的战斗性。而林赵的爱情,在王蒙笔下写得含蓄克制,这

---

[1] 王蒙:《大起大落:〈组织部新来的年轻人〉发表之后》,《百年潮》2006年第7期。
[2] 李洁非:《典型文案》,人民文学出版社,2010年,第227页。
[3] 秦兆阳:《秦兆阳文集·5》,武汉出版社,2016年,第446页。
[4] 王蒙最初投稿时这篇小说名为《组织部来了个年轻人》,发表时秦兆阳将小说名修改为《组织部新来的青年人》。新时期之后,王蒙的文集和各种选集都恢复了小说原名。

种最初试图表达青年男女之间"两个人交往过程中的感情的轻微的困惑与迅速的自制"[1]的意图被秦兆阳改写成确切的爱情悲剧,赵慧文的女性特征经秦兆阳的修改也得到了强化。而小说结尾原本明朗、积极,寄希望于组织力量和强力领导推进工作向前发展的叙事指向被改成了林震对失败了的爱情的感伤。

由此可见,秦兆阳对王蒙原作及其意图的修改,不仅扭曲了原作的旨意,而且还引发了一场惊动文坛高层甚至国家最高领导人的文学事件。对于《人民文学》编辑擅自改稿的行为,毛泽东"震怒",并斥之为"缺阴德",并指示将王蒙小说的原文和修改后的稿子对照公布——后来《人民文学》和《人民日报》同时公布了修改情况。对于这次改稿所造成的对王蒙原意的歪曲,秦兆阳本人在随后也通过书信的方式向王蒙致歉:"我把原稿找来看了看,确实,我的修改有些不妥之处;特别是结尾处删掉的一些句子,有较重要的内容也被删去了,以至于对你的小说的缺点有所加重……直到现在才发觉我的错误——并非我所想象的那样的不关重要。"[2]秦兆阳对王蒙原作和意图的修改,作为20世纪50年代的一桩文坛公案,对于后世尤其是当代文学研究具有重要的启示意义。比如,作品原貌与编辑修改之间的关系(在更广泛的意义上,还包括不同意识形态、读者意志与作家个体意志之间的关系)。20世纪的中国,由于内忧外患的社会语境,频仍的战争或运动,文学常常难以获得真正的主体性。因而,对于在政治性过强的时代发表、出版的文本,尤其是那些业已经典的文本,应该理性辨析这些

---

[1] 洪子诚:《1956:百花时代》,北京大学出版社,2010年,第92页。
[2] 秦兆阳:《秦兆阳文集·5》,第446页。

文本中的作家意志、编辑意志和官方意志。通过这种甄别,才能对作家及其文学作出客观、准确的评价。就像王蒙的这部重要作品,在阅读和研究中,如果不能通过版本的方法,清晰区分出秦兆阳和王蒙两种文本,很容易陷入以"秦兆阳版"的文本去分析王蒙的思想与艺术的错位研究泥潭中,从而歪曲王蒙的真实意图和文本意义,最终得出错误的结论。

另外,作者意图对于我们解释一些文学现象提供了具体生动的视角和真实可信的动因,有效防止我们在回答"存在之由,变迁之故"这种重要问题上的虚拟性、空洞化倾向。比如余华在20世纪80年代后期至90年代前期的由先锋向写实的转型,已是不争的事实。关于先锋小说在90年代的这种"终结"与转型原因,学界也形成了较有"说服力"的解释,这种解释不外乎从先锋文学自身的原因和社会外部原因展开,即,从作品本身来说,由于过分注重形式的革命,先锋小说在内容上"显得虚浮而缺少坚实的现实基础","他们甚至无力在人们迫切需要了解的当代生活的复杂性、尖锐性和深刻性方面提供任何具有意义的想象。"[1]而在外因方面,90年代的全球化和大众化浪潮之下,消费主义、通俗化兴起,先锋文学的"先锋性"不得不让位于"消费性"[2]。可以说,余华在内的先锋作家在90年代初的转型,文学史叙述和大量成果从先锋小说内在质地的缺陷、消费语境的到来、先锋文学市场的萧条和读者接受的厌倦情绪,赋予了先锋转型的动力根源,较为"合理"而"全面"地解释了先锋小说何以在20世纪90年代走向式微。

---

[1] 陶东风、和磊:《中国新时期文学30年(1978—2008)》,中国社会科学出版社,2008年,第219页。

[2] 同上,第220页。

但实际上,作家的转型或一个文学流派的转型,除了外部原因的推动外,作家主体的原因也不应忽略。比如,作家主体的特定现实遭遇、作家自我的精神变化和美学裂变,都可能促成作家在创作风格、轨迹上发生一些调适或剧变。余华在其新近散文《一个记忆回来了》中,细致呈现了20世纪90年代前后自己创作风格转型的精神动因。作家的"现身说法"在既往文学史解释这一现象时形成的诸多视角之外提供了一条几乎被忽略的线索。在这篇散文中,他谈到了20世纪80年代的写作热衷于鲜血、暴力、杀人这些主题,而到了80年代后期突然停止这种写作的原因。他说自己的转型,来自于1989年底某个深夜那个"漫长和可怕的梦",这个梦的内容是他被公审,继而被枪杀的场景,这个可怕的梦带给余华巨大的恐怖感,他也意识到这是他白天写下太多血腥和暴力的原因:

"我扪心自问,为何自己总是在夜晚的梦中被人追杀?我开始意识到是白天写下太多的血腥和暴力。我相信这是因果报应。于是,在那个深夜,也可能是凌晨了,我在充满冷汗的被窝里严肃警告自己:'以后不能再写血腥和暴力的故事了'。就这样,我后来的写作,血腥和暴力的趋势减少了。现在,差不多二十年过去了。回首往事,我仍然心有余悸。我觉得二十年前的自己其实走到了精神崩溃的边缘,如果没有那个经历了自己完蛋的梦,没有那个回来的记忆,我会一直沉浸在血腥和暴力的写作里,直到精神失常。"[1]

---

[1] 余华:《我们生活在巨大的差距里》,北京十月文艺出版社,2015年,第9—10页。

如何从充满血腥和暴力的先锋写作逃逸出来,什么原因促成作品中"充满了血腥和暴力的余华"转型成"温情和充满爱意的余华",这不光是困扰读者的问题,也是缠绕余华十多年的问题。读者和批评者给出了五花八门的答案,甚至有人提出了"幸福的生活"让他的写作越来越远离血腥和暴力的转型因素,对这些理性或荒诞的理由,余华给予了充分的尊重[1]。但恰恰在此时作家本人开始了对这一问题的严肃反思,他回溯了童年成长的充满暴力的"文革"大环境和鲜血淋淋的医院小环境,以及公审大会、枪决现场和死亡惨相如何潜入他的笔端和梦境,这些童年血腥的记忆最终幻化为一九八九年"那个漫长和可怕的梦",正是这个"亲身经历自己如何完蛋的梦"[2]摧毁了余华对暴力、死亡的迷恋,继而调整自己的写作风格。可以说,正是余华对自我写作历程的细致梳理,以及对这种转型的严肃内省,让我们看到了"余华转型"这一命题的真实内在动因:从个体心理来看,书写暴力留下的某种暴力阴影以及恐怖的梦境,是催生余华放弃暴力书写,而试图在文学中与现实和解的内在动因。在这里,作家自己的声音有效弥补了文学研究中的某些漏洞。

由此可见,文本解释并不是一个没有边界的随意行为,解读文本不以还原作家本意为归宿,但很多时候,知晓作家本意并不是文学阐释活动的绊脚石,恰恰相反,在很多过于隐晦[3]、被外来意志篡改,以

---

[1] 余华:《我们生活在巨大的差距里》,第1页。
[2] 同上,第8页。
[3] 比如库切在分析保罗·策兰的诗歌时,发觉有些诗歌很隐晦、"很难说",只有借助于诗人自己的一些"说明",库切才对这首诗进行了较为确切的阐释。参见张江主编《阐释的张力:强制阐释论的"对话"》,第282页。

及被肆意曲解的文本中,正确地指出作品的本来意义或作者意图,是一种体现了批评公正的行为。"专业批评家有客观揭示文本本来含义的责任。否定和放弃这个责任,是对批评伦理的侵害。特别是在强制阐释的意义下,为了证明阐释者的前置结论,将阐释者意志强加于文本,以论者的意志决定阐释,这显然违反批评伦理的道德律令。"[1]

三、作为起点的"意图":小说和批评是对作家"意图"的再创造

文学批评和文学史研究中要不要知晓、鉴别作者意图?作者意图的重视与盲视是否会影响阐释的范式,影响结论的公正性和有效性?这似乎是一个见仁见智的问题。1961—1963年普实克与夏志清围绕中国现代文学的"科学研究"展开的"普夏之争"中,作者意图是二人相互攻讦、批判对方的一个重要"武器"。夏志清出版《中国现代小说史》后,他的这本以"优美作品之发现和评审"[2]为目标,根据个人主观好恶和作品价值大小重新书写中国现代文学史秩序的方法遭到了很多人的批评,其中以捷克学者普实克发表在《通报》上的长文为代表。对于鲁迅和传统左翼作家,夏志清怀着某种敌意和偏见,给予了基本否定性的评价。普实克认为夏志清脱离中国历史语境和鲁迅复杂的文化心态,"凭借纯粹推测性的解释来模糊甚至歪曲鲁迅作品的真实意义"[3]。随后,夏志清在长篇回应文章中批评了普实克抱守的这种作

---

[1] 张江主编:《阐释的张力:强制阐释论的"对话"》,第290页。
[2] 夏志清:《中国现代小说史》,复旦大学出版社,2005年,中译本序第15页。
[3] [捷]普实克:《普实克中国现代文学论文集》,李燕乔等译,湖南文艺出版社,1987年,第237页。

家意图论,认为普实克恪守"事先形成的历史观","对鲁迅小说的意图与目标所抱的事先假定"[1]使他陷入了"新批评"深恶痛绝的"意图性的错误"——即根据作品的可能意图来评价作品,把作家意图当作判断文学艺术的标准。在对鲁迅小说的分析上,夏志清颇为自信地指出,"事实证明,我对《故乡》及《呐喊》中其他小说的分析更符合鲁迅本人在《自序》中对自己的'意图'所做的评价。而且,我并不是依靠那些'意图'陈述,而是完完全全通过分析小说本身得出这些结论的。"[2]

由"普夏之争"这一公案,我们可以看出,夏志清和普实克都不否认文本具有作者意图,他们的认知分野在于作者意图的来源(作者的自述赋予还是由文本分析而来),作者意图在文学阐释中的作用(是决定性作用还是应该被放逐)。也就是说,作者意图对于文学阐释和文学史的建构并不是一个可有可无的问题,一味废弃作者意图,或是把意图当作文本意义的起源和文本成败的标准,都是失当的。"意图或隐或现,对小说来讲是至关重要的,因为小说的方方面面均在小说的意图控制之中,它是一个整体的。"[3]既然作者意图关乎到文本的自我属性,也对阐释活动具有某种影响。那么,我们不应把意图当研究的终点,而应视之为起点,应把文学艺术当作作家、读者和阐释者合力对意图进行创造的结果。这点正如朱立元先生所说:"总的说来,文学作品的意义既不是单由作者赋予的,也不是完全由读者诠释创造的,而是由作者与读者双向互动、共同创造的,是作者、读者两个主体的'间性'关系,是在作者、作品文本和读者三要素动态流程中不断生

---

[1] 夏志清:《中国现代小说史》,第332、345页。
[2] 同上,第339页。
[3] 刘恪:《现代小说技巧讲堂》,百花文艺出版社,2006年,第271页。

成的。"[1]

意图,作为作者的写作动机和表达意愿,可能表现为某种诉求或意念,一个主题或故事,一种情结或母题。"意图在一个文本中是看不到的,是读者通过分析得来的,作者在表达意图时心理与方式都很复杂,是一种控制,一种把握,是必然也是随机,意图是一个看不见的运动过程。"[2]正因为此,我们在研究实践中,首先应该注意辨析意图的显隐强弱、聆听文本的意图。意图的类型,我们大致可以将它们分为明确型、触点式和歧义性意图[3]。所谓明确型意图,是指通过文本内容本身或者作家本人,我们能够轻易获得关于这个文本的意图。大多数的创作谈都为我们提供了关于文本的作者意图。当然,这种通过创作谈获取的所谓作者意图,有时与读者、批评家从文本层面归纳的作者意图,并不一致——当然,这种不一致正是文学自身的魅力,也是文学阐释多元化的一种表征。比如关于金宇澄的长篇小说《繁花》,很多批评者将它视之为都市市井小说,而以他的回忆录《回望》作为参照再读《繁花》,会发现这是一部"假托都市市井故事的自叙传小说"[4]。

触点式意图,是指作家在写作之初只有朦胧而简单的创作意图,这种并未明确的模糊的意图,转化成了作品的生动而形象的叙事。因

---

[1] 朱立元:《略论文学作品的意义生成——一个诠释学视角的考察》,《中国社会科学》2017年第5期。
[2] 刘恪:《现代小说技巧讲堂》,第272页。
[3] 刘恪认为写作分为有明确的意图,未曾明确的意图,写作意图具有歧义性。我将之提炼为明确型、触点式和歧义性。参见刘恪:《现代小说技巧讲堂》,第270页。
[4] 程光炜:《为什么要写〈繁花〉?——从金宇澄的两篇访谈和两本书说起》,《文艺研究》2017年第12期。

而,这种意图,实际上经过小说的创造而得到生长、丰盈。2014年我在采访作家毕飞宇时,和他就《唱西皮二黄的一朵》这个短篇小说进行了探讨,发现作家和批评家两种视野存在的巨大差异。这部小说讲述了一个农村进城的女孩一朵,在城市立足后,无法容忍楼下的卖西瓜的中年妇女和自己长得很像的事实,而让男友让其消失的故事。这部作品究竟在讲什么?我表达了作为读者或批评家对于这部作品意图和意义的理解,我从人性异化,人的认同危机,城乡的对立,乡土的蛮性遗留和人性之恶等角度对这部作品做了"深刻的"解读。但毕飞宇说,没有那么复杂,这部作品谈的就是一个人某天醒来发觉一个跟他长得一模一样的人迎面走来,他该怎么办的问题。在这里,可以看出,"一个人如何面对另一个长得跟他一模一样的人"是毕飞宇写作《唱西皮二黄的一朵》的最初意图,这个意图是简单的,但正是这样一个简单的意图构成了写作的"触点",成为这篇小说内部的一个潜隐的发动机,激活了一朵进城后的人生选择和内心的动荡。这里,出现了作者意图和批评家的意义阐释两套话语,孰对孰错?孰优孰劣?不好说。实际上,这是关于文本意义的两个视角,二者不可替代。如果说最初的作者意图是文本的"自在性意义",那么,文学阐释的功能除了"寻找、发现和阐发",还包括对作家创造的艺术形象进行再创造形成"新意义","这种阐释是意义生成和建构的动态过程,是文学文本的某些自在意义(不等于作者原意)与读者阅读过程中生成的新意义这两者的有机结合或者融合。阐释过程,必定有增值和生发。不能把后者排除在阐释的意义系统之外。"[1]总之,属于触点式意图的文本不在少数,我们

---

[1] 张江主编:《阐释的张力:强制阐释论的"对话"》,第378页。

在研究实践中,可以将这种写作的触点当作理解作家、进入文本的"拐杖"和"地图",通过这种导引进入更广阔的意义阐释,这种阐释文本的方式,既重视了触点意图的作用,能够避免漫无边际的过度阐释,又能充分发挥读者和批评者的阐释主体性。

歧义性意图是指,一个文本确切的作者意图是缺席的,从而带来意图理解上的模糊、歧义和不确定。尤其是现代小说和后现代叙事,所谓作者意图常常是缺席的,文本又常采用开放性叙事,面对这样的文本,批评者的阐释视角会趋于多样,意义和结论常常也会大相径庭,从而带来文本阐释上的众声喧哗。比如《伤逝》,作为鲁迅唯一一部以青年知识分子的爱情作为题材的作品,发表至今已有 95 年,但对于这部作品的解释一直没有停止。这部作品究竟在讲什么,鲁迅的意图是什么,具有怎样的文本意义,人们一直兴致盎然。《伤逝》的主题和意蕴是不确切的,鲁迅关于这部作品的意图言说,哪怕只言片语的解释都是缺席的,研究者们只能借助于历史的拼图重建关于这部作品的历史图景,或是借用各种理论不断尝试解释文本的意义。有人认为这部作品是鲁迅对 1923 年《娜拉走后怎样》这篇演讲中的女性命运的进一步思考;也有人认为这是鲁迅对和自己热恋中的许广平的一种答复,试图委婉告诉她二人的结合将来可能会遇到的困难;还有人认为这是鲁迅在探讨五四知识分子出路的忧心之作。然而,关于这部作品,周作人给出了自己的独特解释,在《不辩解说下》中发出了颇为自信的声音:"《伤逝》不是普通的恋爱小说,乃是借假了男女的死亡来哀悼兄弟情义的断绝的。我这样说,或者世人都要以我为妄吧,但是我有我的感觉,深信这是不大会错的。因为我以不知为不知,声明自己不懂文学,不敢插嘴来批评,但对于鲁迅写作这些小说的动机,却是能够懂得的。我也痛惜这种断绝,可是有什么办法呢,人总只有人的力量。"[1]可见,周作人认为《伤逝》的意图是鲁迅借子君和涓生的爱情悲剧来痛惜兄弟情谊断绝。这里周作人所说的"痛惜这种断绝",指的是1923年夏天发生在北京八道湾胡同周宅里"兄弟失和"一事,兄弟失和的原因至今仍是个谜,周氏兄弟二人从此分道扬镳,至死未能和解。但连缀两人失和之后的若干史实来看,两人都有对于兄弟间曾经的怡怡之情的怀念以及对于这种情谊断绝的"痛惜"。因而,周作人翻译罗马诗人悼念死去兄弟的《伤逝》,鲁迅接着写作《伤逝》和《弟兄》——后篇据周作人说内容十有八九都是发生在两人之间的真事,都可以看成是两人情感的隐秘"交流"。当然,由于缺少足够的文本层面和历史事实层面的支撑,学界对于周作人的"影射说"持保留态度。正是由于《伤逝》具有这种说不清、道不明的意图和意义,近一百年来,一直吸引着研究者的目光,人们借助于各种史料和理论对文本内外进行着多维度的探究,这些研究都为了逼近那个谁也不能肯定的情感真相和写作意图。

值得注意的是,除了以上三种典型意图,在具体写作实践中,常常有"意图跑偏"的情况。即"我写出来的作品跟我的意图之间不一定是重合","有时我想写东,作品却跑到西了,这在写作中经常可以看到。有时我的意图是写出一部伟大的作品,但写出来却很渺小,和我的意图相距很远。"[2]毕飞宇就曾谈到他写作中的这种"跑偏"现象:"如果我能够沉着一些,《玉米》将是一部爱情小说。这部爱情小说的主角是玉米,她什么都拿得起,什么都放得下,爱情来了,她傻了。我要写一

---

[1] 周作人:《知堂回想录》,北京十月文艺出版社,2013年,第536页。
[2] 张江、贾平凹、南帆、张清华:《意图的奥秘——关于文本与意图关系的讨论》,《文艺争鸣》2018年第3期。

个被爱情折磨得死去活来的姑娘,可是,在读者的眼里,她的幸福却可以上天入地。我要写的其实就是这么一个东西。"但是爱情小说的这种意图,并没有伴随《玉米》很久,很快跑偏成为了一个关于权力和伤害的叙事,"一部爱情小说就这样丧失了它的轨道。为了弥补,我写了《玉秀》,它同样丧失了它的轨道,为了弥补,我写了《玉秧》,后来又写了《平原》。我到底也没有能够把一部爱情小说写出来。"[1]意图跑偏未必是坏事,这种脱离原先的意图轨道,意外衍生成另种意图的文本,一般会改变文本原来的结构与逻辑,带来文本的突转甚或悖论,从而可能带来叙述和主题上的复义、多元,美学上的复调、含混。

总之,知晓作家本意是文本阐释的认知起点,确切的作家意图可以减少对文本不必要的臆测,可以杜绝漫无边际的过度阐释;另一方面,作家意图和文本原意只是批评家的认知起点,并不是终点,小说是对作家意图的第一次创造,而批评家的阐释是对这种意图的第二次创造,基于作家意图基础上的合理的意图再造,是文学研究的应有之意。"一部作品意义的阐释,并非只有作者本人才能完成,也并非全然依靠批评家的阐释,而应该是读者-批评家与原作者通过以文本为中心并围绕文本进行交流和对话而产生的结果。"[2]作者意图是一个具有方法论意义的命题,在作者意图上的用与弃、详与略,影响着文学研究的具体路径、阐释主次甚至研究归宿:传统浪漫主义和实证主义文论由于过于看重作者对文本意义的赋予,因而研究重心常常放在文本意义与作者意图的互文关系上,在这些研究范式中,作者意图具有无可置

---

[1] 毕飞宇:《〈玉米〉之外的点滴》,《文艺争鸣》2008年第8期。
[2] 张江主编:《阐释的张力:强制阐释论的"对话"》,第387页。

疑的主体地位,但这种作者中心和意图本位的模式使意图成为文学阐释的"囚笼",极大限制了接受主体和研究主体的能动性。20世纪以来随着语言学转向和阐释学的兴起,内部研究、文本中心和读者中心成为新的知识范式。作者意图的重要性被极大削弱,作者意图的主体地位逐步让位于文本意义和读者/研究者。但文本中心论和读者中心论由于在文本-作者之间断然切断二者的关联,选择了相信文本内部的意义自洽,以及笃信"一首诗没有被阅读,就没有真正的存在;它的意义只有读者才能够讨论",[1]因而,它们在对待作者意图方面,显得矫枉过正。时至21世纪的当下,当我们重新审视各种文论和研究范式中的作者意图问题时,除了理解各自兴起的时代背景及其理论优势,更应该认识到它们的短板和偏执,在当下语境中,基于中国文论建设的现状,以及中国当代文学批评和研究的具体实践,努力建立一种新型、有效的作者意图观。这种新型作者意图观,是要摆脱作者意图作为学术研究"囚笼"的桎梏,让作者意图成为文学体系里多重话语中的一种,发挥它作为"拐杖""航灯"或"地图"的作用,经由这种导引促使我们的文学研究走向更深入更宽广的境地。

---

[1][英]塞尔登:《当代文学理论导读》,刘象愚译,北京大学出版社,2006年,第56页。

中国现当代文学研究中的"强行关联法"指谬

关联也即是关系之意。从理论上讲,文学现象之间的"关联"是密切而普遍的,因而,探讨、追溯文学现象在具体历史语境中的内在关联、因果关系、影响效果,从而揭橥文学的内在本质与历史真相,彰显文学的"存在之由"与"变迁之故",成为文学研究的应有之意和常见路径。但正是这样一种几乎普及性的研究方法,在当下的文学研究实践中,由于研究者对方法论的误用、简化而制造出不少质量低下的学术成果。关联研究的本意是要在现象与现象、类型与类型、作家与作家、原因与结果、表层与内蕴、文本与理论等范畴间建立一种关系,寻找他们之间的内在逻辑,探寻文学发展规律,但由于研究者资料的不足、对历史语境的隔膜或对关联研究方法的非专业化实践,从而形成了一种有局限的研究图式。这些症状典型表现为这样几种形态：一是简单并举式关联，缺少对两种对象内在关联的发现。二是逻辑缺失，或是两种关联对象之间的逻辑关系薄弱，不能坐实。三是"强盗逻辑"式关联，通过庸俗实证和主观弥合强行建立关联。这些研究方法都体现了研究主体僭越事物内在属性和发展规律，主观虚设文学现象间内在逻辑的特征，体现了方法论上的主观主义和学术实践上的霸权形态，我姑且命名这种学术方法为"强行关联"。由于强行关联研究内在逻辑的缺失或弱化，必然会导致学术研究的空洞化和无效性，甚至带来一批批学术谬见。因而，有必要对这种症候式的学术方法进行严肃反思和认真清理。

一、文化与文学关系研究中的"松散关联"和"简单并举"

在众多关联研究的课题与成果中，文化视角一直是文学研究中用之甚广的一种方法。也即从文化的角度切入作家作品、思潮流派和各种文学现象成为20世纪90年代以来学界较为普遍的方法。需要说明的是，此处所说的文化视角不同于作为学术热点的文化研究。文化研究(Cultural Studies)，是特指20世纪50年代由英国威廉斯、汤姆森、霍加特开创的知识领域和学术方法，文化研究在20世纪80年代后期、90年代初被引入中国，经过近二十年的学术定义和实践，已然成为一种显学领域。不可否认的是，作为一个独立的知识领域与学科方法，文化研究对中国文学的研究产生了较为深远的影响，这种影响典型表现为文化研究作为方法论自90年代被引入文学领域的研究，形成"文学文化学"，至今盛行不衰。在文化研究热的冲击下，文化与各个领域或学科发生关联,形成了纷纭多姿的"文化视野"。仅从文学研究的角度来看,中国学界为文学寻找到了如下的文化视角:地域文化、家族文化、草原文化、消费文化、女性文化、民俗文化、宗教文化、节庆文化、迁居文化、政治文化、城市文化、租界文化,等等。

如此之多的文化视角,确实为中国文学的研究带来了崭新的视野和开拓性的空间。但文化视角并不是一把万能钥匙,随意使用都可以打开各个文学现象内部空间的所有秘密。关键问题在于,把诸多文化与文学文本/文学现象并置在一起进行学术研究时,研究重心是什么,落脚点是什么,文学与文化的主从位次如何。如果这些问题定位不准,文化与文学之间的关联研究将是失效的。从方法论的角度,在文化与文学的关联研究上,重点并不是在于"泛谈文化",而是在于"找出文化在哪些方面、以何种方式造就了文学的重要的和主要的特征"。[1]也就是说,以文化视角来研究文学现象时,文化是一个观察角度,关注的重点是文化如何影响和塑造文学的品性,落脚点应落在文学上。

近些年来大量的关于文化与文学的关联研究,由于方法上的偏颇,这些成果看似丰硕或厚重,实则并未给文学研究带来突破性影响,也未能提供关于具体文学现象的新的解释。这里举例说明。《中国地缘文化诗学——以新时期小说为例》(作者崔志远,人民出版社,2015年版。以下简称崔著)是近年采用文化视角研究文学的代表性专著。客观地说,这部67万字的专著,特色还是很鲜明的,比如由古贯今的通观视野,由文化、地理、历史、文学构成的跨学科研究方法,对不同地

---

[1] 朱晓进:《中国现代文学史研究的视阈》,人民文学出版社,2008年,第86页。

缘文化结构和内涵的细致辨析和准确定义。这些优点暂且按下不表。这里主要谈谈该书的问题。

首先,我比较困惑的是,这本专著是关于文化研究,还是属于文学研究。分属哪种研究,并非仅仅是图书学科归类和书店"上架建议"的小问题,而是涉及该项课题的研究方法和研究重心的选择上。如果是文化研究,新时期小说则很可能是作为文化研究的一种文本材料,用以印证文化的观点;如果该书是文学研究,那么,文化则作为一种方法或角度,最后的落脚点应该回到文学现象的解释和文学规律的揭示上。从该书的中图法分类和作序者反复提及的"文学研究"这一关键词可以看出,该书属于文学研究类的书籍。既然属于文学研究,那么,地缘文化应该作为一种研究方法或视角,建构关于地缘文化的诗学体系固然是内容之一,但应该把研究重心放在对文学现象的解释上,比如地缘文化资源如何塑造地域文学的属性,地域文化传统如何影响作家的创作心理和审美倾向。但实际上,除了运河文化与刘绍棠、原型意识与王安忆、水象与汪曾祺等作家个案分析中体现了这种学术追求,崔著的学术重心和热情显然在于描述地缘文化的内涵,建构地缘文化的理论体系。这一点可以从该书的体例和行文看出。全书共九章,前两章分别论述中国地缘诗学和中国区域文化格局这两大理论问题,第三章概述性地呈现新时期小说的地缘分布,第四到第九章是对第三章的细化,选取六个区域文化进行个案分析。从章节设置可以看出,该书的重心在于地缘文化及其诗学的理论建构,地缘文化是这部书的最大兴趣和倾力所在,而文学成为建构文化体系的一种材料。在论述文学部分,为了与各自的地域文化发生关联,作者采用的是"在文学中找文化"的方法,"这里选的均为新时期作家,在分析中主要运用原型批评方法,也运用能够发现文学地缘性的其他方法。"〔1〕可见,地缘文化作为崔著的主体内容,是该书最大的学术重心和创新所在,而"新时期小说"在这种热闹、夺目的地缘文化诗学建构中,实际上沦为了辅助性"材料",对于一部小说研究专著来讲,不能不说这是一种本末倒置的学术实践。

其次,从文化与文学的关联方式来看,该书提供的实际上是一种"文化+文学"式的简单关联研究方式。该书包括两大部分,一部分是地缘文化内涵,一部分是文学特性。在第四到第九章的首节都对不同邦邑区域文化进行了相当细致的描述,接着分析每个地域文化之下的作家与流派。该书在地缘文化体系建构上面,用力颇多,无论是总体性的地缘文化诗学,还是中国区域文化格局的历史演变,以及不同邦邑文化区的文化性格界定,都显得绵密而丰富。而在谈及每种邦邑文化圈影响之下的小说风貌时,该书又追求一种大而全的"宏大叙事":试图一网打尽近百年文学中每个邦邑文化圈中的作家作品与文学流派。由于这种"宏大叙事"涉及的作家与流派多若星辰,注定了该书对小说的地缘风貌只能以描述性、泛论式的方式进行。而这部分被作者自认为是该书"重头戏"〔2〕的内容,由于其浓缩性和泛论性,看起来更像是各种不同版本的文学史为了所谓通史视野和学科完整而设定的概述呈现和简史演绎。因而,在这本专著中,我们很难看到不同地域文化如何塑造一个文学群体的属性,地域文化从哪些方面影响作家,不同作家在同一地域文化之下何以形成不同的写作样貌。对于这些

---

〔1〕 崔志远:《中国地缘文化诗学:以新时期小说为例》,人民出版社,2015年,第6页。
〔2〕 同上。

问题,该书的个案章节部分,比如刘绍棠、王朔、汪曾祺、高晓声、王安忆、贾平凹等专节反而"落实"得较好一些,即在这些作家个案中可以看到地域文化与作家风格、母题、题材、语言之间的内在关联。但每种文化圈及其文化性格,肯定不止体现在一个作家身上,一种文化的丰富性和复杂性肯定是由多个作家所体现。那么,地缘文化作用于文学流派与文学个体的机制是否相同,不同个体吸收与转换的机制是什么,地缘文化对于流派风格的形成起着怎样的作用,这些问题在崔著中都未得到深入的探析。

最后,判断一种方法和视角是否有效、优劣与否,要看这种方法和视角能否对于阐释文学现象带来新的结论,能否发现其他方法和角度不能揭示出的规律和真相。"一个新的文学解释体系,有没有生命力,就看它有没有独到的解释能力,有没有根深叶茂的创新能力,能不能在大家都比较熟悉的一些文学现象中解释出深层的意义。"[1]从这个角度看,崔著也较为平庸。由于一味追求大而全的地缘文化体系,该著并没有完成文化与文学之间的深度关联和多重关联方式的考察。也就是说,从方法论上讲,该书没有建构起文化与文学关联研究的有效向度。以朱晓进先生的三晋文化与"山药蛋派"研究为例,他认为文化与文学的关系研究至少应该包括以下问题:一是研究"山药蛋派"作品所包蕴的三晋文化的内涵;二是研究三晋文化在哪些方面、在何种程度上决定了或制约了"山药蛋派"作家的共同的思维方式、观照问题的角度、审美的偏好以及处理题材的方式方法;三是"山药蛋派"作为

---

[1] 杨义.《读书的启示:杨义学术演讲录》,生活·读书·新知三联书店,2007年,第153页。

一个文学流派,它在产生、发展和消亡中,三晋文化所发生的影响作用。[1]由是观之,包括崔著在内的当前大量文学文化学的研究成果,其学术方法是值得商榷的。在他们看来,文学与文化的关联研究,似乎就是先罗列出文化的内涵,然后在文学中"找出"文化内容便算结束。因而,很多论文的重心几乎都是放在寻求文化与文学的这种"对应关系"上。这种"在文学中找文化"的学术方法通常具有这样一些关键词汇和表达句式,比如"凸现了xx地域风貌、民情风俗""表现了xx文化的魅力""描绘了xx地区的风俗民情"[2]。实际上,在文学叙事中找到文化仅仅是文学的文化学研究的基础性研究,还有更为关键的问题需要进一步追问,比如一种地缘文化作用于作家,是在文化的哪些方面发生影响;这种文化如何影响作家的题材选择、语言表达、美学风貌;这种地缘文化和其他因素如何共同作用于某个流派或作家,继而影响作家风格的生成、变异。缺少了这种学术视野,往往会使文学的文化学研究流于文化与文学的简单对接,而不能使文化/地域文化成为观照文学的重要视角,并得出新颖、有价值的结论。

举例来说,崔著对每种地域文化的特征属性、历史变迁梳理得非常完整,但一旦进入到小说流派或具体作家的文化剖析上,地域文化往往成了游离之物。比如,第六章标题是吴越文化与新时期吴越小说,这一章是把现代以来的鲁迅、郁达夫、叶圣陶、茅盾等吴越作家放在吴越文化视角下进行阐释。那么,从吴越文化的角度解释这些作家,能否看到其他视角所不能看到的问题、得到其他阐释角度所不能

[1]朱晓进:《文化自觉与文学研究》,中国文史出版社,2016年,第77页。
[2]段崇轩:《地域文化与文学走向》,北岳文艺出版社,2012年,第32—36页。

得出的结论直接决定了这一地域视角的有效性与否。崔著在吴越文化视角下是如何解读这些作家的？比如解读鲁迅时，用"理智与情感"的多寡将鲁迅的小说分为三类；认为郁达夫的自传性，"透露着吴越人的文化心态"；而茅盾的精辟表现在"为人生"的文学思想和"深刻的现实主义精神"。再如"将吴越小说提高到一个新阶段"的茹志鹃，其《百合花》的成就在于将"女性视域"推上了新的高度[1]。这些分析共同的特征是用地域文化视角阐释作家作品时，并没有得出任何鲜见，要么借了地域文化的壳套用的是文学史已有的结论，比如对茅盾、茹志鹃的分析；要么是把作家的某个特点生拉硬拽与地域文化划等号，比如郁达夫——自传作为一种太过于普遍的文学体裁，何以见得透露着吴越人的文化心态？总之，崔著在这些分析中既没有说清从吴越文化的视角阐释这些吴越作家得出了哪些合理而重要的结论，更没有由此彰显这种地域视角相比于其他视角的优越性，甚至，有时连这些吴越小说文本中的吴越文化都没有找到。类似的分析不同程度地见之于该书的其他章节中。这样的关联研究，既丧失了文化视角的穿透力，也没有达到对文学的新的阐释。

二、影响研究中的"假式关联"和"逻辑缺失"

在文学研究中，影响研究是一种被广泛使用的重要方法论和研究类型。影响研究通常在两种文化语境、两个文学现象之间，考察文学受到的影响，追溯文学之间的渊源与关联，这种追源溯流、考辨因果的

---

[1] 崔志远：《中国地缘文化诗学：以新时期小说为例》，第268—271页。

研究类型，有利于揭示出文学发展中的生成轨迹和普遍性规律，因而受到文学研究的广泛青睐。但影响研究在影响源和被影响者、放送者和接受者之间的关联如果过于随意和主观，不能通过实证的方式或逻辑演绎落到实处，那么，这种影响研究即使能够找到表面的同源性或类同性，由于不能阐明国别与国别之间、文化与文化之间、作家与作家之间，以及文学与其他学科门类之间的真正交互、融合、影响、变异的规律，这种影响研究将会是丧失合法性的假式关联研究。

洪子诚先生在近年一篇题为《相关性：当代文学与俄苏文学》的文章中，高度评价荷兰学者佛克马1965年出版2011年才有中译本的《中国文学与苏联影响（1956—1960）》一书，同时指出，佛克马这部有关"影响研究"的著作中，确立了"有迹可循"的学术方法[1]。正如佛克马在书中所说，"我们将只探讨那些有迹可循的来自苏联方面的文学影响，即仅涉及那些明显由苏联文学和文学理论派生出来或有苏联渊源的文学现象。"[2]"有迹可循"在佛克马这儿实际上是指一种确凿无疑的联系，他认为"可循的联系"是所谓影响研究是否具有合法性的关键因素，也即，"谈到文学的影响的问题，首先需要弄清何为'影响'。文学间的影响涉及影响源、受影响的地区，影响者与被影响者之间有可循的联系。历史上不同因素间的不断混合，创造出了前所未有的新现象，如果影响源不确定或者与被影响者之间无可循的联系，那就不是文学的影响问题。"[3]当下的很多文学研究，试图通过"影响"的研

---

[1] 洪子诚：《相关性：当代文学与俄苏文学》，《中国现代文学研究丛刊》2016年第2期。
[2] [荷]佛克马：《中国文学与苏联影响（1956—1960）》，季进等译，北京大学出版社，2011年，第69页。
[3] 同上，第248—249页。

究路径探寻文学的"存在之由"和"变迁之故",但由于主客观原因,两个对象之间"可循的联系"模糊不清、似是而非,最终使这种影响研究成为一种主观臆测。

考察中外作家或本土作家之间的相互影响是一种较为常见的研究视角,这方面的研究常以比较的视野,寻找两个现象之间的影响、渊源等关系,从而确认这种文学关联。而这种关联研究常常借助于"枚举法"来完成。即为了说明两个文本之间的模仿和影响,而列举出两个文本在人物书写、主题表达、母题同构等若干"相似"或"雷同"之处,通过这种所谓影响的"痕迹"来确认两个文本的某种关联。由于不同国家、民族之间在历史进程中会在某些阶段形成某些共通的伦理道德规则、审美倾向,因而,在不同国家、民族之间的文学表述中找到一些共同点并非难事,但找到了这些共同点是否意味着这二者之间一定存在着某种必然的联系与事实上的关联?答案是未必。从研究方法上来说,"简单枚举法依靠的是观察,它的结论依赖于观察例证的数量、分布范围和有没有反例,只要有一个反例,全称结论就被推翻。"[1]有学者指出,国内很多学人的研究方法停留在"简单枚举法"的层次,通过中国式的"经验方法"得出多如牛毛的"高论"。但是,"无论堆积了多少'经验'证据,实际上都不足以得出一个具有普遍意义的逻辑结论。"[2]也就是说,有限的"经验"既不能"证实"也不能"证伪"结论,这既是一个逻辑问题,也是一个方法论问题。

除了这种跨国文学的比较研究,当前影响研究还被较多地运用于

---

[1] 陈波:《逻辑学导论》,中国人民大学出版社,2014年,第183页。
[2] 刘士林:《先验批判》,上海三联书店,2001年,第75页。

文学与其他学科的互文性、渗透性研究中。也就是说，考察文学内部体裁之间(比如韩东的小说与诗歌、张承志的小说与散文)，尤其是其他学科与文学之间的相互影响和渗透。确实，不少中外作家的创作受到了其他学科门类的影响，比如宗教之于托尔斯泰、音乐之于余华、绘画之于汪曾祺或伍尔夫。这一方面的研究取得了不少可喜的成绩[1]。诚然，文学在生成和流变过程中，难免要与政治、经济、宗教、哲学、习俗，以及绘画、音乐、歌舞、影视、雕塑、建筑、园林等发生关系，对于文学研究来说，如何去开展这种跨学科的研究？杨义先生认为，应该要去"梳理它与其他艺术形式的文化精神和审美形式的相互通借"，探求"它们在新的审美可能性上互相逗引"和"缔缘共谋的历程"[2]。但在研究实践中，由于这种关联研究涉及不同学科的知识和方法，还要在文学的肌理中厘析出"影响的痕迹"和"缔缘的历程"，确实充满了难度。要将这类关联研究写好绝非易事。比如陈彦教授的《"物恋"与"写作"——再论沈从文的物质文化研究》[3]一文，从文学与物质文化关系的角度，试图找出沈从文结缘物质文化(研究)对于其文学写作的影响与意义，从而探寻作家的文学手法和美学精神的另类来源。

应该说，这篇文章建构了一个重要而新颖的角度。沈从文对"物"的智性乐趣很可能影响到他对新文学的思考与写作实践，因而正如作

---

[1] 比如，翟业军：《"淡淡"文章，"萧萧"书画——汪曾祺文学与书画创作的相互阐释》，《文艺研究》2015年第9期；张慧：《诗歌、绘画、音乐与情感——李金发诗歌创作的艺术追求》，《文艺争鸣》2010年第8期。
[2] 杨义：《读书的启示：杨义学术演讲录》，第207、212页。
[3] 陈彦：《"物恋"与"写作"——再论沈从文的物质文化研究》，《文学评论》2015年第4期。

者所说,"有必要检视物质文化之于沈从文新文学写作的意义"。物质文化与沈从文新文学写作的关联点在哪儿?作者找到了"留心细物"这一美学视点。认为"留心细物"体现了沈从文的审美方式,也有效寄托了作家"爱欲"的迁移,这些观点都没有问题。但对于关键问题,"留心细物"的艺术视点如何影响沈从文的写作,影响了沈从文的哪些方面,这种美学视点与沈从文的文艺观是怎样的交互关系,文章除了第三部分以《长河》《芸庐纪事》《看虹录》寥寥两三百字简单铺衍这种关联,再无细致分析,从而造成论文核心命题的悬而未答。另外,"留心细物"作为连接沈从文的物质文化研究和文学写作的核心概念,这一视点是如何发生的:是物质文化(研究)催生了留心细物的观照方式,还是说,留心细物作为美学自觉在沈从文投身物质文化之初就已存在,结缘物质文化只是强化了这一艺术视点?这一问题实际上涉及物质文化与沈从文写作关联的紧密或松散:如果留心细物的美学视点是沈从文在结缘物质文化之前早就有的美学视点,那么,就又不应夸大物质文化之于沈从文写作的意义与内在关联;如果留心细物确实是沈从文从事美术、工艺品收藏与研究之后形成的艺术视野,进而渗透、影响文学创作,那么,这种关联意义又是另外一种价值。但这篇论文显然缺少对这一问题的自觉追问,在我看来,不可夸大物质文化对沈从文新文学写作的决定性意义,"留心细物"并非结缘物质文化之后的产物。沈从文在1949年回顾自己的文学历程时,曾追溯到早年记忆和观察其他生命时"留心微小"的特点,他说:"认识其他生命,实由美术而起。就记忆所及,最先启发我教育我的,是黄蜂和蟢子在门户墙壁间的结窠。工作辛勤结构完整处,使我体会到微小生命的忠诚和巧智。其次看到鸟雀的做窠伏雏,花草在风雨阳光中的长成和新陈代谢,也美丽也严肃的生和死。举凡动植潜跃,生命虽极端渺小,都有它的完整自足性。再其次看到小银匠捶制银锁银鱼,一面因事流泪,一面用小钢模敲击花纹。看到小木匠和小媳妇作手艺,我发现了工作成果以外工作者的情绪或紧贴,或游离。"[1]由此可见,"留心细物"的美学视点在沈从文早年的日常经验和生命体验中早已成为一种美学自觉。断言"沈从文关于'物'的认知确实重构了艺术史谱系",问题不大,但是,从"留心细物"这一点来说,物质文化对于沈从文的写作可能没有太大关系,可能这也正是论文总是在强调"细物"认知重构了艺术品谱系,而疏于回答物质文化究竟对文学创作在哪些方面、产生了多大影响的原因。

三、海外汉学研究中的"强行关联"与"庸俗实证"

一直以来,海外汉学界是中国文学研究的一个"重镇",无论是海外华裔学者,还是非华裔海外汉学研究者,他们的中国文学研究,在学术观点和研究方法上,都为本土文学研究提供了值得镜鉴的资源。但另一方面,由于大陆学界普遍存在的"汉学心态"[2],形成了过分倚重和不恰当抬高海外汉学学术的气候。同时,在海外学者的中国现当代文学研究的学术实践中,"强行关联"是一个频频出现的顽症和"幽灵"。这种强行关联法大量存在于日、韩、欧美学者的学术成果中,同中有异,要么体现在理论与文本的强行对接上,要么表现为作家与作

---

[1] 沈从文:《关于西南漆器及其他》,《沈从文全集·27》,北岳文艺出版社,2002年,第22页。
[2] 温儒敏:《谈谈困扰现代文学研究的几个问题》,《文学评论》2007年第2期。

家影响关系的庸俗实证上,要么落实在作品与作品关系的主观杜撰上。由于篇幅所限,本文拟以日本学者藤井省三、旅日学者李冬木教授为例,谈谈海外汉学研究中"强行关联"的诸多形态。

藤井省三教授是一位在鲁迅研究和中国新文学研究领域颇有建树的日本学者,他大概是少数几个可以称为"鲁迅通"的非华裔外国学者,藤井教授的学术贡献和儒雅友善的人格此处暂且不表。还是先从他的具体文章说起。《鲁迅与芥川龙之介:〈呐喊〉小说的叙述模式以及故事结构的成立》是由一次演讲形成的论文[1],这篇文章从大的方面说谈的是日本大正时代(1912—1926)的文学和中国"五四"新文学的影响关系,论文又主要以鲁迅和芥川龙之介为例,试图说明"他们俩的影响关系非常大"。藤井教授主要分析了《狂人日记》和《孔乙己》两部小说。一般认为,《狂人日记》是写于1918年4月,发表于1918年5月《新青年》第四卷第五号。《狂人日记》因"表现的深切和格式的特别",颇激动了一部分青年读者的心[2],也被认为是中国新文学的开端之作。藤井教授则提出了自己独特的见解:《狂人日记》是一部"不太成熟"的作品,而《孔乙己》才是一部"水平相当高"的短篇小说。在藤井教授看来,从《狂人日记》到《孔乙己》之间的"十个月",是鲁迅小说水平发生质的变化的重要阶段,而促成因素便是芥川龙之介的作品《毛利先生》的影响[3]。提出这样的设想本身无可厚非,历史的真相

---

[1] [日]藤井省三:《鲁迅与芥川龙之介:〈呐喊〉小说的叙述模式以及故事结构的成立》,《扬子江评论》2010年第2期。
[2] 鲁迅:《且介亭杂文二集·〈中国新文学大系〉小说二集序》,《鲁迅全集·6》,人民文学出版社,2005年,第246页。
[3] [日]藤井省三:《鲁迅与芥川龙之介:〈呐喊〉小说的叙述模式以及故事结构的成立》,《扬子江评论》2010年第2期。

就应该在假设和辨析中得到彰明。但藤井教授证明自己观点的过程以及重要论据却是错误百出，经不起推敲。

藤井教授抛出的第一个重要见解是《狂人日记》的写作和发表时间"延后说"。他认为，《狂人日记》并不是写于1918年4月，而是1918年5月；《新青年》杂志也不是出版于1918年5月，而是6月份。他的理由是，1918年6月11日《申报》发表了《新青年》关于"鲁迅《狂人日记》"的广告，而《新青年》杂志不可能在出版（5月份）一个月后才在6月份上的《申报》做广告。由这样一个"常识"和《申报》刊登的广告时间，继而得出"《新青年》的出版就在6月份，而《狂人日记》的时间也要比4月份晚"。其实，确认《狂人日记》写作和《新青年》的出版具体时间并不太难。查阅曹聚仁版和鲁迅博物馆的《鲁迅年谱》，以及《鲁迅全集》[1]，均显示《狂人日记》最初发表于1918年5月《新青年》第四卷第五号，笔者翻阅了《新青年》1918年第四卷第五号，清晰可见发行、出版时间为"民国七年五月十五日"，也即1918年5月15日。至于说，因为《申报》上关于《狂人日记》的广告在6月11日发表了，得出"《新青年》在6月11号左右出版"的"常识"，则显然是一种经验式推导，不足为信。

那么，关于《狂人日记》的写作，纠缠于时间上的这一两个月，有何意义？藤井教授为何大费周折地把《狂人日记》和《新青年》的时间推延？其实，这里面大有深意。北京的一份报纸《晨钟报》（后改为《晨报》）在1918年刊登了好多关于"吃人"的报道，而报道的时间分别是5月19日的"孝子割股疗亲"、5月26的"贤妇割肉奉姑""贤妇割臂疗

---

[1] 参见曹聚仁：《鲁迅年谱》，生活·读书·新知三联书店，2011年，第35页；《鲁迅全集·1》，人民文学出版社，2005年，第455页。

夫"。于是藤井教授指出"鲁迅可能看到5月《晨报》里这些吃肉的报道，非常担心中国的吃人历史还在，应该批评这样的情况而写《狂人日记》，这样的可能性比较大"。由此可知，藤井教授煞费苦心地把《狂人日记》的写作和发表时间向后推迟一两个月，是为了让鲁迅在写《狂人日记》之前一定要"看到"《晨报》，也即给鲁迅"吃人"主题找到某种源头和现实起因。而所谓"吃人"源头和起因，在藤井教授看来便是《晨报》1918年5月19日、26日的关于吃人的报道。由于《鲁迅全集》以及《鲁迅年谱》一直标注的《狂人日记》写作时间是1918年4月，这一时间显然没法与5月中下旬《晨报》上的"吃人"消息发生逻辑关联，所以，藤井教授便"大胆假设"《狂人日记》的实际创作时间为5月的某天，而我们现在所见到的4月是鲁迅的"虚拟"或"障眼法"。由于《狂人日记》的写作时间推后了，当然也要让《新青年》推迟一个月。

　　我发现，日本学者对鲁迅作品中"吃人"主题的来源很有兴趣，但对于"吃人"的来源，他们不承认这种"吃人"是鲁迅对中国历史和文化的一种深刻而痛苦的体悟，也不认为鲁迅在写作《狂人日记》之前已经阅览了大量野史、正史中关于吃人的记载，或是受到了现实真相给鲁迅带来的巨大刺激。他们要么认为鲁迅的"吃人"来自于明治时代的某本书，比如李冬木教授；要么将鲁迅"吃人"这一文化母题归结为报纸上的某几篇报道对鲁迅的某种偶然性触动，比如藤井教授。其实，单是从当时的社会现实来看，鲁迅身边不乏这种"吃人"事件，而且早在鲁迅写作《狂人日记》之前的十多年前已有发生。最典型的就是清末革命团体光复会成员徐锡麟在1907年与秋瑾准备发动起义，徐锡麟因弹尽被捕，被残忍杀害后，心肝被安徽巡抚恩铭的卫队挖出炒食，秋瑾随后也被杀害。这些事件带给鲁迅的悲怆体验是巨大的，徐锡麟和秋瑾作为人物原型分别成了《狂人日记》中的"徐锡林"和《药》中的"夏瑜"。已有学者通过大量确凿可信的材料论证了鲁迅吃人主题与其自身早年阅读、历史文化体验之间的内在关联[1]。也就是说,鲁迅吃人主题的表述,不需要一定要等他看到1918年5月份的"吃人"报道,才产生了藤井所说"应该批评这样的情况而写《狂人日记》",也并非来源于李冬木所说的芳贺矢一的《国民性十论》中的吃人记载。而这两种学术观点共同的用意是抹杀鲁迅《狂人日记》中关于吃人命题具有的先锋性和深刻性。

为了"矮化"《狂人日记》,藤井教授抛出了他的第二个观点,由于《狂人日记》有很多无法解释的"谜","这可能意味着它是不太成熟的作品"。藤井教授的这个判断与逻辑令人费解。一般来说,经典的作品由于其内在厚度和丰富内蕴,而具有了多种阐释视角和如同谜一样不能说尽的魅力,无论是《红楼梦》,还是莎士比亚的剧作皆如此。而在藤井教授这儿,无法释然的"谜",竟成了作品"不太成熟"的依据。难道直白、浅显是成熟作品的必备条件?有"谜"的特质的作品都是不成熟的作品?这种见解和逻辑过于虚妄而霸道。藤井教授之所以认为《狂人日记》不成熟,依据的是两点:一是鲁迅自己说过"这部作品很幼稚";二是1933年,鲁迅在上海编辑《鲁迅自选集》的时候,没有把《狂人日记》收录进去。所以他说,这部作品不成熟,"对鲁迅来说,也不一定很重要"。其实,鲁迅说这部作品"很幼稚",完全是自谦的话,如果鲁迅真觉得"幼稚",也不会在后来的《中国新文学大系》小说二集序中作出"比果戈理的忧愤深广,也不如尼采的超人的渺茫"的断语和

---

[1] 王彬彬:《鲁迅内外》,南京大学出版社,2013年,第49页。

自我表扬,也不至于在这种"自夸"之后,声称《新青年》除了他的《狂人日记》等小说之外,"此外也没有养成什么小说的作家"[1]。把鲁迅的一句自谦的话当作实情进而当作否定鲁迅的例证,这何尝不是对鲁迅的一种误读?

至于鲁迅不把《狂人日记》收进自己的集子,并不是因为"不成熟"而羞于见人,真正的原因在于,鲁迅怕这样的小说"教错了青年"[2]。鲁迅1918年受新文化的感召"遵将令"写作第一篇小说《狂人日记》,开启了一种启蒙之路。但鲁迅一直心有犹疑,正如他在《呐喊》自序里所说,不愿将自己的思想"传染"给"正做着好梦的青年"。一直到晚年,鲁迅对自己的启蒙始终抱有疑虑,尤其是,鲁迅目睹到很多青年受其感召而加入到社会运动中来,结果遭到了政治性屠杀,加上收到"一个被你毒害的青年Y"来信(1928年)指责鲁迅是毒害青年的"元凶",在这种情况下,鲁迅更为怀疑自己的启蒙。这种"诱杀青年"的愧疚和痛苦的自我怀疑,造成了晚年鲁迅这样一种心境:"当时他说话,已经是顾虑重重,很有分寸了,已经是苦心孤诣地删除些黑暗,装点些光明了。"[3]因而,在1932年出版自选集时,"将给读者一种'重压之感'的作品,却特地竭力抽掉了"[4]。可见,鲁迅不把《狂人日记》收进自选集里,并且反对将《狂人日记》收进中小学教材,并不是如藤井教授所言由于作品"不成熟",而是出于鲁迅思想上的这种痛苦和对"启蒙"的

---

[1] 鲁迅:《且介亭杂文二集·〈中国新文学大系〉小说二集序》,《鲁迅全集·6》,人民文学出版社,2005年,第247页。
[2] 鲁迅:《华盖集续编·不是信》,《鲁迅全集·3》,人民文学出版社,2005年,第243页。
[3] 王彬彬:《鲁迅晚年情怀》,上海人民出版社,2015年,第161页。
[4] 鲁迅:《南腔北调集·〈自选集〉自序》,《鲁迅全集·3》,人民文学出版社,2005年,第253页。

反省。

否定了《狂人日记》的功绩和特色之后，藤井教授抛出他的第三个重要命题，鲁迅的"第一篇成熟的作品"不是其他作品，而是《孔乙己》。尤其重要的是，芥川龙之介的《毛利先生》影响了《孔乙己》的写作。通过具体的情节、主题比较，藤井教授得出了这样一个重要的结论：《孔乙己》与《毛利先生》是有直接影响关系的作品，前者"模仿了"后者。

从文学史实来看，芥川龙之介与鲁迅虽没有直接见过面，但二人对彼此印象颇好。在芥川龙之介1921年6月来华之时，鲁迅翻译的芥川作品《罗生门》正在报刊上连载，芥川对于鲁迅的译文"惊喜交加"[1]。两位作家有种惺惺相惜的知音之感，在他们的作品中能够看到某种共通甚或影响。但具体到《孔乙己》与《毛利先生》这一个案，说他们具有一种"影响关系"，还需要确凿的史实来证明。擅长实证研究的藤井教授当然要为这一结论找到对应的史实：《毛利先生》发表于日本《新潮》杂志1919年1月号上，同时收录在新潮社1919年1月15日发行的《芥川第三短篇集》的《傀儡戏》中。《孔乙己》写于1919年3月10日，发表于《新青年》第六卷第四号上。由于"存在"这样一个时间差，同时根据周作人日记里周氏兄弟收到这部小说集的记载，藤井先生断言"肯定鲁迅先看过《毛利先生》以后再写《孔乙己》的，我这样猜"。[2]周氏兄弟拥有某本藏书，是否意味着鲁迅一定读过该书，并且是否一定对他的写作产生影响，这些具有多种可能性的历史细节，在藤井教授

---

[1] [日]藤井省三：《日本鲁迅研究精选集》，林敏洁主译，中央编译出版社，2016年，第193页。

[2] [日]藤井省三：《鲁迅与芥川龙之介：〈呐喊〉小说的叙述模式以及故事结构的成立》，《扬子江评论》2010年第2期。

这儿，不加辨析、不由分说地被简化成一种言之凿凿的现实，那就是鲁迅"肯定看过"，而且对其创作产生了实质性的影响——这个有待商榷的结论暂且不去追究真伪，姑且认为鲁迅看过。值得一说的是，由于鲁迅翻译过芥川的作品，并对他的作品有过评价，因而，《孔乙己》模仿《毛利先生》，从逻辑上来讲，是有这种可能的。但有一个关键问题藤井教授搞错了，那就是《毛利先生》发表于1919年1月，《孔乙己》并非写于1919年3月。按《鲁迅全集》中《孔乙己》篇末的时间，确实标注的是"一九一九年三月"，但这个时间是"发表时间"，而《孔乙己》真正的写作时间正如鲁迅在篇末的《附记》里所记载"本文作于1918年冬天"。可见，藤井教授误把《孔乙己》的发表时间或鲁迅在编辑时补加的时间，当作了小说的创作时间。也就是说，鲁迅在北京创作《孔乙己》的时间是1918年冬天，而远在日本的芥川龙之介则是在1919年1月发表了《毛利先生》。鲁迅怎么可能在写作《孔乙己》的1918年的冬天读到翌年1月才公开发行的芥川的《毛利先生》？由此可以说，藤井教授断言《孔乙己》"模仿"《毛利先生》的大前提就是错误的，其结论的崩溃也就是必然了。

除了此篇认为《孔乙己》是模仿芥川《毛利先生》，这种牵强比附和庸俗实证在藤井教授上个世纪80年代以来的鲁迅研究中即已启动。比如认为《故乡》模仿契诃夫的《省会》，复仇源自《真实如此伪装》[1]。这类研究以所谓实证为基本方法，将鲁迅作品与外国某位作家作品的某句话、某段描写，进行对比，继而得出某某作品是"模板"、鲁迅"模仿"某某等结论。诚然，我们并不能否认鲁迅的作品确实会有一个"模

---

[1] 李有智：《日本鲁迅研究的歧路》，《中华读书报》2012年6月20日第3版。

仿、提升的过程"[1],我们也赏识日本学者这种爬梳史料、田野调查和实证研究的研究方法,但这些研究在试图为鲁迅的精神生成和文学创作找寻源头,试图依靠史料和实证还原真实鲁迅的学术诉求中,是不是应该让研究前提更扎实些,让材料和结论之间的逻辑更密实些?考量明治时代对鲁迅的"巨大影响"时,是否也应该兼顾鲁迅去国前后的时代环境、文化体验?

运用这种"强行关联"研究鲁迅的还有任教于日本佛教大学的李冬木教授。《鲁迅怎样"看"到的"阿金"？——兼谈鲁迅与〈支那人气质〉关系的一项考察》[2]、《明治时代"食人"言说与鲁迅的〈狂人日记〉》[3]等文是李冬木教授较有代表性的鲁迅实证研究。这些研究一方面采用田野调查、实地勘查等方法,将鲁迅的某部小说分割出若干元素,实证推演出某部分是虚构的,某部分是写实的,以"现实原型"作为探求文本世界的最大要义。另一方面,李文的这些实证研究无一例外地试图引出他的宏论:鲁迅创作《阿金》是因为借用了美国传教士斯密斯《支那人气质》日译版这一"模板";《狂人日记》从内容到形式都是对外国人的模仿,尤其是"吃人"主题更是直接因袭和模仿日本芳贺矢一的《国民性十论》。限于篇幅,此处言简意赅地指出这种关联研究的路数和弊病。鲁迅1902—1909年在日本留学,这期间正是日本的明治时代,日本留学时期的体验、阅读与经历确实对鲁迅的文化观、人格

---

[1] 李冬木:《歧路与正途——答〈日本鲁迅研究的歧路〉及其他》,《中华读书报》2012年9月12日第3版。
[2] 李冬木:《鲁迅怎样"看"到的"阿金":兼谈鲁迅与〈支那人气质〉关系的一项考察》,《鲁迅研究月刊》2007年第7期。
[3] 李冬木:《明治时代"食人"言说与鲁迅的〈狂人日记〉》,《文学评论》2012年第1期。

形成与文学表达等有着不可忽视的作用。而日本学者往往喜欢研究明治时代对于鲁迅的影响，肆意确认鲁迅与明治时代的文化、文学关系，任意扩大明治资源对鲁迅的意义。李冬木教授与很多日本学者一样，通常采用实证的方式，追溯鲁迅文学的渊源和跨国影响，他们对日本的文学传统与文献史料比较熟稔，在找到鲁迅与日本作家、文学或现象的某个联结点后，会大量罗列出关于日本文学的相关史料，以某种"论从史出"的逻辑宣布鲁迅与日本因素之间的影响、渊源及其"不可动摇性"。而实际上，由于与中国文化语境的"隔膜"，加上主观预设的"日本影响"的先在性，他们建立起来的论证逻辑看似"实证"和密实，实际上经不起细致推敲。"阿金考"和"狂人考"式的研究简化了鲁迅探求现代社会理想和文化出路的意义系统及其思想渊源，夸大了日本明治时代的文学资源对于鲁迅的影响。而这种把鲁迅文学与日本文化、文学进行简单关联，在二者之间找到某种类似之处，进而武断宣称鲁迅作品的某种叙事形制、思想原点是来源于日本，从而确认日本资源之于鲁迅的渊源意义和决定性影响，体现了学术心态上的某种霸权倾向，在方法上显得庸俗与机械。

四、结语：走出"刀耕火种"和"虚假逻辑"的学术实践

作为一种学术方法，关联研究是一种必要的思路和基础性的方法，但另一方面，由于文学研究本身具有的主观性和阐释性，加上研究者知识结构和资料占有的不同，关联研究方法生产出了大量关联泛化、关联虚化、关联缺失的相关成果。这些研究成果从方法论上来说违背了逻辑学上的"充足理由律"，正是因为理由的不充分，现象之间

的论证逻辑发生中断或弱化,从而使这种关联显得浮泛而游移,甚至漏洞百出。这种被普遍应用于当前学术实践中的强行关联法根本的弊病在于"逻辑硬伤"。强行关联法看似借助于材料、理论与实证的方法,试图在事物与事物、现象与现象、起因与结果之间建立某种内在关联,继而描述文学的这种内在本质和发展规律,但由于论证过程中逻辑中断或是伪逻辑的建构,而使整个研究过程丧失真正的阐释效用,继而走向一种不具合法性的学术实践。

强行关联法之所以成为当下文学研究中一种较为普遍的学术思维与研究图式,原因之一在于,学术生产中过于强烈的"目标取向"和"发现问题"的功利性心态。学术生产强调学术实践的目标指向与问题意识,这是一个常识性的共识,本身并没有问题。但如果带着一种先验的学术动机,主观预设一种学术规律和学术关联,然后再去找材料,所有的论证都似乎是完成这种关联的确认和目标的获取,这种研究是有问题的。还有一种情况,在学术论证过程中,中途发现规律难以实现,关联发生中断,面对这种情况,研究者能否大度而客观地承认这种关联研究的失效?事实上,并非每个研究者都能够心甘情愿地"承认"这种失败。有学者指出,中国现当代的思想活动和学术实践中,存在着一种"农民式的学术开垦",它以极端的功利主义为特点,这种学术方式常常对客观材料断章取义或为了实现一己言说百般曲解文本,这种学术硬伤必然导致类似于原始人"刀耕火种"式的粗放型精神生产[1]。确实,在当下急功近利的学术生产环境下,学术人都要以真理的发现者和重大问题的提出者身份时不时地现身或发声,即使对于一些自己明知可能没法做出"新见"和"重大发现"

---

[1] 刘士林:《先验批判》,第5页。

的研究,也要微言大义、煞有介事地找出意义和价值。

问题是,由于事物自身的复杂性或客观研究条件的限制,现象与现象之间,原因与结果之间的关联有时并不是那么容易获得的,吕思勉先生在《论论史事之法》中曾这样说道,"史事之相关如水流然,前波后波息息相续,谓千万里外之波涛,与现在甫起之微波无涉,不可得也。"[1]具体到文学研究中,各种文学影响、中外文化的差异,很可能在作家的实际创作过程中"溶解了"[2],如果在论证过程和具体技术层面,不能有效量化这种影响的"痕迹",研究者能否客观地承认这种影响和关联研究的失效,并明示自己这种研究的限度? 这实际上关乎到研究者的客观立场和科学态度。学术研究中的主客观之争是20世纪中外学术史上的一大论题。事实性与价值性是主客观关系的基本表现方式。事实性是指研究对象的客观实在性,价值性是指学术研究的目的、立场。"虽然我们不反对怀疑、假设等主观性较强的方法,虽然我们无法去除学术研究中价值、政治倾向等主观因素的影响,但我们仍然强调客观性、事实性、科学性是第一位的。"[3]正是在这个意义上,我们不反对各种学术假设和主观判断,我们反对的是那种"虚假逻辑"和"想象关联"的学术实践,我们赞成实证研究和史料梳理,但不赞同那种"庸俗实证"和随意捏造的学术关联。

---

[1] 吕思勉:《吕思勉讲思想史》,凤凰出版社,2008年,第151页。
[2] 王富仁:《对一种研究模式的质疑》,《佛山大学学报》1996年第1期。
[3] 李承贵:《通向学术真际之路——中国现代学术研究方法史论》,江西人民出版社,2002年,第423页。

"唐小林现象"和当代文学批评的"求疵"传统

一

近几年,总能在学术期刊、微博、微信等不同平台看到唐小林的文章,而他的文章辨识度是那么高,看过一两篇便再也忘不掉,闭起眼睛都能把他的学术面孔从高度趋同化的学林里勾勒出来。如果根据学术特性对学界众生进行合并同类项的话,一定有一个脸模是唐小林专属的。唐小林是谁?唐小林是学界的"持不同政见者",是抡着犀利的剑朝着文化病象肆意砍伐的文坛堂·吉诃德,是喜欢对着那些"参天"或"茂盛"的名贵巨木叮咚捕虫的"啄木鸟"。他身在体制外,却把利剑和铁嘴指向体制化的学术江湖，他体态纤瘦面容清俊，却心有猛虎、专喜穷追深查各种文坛"病症"。

说得具体一点，那个生于1959年，在体制外，专事剐割体制内"烂苹果"的四川人，就是唐小林。从2006年至今，他在各类学术刊物上发表"求疵"文章数十篇，狠批各种文坛乱象，怒怼那些扬名立万的名作家和名批评家的各种谬误。唐小林有很强的问题意识，常常直指作家写作、评论家的研究，以及文坛内外的种种"问题"和"病象"。他的文风朴实，没有理论气和学究腔，立足于文本细读，通过考据实证和"历史化"的研究路径，指陈硬伤，拆解经典和名作的假面。这种吃力不讨好、每写一篇文章都在树敌更多的学术实践，唐小林坚持了十三年。赞誉者大有人在，不少人在看似云淡风轻或是不置可否的傲慢之余，心头大概会掠过阵阵寒意和惊惧。2012年《文学报》将"新批评"的"新人奖"颁给了唐小林，2018年年底，唐小林获得《文学自由谈》三十年"重要作者奖"，还有，大量"读者来信"赞誉唐小林的学术果敢，都显示着人们对唐小林这只"学术啄木鸟"的深切认同。这个游走在文坛边缘的"独行侠"以其学术上的谔谔之声和风高放火的高调学术态势，俨然成为文坛的一道独特风景。可以说，由唐小林的身份、学术特色、读者接受和社会效果等多种元素所构成的"风景"与"事件"已然形成了一个值得关注的"唐小林现象"。

法国文艺理论家蒂博代专门论述过"寻美批评"和"求疵批评"，他引用法盖的话这样介绍"求疵的批评家"："他的职能是根据每位作者的气质了解他应该有的但只要稍加小心就可以避免的缺陷；对于那不可避免的缺陷，他至少可以掩盖或减轻其严重程度。"而关于寻美者和求疵者对于文艺活动的作用大小问题，法盖提出，求疵的批评家更有用,因为他是"真诚的合作者"。[1]唐小林的文学批评是一种诚而真的学术实践,"诚"是说他对待文学的那份诚挚态度,他热烈而诚恳地守护理想文学和好的批评,固执地痛击各种病象;"真"是指他的学术较少虚言,靶标精准,论证严密,总能击中要害。在文坛看似花团锦簇的当下,唐小林的可贵在于,敢于以求疵的胆识和冒犯的姿态,向假言虚言笼罩、病象乱象丛生的学术江湖发出真的恶声。唐小林的文学批评大多数是金刚怒目式的,以求疵和批评为主,他的文字并不玄虚,也不晦涩。

总体来看,他念兹在兹不断追问的问题包括:作家应该何为,什么是坏的文学,批评家的职责何在,文学知识分子的底线在哪里?他选择的大多是业已扬名经年的大家名流,实非要借名人之"势"攀高枝搭顺风车,而是因为名人的社会影响更大,病象经过他们更易传播,影响更坏。对于他所批评的对象,唐小林"死缠烂打"的并非高韬艰深的理想、理论之类,而是更为形而下的文史常识、语法词句的"硬伤"以及讲真话、不阿谀的文人底线。比如对于作家,他怒批由于态度草率或学养不够形成的种种"硬伤":贾平凹对时态助词"着、了、过"的混用,误把明代归有光和张岱视为先秦作家,错把李贺"秦王骑虎游八极"的诗句当作李白所做;莫言把《诗经》"七月流火"中指称星宿的"流火"望文生义地理解为炎炎烈日;王蒙错把"悬梁刺股"中指称大腿的"股"理解成了"屁股";获得鲁迅文学奖的穆涛错将《易经》中的"大亨以正"一律写成了"大享以正",把县令和县长混为一谈;王安忆《长恨歌》中人物

---

[1] [法]蒂博代:《六说文学批评》,赵坚译,生活·读书·新知三联书店,2002年,第125—126页。

年龄的混乱令人咋舌……可以说,"的、地、得"、"着、了、过"不加区分,语病迭出,误用典故、古典诗词和古代文化知识,显示的既是写作者堪忧的学养,更是写作态度上的轻慢。除了硬伤,唐小林对于作家审美、精神上的偏狭保持着警惕。比如对于贾平凹、莫言、余华等作家"嗜脏成癖""嗜痂成瘾""性噱头如牛毛"的恶趣味和病态审美,唐小林给予了尖锐的批评。对于那些光环加身的"名人"和被奉若经典的"名作",唐小林并不迷信,在全面阅读和细致分析的基础上,常常能看见那些易被忽略的精神偏狭和人格暗面:贾平凹拿汶川地震的灾难作为笑料;王蒙《这边风景》一味美化历史,缺少必要的反思;被陈丹青奉为"中文写作标杆"的木心,有着轻狂、偏激、充满戾气的另一面;余光中骨子里有强烈的上层优越感和对下层人民的轻侮之心。

对于批评家毫无节操的"谀评"和"飙捧",唐小林深恶痛绝。当下文学语境下,无论是名家,还是初出茅庐的作家,只要有新作出来,常常是由出版宣传、媒体批评和学术批评共同"抬轿"。出版商常常先声夺人地以"xx联袂推荐"和"民族史诗""重要收获"的腰封赞语展开宣传攻势,媒体批评和学术批评紧随其后,通过采访、研讨会的方式,进一步追加各种夸赞之词。唐小林这样描述批评家的抬轿行为:"在xx的文章里,动辄就是假大空的'最xx''极致''惊异''首屈一指''无比''最高成就',汉语中所有最高级的形容词,都被xx在吹捧当红作家时使尽浑身解数地一网打尽。"[1]对于这些动辄用"奇迹""伟大""里程碑""新高度""百科全书""巅峰"等词飙捧作家的批评家,唐小林毫不留情地给予批判。他称栾梅健为"头脑发热的学界粉丝",将张学昕看

---

[1] 唐小林:《孤独的"呐喊"》,作家出版社,2017年,第304页。

成"在文坛大炼钢铁",将陈晓明称作"放卫星"和"既卖矛又卖盾"的人。之所以如此"围剿"批评家,主要基于批评家写作上的种种问题:比如刘再复对卢梭《忏悔录》的评价,由于缺少对卢梭人格的全面了解而使立论偏颇,他对顾彬的"仇视"由于建立在媒体不负责任的报道上,而显得偏激和主观;耗费大量精力阅读谢冕的著作后发现,谢老"华章"里出彩之作稀少,作为"编书大王"却在主编"经典散文"时大塞质量低下甚至有文法错误的个人私货;细致挑拣出程光炜《艾青评传》中比比皆是的字词、语法错误,以及对于西方美术知识和历史掌故的误用。可以看出,唐小林对批评家的批评并非空洞无物和情绪宣泄式的胡搅蛮缠,常常是基于批评家的语法硬伤、文史知识错误、缠绕式文风和浮夸立场所进行的真诚商榷。他的这种真诚也赢得了不少批评家的理解,有的批评家当面致谢,有的批评家与他成为了经常切磋学问的朋友。

唐小林的批评文字读来生动有趣,常常令人击节称快。但他的研究路数是朴实的、笨拙的。任芙康先生曾这样概括唐小林的批评方法:"借用批评对象自身的字、词、句,罗列其前矛后盾、浅入深出、盗袭他人、重复自己、粗枝大叶、指鹿为马之类的软肋与硬伤,从而不温不火地、水落石出地、板上钉钉地验证出饱学之士的满腹经纶不过一肚草料,完备的体系不过一锅杂碎,离奇的叙事不过一堆呓语。这一招颇有巧劲儿,致命到当事人往往被一剑封喉,难堪到帮闲者虽疾首痛心却无从援手。"[1]这种"笨劲儿"还体现在他的阅读上:各种谬误和硬伤的发现,都是建立在查阅原籍和细致的校勘基础之上;为了评价

---

[1] 任芙康:《让人无计可施的人》,《文艺报》2016年3月28日第2版。

的客观，他采用的是"知全人"和"知人论世"的方法；为了立论的公正，他几乎要读遍作家、批评家甚至批评对象的所有材料。不夸张地说，一部唐小林批评史，就是一部跨领域多学科、横跨古今的阅读史。这种诚实的阅读态度和巨大的阅读体量正是唐小林文学批评具有坚实力量和及物特性的重要保证。

二

唐小林有本名为《孤独的"呐喊"》的集子，书名有明志的意味。在为博眼球常常夸大其词的媒体批评，以及各种吹捧、颂赞大行其道的当下，唐小林认为文学批评往往充当着作家的"亲友团和义务宣传队"[1]，他不愿加入合唱，宁愿守着这一民间立场，给中国文坛"剜烂苹果"。这种荷戟独自应战的情状颇有"他们在跳舞，我们在上坟"（张承志语）的决绝和悲壮。实际上，放眼近些年的文坛内外可以发现，唐小林并不孤独，和他一起从事着这种"剜烂苹果"事业的还有不少人，唐小林与他们一起构成了当代的"求疵派"。这派文学批评不以赞美和寻美为指归，而是致力于发现、批判文坛的病象、假象和乱象，对那些已成经典的，或正在被热捧的、流行的作家与作品，保持必要的警惕和理性的质疑，正视名作家的"局限"和"消极写作"，批判批评家的逢迎套词和种种堕落行径，拆穿市场、权力和其他因素合力造成的文坛谎言和虚假风景。当代文学批评的这种求疵传统一方面体现在一些学术刊物的自觉倡导上，另一方面则体现在众多真诚、正直批评家的

---

[1] 唐小林：《孤独的"呐喊"》，第 328 页。

学术实践中。这里简要梳理一些典型。

在当下数以千计的人文社科类报刊中,《文学自由谈》和《文学报·新批评》无疑最为可贵地体现了"求疵"的人文传统和精神立场。创刊于1985年的《文学自由谈》,文风活泼自由,问题意识和价值立场鲜明,与那些云山雾绕、呆板臃肿充满冬烘气息的学术杂志相比,她的清朗透明、充满激情、洋溢着正义的学术面貌,更加体现了批评的尊严。《文学自由谈》的"六不"[1]选稿标准,本身就是鼓励学术自由,倡导学术正义的不凡之举。正是因为这种开明,《文学自由谈》聚集了一批批敢于说真话、敢于向文坛乱象亮剑挥拳的真的勇士。他们那些果敢质疑、犀利求真的文章,几乎是当代文坛的照妖镜,照出了文坛的丑态和文人的假面。总结《文学自由谈》对当代文坛的学术意义,不是本文的主要目的。这里想指出的是,《文学自由谈》确立的学术的民间立场,以及以问题为导向,质疑文坛假言、批判学术假象的求疵精神是当代文坛中的一股清流,值得推崇。

《文学报》于2011年6月2日开设《新批评》专刊,鼓励"真诚、善意、锐利"的求疵文风,刊发关于文学名家新作和各种文化现象的批评文章。《新批评》至今已有171期,那些爱较劲、爱求疵的人们,在这个平台上锐利批评、真诚冒犯,他们批评郭敬明的"虚伪抒情",不满陈漱渝评价历史人物的双重标准,认为中国当代文学批评缺骨少血,痛斥贾平凹的硬伤和文字游戏,热议莫言获奖的是与非,为《谢冕编年文集》挑错……这些文章以找问题和批病象为要务,不用刻板的学院体,

---

[1] "六不"选稿标准是指,不推敲人际关系,不苛求批评技法,不着眼作者地位,不体现编者好恶,不追随整齐划一,不青睐长文呆论。

文风简洁较少长篇冗言,有商榷体,有书信体,有随笔体,文坛名宿和民间写手同台,学术新人与大众偶像对垒,你来我往,没有奉承,唯有刀光剑影般的商榷和批评。

谈论学术刊物的这种求疵传统,不得不提及《钟山》杂志关于作家"创作局限论"这一批评方法的提出和学术实践。2000年,《钟山》开设"河汉观星"栏目,集中推出以当代著名作家及其作品为研究对象的作家论,从2006年到2007年期间,"河汉观星"以"局限论"为主题,接连发表了关于余华、张承志、贾平凹、莫言、张炜和王安忆的创作局限的研究论文。策划者的用意在于:"很多人在作家的正面指指点点,我们是请一些论者走到他(她)的侧面、反面看一看,努力去看看作家的另一面,发现局限性,作一番研究,探讨可能存在的负面的东西。"[1]这些论文都将焦点对准了作家的局限,毫不留情地指出了他们写作中的种种症结:余华有待突破先锋叙事的"惯性写作";20世纪90年代以后的张承志不仅在美学上出现倒退,现实批判上也呈现无力和边缘;而贾平凹由于面对现代艺术的优柔寡断,而使创作缺乏本质性超越,始终处于挣扎的尴尬状态中;莫言则存在着艺术的粗糙与精神的下滑,以及话语的惯性取代创造的个性的内在困顿;张炜在写作里更像一个道德家,通过道德致幻术,虚拟出逃离现实的幻觉;王安忆的精神局限则体现在逃离大历史的强迫性历史遗忘、悬置现实和稀薄的人间情怀。

除了这些学术期刊倡导和引领了一种坦诚批评、独立求疵的清朗学风,一些具有知识分子风骨的批评家用他们的学术实践诠释"真的

---

[1] 贾梦玮主编:《当代文学六国论》,江苏文艺出版社,2009年,第214页。

批评"的含义，正是这些秉持"必要的反对"、敢于向文坛流弊说不的学者，彰显了"求疵批评"的尊严和正义。相对极为庞大的当代学人，这些学者是学界的"少数派"：李建军、王彬彬、肖鹰、韩石山、陈冲、李美皆、杨光祖、刘川鄂、翟业军……这些学者有一些共性，都爱"骂人"，喜欢"找茬儿"，爱打笔仗，在他们的学术实践中有一部分精力放在了为文坛"剜烂苹果"。这些人被一些学者称为"怀疑者和提问者，文学病象的观察者和诊断者"，他们的文字特征表现为："你从他们的文字中看不到上下其手的捣鬼，看不到险恶刻毒的侮蔑，看不到世故圆滑的投机，看不到互相吹捧的交换，看不到骑墙居中的两可之论，看不到不关痛痒的温吞之谈，看不到毫无定见的执中之说，看不到四平八稳的公允之言。"[1]比如李建军，被称为文坛"清道夫"，他崇尚俄罗斯文学直面苦难、抵抗邪恶、追求真理的精神传统，将俄罗斯文学视为一种理想方式，反对作家被市场绑架、被欲望劫持、被时尚裹挟，反对各种消极、空心的写作。李建军理想的批评家是别林斯基，一种热爱真理、具有论战家性格，以"为敌"的姿态从事文学批评的人格形象。柏林将别林斯基概括为"一个痛苦但满怀希望、努力分辨是非真伪的道德主义者"[2]。李建军非常欣赏别林斯基身上的这种道德理想主义和求真进击的知识分子气质，认为他的文学批评具有"完美的典范意义"[3]。他痛心疾首于当下批评家与作家的"腐败性合谋"、哀叹半个多世纪以来，"低眉顺眼、屏声敛气的跪在地上的批评"，因而提出"敢于为敌"的文学批评："真正的批评，就是它的时代和文学的敌人。它与自己的时

---

[1] 李建军等:《十博士直击中国文坛》，中国工人出版社，2004年，代序第2页。
[2] [英]以赛亚·柏林:《俄国思想家》，彭淮栋译，译林出版社，2011年，第187页。
[3] 李建军:《文学批评的伟大典范》，《文学报·新批评》2013年5月30日19版。

代及其文学迎面站立,以对抗者的姿态,做它们的敌人——一种怀着善念说真话,以促其向善推其进步的特殊的敌人。"[1]正是带着这种批评立场,李建军不客气地批评贾平凹、莫言、刘震云、残雪、池莉,认为《废都》是随意杜撰的、反文化的写作,将《怀念狼》视为消极写作的典型文本,而《檀香刑》由于文体、语法、修辞上的硬伤和艺术真实性的缺失,只可能是一只徒有斑斓外表的"甲虫";阿来的《尘埃落定》则是一部"绣花碎片"般的文本。面对当代名家的各种写作病象与充满庸人气、商业气和流氓气的文学批评,李建军直率陈言、激烈论辩,由于他扎实的知识体系和自觉的精神立场,因而尖锐的求疵、争论总体上显得缜密而理性。

再如王彬彬,也是一位正直坦荡的文坛"吼狮"。在他的文学观里,文学应该有精神深度和终极关怀,应该表现人性的丰富与深邃。在他看来,当代中国作家普遍缺少灵魂和精神,表现为精神的侏儒化、灵魂的庸人化和思想的贫困化[2]。他不满中国作家过于聪明和过于世故的生存哲学,看不起"太过无聊"的文学批评。他的学术文章从来不摆弄花哨的理论,朴实无华,青睐文史互证。尤其他的那些"求疵"类文章,常有一针见血或一剑封喉的杀伤力,读来令人回肠荡气。他将金庸、王朔、余秋雨视为帮忙或帮闲的"文坛三户",他说《红旗谱》的"每一页都是拙劣和虚假的",他将残雪和余华的恶之书写视为"麻雀的唧唧啾啾"。对于批评家,他更是不能容忍学术硬伤、错误、学风问题,每每遇到都要发出无畏怒吼。他将王德威对沈从文和鲁迅砍头意

---

[1] 李建军:《时代及其文学的敌人》,中国工人出版社,2004年,第310页。
[2] 李建军等:《十博士直击中国文坛》,第3页。

象的研究称为"胡搅蛮缠的比较";将刘禾的跨语际专著称为花拳绣腿的实践;面对唐小兵、戴锦华、黄子平、贺桂梅等人引领的用西学解读延安文艺和十七年文艺的"再解读",王彬彬写下系列批评文章,痛陈"再解读"群体生搬硬套理论、"想当然"和"绕脖子"的弊端;通过对日本学者李冬木研究鲁迅《狂人日记》的细致剖析,指出日本学者在鲁迅研究方面存在的"捕风捉影"和"庸俗实证"。这些文章让王彬彬树敌无数,也招致不少非议,但他似乎无意放弃这种文坛求疵者的角色,批评的锋芒丝毫不减,仍然无所顾忌地"有事生非",怒批文坛的种种堕落与恶习。

由于篇幅所限,求疵派其他学人的学术特点不及一一细述。但关心当代文学的人一定对此不陌生:素有"文坛刀客"之称的韩石山,对"韩寒神话"持续揭批的肖鹰,怒批方方、迟子建、刘庆邦甚至引发作家愤而诉讼的青年批评家翟业军,还有陈冲,李美皆,杨光祖……毫无疑问,唐小林与这些文坛"啄木鸟们"所代表的批评共识显然有别于擅长造势的媒体批评和冬烘气十足的学院派批评,虽常被冠之以酷评、骂评,但这一派所具有的精炼晓畅的文风和敢于为敌、尖锐辩驳的精神立场,恰恰是一种稀缺品质。别林斯基说,说出真理的方法有两种,一种是模棱两可的,不愿违背公众意见的暗示、谦虚型批评,另一种是率直而尖锐、忘了自己的批评[1]。别林斯基欣赏的是后种。唐小林所代表的正是这种面向真理忘了自我的批评家肖像。求疵派并不是完美的批评范式,他们刺伤人情,让人难堪,他们体现的是"片面的深刻"。但是,这又何妨? 当作家、批评家和市场形成一个利益共同体,

---

[1] [俄]别林斯基:《别林斯基论文学》,梁真译,新文艺出版社,1958年,第255页。

令人肉麻地相互吹捧,谀词纷飞时,面对作家和学者由于能力和修养的孱弱而出现种种"硬伤""病象"时,批评家如果装聋作哑,在立场上模棱两可,甚至加入这种可耻的合唱,那么文学批评的尊严何在,知识分子的底线何存?萨义德痛恨"不干预"社会世态的"专业主义",认为它产生了"矫揉造作的套话",助长了优雅方式的学术研究,最终文学批评的批判意识由于"过分遁世"和"被不费力气的体系化"所稀释[1]。对于当下中国文坛,当精致的学术垃圾漫天飞舞,不负责任的摇旗呐喊不绝于耳,我们不应该更加珍惜求疵派的这种"不合作"和"只带显微镜和手术刀,而不带鲜花"[2]式的学术耕作吗?

三

以赛亚·柏林的《俄国思想家》一书中有篇很有趣的文章,题为《刺猬和狐狸》,他将作家或思想家分为刺猬和狐狸两类,这一分类源于古希腊诗人阿奇洛克思存世的断简残篇中的一句:"狐狸多机巧,刺猬仅一招。"在柏林看来,狐狸型人格追逐许多目的,而诸目的往往互无关联,甚至经常相互矛盾,他们的行为与观念是离心的,这类人有莎士比亚、亚里士多德、巴尔扎克;而刺猬型人格则凡事归系于某个单一的中心识见,他们的言论、思想和判断必定要归纳在某个单一、普遍、具有统摄组织作用下的原则中,但丁、柏拉图、黑格尔、尼采属于这一类。而他用巨大篇幅阐述的列夫·托尔斯泰"是一只狐狸,他想成为

---

[1] [美]萨义德:《世界·文本·批评家》,李自修译,生活·读书·新知三联书店,2002年,第7、45页。
[2] 李建军:《时代及其文学的敌人》,第316页。

一只刺猬"。柏林所持的这种"狐狸与刺猬"的分类方法,本质上是在探讨不同人格中的"一元论"和"多元论",以此辨别思想家的内在面向以及作家的风格类型。这种分类方法同样适合于我们对当代中国批评家、学者、知识分子进行风格、立场上的归类。在当下学林,大多数的批评家属于狐狸型,他们以饱学之态和各种荣誉之身穿梭在学术江湖之上,老练地游走在人情、权力和市场之间,他们出言谨慎,下笔平和,在学术文章、学术会议、新书分享会、新人推介时常常受制于人情、嘱托与"好处",又或者受制于门派师承,便藏起不满和锋芒,求疵退后,朱唇轻启,说尽"拜年话",武断贴上丰碑、杰出、伟大等桂冠和赞词。很多人的学术活动已经成了取消价值判断、没有是非立场的谄媚行为,"抱团言好"成了学术活动的一种可耻特征。

唐小林似乎不愿做那只机巧圆滑的"狐狸",而宁愿做一只浑身带刺的"刺猬"。柏林说,刺猬总是力图依照他们所热衷的某个模式去联结和表现事物,常常运用某个统一的原则来观察事物和考虑它们的意义。在唐小林这儿,这个观察事物的"统一的原则"便是对所有作为"标杆"的名人和名作,保持高度的警惕,他不信任那些人们趋之若鹜的"经典"和文坛名流们业已盖棺论定的文学"秘方",在旗帜飘扬和众人顶礼膜拜的地方,他看到假象和黑暗,在唱和成风一团和气的文坛,唐小林远远地凝视着,固执地坚守着与作家、学者的"不合作"姿态,盯着文坛、名作家和大教授们的局限、硬伤不放,立场鲜明笃定,论述绵密扎实。这个文坛独行侠的所作所为不得不令人注目。刘再复有一本名为《人论二十五种》的书,论述了中国古今的二十五种不同人格类型,其中一种叫"点头人"[1],这种人事事都称是,都要歌功颂德一番。古人李康将"点头人"的特点概括为"意无是非""赞之如流""应之如响",形象地写出了缺少是非立场,凡事说好,遇事急于表态、高亢响应的情态。当下学界充斥着太多这种"点头人"式的批评家。批评家对于各路作家和文坛诸景,一律以"点头人"的态度称赞叫好,这是一种缺德的行为,要么是患了人格贫血症,要么就是缺乏批评的专业能力。在这样一个"假大空"学术流布于市,文人普遍缺骨少血的时代,有唐小林们这样的学界"独异"战士,是一种幸事,他们的宣战是对平庸学术的宣战,他们的坚守是对文人底线的坚守,他们的传承是对求疵传统的传承。

可以说,寻美和求疵是文学批评这一体上的两翼,两翼茁壮,方能并力齐飞。但在现实语境里,由于人情、面子和利益等因素,求疵者往往面临着得罪人、被孤立的风险,求疵批评因而常常是一种更有难度的行为。总体上来说,求疵作为一种学统,既是立场,也是方法,既是态度,也是能力。作为精神立场的求疵,它不是非此即彼的唱反调或由一个极端跳到另一个极端的"翻烧饼"式立场,它是一种胆识,体现了治学者的始终如一的怀疑精神以及对于流俗的"不合作"态度。另一方面,作为学术能力的求疵,它不是纠缠于细枝末节里挑刺儿,或是用自己的一己偏见去武断地否定一切,它需要学术主体具有基本的文学修养,熟悉创作规律,具有较好的美学、心理学、历史学等学科知识,熟练驾驭内部研究和外部研究的方法。唐小林作为当下文坛的"求疵者",始终执守着柏林所说的那个"单一的原则"——不合作的求疵,看

---

[1] 刘再复:《人论二十五种》,中信出版社,2010年,第27页。

得出,他对自己所研究的对象是认真通读过的,从他征引的大量书籍看得出他的知识谱系是丰富的。在具体论证时,他能够通过文本细读、版本校勘、实证考据等方法演绎自己的观点。他的文学批评里没有花里胡哨的理论或概念,所依据和标举的无非是语法、审美、写作上的常识和基本的普世性价值,聚焦各种"病症"和"问题",以分析问题和批评病象这种"症候批评"作为主导性的研究范式。我们应该为学林有唐小林这样的"啄木鸟"而庆幸,他那不绝于耳的叮叮咚咚的声音也许会让很多人心烦意乱,但啄破林木叼出虫豸终究有益于健康。当精于算计和乖巧多技的学术"狐狸"充斥文坛,有几只认死理、浑身带刺的"刺猬"何尝不是生态发展的需要?

当然,需要警惕的是,任何一种方法成为一种"主义"时都蕴含着某种危险。比如唐小林以求疵视野去看待学人和文坛时,目之所及几乎人人都有病症:似乎文坛是一个带菌大工厂,文人都是精神贫血的病人。比如评价陈思和的学术功过,以及评议陈晓明的系列论文,诛杀之气过狠,立论稍显偏颇和苛刻。当求疵成为一种唯一尺度和目标,以此视角来审视文坛和学界群体,打捞出的永远是疾患、猥琐和无趣。而作家、批评家的那些精彩、有趣和意义可能会被遮蔽。对研究对象"表一种之同情",在"求疵"时存一份"寻美"之心,怒批时怀一份商榷之平和,并非研究上的中庸、骑墙和狡猾之态,而是为了避免激昂的情绪、单一的评价尺度可能会造成的评判上的矫枉过正。求疵,是一种观察事物的视角,意在彰明作家写作中被人有意或无意忽视的短板和暗角,还原被放大的现象本源,从而试图还原文学的真相,重新定义文学的价值秩序。

可以说,唐小林经年如一的求疵诊病式学术实践彰显了求疵的学术效用,亮化了文学批评中略显孤寂的求疵传统,让当下文坛乱象和文人之病无处躲逃。如何求疵,求疵的尺度和限度是什么,求疵批评与酷评和骂评有何不同,这些正是"唐小林现象"引发出的需要我们认真思考的命题。

新世纪现实主义小说的文学性与思想性问题

一、期待令人"震惊"的文学现实

现实主义已然属于陈词滥调。从 19 世纪中后期作为文学的一项历史运动进入鼎盛算起,现实主义至今已有一个半世纪之久,现实主义逐渐繁衍并派生出名目众多的诸种派系和界定严密的内部秩序。与其奢谈作为"主义"的现实,倒不如谈谈作为写作资源的现实,作为审美经验的现实。其实,对于作家来说,重要的不是现实主义或是浪漫主义,而是如何巧妙生动地表现现实,同样地,对于读者来说,他们在意的是这种现实是否能够带来审美上的愉悦和情感上的震撼。

本雅明在《普鲁斯特的形象》一文中,多次用到"震惊"一次来形容普鲁斯特塑造人物举止和"捕获这个颓败时代最惊人秘密"的艺术效果。对于那样一个芜杂的时代,以及具有植物性存在的人物而言,普鲁斯特最精确、最令人信服的观察总是"像昆虫吸附着枝叶和花瓣那样紧紧地贴着它的对象"。对于这样一个异类的世界和"文学现实",真正的普鲁斯特的读者"无时无刻不陷入小小的震惊"。在这里,本雅明对普鲁斯特天才的创造能力表达了巨大的震惊。震惊,是普鲁斯特带给读者的一种文学感受和美学体悟。一部作品如果能够带给读者情绪的激荡和认知上的冲击,无疑显示了这样的作品具有震撼性的接受效应。现实主义文学发展到当下,我们不能仅仅满足于"忠实于眼前"和"真实地复制生活",这样的文学现实只会让读者掉转头去,这样的现实主义是倒退和懒惰的文学选择。近二十年来,中国文学的重心不断向现实靠拢,书写现实几乎成为一股强劲的写作潮流,甚至近些年的网络文学也呈现出告别装神弄鬼的时代,转向凡俗和现实。现实已经呼啸而来,作家处理现实的能力和美学装置是否已经升级,作家关于现实的美学精神是否已经裂变?纵观新世纪以来的文学,包括非虚构写作在内的文学写作,真实提供了关于当下中国的林林总总的社会图景和病象化的社会现实,比如《兄弟》《人境》《黄雀记》《极花》《带灯》《纠缠》《万箭穿心》等等。这些文本都从不同角度进入到社会现实,提供了当下作家对现实的不同文学观照和思想言说。但如果从这些文学现实的美学效果来看,这些文学经验总体上无疑是贫乏的、缺少震惊意义的。相当一部分作品与现实贴得太近,缺少重新整饬现实的能力,呈现出"还原式"的现实书写。当我们的当代小说所提供的当代经验远远低于当代现实,当代小说对当代现实的叙述和对"行动中的人"的摹仿行为可以轻易地在新闻报道、网络空间中找到简单的对应关系,那么,小说存在的意义在哪里?

在昆德拉的小说美学里,他非常看重小说的存在价值,他将"对存在的遗忘"视作小说的智慧,反复重申布洛赫所看重的这一点:发现唯有小说才能发现的东西,乃是小说唯一的存在理由。一部小说,若不发现一点在它当时还未知的存在,那它就是一部不道德的小说。因而,昆德拉所认可的优秀而高超的小说家是一种"发现者",他总试图揭示存在的不为人知的一面,对人类处境进行"探询式的思考",从而对抗"存在的遗忘"。说到底,现实主义小说的价值在于提供了怎样的"现实",以及如何处理这些现实。也正是在如何处理现实这一问题上,作家和文艺理论家发生了分道扬镳。美国小说理论家艾布拉姆斯在《镜与灯》一书中讨论 19 世纪以前的小说时,将文学与现实从摹仿到表现的这一动态过程,形象化为"镜""泉"和"灯"。确实,诚如学者张清华所说,这三种比喻大致对应了欧洲文学史上的现实主义、浪漫主义和现代主义文学。实际上,这些不同形态的文学,其分野大抵在于如何处理现实资源与历史经验上。现实主义注重的是对历史与现实本来面目的真实呈现,浪漫主义看重主观现实与内在情感的抒发,而现代主义则常常聚焦人的困境和现实生活的荒诞表述。可以说,如何处理文学现实与经验,成为区分不同类型甚至文学优劣的重要角度。纳博科夫非常看重作家如何处理现实的问题,他把整饬杂乱无序现实的能力看作优秀作家具备的基本素养,为此他还提出优秀作家应该具备"三相":魔法师、教育家和寓言家。当代中国作家在处理现实问题时,简单还原式和新闻化的现实书写,广受诟病。在《带灯》《第七天》《黄雀记》等篇中,芜杂的现实确实凝聚着苦难和悲剧的艺术指向,但这样的现实却难以打动人,难以给读者"震惊"之感,也很少通过这种现实书写呈现某种"未知的存在"。

值得注意的是,这些作家并非不了解现实,这些小说也并没有歪曲现实,他们笔下的现实确实是"中国式"的,是改革中国时代的浮世绘。问题在于,这些作品中,作家由于峻急的主题表述和过于显豁的批判指向,而使这种"现实"成为了主题演绎的某种道具、布景。比如《涂自强的个人悲伤》,这篇小说无疑是方方作为小说家对社会阶层固化、底层青年出路匮乏这些现实问题的忧心之作,为了再现农村青年进城之艰和社会阻力之大,小说精心陈列了关于涂自强贫穷、悲惨而无助的诸种"现实"。按理说,辗转饭店、工地、食堂、家教中心,为了生存而苦苦挣扎的涂自强,善良上进却遭遇种种不测最终死于癌症的涂自强,作为当下失败青年的缩影,理应能引发青年读者的恻隐之心和情感共振。但在笔者组织的研究生课程讨论上,90后的研究生们纷纷对现实的假定性、细节的偶然性、人物的单向度问题提出种种质疑。那么,问题出在哪儿? 詹姆斯·伍德在他的《小说机枢》中批评了一种"商业现实主义"的小说风格。这种小说设定了一套机智、稳定、透明的讲故事的文法,这种现实主义甚至称得上写得不错。但选择的细节要么让人"放心地乏味",要么让人放心地"生动",一切不出常规。最重要的是,这些现实都是"真的",但并不是真实的,因为"没什么细节很有活力"。可以说,方方几乎以19世纪批判现实主义的手法精心描述涂自强的现实,贴着地面全面地呈现这个压抑的世界,作家介入现实的热情和灼灼的忧愤意识可见一斑。但这种书写似乎没有带来震惊的阅读效果。伊格尔顿曾说,"忠于生活并不等于亦步亦趋地忠于日常表象。它也可能意味着拆解表象。"过多地拘泥于一种苦难世界的堆砌,太过急切地再现进城青年失败的命定,使方方笔下的现实过早地丧失了质地和意义。从而导致这种现实书写并没有彰显出"发现唯有小说才能发现"的小说文体智慧。苏童也曾提出"离地三公尺的飞翔"的写作观,但《黄雀记》处理现实经验时显然贴地太近,过于追求奇观化和戏剧化的艺术效果,而使以井亭医院为中心的现实堆积和人物行为显得可笑而生硬,缺少令人震惊的阅读体验。倒是一些手法上大胆的小说呈现出现实的新的质感。比如对现实的废墟式与预言式书写——陈应松《还魂记》对中国乡土现实的这些现实书写非常中国化,再如阎连科一直倾心的神实主义及其《炸裂志》式的文学实践,带来了在荒诞中建构现实探求真实的美学追求。

小说如何才能有说服力,如何令人震惊?略萨在谈小说创作时,提到好的小说应该存在"挑起本体学动乱的变化",这种变化改变了叙事秩序,他将这种变化称为小说的"火山口",他举托马斯的《白色旅馆》和伍尔夫的《奥兰多》为例,由于叙事视角的改变、某些魔幻或寓言要素的加入,"现实主义"的层面被推到一种象征、寓意甚至想象的现实中。内部的这种突变"撕碎了现实世界的坐标,增添了一个新尺度",提供了一个崭新的文学秩序和美学秘境。略萨在这里主要谈的实际上是如何把现实经验处理得生动有趣,富有趣味。通过更新讲故事的方式,通过赤裸现实与幻想、寓言方向的引渡,通过一种渐进的"变化"让文学现实摆脱"客观现实",从而实现惊人的质的飞跃,让沉闷的现实焕发出具有感染力和说服力的文学现实。略萨的这种文学思想无疑对于当下作家如何处理现实具有借鉴意义。作家笔下的现实毕竟不同于社会学家和新闻记者,作家应该勇于建立关于现实的文学秩序和美学经验,摆脱客观真实或现实主义的拘囿,努力把现实写出妙趣、变化("火山口")和形而上,带给读者惊奇与震惊之感,这样的现实才真正彰显了文学的高贵与独特。

二、重申现实的"文学异彩"和"思想之光"

现实和现实主义是巨型话题,历史可以上诉到柏拉图的《理想国》,类型经达米安·格兰特在《现实主义》一书中粗疏列举便有二十六种之多。在20世纪的中国,现实与文学分分合合之后,终于在当下成为一种共鸣性的召唤力量,现实与现实话语无疑成为当下文学叙事最抢眼和最激情的内容,连一向光怪陆离、风格多样的网络文学,在近几年也开始告别"装神弄鬼",迎来了书写现实题材的新时代。毋庸置疑,现实主义在当下小说领域愈发成为一种支配性的文学主潮和美学风尚。罗伯-格里耶曾将现实主义视为信奉者借以"对付邻人的意识形态"和每个人都认为"只有自己才拥有的品质",确实,面对这样一股汹涌的意识形态和普遍性的文学品质,我们的文学批评似乎有些滞后而犹豫,现实如何进入文学,文学如何表述现实,"新现实"时代需要怎样的文学叙事,作家要不要以及如何触碰庞大现实,现实叙事该持守怎样的精神资源和思想之光,批评家和作家的两套现实观的关系问题,等等,都需要认真厘析和系统探究,只有这样,现实才能在当下绽放出异彩和新质。

(一)"社会现实"如何成为"文学现实":牛仔裤、收音机与魔法师

近二十余年来,中国作家关于现实的书写,几乎是全方位覆盖的,教育、官场、商界、生产、城市、农村的方方面面,几乎都能在小说和非虚构文学中找到对应的表达。问题是,这种社会现实在作家笔下,是

否天然就能成为文学现实？社会现实、新闻现实与文学现实并非完全是交集的概念。如果说新闻现实与社会现实之间分享了更多的真实、原生意义，那么，文学现实则需要保有艺术性、审美性，甚至思想性和穿透性。余华在《文学中的现实》中说，他在中国小报上读到两个真实事件，一个是两辆卡车在公路上迎面相撞，另一个是一个人从二十多层的高楼上跳下来。但这两件事并没有构成文学事件，只有当他看到因为两辆卡车相撞公路旁停息在树上的麻雀被纷纷震落在地，以及从高楼跳下自杀的人，由于剧烈的冲击使他的牛仔裤崩裂时，这两个社会事件才转变为了文学现实。在余华看来，满地的麻雀和崩裂的牛仔裤的描写，让文学从社会事件中脱颖而出。可以看出，文学中的现实具象、感性而生动。同样地，苏童在一篇文章中分享了美国作家约翰·契弗的短篇小说《一台巨大的收音机》，这是一篇关于窃听的小说，韦斯科特夫妇购买的新收音机突然失常，继而能听到邻居的隐私和对话，于是，所有的社会现实，经由这一个收音机的中转，在小说中得到呈现。苏童认为这台收音机是作家发现生活的一个方式。确实，这篇小说，因为有了这样一台收音机，偷窥和窃听具有了合法性，文学现实得以形成，如果没有这台收音机，这篇小说在内容上跟《上海屋檐下》的叙事格局并无二致。

实际上，这里所说的是作家如何将现实生活转化为艺术生活的内在机制与技法的问题。繁复的社会事件聚合在作家笔下，并不会天然具有文学性。纵观当下作家的写作，"普遍写实和仿真"是一个不争的现象，这也即作家阎连科所批评过的简单"还原书写"的倾向。在《带灯》《极花》《篡改的命》等长篇小说中，我们看到的是一个又一个社会事件和新闻话题的叠加，《涂自强的个人悲伤》也是一个社会悲剧新闻的简单还原书写。相反,在另一些作品中,我们能够强烈感受到现实的文学色彩。比如陈应松的《还魂记》中,当主人公燃灯在监狱的泥石流中死去,然后化为魂灵执意回乡,写至此处,我们看到一个精灵已被陈应松激活,湘楚大地的所有现实将在亦真亦幻的叙事中焕发出魔幻和想象的色彩。而黄孝阳的《众生》中的类似于《盗梦空间》中"三层空间"的确立,便意味着这里的现实一定是融现实与虚构、想象与写实于一体的文学现实,这是一个始于现实却又高于现实的异度空间。如何介入现实,如何强劲地拥抱庞大的现实,是作家写实时必须面对的课题,过于贴近而密集地原生态复呈现实,虽厚重但也会带来某种笨重和文学性的稀释。文学撬动现实需要支点,这种支点也是作家整饬现实的能力体现。纳博科夫认为大作家有"三相",即魔法、故事和教育意义,在这其中,作家的"魔法师"的身份又是最重要的因素。所谓魔法师,也即作家整饬杂乱无章的现实的能力,经由魔法般的神妙魅力,现实世界开始"发光、熔化、又重新组合"。由于现实写作天然具有的粗粝和感性,因而作家在处理这类题材时,更需要一些"魔法",现实才会更可爱而好看。

(二) 从"茶杯风暴"走向"深度现实":现实的逻辑问题与思想气质

客观地说,中国当下的文学叙事,并不缺少故事和现实。相反,这似乎是一个现实素材和文学经验过剩的时代。面对繁复多棱的现实,作家如何写出时代的深邃和人心的宽广,如何让现实更加瓷实而有深度,如何让现实更具逻辑而非散漫地汇聚在作家笔下,是值得思考的命题。在我的阅读印象中,近二十余年来中国作家与现实进入了"蜜月期",现实书写呈现出景观化、故事化、碎片化的特征,但现实的诗性和厚重感还不足,摆脱琐屑或"镜子式"的还原书写,由非逻辑走向逻辑,由零散的现实经验走向一种总体性的现实关怀,这条路当代作家尚未走完。

当下写作存在这样一些值得商榷的地方。第一,对现实的简单还原处理。现实主义在不同时代都需要创新,在一个时代流行的传统很可能会成为另一个时代的"旧制"。法国新小说的代表人物罗伯-格里耶曾旗帜鲜明地指出,要反映出今日的现实,19世纪的小说绝不再是一个"好工具",他的理由在于,20世纪后半期的世界不再是一百年前的老样子,人的物质生活、精神生活和政治生活都发生了翻天覆地的变化,另一方面,人们对于自己以及周围事物的认识也相应地经历了不同凡响的动荡。正因为如此,"逼真"和"符合典型人物"已经远远不能够作为衡量作品的标准了。也就是说,面对新的社会现实和新的认知方式,小说不应该停留在自然主义式的还原和"像编年史、证明和科学报道那样提供消息情况",小说需要"构造现实",甚至幻想、谎言、寓意成为更重要的现实主义的指归。近几年,围绕《第七天》《极花》《我不是潘金莲》等小说的新闻化书写,批评界所引发的众多质疑之声,表达的恰恰是读者和专业批评家对作家书写现实上的贴得太近、简单还原处理的极大不满。

第二,情感逻辑和艺术逻辑的缺失。逻辑问题是小说叙事的大问题,小说中的人物性格、行为动机、情节的起承转合都涉及逻辑问题。好的小说一定有好的情感逻辑,哪怕是夸张变形叙事,由于其坚实的逻辑力量而使小说具有了艺术真实。王安忆曾说,经验性的材料之间,其实并不一定具备逻辑的联系。它们虽然有时候表面上显得息息相关,但本质上往往互不相干。确实如此,材料与材料之间,人物情感,以及行为表现,如果缺乏必然如此和必要的逻辑力量,会损伤文学的说服力。比如苏童的《黄雀记》对于20世纪90年代以后的资本逻辑有着自觉的表现,但资本力量与权力意志交织出现在井亭医院并上演的一出出闹剧显得夸张而充满臆想。一个老将军因不满医院条件,拔枪要跟人干架;一个有钱的大老板为了家人住上"特床",声言要买下这个精神病医院;郑姐要院方在井亭医院搭建一座香火庙,给郑老板专用。《黄雀记》充斥了大量类似情节,这些荒诞不经的内容违背了生活逻辑,使人物显得滑稽病态。苏童意在写出资本和权力时代的社会怪相,但由于处理现实经验时缺少了对逻辑问题的尊重,使读者不断从这种假想的现实中抽身出来,进而生疑:这个小说里难道都是非理性的疯子吗?再如严歌苓的《护士万红》,万红几十年如一日厮守着一个植物人英雄,悉心照料,几乎寸步不忍离去,拒绝婚姻和世俗的幸福。我总在想,是什么力量支撑着她的这些行为。万红的"美德"和"善行"在《床畔》中似乎是一股不言自明的力量,作家在建构万红形象、精神和行为时,缺少令人信服的叙事逻辑和艺术真实,人物的精神生成和主体行为缺少必然如此的内在逻辑。

第三,总体现实的缺失与思想的空疏。总体现实区别于碎片化、表面化的现实,而是指关乎这个时代的重大命题、典型症结和精神疑难的现实问题。当代小说在处理当代经验时,要能个性化地处理相对芜杂的现实,自觉聚焦和介入当下社会的"总体性的现实状况"。作家王威廉主张一种"深度现实主义"的写作,他说,"这就需要个人经验与时代经验彼此介入、血肉相搏的写作方式,思想诞生在这样的辩论当中,像是光束探进了黑暗,事物不仅获得了形状和颜色,世界也由此有了维度与景深。"当代小说不应该沉迷于在细节的洪流里做道场,而应有关注总体现实和拥抱庞大、坚硬现实的勇气和策略,要有勘察现实症结、介入历史迷津、质询生活难题的渴望与努力,这种努力也即别林斯基所说的"向着而不是背着火跑"的精神姿态。取消写作立场、放逐思想的意义、留白对重大问题的回应、拒绝参与总体现实的思考,都是作品思想力度欠缺的表现。

总之,这是一个具有"新现实"的时代,一个让作家惊呼"比《百年孤独》还要魔幻百倍的匪夷所思的现实"时代,对于作家和批评来说,现实需要重新整饬,关于现实的诗学需要丰富,有关现实的创作系统和批评系统需要更新,只有当现实具有了文学的光泽,社会现实才会成为审美对象。另一方面,作家只有走出细节洪流、简单还原和逻辑缺失的现实书写,主动介入时代的总体现实,我们的现实主义文学才能真正走出"茶杯里的风暴",从而成为深度现实主义或是达米安·格兰特所提倡的注重创造的"觉悟的现实主义"。

第二辑

新世纪文学典型现象

新世纪长篇小说空间叙事的旧制与新途

空间是小说内部诸多元素中的重要一极,无论是经典现实主义小说,还是现代主义、后现代主义的作家与文论家,无不重视对空间维度的利用。但空间成为小说叙事的主体与独立的理论分支,则是20世纪40年代的事情[1],在此之前,空间往往被环境、处所、背景,甚至意象、结构这些语汇所代替,从功能意义上来说,作为小说背景和外壳的这种空间,更多发挥着烘托、助推人物生成和主题表达的作用。在中

---

[1] 1945年美国文学批评家弗兰克的《现代小说中的空间形式》一文首次系统地提出了小说空间形式的理论,初步建构起关于空间的理论体系,随后的科林柯维支、詹姆斯·M.柯蒂斯、埃里克·S.雷比肯纷纷就小说的空间形式进行了不同向度的探讨,回应与丰富了小说空间形式的理论言说。

外理论界,与时间作为小说叙事的核心地位相比,空间的叙事主体的确认和理论阐释确实要迟得多。20世纪中后期以来,空间的意义逐渐得到重视,甚至一些学者认为,在理解当今社会生活时,"遮挡我们视线以致辨识不清诸种结果的,是空间而不是时间"[1]。新世纪以来的十余年,长篇小说保持着集束邅速之势蓬勃发展,极有代表性地表征着现时代的小说美学与时代精神。而在一些理论家眼里,小说的空间构成了小说创作的"基本出发点"[2]。如何构造这个"出发点",不仅关乎到小说的空间形式,更影响到小说的叙事美学和意义表述。本文试图要考察的是,在小说叙事危机加剧和社会现实日益复杂化的当下中国,近些年的长篇小说在空间叙事上呈现怎样的态势、问题和新质;空间叙事的创新能否拓展小说表现的疆界,并有效回应现实的召唤,从而成为呈现、解释世界的不可替代的利器。

一 新文学的空间叙事传统与新世纪作家的空间选择

新世纪作家的小说叙事和空间建构首先面对的是中国新文学的"空间传统"。从本土新文学一个世纪的历史进程来看,在时间-空间这一序列上,时间的宰制性要远远强于空间,在进化论的影响下,线性叙事和目的论叙事渗透在作家和治史者的字里行间。有学者指出,很多学人在治史过程中过于强调进化论,"其目的其实已不在文学史本

---

[1] [美]爱德华·W. 苏贾:《后现代地理学——重申批判社会理论中的空间》,王文彬译,商务印书馆,2004年,第1页。
[2] [俄]巴赫金:《小说的时间形式和时空体形式》,《巴赫金全集》(三),白春仁等译,河北教育出版社,1998年,第267页。

身，文学史研究往往被用来证明事物进化这一铁律。一切作家作品都被纳入了'进化'的轨道中，都无不在证明'进化'的客观规律。"[1]在这种叙事范式下，时间是支配性力量，叙述逻辑和最后终点都为了达成某项真理或对世界的一元化解释。加上20世纪中国特定的政治语境与动荡频仍的时局，文学上过强的意识形态性从政治化的维度规定了时空的文学表述，小说中的时间，对应了新与旧、传统与现代的价值判断，而空间更被赋予了正与邪、进步与落后等道德意味。在这种政治化的语境下，我们还是能够看到新文学中留存文学史的经典空间：比如鲁迅文学中的未庄、鲁镇、荒野，沈从文的茶桐和湘西，师陀的果园城，张爱玲的公寓和街道，等等。客观地说，"五四"以来的新文学，并不缺少典型的空间意象、独特纷呈的地理环境或故事背景，但这些环境、背景、处所等空间概念在大多数时候都膺服于时间叙事和特定的主题诉求，空间很少能够获得一种主体性价值。

　　从大的空间传统来看，中国新文学自现代以来已形成了相对稳定的叙事构形与基本范畴，这些范畴包括乡村-城市、家族-社会、东方-西方，等等。经由这些空间概念几乎形成了现代小说的主导性叙事。比如乡村与城市叙事，这是百年中国文学绵延至今的重要小说类型。在这种叙事中，乡村或城市既可视为一种空间设定和原生场景，同时也有主题、视角意味。这里的问题是，乡村与城市在百年文学史上得到了丰饶的书写，同时也呈现出某种稳定甚至固化的空间定义与价值定位。如果说城市是一个包含了启蒙/野心、民主/无序、发达/剥削、

---

[1] 朱晓进：《二十世纪中国文学史观的反思》，《中国社会科学》2006年第1期。

机会/贪婪等矛盾内涵的空间[1],乡村则常是作家交织着"爱与怨"的缠绵空间。城市与乡村徘徊在爱与恨、明与暗的叙事两极:梁启超视野下作为"光明之源"的城市、李大钊笔下的"黑暗之城"与"牧歌乡村",郭沫若的"幻灭之城",鲁迅笔下闭塞垂死的"未庄"、师陀的"无望的乡村",京派作家和海派作家形成的乌托邦乡村和恶之源的城市。20世纪40年代以后,"城乡"被高度政治化,城乡叙述被纳入到城市话语服从农村话语的文学秩序中。一方面,城市的妖魔化和乡村的诗意化被作家大量表述,比如《我们夫妇之间》等作品中对城市的压抑性书写;另一方面,城市有时也被赋予"革命"色彩,具有革命起源意味,城市的码头、广场等就是"一部空间意义的革命史"[2]。城乡空间的政治化传统由此可见一斑。新时期开始,文学空间的意识形态性淡化,但空间的启蒙意味、文化意味增强,伤痕、反思小说中的空间既容纳、见证了知青和右派作家的苦难历程,同时乡村又成为他们文学的叙事起点:新时期伊始恢复名誉和位置、作为"归来者"的右派作家在文学叙事中常常化身老干部,从官场和城市重返乡村;而知青作家则在文学中宣泄着自己的青春被乡村埋葬的情绪,或是诉说着进城后的不适与惶惑。右派作家和知青作家笔下的乡村尽管饱含了他们自己的身体记忆与人生悲喜,但总体上乡村被寄予了一种启蒙色彩和诗意怀想。寻根作家进一步拓展了小说的空间叙事,他们将笔触伸向广袤而偏远的地带,在粗朴封闭的乡野、蛮荒偏僻之隅寻觅文化之根和文学

---

[1] 张英进:《中国现代文学与电影中的城市:空间、时间与性别构形》,秦立彦译,江苏人民出版社,2007年,第269页。
[2] 张鸿声:《"十七年"文学:城市现代性的另一种表达》,《文学评论》2013年第5期。

之源,空间的启蒙色彩和文化意义甚是明显。20世纪80年代中后期开始,小说的意识形态性淡化,空间叙事的政治色彩和文化意味减弱,空间在小说中的主体性得到增强。在空间叙事上走得最远的是先锋作家,借助拼贴、并置等后现代叙事,先锋作家打碎了经典现实主义确立的空间规范,从形式上逃离文学旧制的限定,通过移植西方现代与后现代叙事的方法确立了崭新的文学新规和空间美学,在格非的《锦瑟》、马原的《旧死》等先锋经典中,"小说的叙事已不在时间里展开,而是在空间里呈现为一种新的叙事结构"[1]。拼贴、并置、组合的空间化叙事手段所包含的是先锋作家对现实主义经典时空观的背叛,以及对整体性、必然性历史观的一种反思。现在看来,先锋小说在80年代后期的这种空间叙事,接通了西方现代主义和后现代主义为特征的空间传统,由于这种形式先锋走得太远,这种"非时间化"、零碎的空间很快成为先锋作家自己反叛的对象,但先锋作家所提供的空间经验和空间美学成为中国新时期文学的一份宝贵遗产。

除了乡村与城市这样一个大的空间传统,家族与社会,东方与西方等也构成了新文学的空间传统。限于篇幅,本文不一一详述后面两个空间传统的历史变迁。面对这些空间传统,新世纪作家建构小说空间时无疑多了一个历史参照,但同时这种历史坐标很可能成为叙事旧制和窠臼。也就是说,"新世纪前"的这些空间经验与叙事传统,既是新世纪语境下作家小说叙事的资源,同时也可能构成他们必须要融合、转化和超越的某种"旧制",旧的空间规范和叙事路径有的已然成为经典,有的已失去了依附的时代语境,如何始于空间传统,创造新的

---

[1] 吴冶平:《空间理论与文学的再现》,甘肃人民出版社,2008年,第180页。

空间形制,成为新世纪作家无法回避的问题。客观地说,褪去了政治、文化、启蒙的意味后,新世纪小说的空间获得了20世纪以来文学叙事中从未有过的纯粹性和丰富性。所谓纯粹性,是指非文学的因素从文学空间退场后,文学获得了更为本体、原生态的空间形态,正因为这种纯粹的空间,带来了作家想象力的解放和文本空间的真正增殖,独特的空间意象、匠心的空间结构以及空间作为主体的叙事格局纷纷出现在作家笔下。从这个层面来说,苏童的《河岸》《黄雀记》、余华的《第七天》、阎连科的《炸裂志》、王安忆的《匿名》、黄孝阳的《旅人书》《众生》系列、鲁敏的《奔月》、陈应松的《还魂记》、刘慈欣的《三体》、郝景芳的《北京折叠》[1]等小说是新世纪小说中空间叙事较为突出的作品。

如果进一步追问,何以这些小说成为"空间叙事较为突出的作品"?关键在于,小说是否建构了独特的空间意象/结构,以及空间是否获得一种叙事主体的地位。具体来说,这种主体性是指空间在表意功能上具有超越时间要素的决定性作用,也就是说,空间不再是传统小说中隐居幕后的故事背景或一般性场景,空间的营造与转换制约着叙事进程,空间与人物性格、命运走向以及主题表达具有深度关联——而在传统小说中,时间、故事与情节是小说主角。再进一步细化这里所说的空间主体性,大致可以将它细化为两种空间叙事类型。第一种是通过"并置"的手段建构起多种或广泛的空间意象/地理场

---

[1]《北京折叠》是"80后"科幻小说家郝景芳的一篇短篇小说。2016凭借《北京折叠》,郝景芳获得74届"雨果奖"最佳中短篇小说奖。《北京折叠》收在《孤独深处》一书中。《北京折叠》形态上虽是短篇,但它是作家构想中的长篇的第一章,由于感觉准备还没到位,目前其他部分还没有面世(参见郝景芳《孤独深处·前言》,江苏凤凰文艺出版社2016年版)。正是在这个意义上,我们把《北京折叠》视为长篇小说,纳入到新世纪长篇小说的考察视野中。

景,时间的主导性弱化,空间转而成为小说叙事的"主角"或决定性因素。"当年代被取消或至少被严重淡化时,真正的空间形式终于出现了。"[1]这类小说比如《还魂记》《炸裂志》《河岸》等。第二种是指空间结构在叙述中居于某种"优越"或"突出"地位,独特的空间布局带来全新的小说美学,提供了敞开和解释世界的多元化可能,这类小说如《三体》《北京折叠》《众生》《旅人书》等。

另一方面,在阅读新世纪的长篇小说时,很多时候有种"千人一面""风格化""读了几页猜到结局"的否定性观感。如果从空间叙事的角度看,大量小说启用的过于陈旧的叙事空间和固化了的价值体系难辞其咎。比如,即使一些业已成名的经典作家,在空间构造上缺乏新意,空间的意义表征显得固化。当他们写农村时,必定是苦难、屈辱、落后、保守(阎连科《受活》、贾平凹《带灯》),而城市必定是异化、冷漠、隔膜、喧闹(李佩甫《生命册》《城的灯》、东西《篡改的命》),这种过于显豁的空间地理和价值设定使文学叙事过早失去了悬念和魅力,不能不说是一种失败。比如方方的《涂自强的个人悲伤》,这是一部再现农村青年在当下城市语境中如何一步步走向溃败的小说,表达的是底层青年在社会转型中承受的重重生存压力以及由此导向的一种无可挽救的悲剧。小说以清醒的现实主义精神正视当下中国的弱势群体,不美化不隐恶,是一个极有纪实价值的改革时代中国镜像的隐喻文本。但如果从文学史谱系来看,这部"农村者进城"叙事重复的还是一个老话题和老传统,20世纪20年代老舍的《骆驼祥子》,80年代路遥的《人

---

[1] [美]弗兰克:《现代小说中的空间形式》,秦林芳编译,北京大学出版社,1991年,第149页。

生》都是这一谱系上的代表作,尽管具体时代有别,悲剧原因各异,但城乡的二元对立和城市作为吞噬者的角色没有大的变化。在方方提供的涂自强始于"溪南村"终于"武汉出租屋"的这一人生旅程中,由于既定的城乡空间价值设定,人物成为"各种动机的载体"和"故事的手段"[1],涂自强的形象在小说中几乎是凝固不变的,其命运也在城市各种苦难的"围剿"中节节败退直至凄然死去。也就是说,方方的这篇写于当下的长篇新作,在叙事模式上呼应了新文学史的叙事传统,但在空间经验和视角方面,尤其是城市的意义表征上,显得固化而单一。

考察新世纪的长篇小说,不得不提及它的写实性。写实性是新世纪长篇小说的一个显著特征,中国现实与中国故事以各种不同形态纷纷化作作家的灵感和素材,现实题材的写作可以说是近十多年长篇小说的主潮。新世纪以来,无论是20世纪90年代初期转型的先锋作家如余华(《兄弟》《第七天》)、苏童(《黄雀记》)、马原(《纠缠》)、北村(《安慰书》)、格非(《江南三部曲》),还是贾平凹(《带灯》《极花》)、阎连科(《炸裂志》)、莫言(《蛙》)、陈应松(《还魂记》)等等,都创作了现实性很强的长篇小说。但是小说如何处理现实,如何介入现实,不仅是作家思想表现力的问题,也涉及到叙事技巧。新世纪小说在表现"现实"时呈现出不少弊端,被批评家广为诟病,比如《带灯》等作品的新闻化倾向。也就是说,面对复杂而丰富的新时代,作家的写作呈现出"普遍写实和仿真"[2]的现象,小说呈现出阎连科所说的简单"还原书写"倾向。这种"如此近、近到扑面的程度"的写作,"对作家叙事策略、叙述

---

[1] [美]查特曼:《故事与话语:小说和电影的叙事结构》,徐强译,中国人民大学出版社,2013年,第96页。
[2] 张燕玲:《批评的本色》,广西师范大学出版社,2009年,第10页。

方面自主性艺术探索,提出了很大的挑战"[1]。

既然以贴近现实的方式表现生活,可能会走向一种平庸的叙事,那么如何诗性地呈现现实,如何用崭新的叙事策略叙述这些"近到扑面"的现实,便成为一个颇有价值的话题。有研究者指出,当下作家在书写现实经验时形成了两种代表性的路数:一种是现实事件被以一种"景观"植入小说叙事进程,构成对现实的景观化书写,以《第七天》为代表;另一种是以象征的方式重新介入现实,以虚入实,换一个角度看世界,以《黄雀记》为代表[2]。有学者在分析北村和先锋小说转型的文章中指出,在《安慰书》中,"小说家强大的叙事能力、叙事策略,尤其是限制叙事所产生的'真实感',都无不在诉说小说具有鲜明的'现实性'","选自新闻事件的素材,截取的是案件,却能够成功避开由于缺乏足够的虚构能力和超越能力而令文学性缺乏或缺失的危险,又能够没有滑入后现代主义的对新闻事件的无深度拼贴和戏谑情调,实属不易。"[3]这一分析精辟中肯,让我们看到,《安慰书》中叙事视角的合理和匠心使用,有效丰富了现实的艺术性和表现力。

在我看来,除了视角的选取,象征隐喻的表现手法,叙事空间的精心设置同样能够带来小说布局的改观,增强文学介入现实的力量。比如,从内容上看,《北京折叠》与余华的《第七天》、贾平凹的《带灯》等作有着共同的现实指向,指陈着当下中国社会的种种症结与问题,比如

---

[1] 刘艳:《无法安慰的安慰书——从北村〈安慰书〉看先锋文学的转型》,《当代作家评论》2017年第3期。

[2] 徐勇:《以象征的方式重新介入现实——论苏童〈黄雀记〉的文学史意义》,《文学评论》2014年第2期。

[3] 刘艳:《无法安慰的安慰书——从北村〈安慰书〉看先锋文学的转型》,《当代作家评论》2017年第3期。

权贵与底层、资本与道德。但空间叙事使《北京折叠》与众不同。《北京折叠》里的现实分散在三重不同空间里,经由底层人物老刀从第三空间铤而走险到第一空间送信的隐秘行径,小说完成了阶级固化和贫富悬殊这些现实的"聚合"。《北京折叠》的现实强度和现实严重性一点不亚于其他几篇,但由于"折叠"的空间结构和隐匿的时间,这种现实具有了科幻色彩,与现实北京形成有效的间离。可以说,折叠的空间设置降低了《北京折叠》正面强攻现实的强度,转而在隐喻中完成现实批判,而《带灯》等作品中过于逼真的密集病象和急切的救世热情,反而降低了小说的艺术性和叙事张力[1]。

二 家宅迷失、河岸隔绝、人神殊界:几种典型空间结构与功能意义

新世纪长篇小说建构了众多的空间形态,其中家宅迷失、河岸隔绝、人/鬼(神)两界是几种较为典型而富有意味的空间结构,透过这些典型空间,我们可以看到新世纪长篇小说在空间叙事上的新质。

"家宅迷失"实际上是失乐园原型在当代中国的某种变体。在中国现代文学中,家常常意味着旧的桎梏和威权统治,无论是鲁迅,还是曹禺、张爱玲,真实记忆中的家都如同梦魇和枯井一样,没有温暖和光明,只有家族的纷争、家长威权对子辈的倾轧,以及子辈决计离家追寻个体自由的渴望。因而,20世纪20年代"子君"的出走、30年代"觉慧"的离家,无不是现代中国个体面对家的一种姿态。在新世纪长篇小说中,现代的"出走"叙事逆转为归家和寻家。家的庇护、港湾、温暖

---

[1] 关于叙事空间与小说表现力的关系分析,可参见本文第三部分的内容。

等原生意义,得到了叙事者的强化。法国哲学家加斯东·巴什拉在其名著《空间的诗学》中用两章篇幅论述家宅意象,从现象学、心理学和精神分析角度阐释了诗歌中的家宅、抽屉、鸟巢、贝壳、角落等空间意象,他将这些空间称为"内心空间"。巴什拉特别将家宅称作我们"最初的宇宙","在人的一生中,家宅总是排除偶然性,增加连续性。没有家宅,人就成了流离失所的存在。家宅在自然的风暴和人生的风暴中保卫着人。它既是身体又是灵魂。它是人类最早的世界。"[1]在新世纪的乡土小说甚至很多纪实性散文中,我们能够读到作家因为农村空间结构与传统伦理解体之后带来的某种"无根"和"失根"的疼痛感,而这种痛感的起点往往是家宅的衰颓倾圮或形迹消隐。因而,从叙事形式角度来说,家宅并非一个简单的空间形式,而是一个核心的叙事元素,这个空间决定了小说主要人物的情感状态和行为动机,主导着小说的情节推动与叙事结构模式。比如在《第七天》《还魂记》等作品中,家宅并非一个简单的背景或可有可无的空间,家宅迷失与寻找成为小说主导性的情感结构,牵引着小说的叙事进程。

《第七天》是一部被人们谈论很多、非议也很多的作品,如果从空间的角度来考察,可以发现这部小说的很多精妙和独特之处。《第七天》的叙事地点始于空间的迷失和家园的寻找。开篇是这样叙述的:

> 浓雾弥漫之时,我走出了出租屋,在空虚混沌的城市里孑孓而行。我要去的地方名叫殡仪馆,这是它现在的名字,它过去的名字叫火葬场。我得到一个通知,让我早晨九点之前赶到殡仪

---

[1] [法]巴什拉:《空间的诗学》,张逸婧译,上海译文出版社,2013年,第3—6页。

馆,我的火化时间预约在九点半。[1]

密集的空间和空间的迷失是《第七天》的开篇格局,这一开篇几乎奠定了小说的整体基调:苍凉、悲伤而窒息。出租屋、城市、殡仪馆,这三个空间是主人公杨飞从一场灾祸中丧命继而"醒来"后悉数感知到的空间,灾祸导致的死亡以及弥漫的浓雾使"我"处于时间与空间上的迷失状态。随着叙事的推进,杨飞的前史逐渐清晰:与妻子李青早已离婚;父亲的重病让杨飞几乎倾家荡产;杨飞辞职卖房专心照顾父亲,父亲后来不辞而别离家出走,杨飞继而住进廉价的出租房开始了苦心孤诣的寻父之旅。可以说,杨飞的生前史是一个底层小人物的溃败史,对于死去的杨飞来说,除了不断追忆生前无数个由妻子、父亲带来的情感记忆,就是为自己死后找寻皈依的空间。比利时学者普莱在《普鲁斯特的空间》一书中这样说过:"我们可以清楚地看到,从叙事的第一时刻开始,我们几乎可以这么说:从叙事的第一地点开始——普鲁斯特的作品就显示为一种追寻,不仅追寻失去的时间,而且追寻失去的空间。"[2]这段评述同样适用于余华笔下的杨飞,杨飞在家庭、物质和精神上几乎是一个"赤贫者",他既没有空间层面的家宅,前妻自杀养父走失的家庭现状又让杨飞丧失了情感和精神层面的家宅。支撑杨飞的信念便是寻找,寻找父亲,寻找死后灵魂的皈依之所。余华在小说的末尾勾勒了一个带有宗教色彩和终极意义的死后空间,充满"微

---

[1] 余华:《第七天》,新星出版社,2013年,第3页。
[2] [比利时]普莱:《普鲁斯特的空间》,张新木译,华东师范大学出版社,2015年,第7页。

笑""问候",没有仇恨和悲伤,没有贫贱和福贵之分[1],这样一个极具理想色彩的空间无疑接近于天国与极乐世界。余华并没有给失家丧命的杨飞一个光明的结局。横亘在杨飞面前的是无力购买通往永生的墓地。墓地/墓园在小说中是灵魂安息之地,墓地的有无也决定了死者能否通往极乐世界。小说里,权贵富人阶层可以享有最好的墓地,底层小人物除了鼠妹靠男朋友卖肾买到一块墓地外,大多数的"杨飞们"没法获得通往永生的"通行证"。

《第七天》借助于《圣经》中上帝创世的原型,以七天分别建构七个章节,小说结构上的这种宗教仪式又连接着世俗中国与彼岸世界两端,"杨飞们"在世俗中始于失去家宅,继而苦苦寻觅通往彼岸世界的路径,由于恶相环生丑行密布的社会现实这一现实天堑,他们无力购买墓地而最终遁入"死无葬身之地"的绝境。生前的杨飞不断失去家和家的温暖,死后的杨飞努力找寻着散失各处的家庭部件和情感碎片。但是由于没有墓地,他的通往彼岸的路途也被斩断。可以说,杨飞从始至终都是家的弃儿,是空间的弃儿。《第七天》自发表以来,由于其密集的现实场景和过于显豁的现实批判指向,而被诟病为新闻化书写。撇开这些不论,余华在这部小说中建构的"世俗-彼岸"、"人界-鬼界"、"家宅-殡仪馆-墓地"等多棱空间具有不可忽略的美学意义和叙事价值。从表面来看,余华借助于《圣经》形式似乎要建构一种信仰维度上的叙事,实际上,彼岸和所谓的终极意义在小说最后的叙述中已被击碎,因而,这篇小说并不构成余华宗教布道的通道,在这样一个悲伤的故事中,余华似乎想要探讨阴与阳、俗世与彼岸等多面空间交

---

[1] 余华:《第七天》,第225页。

流的可能性,以及人的精神皈依、家庭关系和人的关系修复等命题。由于较强的现实性,读者的注意力被大量消耗在小说现实主义论题上的争论上,而余华在形而上层面的探讨和空间结构上的多面建构则遭到了极大的忽视。

从空间的角度看,苏童的《河岸》无疑也是一部匠心之作。小说以20世纪60年代为背景,以库家这一个体家庭的分合串联时代的风云。在小说中,"河岸"这一地理名词已经成了岸上人和船民的地理分水岭,"岸上"、"河上"更是身份和血统差异的空间化表征。因而,小说中人与人的关系,在苏童这儿化约并突出表现为"岸上人民"与"向阳船队"之间的对立。"河"与"岸"不仅是小说发生的两个地理空间,也是小说人物竞相争夺的生存空间。

首先是库文轩在革命风潮中被查出烈士之子身份造假,原本根正苗红、意气风发的库书记一夜之间成了人民的敌人,库文轩和儿子被放逐到向阳船队,这种从"岸上"到"河上"的空间转换,是阶级序列重组后的产物,这一空间的转换直接造成了库氏父子十三年的河上漂泊,父亲后来的自戕和长期幽居,以及性格上的懦弱、暴戾都与此有着直接关联。其次,如果从库氏父子的个体生存史来看,《河岸》详细再现了普通个体如何在革命"围剿"下逐步丧失个体生存空间的悲剧。先是由于库文轩伪造烈士身份,被从陆上赶到岸上,继而,由于油坊镇整顿治安的需要,向阳船队上的人被视为"闲杂人员"而要接受监督和限时上岸,库文轩和船民们的生存空间不断萎缩。更为严重的是,对于库文轩来说,身份上的逆转,使他甚至丧失了家庭这一最后的私密空间。小说里有这样一个场景:妻子乔丽敏为了与丈夫划清界限,仿照工作组的模式,将卧室改造成隔离室审讯库文轩。卧室这一日常生活的私密空间在革命洪流中也衍化成了具有审判意义的司法空间,乔丽敏卧室审讯丈夫的场景是那个年代普遍的时代肖像,包含了特定时代之中社会心理和家庭伦理关系的新变。从库东亮的命运来看,他也是一个不断失去的悲剧人物。从空间来看,先是失去家园和故土,继而由于在理发店报复搬弄是非的赵春美,而被限制进入"人民理发店"——人民理发店是库东亮守望慧仙的地方。直至小说末尾,"六号公告"严令禁止库东亮"上岸活动"。

河与岸的隔绝,隐含着巨大的时代讯息,制约着人物情感和命运的走向,构成苏童的独特文学地理空间。《河岸》因此而被不少评论家认为是苏童最好的小说,"苏童的笔触是抒情的,而他笔下的世界是无情的。摆动在修辞叙事和历史经验的落差之间,《河岸》即使在写作的层次上,已经是一种河与岸、想象与现实的对话关系。这很可以成为苏童未来创作的走向,岸上河上,持续来回移动。"[1]确实如此,河与岸这一独特文学空间的设置,丰富了苏童香椿树街和枫杨树乡这两个旧有文学空间,蕴含了区别以往文学的"创作的走向"与空间叙事,具有不可忽视的意义。

有论者在分析纳博科夫的小说空间时,指出他的文学存在着一个超越经验世界之外的,与精神和灵魂相关的彼岸世界,"纳博科夫的全部作品不仅探讨了彼岸(afterlife)存在的可能性,而且也探讨了冥界与此生之间沟通的可能性。"[2]纳博科夫在小说中热情地探讨着人类经验世界与超验的彼岸世界,以彼岸的视角和声音审视、对话人类经验

---

[1] 王德威:《河与岸——苏童的〈河岸〉》,《当代作家评论》2010年第1期。
[2] 王安:《空间叙事理论视域中的纳博科夫小说研究》,四川大学出版社,2012年,第282页。

世界,《说吧,记忆》《瞧这些小丑》《庶出的标志》都有着如此努力。面对此岸和彼岸、人界和神/鬼界这些终极范畴,如果说文学有何过人之处的话,以想象的方式自由穿梭于这些不同空间地带,克服生存的虚无与宿命,表达人类的某种冥思和遐想,无疑是文学的特长。确实,新世纪长篇小说在这一方面,有着很好的叙事探求,《还魂记》《第七天》《野狐岭》《南方》等作品以独特的鬼魂视角和人神空间结构,始于此岸,从而形成了纳博科夫所讲的"开向相邻世界的窗户",最终实现了对生与死、现实与幻想、此生与来生等重要命题的审美性思考。

《还魂记》的叙事起点始于失家,继而寻家。但叙事主人公燃灯由于死于一场泥石流,因而,还乡的主体是作为鬼魂的燃灯。燃灯是一个善鬼,怀着无比的眷念和珍惜之情重回人间,试图重拾亲情和乡情。《还魂记》描绘的是燃灯跨越阴阳的沉痛还乡之旅,以及由还乡所聚焦的乡土中国的病象图景。如果说纳博科夫在小说中设置了此岸与彼岸、人间与冥界的结构,通过两个空间的对话和交流,呈现了两种不同空间的通约性和对话性,那么,《还魂记》则呈现了这种对话的阻滞和艰难。燃灯的回乡之旅,面临的第一种痛苦来自于故乡的崩坏与解体,"道路破碎,村庄杂乱,畜禽肮脏,沟渠年久失修,河道淤积,湖水污染,人们的生活除了劳动就是打牌赌博。"[1]这样凝固而死气的故乡让离乡二十年的燃灯感到"自卑",如同"丧家狗",如果说此时的燃灯在故乡尚有立锥之地的话,商业资本和权力资本合力改造黑鹳庙村将之打造成"情人岛"和大型公司基地后,燃灯的故乡之旅在地理空间上已无可能。当然,除了故乡的崩坏和空间的消隐,对燃灯来说,横亘在

---

[1] 陈应松:《还魂记》,江苏凤凰文艺出版社,2016年,第361页。

他面前的最大阻遏是人界与鬼界的不可通约性。由于燃灯死前蒙冤落监,背负着"劳改释放犯"的身份,他回乡途中到处充满敌意:被亲人疏离和提防,父亲扬言要杀了他,伯父认定燃灯会霸占他的女儿狗牙,要他走得越远越好。比如在"老流浪汉"一节中,燃灯终于找到了生身父亲,父子"相见"的场景是这样的——

> 我推开门,看到了那个人,恍若隔世的人。他平静,手拿着一把菜刀,目中无人,大声说:
> "我砍死你!"
> 这个人见过。真像父亲——如果他老了。他现在应该这么老了。
> "父亲,是你吗?我是燃灯啊。你是什么时候回来的?你跟我回家好吗?"
> 我用尽了所有的力气,喊着。因为,我怕人间听不见我的喊声。
> "我砍死你。"他攥着刀,依然低着头这么说。……
> "您是想砍死我吗,父亲?"
> "我砍死你!"
> 我哭着跑开了。[1]

这是一段令人动容的文字,从人间不幸堕入冥界的燃灯,带着善意和思念努力重拾亲情,遭到的是驱逐和杀戮。在"断头坝"上燃灯对

---

[1] 陈应松:《还魂记》,第 61—62 页。

父亲热切的呼唤,"说与父亲"一节里在父亲面前排山倒海的对往事的回忆,都无法消除燃灯与父亲之间的阴阳阻隔。这种不可通约的人鬼两界,使燃灯的归乡和寻找亲情化为泡影,留给燃灯的只有无边的绝望和孤独。这是一部天马行空的作品,陈应松化身燃灯,穿梭在阴阳两界,书写"布满痛感和苍茫"的归乡,完成了关于颓败故乡和灵魂无依的自由歌咏,"一个人自由表达的时候,技术性的操弄会退向一边,那些过去被奉若神明的技巧退避三舍,写作策略一钱不值。摆脱掉对自己羽毛的过分爱护,转而向更为诱人的荒芜世界开拓和拥抱。而这对我来说,却是灵魂的解脱与自由。世界在阴阳两边来回奔跑,就像春风中没有定处追逐的顽童。"[1]可以说,人界与鬼界的空间构形,是《还魂记》小说得以自由言说的基础,阴阳两隔的酸楚和无以沟通的无奈是小说情感空间的底色,借助于人鬼空间,陈应松完成了对故乡、大地、生死的深情而痛楚的巡礼。

家宅与墓地,俗世与彼岸,河与岸,人界与鬼界/神界是新世纪文学建构的几种较为典型的空间,这些空间不是一元的,而是通过两种或多重空间的叠合、交叉形成二元或复式空间,这些空间无论是在作家个人写作谱系,还是整个文学史视野,都具有崭新的开拓意义。比如苏童,"纸上的南方"几乎已成为他的地理标识,在苏童的"南方叙事"中,"枫杨树系列"和"香椿树街系列"所提供的历史叙事几乎是风格化和凝滞化的:以少年视角或成长叙事讲述少年心史和日常生活,大时代的面影影影绰绰楔入其中。用这种边缘视角讲述大历史,以及南方叙事的形制,成就了苏童式的美学风貌,同时也成为某种桎梏。

---

[1] 陈应松:《还魂记》,第444页。

如果说在苏童的现实题材写作中一定要有一部突破之作，我认为并非后来的《黄雀记》，而是《黄雀记》之前的这部《河岸》，前者启用的仍是"香椿树街式"的叙事格局，而《河岸》才是苏童写作中的一次崭新创制。原因在于，《河岸》推翻了苏童此前确立的边缘化视角，采用亲历和在场视角正面呈现大时代裹挟下的个体生存，大时代不再是两种文学系列里的背影，它与焦虑性的世俗图景一起构成小说的主体，这种正面叙述历史的小说在苏童的写作生涯中并不多见。不仅如此，"河与岸"这一空间结构的匠心设置也极大突破了"纸上的南方"的固有形态，丰富了苏童的空间美学。再如余华，《第七天》中的家宅迷失与"死无葬身之地"的空间构置，有效缓解了作家叙述现实的焦虑。余华聚焦现实的写作真正开始于20世纪90年代的《许三观卖血记》《活着》，继之以《兄弟》和《第七天》，而正是由于后两篇对现实的大规模的集束呈现和新闻化的现实复呈，招致了如潮的批评之声。这种批评实际上忽视了作家在书写现实上所做有益探索。余华动笔写作《第七天》之前已经很清楚，"用《许三观卖血记》或者《活着》的方式，只能写一件事"，"我找到了七天的方式，让一位刚刚死去的人进入另一个世界，让现实世界像倒影一样密密麻麻地出现"，"真正涉及到现实事件的笔墨，占的篇幅并不大。现实世界的东西对我来说是倒影，而不是重点。"[1]《第七天》让小说中的杨飞、鼠妹们先失家，继而寻找皈依，余华与其主人公一起感受着冷酷的现实世界和温暖的死后世界。可见，真实的现实空间是异化、病象的，"死无葬身之地"才是一个充满暖意和具有乌托邦色彩的异度空间。如果说《活着》《许三观卖血记》《兄

---

[1] 余华：《我们生活在巨大的差距里》，北京十月文艺出版社，2015年，第216、214、215页。

弟》共同建构了一种关于病象中国和苦难现实的空间叙事的话,《第七天》则在这种病象与苦难之外打开另一扇通道,这个通道即是小说精心营构的"死无葬身之地"这一空间。"表达现实的文学意义在哪里?我用一个谁都不愿意去的地方、用'死无葬身之地'来表达的,用这样一个角度来写我们的现实世界。"[1]可以说,《第七天》中的空间构置延伸了余华以往文学叙事的空间格局,同时,这种二重空间使余华改变了以往正面强攻现实的单一通道,以死视生,生之苦楚,死后绚烂,这种具有魔幻色彩和神话意味的空间使余华的小说更具想象力和灵动性。

三 走出"茶杯里的风暴":大文学写作、科幻小说与开放空间

福柯认为19世纪最重要的是历史,而20世纪则是空间的年代,"我们身处同时性的时代中,处在一个并置的年代,这是远近的年代、比肩的年代、星罗散布的年代。我确信,我们处在这一刻,其中由时间发展出来的世界经验,远少于联系着不同点与点的混乱网络所形成的世界经验。"[2]简言之,现代社会,尤其当代社会由于科技的迅猛发展和社会结构的多元化裂变而变得更为复杂和深邃。面对这种新现实,小说何为? 小说该以怎样的时空和视角进入这个世界,表现世界的复杂性和可能性? 在我看来,新世纪小说在空间构造方面,除了少数匠心的空间意象和少数孜孜探求空间形式的作家外,总体上呈现出空间

---

[1] 余华:《我们生活在巨大的差距里》,第218页。
[2] 龙迪勇:《空间叙事研究》,生活·读书·新知三联书店,2014年,导论第19页。

叙事上的固化与平庸,这种固化与平庸体现在大多数的长篇小说要么缺乏具有典型意味和别具特色的空间设置,环境和空间消隐在人物和故事之后,空间在叙事进程中缺少主体性,要么就是启用那些意义凝固、缺乏新意的空间结构。

作家黄孝阳是近些年影响力渐增、在写作上勤勉探索的70后作家。他认为当前的小说家过于依赖故事,呈现出说书人的脸庞,小说家缺少进入"辽阔现实"的通道,无力对剧变的时代给出丰富、深刻的"解读"。也就是说,当下的文学实践远远落后于这个"开放、多元、充满悖论"的现代性社会,无论在社会内容的表现,还是在小说的文体探索和美学风貌上,当代小说无非是"茶杯里的风景"[1]。"茶杯里的风景与风暴",是当代小说的一种格局,也是新世纪小说在空间构造上趋于逼仄和凝固的一种形象化比喻。确实如黄孝阳所反复提及的那样,当下社会已由古典的可循环的封闭社会,进入到一个现代性的不可逆的开放社会,面对福柯意义上的这种网络空间,小说家何为?"这样的一个大时代就对小说家们提出了难度。他不仅能够叙事,理解传统的精髓和演进脉络,还得具有哲学家的目光,看得见未来,能把那条'无穷无尽能指的链',用小说独有的技艺创造出来,进而勾勒出一个时代,发现唯有小说才能发现的。他所创造的文本不再只是日常生活的某颗水滴,而是由千万颗水滴所形成的那个同时包括了'虚与实'的水平面。"[2]黄孝阳是一个具有自觉的小说美学并为之进行卓绝实践的作家,他近年来的《旅人书》《乱世》《众生:设计师》《众生:迷宫》可以视

---

[1] 黄孝阳:《是谁杀死了我》,河南文艺出版社,2014年,第302页。
[2] 黄孝阳:《文学有什么用》,2010年10月28日《文学报》第7版。

为他的"大文学观"和新结构的具体实践。所谓"大文学"是指他不满足于基于农耕经验的文学表达,主张当代小说应该区别于传统小说,不应仅仅是基于抒情与修辞、风俗与伦理、经验与常识这些范畴的文学叙事,"现在都是21世纪了,若人的小说观还停留在18世纪斯达夫人给出的界定,简直就是活着的人的耻辱。小说不应该再是'流行的通俗',它得作为一门现代艺术,才能'向死而生'。所以我一再说'小说为大'。这个大,不仅是一个体量上的增加,是海纳百川的那个大,是须弥与芥子的何者为大,还是一个维度的高。而要认识这个'高',就得重新发现空间。"[1]在黄孝阳看来,传统小说是牛顿力学下的时空,当代小说应该是爱因斯坦相对论和量子观下对时空的奇思妙想。当代小说应该提供区别于古典农耕社会的经验与风景。这种大文学观和崭新的文学思想相应带来新的文体和结构,"在文体上,还要有这个能力去设计迷宫,提供梦境,为他们打开另一个不属于日常经验里的复杂空间。"[2]

《旅人书》《乱世》和《众生》系列,都显示了黄孝阳在小说空间上的孜孜探索。《旅人书》以形态各异的"城"作为叙事小空间,这些"城"的并置与聚合所形成的一个巨大的空间,正是作家所倾心营构的某个"场",这些"场"是世界的拼图,是窥望复杂现实与历史的一些切口。在不同的"城空间"中,活跃着不同的文化、信仰、人与爱恨情仇。可以说,《旅人书》是一部空间性很突出的叙事作品,时间在这些"城"里是隐匿,甚至是无关紧要的,历史是空间地呈现,而不是时间地呈现。不

---

[1] 黄孝阳:《乱世》,北京燕山出版社,2013年,第257页。
[2] 黄孝阳:《是谁杀死了我》,第304页。

同的空间是叙事主体,不同空间里的风土人情、伦理与信仰、规矩与风景是小说的主体。《旅人书》采用的是"非时序"或非线性叙事,这些城从时间与空间上都无交叉,相互独立,不同的城的故事可以任意排列,传统的时序叙事与因果律的逻辑被极大消解。巴赫金在分析希腊小说的空间构造时指出,"这种小说就需要有巨大的空间,需要有陆地和海洋,需要有各种不同的国度。这些小说的世界,是博大而多样的。不过,这博大和多样完全是抽象的东西。"[1]同时巴赫金指出,这种传奇叙事,其特点是时序上可以"移易",空间上也可以"改换"地方,"不确定性"和"偶然的共时性"是这类小说的特点。《旅人书》具有这种传奇性,同时,这种独特的空间结构体现了现代小说淡化时序注重空间并置,从而尽可能再现世界的复杂性和多种可能性的现代叙事趋势。新近出版的《众生:迷宫》是《旅人书》这种写作美学和空间结构的延伸。《众生:迷宫》的主体是 121 个词语,这些不同的词语背后的故事与谜构成叙事的主体,在结构上接近先锋小说家的"迷宫叙事"。这部小说仍然没法放在现实主义美学原则下进行解读,没有完整的故事,没有历时性的某种时序,更没有对世界的言之凿凿的单一化解释,小说由世界的若干个碎片和多种可能性组成,这些碎片和可能性的并置构成了一个五彩斑斓的迷宫世界。作家自己说这部小说是意在描述一个独特的"语言系统","故拣选若干词语以为切口,用个体的命运,人的情感,审视尘世的目光,牌阵,以及寓言与隐喻,科幻(可能发生的)与历史(已经发生的),正在进行的现实,灌注于这些词语内部。而

---

[1] [俄]巴赫金:《小说的时间形式和时空体形式》,《巴赫金全集》(三),白春仁等译,第 290 页。

这些的和,即为梦境,或者说子宫与矩阵。"[1]

黄孝阳的这种"大文学观",以及为此进行的具有先锋意义的写作实践,丰富了当下中国的小说美学,某种意义上也是对当代小说的纠偏。当代小说越写越快,结构却越来越贫乏,空间越来越陈旧,视野和内容越来越简化。米兰·昆德拉曾指出,随着全球一体化过程的加剧,现代社会出现了"简化"这一"不幸的过程"。人的生活被简化为他的职责;一个民族的历史被简化为几个事件。人类处于一个真正的简化的漩涡之中。而在这过程中,小说也受到了简化的攻击,各种媒体加剧了小说的简化过程,使小说成为了所有人接受的"简化物和俗套"[2]。如何避免小说成为"简化物和俗套"? 那就是要为小说注入新的因素和向度。也就是昆德拉所说的用小说"永恒地照亮生活世界"。正是在这个意义上,我们应该理解和肯定黄孝阳在小说美学和创作上进行的这种可贵探索。可以说,他的崭新却极易招致别人误解的量子文学观念,他对小说叙事的勤勉探索,他对真正的现代汉语的苦苦实践,都是为了让小说焕发新的生机,为了使小说在现时代避免被简化的命运,最终免于成为"简化物和俗套"。

如果说《旅人书》《众生》以自觉的小说美学和空间叙事为新世纪长篇小说注入了一股活力,提供了小说叙事走向开放的空间视野与空间诗学,那么,刘慈欣及其《三体》则以个人的巨大魅力唤醒了科幻文体的崛起。刘慈欣凭借《三体》获得"雨果奖",引发了"三体热"和"科幻热"。作为现象的"三体"暂且不论,这里仅从空间叙事的角度看《三

---

[1] 黄孝阳:《后记 几句闲话》,《众生·迷宫》,北京十月文艺出版社,2017年,第310页。
[2] [捷]昆德拉:《小说的艺术》,董强译,上海译文出版社,2011年,第23页。

体》和刘慈欣的贡献。很多科幻作家都意识到空间和环境是科幻小说的核心问题。"创造一个虚拟的陌生世界经常是帮助读者以全新的眼光看待原来的世界,发现自己以前忽略的事物的最好方法。这是幻想小说最大的价值之一。"[1]《三体》又称"地球往事三部曲"或"三体三部曲",包括三部作品,讲述的是20世纪60年代到五百年后地球与三体世界之间的冲突和命运。毫无疑问,《三体》是一个复杂而多棱的文本,交织着对文明、科学、人文、道德的哲理思辨和生动书写,这些复杂的范畴统一在《三体》全景式的宇宙图景中。可以说,空间的对峙及其文明形态的差异构成了《三体》的叙述起点。《三体》构筑了宏大磅礴的空间,这种空间由若干个充满危机的极端场景或终极困境构成,第一部中的"废弃化工厂""墓地""雷达峰"尚且有很多现实气息,到了第二部第三部中的"黑域""光墓""智子盲区"等大量空间地理使小说更具魔幻性。很显然,《三体》是以一种"宇宙视野"探究宇宙的本源与真相,以一种"星际空间"呈现人类与整个宇宙的未来命运,显示出较强的终极关怀色彩。在小说的末尾,刘慈欣构想了一种乌托邦意义上"田园时代的宇宙",这个宇宙是"十维"的,"有无穷的可能性,那是全新的宇宙,全新的生活。"[2]这个"十维"空间区别于传统的三维、四维空间,蕴含了宇宙其他星际的可能性与人类未来的某种方向。与农耕文明时代的"田园""世外桃源"的空间想象不同,这里的"田园宇宙"不再是前工业文明与工业文明下的空间形态,而是智能时代以科学与崭新的量子观、相对论为基石的一种空间建构。"田园宇宙"浓缩了当代

---

[1] [美]卡德:《如何创作科幻小说与奇幻小说》,东陆生译,百花文艺出版社,2015年,第90页。
[2] 刘慈欣:《三体Ⅲ》,重庆出版社,2010年,第478页。

人对未来生存空间的美好想象。"《三体》的科学表达中潜藏着对宇宙的'终极关切','终极关切'导出了小说结尾以规律本身建构的终极乌托邦,这一乌托邦空间作为本质性范畴和积极的整体性想象,将'人的位置'和'人的目的'统一起来,通过'宇宙地理学'走向人的本体论,在世界/宇宙中标示了我们的存在。"[1]当然,《三体》在探究宇宙道德与星际文明时,作家所看重的"黑暗森林法则"——宇宙类似于一座黑暗森林,而每个文明都好比潜行其间且相互为敌的猎人,使小说在呈现人类文明时不免陷入一种悲观的想象中。《三体》的空间想象是巨大而丰饶的,其所依据的量子物理理论、最新天体科学与天马行空而又秩序井然的文学想象相互交融,形成一个科学与想象结合的科幻小说典范。

提到科幻小说,不得不提到摘得"雨果奖"的郝景芳及其《北京折叠》。尽管获奖时间仅仅相差一年,同样一个奖,《北京折叠》远远没有刘慈欣的《三体》那么服众,引发了众多非议和批评。这是怎样一部科幻小说?简单说来,小说以底层人物老刀为了给养女糖糖筹集幼儿园学费而冒险在三个空间中送信为中心事件,以此展现小说的三层不同空间。第一空间是所谓上层社会和精英阶层,第二空间是中产阶级,第三阶层是像老刀这样的下层人物。从故事层面看,小说中的情节和桥段并无多少新意,比如有夫之妇的上层女依言与暗恋青年暗通款曲,房客与房东为房费争执。小说的进展波澜不惊,没有令人心惊的暴力与冲突,人与人之间的关系充满了某种温情,故事也是在光明中

---

[1] 杨宸:《从"终极乌托邦"到"宇宙中的人"——论全球化视角下〈三体〉的乌托邦性质》,《比较文学与世界文学》2016 年第 2 期。

收篇。单凭故事和人物,《北京折叠》只能算作构思很普通的一篇影射现实的小说。那么,这篇小说的魅力和独特性在哪里?毫无疑问,小说的复式空间和折叠意象,以及这种空间构置所形成的意义表征是小说的亮点。小说中的三重空间充满了等级,同时相互隔绝,这种反乌托邦的空间叙事在《美丽新世界》《1984》等西方经典中可以找到源头。郝景芳试图通过这种折叠的空间及其隐含的社会阶层固化和贫富差距加剧等峻急问题,呈现当代中国的社会症候。这种折叠问题应该不仅是北京的,可以置换为纽约折叠、巴黎折叠、伦敦折叠,对应着技术时代和智能化时代全球性的贫富悬殊问题。正是在这个意义上,郝景芳这个描述未来的小说提供了一个关于中国城市的负面性想象,这个城市肖像也许满足了西方社会对迅猛崛起的中国的猎奇式想象,或者说"北京折叠"所包含的城市境遇和发展困境,是全球性的共同问题与跨民族的痛点,引发了西方社会广泛的共鸣——似乎从这个角度可以解释这篇小说何以会折桂。可以说,《北京折叠》是一个内容上很写实,且具有鲜明现实隐喻或批判的小说,如果没有"折叠"的空间框架,这部小说的魅力将会大打折扣。

面向未来,设想未来社会发展中的某些可能性方向与困境,并用独特的空间置放这种文学想象,郝景芳的科幻写作体现了这种特点。她曾说,科幻小说在于"构想一个可能性的世界"[1],因而,在这部小说中,她提出了科技进步和社会自动化背景下"未来的一种可能性"及城市折叠的"解决方案"。吉登斯在分析现代性的负面性时,指出了时间与空间混杂排列的"时空分延"现象,"现代社会不仅使时间与空间

---

[1] 郝景芳:《孤独深处》,江苏凤凰文艺出版社,2016年,前言第1页。

相分离,而且也使空间与场所相脱离。由于邮件通讯、电话电报、互联网等科技和社会组织方式的推动,人类生活方式发生了巨大变迁,在场的东西直接作用越来越为在时间-空间意义上缺场的东西所取代。"[1]现代性这只"巨型怪兽"带来了吉登斯所说的这种时空的分离和虚拟的后果,列斐伏尔在考察西方资本主义生产和经济形态时,更为惊心地指出"普遍性的空间爆炸"的现实状况,而且,"资本主义和国家都无法掌握这个它们生产出来的混乱、充满矛盾的空间。"[2]在吉登斯、列斐伏尔以及麦克·迪尔等人的论述中,我们可以清晰看到,统一、连续、总体性的前工业文明时代的时空结构在现代尤其是后现代语境下已经不见踪迹,割裂、分离、等级化、无序化是社会空间的主要特点。

在西方,传统小说向现代小说转换时,空间处理上的巨大差异是很明显的,甚至构成现代小说区别于传统小说的一个重要标识。"为了达到表现生活的复杂性和多个'未来'目的,现代小说家在寻找一种新的结构方式。于是,时间的序列性和事件的因果律被大多数现代小说家抛弃了,代之而起的是空间的同时性和时间的'偶合律'。与传统小说相比,现代小说运用时空交叉和时空并置的叙述方式,打破了传统的单一时间顺序,展露出了一种追求空间化效果的趋势。"[3]既然我们的时代已进入到一个智能化、云计算的大数据时代,一切都处在颠覆性发展之中,那么,现时代的小说如何表述当下的世界,小说的空间如何进行有效的拓展,这些都是非常值得探讨的问题。从这个意义

---

[1] 包亚明主编:《现代性与空间的生产》,上海教育出版社,2003年,序第6页。
[2] 同上,第52页。
[3] 龙迪勇:《空间叙事研究》,第149页。

上来说,刘慈欣、郝景芳等人的科幻小说和黄孝阳注重"世界的广度与深度"的文学,提供了区别于传统文学的空间结构和文学气象,这些文学抛弃了传统小说线性叙事和因果逻辑的制约,以生动富有张力的空间建构文学,探讨世界的复杂性和多种可能性。对于当代小说来说,其功能"不再仅仅是颠覆传统价值,而是给出许多可能性",在法国学者让·贝西埃看来,"可能性是对真实的自由指示","可能性的发展只能理解为在所给出的真实资料中打开一个缺口;当代小说恰恰关注这种指示。"[1]科幻文学在空间上常常由地球延伸至太空、宇宙,在空间叙事上呈现出想象性、奇异性和宏大性的特点,有效拓展了传统文学的空间疆域和空间美学。同时这类看似超现实的文学往往有很鲜明的现实指向性,它们以更为庞大而新奇的空间表达了对人类社会的某种洞见与隐喻式书写[2]。而黄孝阳所代表的这种开放性叙事和量子力学文学观,试图打破传统牛顿力学下的现实美学和空间构筑,注重探究世界的复杂性,勾勒时代"无穷无尽能指的链",同时注重小说结构和叙事方式的革新和先锋实践,这种写作为当代小说走出"茶杯里的风暴"的逼仄格局提供了一种美学路径和小说实践。这些具有生命力的文学类型和空间诗学昭示了一种开放性叙事,为新世纪小说注入了活力和生机。

---

[1] [法]让·贝西埃:《当代小说或世界的问题性》,史忠义译,北京大学出版社,2012年,译序第2页,第214页。
[2] 科幻文学首先显示了作家想象力和谋篇布局上的才华,同时,隐喻性也是科幻文学常常内含的一种诉求。隐喻性增强了文本的内在张力和思想表现力的艺术性,被一些学者视为伟大文本的"重要品质","丰富而深刻的隐喻至关重要,它是伟大的文学不可缺少的另一项品质,隐喻性的丰富和深刻程度是衡量文本高下的又一个尺度。"参见林岗《批评的尺度:什么是伟大的文学?》,《小说评论》2016年第1期。

青年写作与"新感受力"
——全国大学生创意写作短篇小说大赛获奖作品读札

对于小说阅读者尤其是职业批评来说,常常会被这样的问题所萦绕,那就是:什么是好的小说?面对几个世纪的小说技艺和经典遗产,小说还能有多大的翻新空间?当代小说是否还能够提供激动人心的叙事与思想景观?决绝地断言"小说已死"或是文学的时代已经"终结"并无太大意义,倒还不如严肃认真地思考小说在新的时代语境下创制和生长的重要命题。诚如作家阎连科所言,自21世纪之初到现在,人们的写作都还在20世纪对现代性求新创造的惯性里。人们一直还没有明白,属于21世纪的文学是什么。确实如此。没有谁知道21世纪的文学应该长什么模样,这种不确定性和未知性恰恰是小说和文学的魅力所在。因而,当我开始阅读梁思诗《金鱼的夏天》、谢京春

《我们去坐游艇》和闫东方《X城往事》三篇获奖小说时，我的内心充满期待，我期待着在新一代的青年写作中能够读到惊喜、断裂、震惊、叛逆——而所有这些，恰恰可能蕴含着小说的"新生"。

布鲁姆曾将现代小说的类型分为"契诃夫式"和"博尔赫斯式"，前者是忠实地揭示真相的印象主义，依靠的是戏剧化场景和严密的逻辑发展，体现了"追寻真实"的特点；而后者则是从逻辑、戏剧化的真实走向了小说日常、平凡、碎片甚至荒诞的真实，也即"翻转真实"。当代小说的发展趋势大致体现了从契诃夫向博尔赫斯、从戏剧性真实向平凡性真实的过渡。《金鱼的夏天》是一个有故事、有情节的现实主义短篇，但显然不是简单追寻和呈现"现实"的小说。这是一个普通家庭的平凡悲剧：姐姐与年纪相仿的男孩成辉相爱，并有了身孕，在菜场卖鱼为营生的父母看不上成辉这个"混小子"，拆散了两人，并极力撮合姐姐与一个长相老态的韩老板成婚。姐姐在绝望中躲在厕所里产下婴儿，并放在纸盒里遗弃在山间。嫁给富裕的韩老板后，姐姐并没有获得幸福，在强势的婆婆支使下整日"待在厨房里"，最后因生不出孩子拖着行李箱回到了娘家。这是一个忠实于生活真相与日常逻辑的小说，读起来却颇能吸引人的兴致。从叙事手法上，《金鱼的夏天》最大的特色是启用了儿童视角——中外文学史上颇为经典的现代性叙事手法。相对于成年人的理性视角，儿童视物的特点是稚拙、断片和非理性，巴赫金称之为"不理解"。因而，经由儿童的视界呈现出来的场景和事物，常常具有原生态和片段化的特点。这篇小说里，姐姐的自由恋爱和不幸婚姻，都是通过学前班"我"的眼光来呈现的，"我"并不太关心成人的世界，"我"关心的是鱼缸里的三条金鱼和搜寻手枪的子弹。在姐姐的婚恋悲剧过程中，"我"大多数时候是个缺席者，在有限的时空里,作为旁听者、旁观者,家庭的诸多事件落在"我"的耳目里,小说呈现的恰恰就是这些断片式的场景。在小说里,"我"虽年幼懵懂,但却成为距离大人秘密最近的人,这些秘密落在"我"的眼里,是一些"我"并不懂的场景——比如,姐姐与成辉躺在被窝里(偷欢),姐姐长时间躲在厕所里(生产),继而把"盒子"送到山上(弃婴),装有浓浓血腥味的连衣裙(生产时的血迹),还有姐姐的"变胖"和"憔悴"(怀孕和失恋),"拖着行李箱回来"(被休),父母的谩骂和争吵(包办和逼婚)……所有这些场景,只有当我们连缀起来,才能看出姐姐由与人相爱到失爱,再到被逼婚和被休这样一个完整的悲剧过程。卡尔维诺说,文学是一种生存功能,是寻求轻松,是对生活重负的一种反作用力。确实,儿童视角在这篇小说中有着"以轻击重"的表达效果,即儿童未加阐释的"所见"揭开了父母所代表的成人世界的势利、残忍和冷酷。另一方面,这篇小说也呈现了儿童的善良和孤独——"我"是父母眼里的笨孩子,"我"的要求总是被忽视;浴缸里的金鱼是"我"最忠实的朋友;姐姐失恋后,我用储蓄罐里所有的钱想给姐姐买连衣裙和口红让她开心,商场老板以为我拿她开心,"把我推出两米远"。童心单纯、善良如此,而并不被成人所理解,儿童的这种孤独在心理学上也被称为"旷世的忧伤"。儿童的这种孤独处境,小说刻画得细腻生动,温婉而哀伤。

如果说《金鱼的夏天》着力书写了人的孤独与被缚这一主题,那么,《我们去坐游艇》则消解了明确的主题表达和意义建构,如同一个无聊的人举着相机,随意定格的几帧画面,这些画面并非惊涛骇浪,也非电闪雷鸣,而是最为日常的世俗场景。小说的内容极为简单:我与张茂在四月的某天在海边玩,无聊之余,我邀请海边游玩的三个女孩子同乘游艇去公海玩,五个人在无边的公海溜达一圈随即回头,受"穿裙子的女孩"怂恿,不会游泳的我跳入海里,差点淹死。在这样一个主线之余,穿插回忆了我与在大药房上班的苏菲的短暂交往。《我们去坐游艇》并非传统意义上的有紧张起伏情节和饱满人物性格的小说,更像一段心绪,一个幻梦,漂泊迷蒙,来去无定。小说有着海明威式的"冰山叙事"特点和卡佛式的极简风格——我是怎样一个人,事业和生活的落魄者,精神病患者?我为什么会失眠?苏菲为什么要离开我?我为什么毫不犹豫地跳海,仅仅是为了"面子"?这些问题,小说并未言明,而是被"摁在水下",成为小说的留白。正是这种极简和留白,带来了小说阐释的不确定性。小说仅有的场景和情境里,蕴含了关于人物、生活的多种可能性走向。《我们去坐游艇》的叙事风格与《白象似的群山》《阿内西阿美女皇后》这类"极简小说"很像,都有着经验省略和简约的叙事特点。理查德·福特曾把"对真正神秘的敬意"看成是从海明威那儿习得的最有价值的内容。《我们去坐游艇》并没有把人的情感世界和内在因果逻辑说透,而是让某些场景缺席,让某些情感留白,让某些逻辑隐匿。于是,我们看到的似乎是一些波澜不惊的断片的叠加,由于这些断片的聚合并不能指向确切的意义,因而,似乎也会给读者带来阐释的焦虑和困惑。但从阅读效果上看,《我们去坐游艇》在三四千字的篇幅里,时时又让我们觉得有"引雷"和"火山口"会爆发——比如我的失眠和胃病,比如我和张茂与三个女孩子远游公海,比如我跳进海里,这种情节设置似乎隐含着某些更大的"危险"和更好看的"故事",这些情节制造的阅读幻觉牵引着读者,但直到最后,小说的"引雷"和"火山口"依然没有爆发。卡佛曾说:"我喜欢短篇小说中有某种威胁感或者危险感,我觉得一个短篇里有点危险感挺好,首先有助于避免沉闷。得有紧张感,感觉什么在逼近,什么东西在不断逼来,否则很经常的,是一个短篇不成其为短篇。"从这个角度看,《金鱼的夏天》和《我们去坐游艇》都有这种"危险感",前篇中的危险不断在降临,并以"金鱼"作为一种重要意象,三条金鱼的先后之死,也分别对应着姐姐失恋、姐姐生下弃婴和姐姐被休的个体悲剧;而后篇则在一种晦暗不明的叙事中制造出"危险"的幻觉,又不断延宕这种危险,直至最后让这种危险感落空。

而闫东方的《X城往事》则更像一组哲理小品。这种以诸多独特而相异的城邦作为叙事视角的传统,远有《格列佛游记》《巨人传》这样的小说文本,近有江苏作家黄孝阳的实验小说《旅人书》。《X城往事》以槐城、迷城、硬城、倾城、狐城、他城、醒城、私城、海城、夹城十座虚拟的城作为文学空间,赋予每座城独特的城市秉性、风俗人情与行为习惯,每座城的故事相对独立,又似有关联——比如老赵是一个贯穿始终的人物。要说清十个城单元各自的内容和意义不是易事,每篇的主旨似乎都很飘忽,都很晦涩。那么,这些令人费解的"城叙事"究竟在表达什么?闫东方的"城叙事"不是具象的,而是高度抽象和想象的,从这些"城"里试图打捞出完整的情节、清晰的人物、确切的意义,几乎是徒劳的,能依稀辨认的大概是一些思绪和思想意象,比如"他城往事"是关于囚禁与开放的叙事,城内和城外的界限一旦打破,城内人享受到阳光和彩虹后,抵抗囚禁便成为不可遏制的趋势。这是一个关于暗黑的"铁屋子"有了"光亮",有了"出口"后,人们会如何的现代寓言。鲁迅说,对于铁屋子里的人来说,从昏睡入死灭,并不感到就死的悲哀。然而,"他城故事"告诉我们,享受到"盒子"外面阳光的人们,开始自觉抱守"沉默着抵抗"的姿态。"迷城往事"则以迷城人漂浮的特质,象征着人类未来和历史的不确定本质。热爱睡觉却睡不着的"醒城",没有疼痛的"硬城",不知如何置放心事的"私城",这些反生物性的城空间,同时也是反文化的一种历史假想,看似荒诞不经,未尝不是对人类历史及其命运歧途的某种隐喻。小说里的老赵是个异乡人,现实里的他惆怅、伤感,他的归乡只能在梦里,他穿梭在众城之间,体味着各种城文化和怪诞风景,却并未能释然,最终只能"悻悻离去"。老赵似乎是人类的一种缩影,在迷幻而繁冗的各种历史境遇中,充满艰辛、困惑、痛苦和重负,何以解脱,似乎没有答案。

苏珊·桑塔格上个世纪 60 年代有感于科学和文学艺术两种文化之间的对立,提出"新感受力"的概念。对于文学艺术在一个自动化的科学社会将会丧失功用甚至面临淘汰的论调,桑塔格不以为然,认为两种文化的冲突是"一个幻觉",实质上只是艺术功能发生转换后对人们"新的感受力"的期待,即首先是一个更新我们的意识和"感受力"的问题。苏珊·桑塔格的"新感受力"论断对于当下作家尤其是青年作家的写作,极富启发意义。在全球化和技术高度发达的当代语境下,面对海量的信息和即时共享的时代经验,文学并不缺少素材和资源,"写什么"也几乎不成为一个问题。相反,如果作家缺少纳博科夫所说的"魔法师"般整饬现实经验的能力,有可能会成为信息和事实的奴隶。根本的问题还在于作家需要有独立、敏锐的"感受力",以及将这种艺术感受转化为作品的能力。在梁思诗、谢京春和闫东方这些青年写作者的获奖作品中,我们看到了新一代青年写作者的风采和才华。他们是校园在读的硕士生或博士生,但已显示出了不俗的文学功力和处理现实经验的能力。

他们的小说并不拘泥于 19 世纪文学赖以生成的人物、故事与思想表述,又能接通20世纪现代主义以来的叙事传统,显示出开放而多元的文学胸襟。他们的小说或是聚焦平凡家庭日常的悲剧和人的被缚,借助精巧的视角和匠心的意象,勾勒出个体的忧伤和受损;或是选取生活中的两三个横断面,言简义丰地呈现小人物的生活流和那些幽暗不明的生存状态;或者,干脆抽去所有具象的人物与时空,在对远古城邦的返古行旅中重构天道秩序与重建精神乡邦,体现了"思想录"般的理性漫游。这些纷呈的叙事技艺和相异的写作指向,体现了青年写作者们鲜活的文学感受力,这种感受力既表现为他们对人和情感、思想的理性认知上,也体现为对小说技艺和叙述情态的智性选择上。正是在这个意义上,这些青年的写作已经大致具备了桑塔格所说的那种"新感受力",即"它既致力于一种令人苦恼的严肃性,又致力于乐趣、机智和怀旧。它也极有历史意识,其贪婪的兴趣及其变换,来得非常快,而且非常活跃。"当然,如果年轻的学子谦逊地不敢领受这份褒赞,那就当作一种鞭策吧,毕竟,"新感受力"可以让作家和作品葆有盎然的生命力。

由于"青年作家"本身意味着生长性与未完成时,这也注定了这些青年写作者的作品不是无懈可击的,比如,《我们去坐游艇》呈现了一段日常的"生活流",并不特别表达什么意义,在空缺与省略之余并不着急实现小说的"及物"特性,这固然是一种结合了新写实主义、极简主义,甚或自然主义的写作手法,但小说的内在张力显然还可以增强,小说的"危险感"还可以布局得强烈一些;再如《X城往事》,显示了年轻博士写作上的可贵智性和浪漫玄思,但是,如果把小说的这种玄想气质发挥得没有边际,令人难以卒读,甚至从根本上拒绝"被懂",这种狂放的哲思是值得警惕的。《X城往事》中的很多艰涩叙述和毫无来由的情节构置，有种故作深沉，屡屡让我觉得这是个太过于迷恋形而上思考且浸淫后现代叙事甚深的家伙。如何让小说更有说服力？略萨在给青年小说家的信中这样说："当小说中发生的一切让我们感觉这是根据小说内部结构的运行而不是外部某个意志的强加命令发生的，我们越是觉得小说更加独立自主了，它的说服力就越大。"具有敏锐崭新的"感受力"，又能赋予小说不可抵抗的"说服力"，这样的青年写作不正是我们所期望的吗？

新世纪小说阅读笔记两则

一、短篇小说的"简"与"险"

高明的作家常常会有意识地建构自己的文学地理,即在某种独特的空间或地域中比较集中地写人状物,抒情表意,从而使这一空间下的人和事都有鲜明的"这一个"意味,呈现出别具情致的文学诗意。最近读到陈永兵的非洲题材系列短篇小说,一种浓郁的文学风情扑面而来。这些作品都以非洲的卡萨布兰卡小镇作为小说背景地,在小镇的某个援非工地、贫民窟、靠海的简易酒馆,活跃着来自祖国黄村和本土的各式小人物:小商店老板、包工头、援非工人、来非洲淘金却依然贫瘠的妇人、长相丑陋的胖清洁女工和又瞎又跛的伙夫,以及做酒吧侍从、卖烧烤或是照顾生病工人的非洲少女。这不是一个富饶美好的理想天堂,虽有温情与和解,但匮乏、晦暗和压抑是这个"卡萨布兰卡"文学空间的主色调,这个世界有着乔伊斯《都柏林人》般的绝望、孤独和卡佛式的灰暗和挣扎。这种小说质地典型地体现在《饮水记》《打瞌睡的人》《天边外》《虚无的盛宴》和《红灯》等篇中。这个小说系列是李永兵向曾经栖息非洲五年这段生命旅程的一次致敬和文学回溯。

布鲁姆在《如何读,为什么读》一书中将现代小说的类型分为"契诃夫式"和"博尔赫斯式",前者依靠的是戏剧化场景和严密的逻辑发展,而放弃了一切平凡、偶然或简单氛围,后者则打破逻辑、戏剧化的真实走向了日常、平凡、碎片甚至荒诞的小说真实。可以说,现代短篇小说正是基于戏剧性和平凡性两种维度,从而不断生长和变形。放在这样的小说类型史之下,我们会发现,李永兵的非洲系列小说更加接近于卡夫卡或博尔赫斯。这些小说并不以完整、忠实地揭示现实真相为指归,而是通过断片、对话、小场景呈现社会底层的各式蓝领在贫穷荒蛮环境里的日常生活,尤其聚焦人性的温暖和狰狞、欲望与压抑、自制与失范。如果说《饮水记》和《天边外》分别表达了亲情认同危机和对非洲淘金者深切同情的主题的话,《红灯》则完全消解了这种比较清晰的主题诉求,诉诸回忆与现实双重视角,以老单为视点人物,以他与周边人的关系和遭遇为中心,呈现纷乱的生存景观和"不确定"的人际关系。在小说中,"红灯"是一个核心意象,并屡屡"亮起",红灯隐喻着规矩、规则,既是道德规范,又是行为准则,红灯烛照出不同的人格与行为:老单正派诚实,不能容忍弗吉利亚偷窃的失节行为,并向老板揭发,同时他对弗吉尼亚颇有好感,但仅止于"盯着看"、送围裙作礼物,而行为上毫无僭越;香山,则是社会规则和伦理道德的破坏者,他毫无顾忌地站在楼上撒尿,肆意地伤害老单,可见他的粗俗和野蛮;而闯红灯撞翻老单并逃逸的救护车,两次闯红灯的约瑟夫,显然也都是"越矩者"。红灯意象,昭示了人们面对禁忌和规则所呈现的恪守或僭越的不同姿态,隐喻的是人们在现实、道德生活层面的有序或失范。

《红灯》在八千余字的篇幅里涵盖了大量的信息、关系和意义,结构上也较为完备。小说在情境营造和人物关系塑造方面也是下了功夫的,头顶盘旋飞往南方的战机、十芯煤油灯和呛人的煤炉、红绿相间长袍裹身的少女、女性顽皮的打情骂俏和性感的身体、从死人身上扒下来的衣服、从未谋面"远在南方"的未婚夫、贫穷少女有从工友宿舍偷窃鞋子的毛病——通过这些意象和细节建构了一种独具韵致的情境,并在这个环境中呈现底层小人物之间的复杂关系:老单与弗吉利亚之间的温情与敌意,老单与师傅香山之间的日常和冲突,约瑟夫与弗吉利亚影影绰绰的暧昧。可以说,《红灯》的确在细节、故事和人物关系上呈现出丰饶、绵密之姿。但这也恰恰隐藏着小说的某种危机或问题,即当作家试图在一个短篇里塞入很多内容,又用非常绵密的针脚逐一细细编织,可以想见,这样的小说在丰饶之余,会因过于密实而显得笨重,会因为"线头"太多而显得凌乱。作家毕飞宇认为好的短篇小说是"不及物"的,小说的"气味"比现实经验更加重要,他说一块有形的羊肉对人的诱惑与烤过之后十里飘香的"味道"相比,后者往往更为致命。那么,在这种情况下,就需要对再现的画面、要塑造的人物关系和要表达的意味进行取舍,比如哪些说,哪些不说,哪些详说,哪些略说,都是很重要的技术问题。

比如,在《红灯》和这个系列的其他小说中,人物对话常常是一个重要的叙事手段。在弗吉利亚和伊芙的聊天中,大量的信息浮出水面:照顾老单是弗吉利亚的工作、弗吉利亚婚期将近、她的未婚夫在南方打仗、在哪儿买新衣服、关于经斑和性,等等。但从叙事功能上来看,这些谈话内容总体上过于唠叨而散漫,包括她们谈话之余吃米饭喝水等情节的描述,对于叙事进程并无实质性意义,分散了叙事重心,使小说徒增一些内容上的冗余。再如,对于老单所受的两次暴力,小说下笔过"实",几乎事无巨细地呈现了暴力场景的每一处毛孔以及老单的每一个痛苦表情,这种放大镜般地呈示祸事与鲜血场景,使小说具有通俗小说般的景观意味,恰恰使小说丧失了必要的距离感和节制感。苏童曾说:"选择说什么,是所有小说作者必修的功课,选择不说什么,则往往是短篇小说作者的智慧,从某种意义上说,是后者决定了短篇小说的本质特征。"确实如此,叙述过满,冗余细节和无效描述太多,会使短篇小说丧失该有的灵动和飘逸。从简约的角度看,《红灯》呈现的内容过多,使小说的人物关系和大量细节构成了太多的"线头"。实际上,不少场面完全可以收着写,虚化一些,可以略去不少枝蔓性的情节,把非必要细节、对话、意象摁到水面以下,这种"叙事的减法"不仅可以使小说更为轻盈,同时也可能因某些省略而形成意义指向上的多元性,从而调动阅读者的阐释兴趣。

贝茨曾说海明威有着"谁也不曾有过的勇气把附着于文学的乱毛剪了个干净"。正是对这些可有可无的内容的删除,甚至数十遍地不断删减各种修饰语、比喻句,直接抵达事物和意义,海明威形成了他的"简约艺术",也即借助于对常规经验,对不必要内容的省略,从而形成了言简义丰的"冰山体"艺术。海明威的这种极简风格体现在《杀手》《白象似的群山》的对话中,两个杀手与服务生的对话或是前去打胎的青年男女的对话,是极简对话的典型,叙述的简约并没有减损意义的表达,相反,小说的意义空间变得更大。从这个角度看,相对于正文的密实和繁复,《红灯》的结尾显得更为简约而隽永。小说结尾处,约瑟夫把老单从死亡线上救回来,用水帮老单冲洗了头上的伤口,然后约瑟夫拿着一瓶香水闯过红灯奔向弗吉利亚,老单也一瘸一拐地追过去。这是一个"经验省略"式的简约结尾。第一遍读完这个结尾,我脑海里留下了好多个问号:老单望着弗吉利亚,为什么"使劲地敲打着自己的脑袋"?老单手里为什么捏着"一瓶花花绿绿的香水"?约瑟夫为什么丢下老单,挥舞着香水,"闯过红灯,朝弗吉利亚跑去"?"向弗吉利亚追去"的老单与她后来会怎样呢?往回阅读,连缀全文,才理解了这个结尾的妙处。由于弗吉利亚让约瑟夫取水并帮老单清洗伤口这个举动,善良的老单在那一刹那就原谅了弗吉利亚的"告密",继而自责地敲打自己,这一刹那的和解看似突然,却又那么合情合理;约瑟夫之所以拿着香水奔向弗吉利亚,是因为弗吉利亚"身上有浓烈的香水味"——而这个极易被忽略的细节早已在小说开篇埋下了伏笔,但它却是小说人物逻辑重要的"草蛇灰线",由此可以看出,约瑟夫对少女弗吉利亚也有好感。那么,弗吉利亚会要这个香水吗,已有婚约的弗吉利亚如何处理她与约瑟夫和老单之间的这种暧昧呢?老单与弗吉利亚会怎么样呢,这些疑问成为了小说的未解之谜,成为一种开放性的想象空间,给小说带来了广阔的可能性。

如果把李永兵的非洲题材小说连起来看,会发现这些小说呈现出某种程式化的意象和叙述模式,即在他的这个系列小说中,常常有这样的固定意象、情节或人物特性,比如:衣衫褴褛喜欢偷鞋子的少女,喜欢盯着女人丰满的身体看的中国工人,少女裤子上的经斑痕迹,头上盘旋着的战机,少女从未见过仍在南方打仗的未婚夫——事实上,除了偷窃、豪放、丰满之外,可否提供非洲少女的其他特性？除了通过两个少女的交流引出家史与社会情境,有没有其他的呈现方式？中国工人与非洲少女之间除了通过生病产生交集,可否有其他叙事向度？这实际上也是小说的想象力的问题。这个系列小说似乎已把李永兵原有的"卡萨布兰卡经验"用得差不多了,那么,如何从这有限的物理空间"生长"出更多的意象、关系和精神空间,是值得李永兵深思的问题。

阅读《红灯》与其他非洲系列小说,我一直渴望能够读到一种有着暗流涌动或是刀光剑影质地的小说叙事,《红灯》的基础体温是比较冷的,这种冷一方面来自于环境的匮乏和恶劣,另一方面则来自于人与人之间的交恶、报复与暴力。这类小说可以写得危机四伏,充满危险感。现代小说有好多种写法,其中有一种是隐而不彰却危机四伏的书写,充满刀光剑影但却影影绰绰,比如《阿内西阿美女皇后》和海明威的《杀手》。这种小说内部有危险感,形成叙事的张力和悬念,常能带给读者气喘吁吁的紧张感,所谓"写一句表面看来无伤大雅的寒暄",都能"传递给读者冷彻骨髓的寒意"。正如卡佛所说:"我喜欢短篇小说中有某种威胁感或者危险感,我觉得一个短篇里有点危险感挺好,首先有助于避免沉闷。得有紧张感,感觉什么在逼近,什么东西在不断逼来,否则很经常的,是一个短篇不成其为短篇。"《红灯》是一种结构谨严、细节饱满的短篇叙事,但缺少这种内部的"刀光剑影"和时时逼近的"危险感"。《红灯》采用的是限制视角推进叙事,开篇即以"老单的头流血了",这是一个惊雷,随着老单的两段回忆,老单与弗吉利亚从温情走向交恶、从暧昧走向告密,以及老单与香山的暴力冲突的悉数展开,"流血之谜"也解开了。小说在刚刚平静的地方让老单遇到一场惨烈的车祸,挣扎着获救后,小说也进入了尾声。可以看出,小说并非没有紧张,但小说呈现这种"危险感"的方式是,先亮出这个危险,然后去呈现这个危险的过程和原因,接着再制造一个危险,再去化解它。

可以看出,《红灯》中的"危险"始终处于一种"可视化"状态,危险的强度是由强到弱,读者的心随之先紧后松。而更为高明的写法是,让危险时时都在,并处于隐而未发的状态。也即,让小说暗流涌动,不断把势能往上推,"危险感"不断累积,直指"火山"最后爆发。危险感成为小说的内在动力,牵引着阅读眼光。可以说,一种"预示性""可能性"的危险比作为景观性的危险更加能够制造紧张感。比如马里奥·贝内德蒂的《阿内西阿美女皇后》,开篇让一个穿着裙子的年轻姑娘坐在广场中的长凳上,姑娘"惶恐不安"着。而后我们知道,这是一个失忆的姑娘,她不知道自己多大,不知道该往何处去。这样,失忆姑娘的安危,成为我们的牵挂,让我们紧张。而事实上,随着衣冠楚楚的罗尔丹来到姑娘身边,以及随后带她回家,并对她欲行不轨,这种"危险感"不断升级。当姑娘挣脱着终于逃了出来,这种"危险感"才稍稍平息,但随之出现的是一段与开头一模一样的文字和场景,我们才知道,失忆的美女皇后又回到了广场,开始了新一轮被围观、被引诱甚至被侵犯的险境。《阿内西阿美女皇后》让我们看到了短篇小说如何让危险与小说共生长,如何将危险感设置为小说的火山口,甚至让危险成为一种生存困境的隐喻。

短篇小说不能藏拙,也不是随意的,需要真刀实枪的功夫和精心周密的组织。简约是短篇小说形式和外观上的一种呈现方式,而危险则是小说内部的张力和阅读感受层面的紧张感。在我的阅读视野里，李永兵的《红灯》是一部制作精良的短篇佳作，当然，如果能在"简"与"险"两方面进一步有所开掘，那么，这样的小说艺术一定是值得我们期待的。

二、原乡已失，灵魂何倚

中篇小说《夜色也曾温柔》是作家李新勇发表在《当代》2020年第4期上的近作。这是一篇关于现代化进程里中国农民失土、失乡与失根的忧心之作，无根的漂泊和失乡的疼痛，是小说的内在情感。在文学史上，失乡与寻根一直是作家倾心表述的经典母题，自现代以来，知识分子对故土的情感一直是在怨乡与恋乡两极游移，从现代的鲁迅到当代的莫言，莫不如是。怨乡，是因为作为原乡的乡村在经济与文化上大多是破败、封闭与落后的，"落后的乡村"常是现代知识精英的启蒙对象，与这种风景凋敝、精神禁锢的乡村诀别成为小说叙事的常有形态；另一方面，乡村承载了个体的成长记忆与家园情怀，寄寓城市的知识分子在回望乡村故土时，又会情不自禁地滋生怀旧与乡愁，从而形成对故土的眷恋之情。时至21世纪的当下，尽管时代主题和社会潮流几经更迭，但现代化进程视野下的乡村之变，以及如何书写乡村的精神原乡意味，仍是颇有意义的文化母题。

李新勇居于东海之滨的启东县城，对乡土中国保持着"在场"状态，近些年他一直敏锐地观察与书写着"时代的走向"与"人的命运"，即中国传统社会现代化转型过程中的文化伦理变迁与人的当代处境。如果说四年前的长篇小说《风乐桃花》是以一种史诗巨制对半个世纪以来中国社会经济转型和道德现实的全景式扫描,那么,这篇《夜色也曾温柔》则是以一个小切口试图敞开剧变时代里乡土中国新的"问题"与新的"疼痛":人的失乡之痛与无根之惑,以及乡村解体之后,人的还乡是否还有可能?

《夜色也曾温柔》以吴向葵北上故地廊坊与妻子潘慧办理离婚为中心事件,这个"事件的时间"前后仅有三天,最后的结局也是各得其所。但小说"讲述的时间"跨度是二十年,即从千禧年前后到当下吴潘两人从相爱到陌路,继而一人北上一人南下各自谋生的家庭史。从叙事的角度看,"现在"和"过去"这两重时空,构成一种很复杂的对话关系:"过去"的二十年两人短暂恩爱过,随后的征地与迁徙,岳母的到来,父子关系的疏远,夫妻情感的冷淡,使这个小家庭逐渐成为空壳。"过去"成为了一种要告别的历史旧物。而吴向葵此次来到潘慧的建筑工地,即是要对这桩业已破败的婚姻做个了结。然而,潘慧当下局促的工地生活,两人曾经有过的"月光盈盈的夜晚"对彼此的召唤,离婚后看电影、品故乡特产的温馨,无形中让两人更多了些怜惜、理解和缠绵。"现在"试图清算"过去",却不经意点亮了过去,"现在"与"过去"并不是简单的相互解构关系,而是构成了一种深情对话和新一轮的更亲密关系——离婚虽在形式上结束了吴潘二人的法律关系,由于分手一晚两人在宾馆里的"把持不住"而在来年诞生了他们的第二个儿子,这种血亲上的交集使两人构成了新的情感关联。既是离婚,人物情感上为什么会如此"剪不断理还乱",仅仅是婚姻解体时常有的旧情牵绊和多年厮守使然吗?当然不是,共同的乡愁和失乡的孤儿身份是两人内在的情感纽带。

实际上,离婚事件只是这个小说的外壳,失乡、还乡与乡愁是小说的叙事指归。李新勇在这篇小说里试图呈现这样一种"乡村现实":在近二十年的城市化与现代化进程视野下,随着乡村的解体与消失,一大批人由于失土失乡而成为"没有故乡的人",这些迁徙别处或是漂泊在外的失乡之人,成为空间与文化意义上的孤儿。他们以及他们的下一代如何应对没有故土的文化断裂和精神流浪?传统乡村被现代化进程重建后,重寻原乡之根是否可能?吴向葵的家庭迁徙史和解体史是近二十年乡村变迁史的一个缩影。梳理小说便会发现,吴家的家庭变故及其解体与城市化的进程,几乎是同步的,甚至后者是前者的诱因。小说中的一个重要时间是1999年,这是规划东方大学城并为之圈地的时间,也是吴家廊坊的土地被征用的时间。熟悉当代社会史的人都知道到,世纪之交的这个时间节点,恰恰是中国教育产业化的时间起点,经过1996至1998年的提出和讨论,1999年中国高等教育扩大规模政策出台,随之而来的便是大学城扩张和新的圈地运动。正是在这一轮大学城圈地热潮中,吴向葵生活了二十多年的老家及其村落被征用,他们举家迁徙到香河县。后来,由于经济开发,他们在香河的家宅再次被征用。两次失土与迁家,带来的不仅是吴向葵的家庭空间位移,更重要的是这个家庭内部关系的变化,甚至造成了家庭的分崩离析——正是由于城市的开发,吴向葵的岳母搬来与他们一起住,脾气古怪而又极为强势的岳母干预吴向葵的生活方式,二人的矛盾进而影响到吴向葵与儿子吴潮白的关系,这样,原本宁静、简单的三口之家变得紧张而复杂起来。最后的结果是,吴向葵南下启东承包土地种菜,妻子潘慧则在廊坊建筑工地做塔吊指挥,而儿子出国留学后中断了与父亲的联系。征地与城市化进程,改变了吴向葵的家庭结构,带来了令他们猝不及防的新问题,继而引发这个家庭的分崩离析。

可以说，中国社会的城市化进程与经济大开发的过程，也是农民失去土地、失去"熟人社会"的过程，重建家园尽管带来了新的空间归属，但难以弥补失去故土而带来的不适和痛感。吴向葵在不断的迁徙中，哀叹"他们一家就像水上的浮萍、风中的叶子，到了哪儿，都找不着自己的根"。在小说中，吴向葵爱读书，爱"讲古"，更敏感于故乡的变迁，他与纠缠于情欲与世俗生活的春儿、马四维、九成仙、朱可以都显得不同，他是这些生活在底层的人们中少有的具有浓郁乡愁情结，并自觉进行文化寻根的人。他一直在孜孜重建与故乡的联系，试图保留住由于数度迁徙而几乎流失殆尽的乡土根性。比如与妻子办完离婚手续后，吴向葵带着妻子吃香河的各式特产，颇有兴致地讲解这些特产和各种特色工艺美术品的由来。离别前这种略显"文艺"的相聚，与其说是夫妻二人的话别，不如说是对满载着乡愁的故乡风物的深情凝视。香河肉饼和折叠舍豆浆的醇香犹在，乡情袅袅，而两个相爱的人却成为"即将走散的孤儿"。可以说，在消失的故乡面前，小说中的人物几乎都是无乡的"孤儿"。

失去土地和故乡庇护的人们，在新的空间里能否找到宁静而惬意的皈依？小说对这个问题也有自觉的书写，并呈现了令人心痛的生存景观。朱可以管理的龙珠骐达工地在小说中得到了较多的描写，"工地"成为我们透视"潘慧们"的一个有效视角。这里的施工环境和生活条件极其简陋，住宿条件尤其令人窒息，无论是八个人一间的集体宿舍，还是必须睡满四对夫妻的"夫妻宿舍"，都异常拥挤，毫无秘密可言。尤其是性的自由，在工地成为一种奢侈的权利。逼仄的住宿条件，加上朱可以对工地上夫妻性生活的严格控制，带来了工地男女普遍的"性荒"。如何解决这种"性荒"？收取费用、提供给夫妻"应急"的

"牙祭房"便诞生了。"牙祭房"是工地男女的钟点房,看似是一种便利,却是底层人们性的自由、性的空间沦丧的悲剧缩影。小说多次写到温柔月色下吴向葵与潘慧的性爱记忆,包括酒醉后与孙小涓的合欢,这些性的记忆是美好的,毕竟有家的庇护,自由而随性。而失家失土后寄居工地的潘慧,她的生活是局促的,也许她与经理朱可以保持着隐秘的男女关系并试图重新组建新的家庭,但在她生下她和吴向葵的孩子后,素有洁癖的朱可以抛弃潘慧是大概率选择。潘慧的未来是晦暗不明的,等待她的将是更辛苦的漂泊远方,而这种无根的漂泊与失乡之痛同样也将是陪伴他们新生儿子的一种宿命。

常常地,乡村在经济开发大潮下的解体与消亡,总是伴随着乡村原生态秩序的失范,这种失范尤其会表现为乡村伦理的整体性变迁与人的道德价值观的溃败。在贾平凹、莫言和陈应松等作家的小说中,我们经常能够看到,在乡村的现代性转型中,传统村社小系统内部的价值体系受到外力冲击,引发人们的"浮躁"与价值选择上的无所适从。在这篇小说中,李新勇生动再现了乡村群落在现代性进程中不可挽回的解体现状,以及村人不得已的流浪之路,但对于乡村伦理道德,尤其是人的原生态的道德秩序,作家并不悲观,相反,我们能够看到底层那种蓬勃健康、坚韧善良的人性秩序。比如在工地这块逼仄贫瘠的生存空间里,老板与民工,民工与民工,男和女之间,我们几乎看不到人与人的恶意与伤害,而是常常充满着温情、戏谑和宽宥,即使在马四维、春儿和小青的情感之争中,我们看到的是两个男人斗酒的憨直和女主角小青的务实。再如吴向葵由一条三角牌内裤发现潘慧与朱可以的暧昧私情,我们本以为在吴向葵与朱可以之间会爆发一场剧烈冲突,事实上,酒桌上的坦诚交心轻易化解了这种一触即发的矛盾。在

《月色也曾温柔》中,这些底层人辛劳潦倒,婚姻蹉跎,但他们坚韧、务实、善良、豁达,表现出良好的道德品性。可见,李新勇对变迁之中的新乡土的人性基础并不悲观,对这种醇厚而温情的人性世界给予了深情的勾勒。或许可以说,在故乡解体、村社实物消失的悲剧性过程中,乡村的道德秩序与人性基础尚保留着那份原生态的静谧美好,而这何尝不是乡村应对现代性之变的一束精神之光?

本雅明在解读波德莱尔时,反复用到"惊颤的体验",认为"惊颤的体验"是波德莱尔诗歌的根基。在《月色也曾温柔》这篇小说中,我们同样能够看到一种关于现代性的"惊颤的体验",即乡村现代化作为一种现代性运动,极大推动农耕社会滚滚向前的同时,也一并摧毁了农业社会的基础秩序。当空间和文化意义上的原乡消失后,诞生了大量"没有故乡的人"。他们虽然跻身于城市,或蛰居在被安置的新的空间,但他们不属于城市,乡村也回不去,他们的思想底色仍是农耕文明的,又无法真正拥抱城市精神。他们成了真正的灵魂的孤儿。面对传统乡村被连根拔起,村落故址不再,故土旧物已成齑粉的现实,故乡成了遥不可及的空中楼阁,乡愁成了一种怅惘的嗟叹。这种关于中国新乡土的"体验",是极其沉痛的,它尖锐地指向这样的问题:失去土地、村庄和精神原乡的人们,以何为乡?这些漂泊的浪子如何怀乡?这似乎是一种悖论性命题:现代化进程带给人们繁茂的物质文明和崭新的空间安置,却毫不留情地带走了具有原乡意味的村落旧址及其伦理风俗,征地作为一种现代性运动,是城市化的一种必要手段,在客观上也褫夺了土地所有者的家园,造成了他们的失根与流浪。李新勇正是抓住了转型期新乡土中国的这种困局,通过"吴向葵们"的个体家庭史的变迁来呈现农村人与土地的被迫分离,以及由此带来的无根之痛。失去原乡的吴潮白、潘慧以及那个刚出世就开始流浪的小儿子,他们能否重回故乡,吴向葵立志给未出世的孩子重建具有故乡意味的"血地",能否在来势汹汹的现代化大潮中成为"不变的家",这些都是未知数,似乎也并不那么重要。在现代性这个庞然大物面前,大多数人都是与故乡渐行渐远的过客,原乡已失,难以再次抵达,大概唯有回忆和文学能纾解这种现代性的乡愁吧!

从"边缘人"到"新穷人":新世纪小说中的"进城青年"叙事

青年进城是中国新文学的一个重要叙事类型。从老舍的《骆驼祥子》、柳青的《创业史》,到路遥的《人生》,再到当下几乎蔚然成风的青年失败的文本,我们可以看到这一文学类型经久不衰的艺术魅力和思想张力。纵观20世纪的中国,青年的社会命运经历了世纪初期的"少年崇拜",随后在社会革命和民族危机时期成为生力军,再到20世纪五六十年代共产主义乌托邦时期的"青年崇拜",直至群体意义上的青年在80年代走向解体。那么,关于青年的这种历史命运和精神轨迹,作家提供了怎样的文学视野?以新时期以来的小说文本为例,路遥的《人生》、方方的《涂自强的个人悲伤》、马小淘的《章某某》、石一枫的《世间已无陈金芳》、东西的《篡改的命》,提供了关于当代青年发展中的"高加林难题""陈金芳悲剧""汪长尺困境"等现象,这些高度写实的小说文本直指奋斗的进城青年及其失败的结局,呈现了青年个体与社会结构之间的分裂,以及青年群体的发展困境。这些走入歧途、病死、自杀或疯癫的青年,显示了青年在当下社会进程中的弱势地位和成长危机。因而,本文重在考察新时期以来进城青年的身份变化及其发展困境,试图通过这些失败的青年个案探讨"青年进城"的难度,以及全球化背景下青年的处境问题。

一、1980 年代青年的"解体"与高加林的溃败

《人生》在第二十二章临近尾声时,由于"走后门"事件被揭发,高加林被撤销工作和城市户口,落魄还乡。高加林经历了公家人和乡下人的两上两下悲喜后,最终依依不舍地告别那个"色彩斑斓"的城市和"虹一样"的生活。在高加林万念俱灰,即将与城市恋人黄亚萍告别前,小说在叙述进程中强行植入了几段议论性文字:

> 可是,社会也不能回避自己的责任。我们应该真正廓清生活中无数不合理的东西,让阳光照亮生活的每一个角度;使那些正徘徊在生活十字路口的年轻人走向正轨,让他们的才能得到充分的发展,让他们的理想得以实现。祖国的未来属于年轻的一代,祖国的未来也得指靠他们!
>
> 当然,作为青年人自己来说,重要的是正确对待理想和现实生活。哪怕你的追求是正当的,也不能通过歪门邪道去实现啊!而且一旦摔了跤,反过来会给人造成一种多大的痛苦;甚至能毁

掉人的一生！[1]

这些文字是路遥在《人生》中的卒章显志。路遥太了解高加林这类农村青年了，面对这个主人公的失败，他唯恐小说的叙事逻辑不足以彰显高加林的困局根源，因而末尾处不惜"跳出来"急切从社会和个体层面为失败者高加林总结原因。《人生》无疑是关于高加林和20世纪80年代青年的奋斗悲剧，高加林是中国社会在上个世纪70年代后期农村集体化行将解体、改革开放业已启动的历史背景下的青年形象。他是出生于传统乡村的青年，虽未考取大学，但他的理想和气质都极具现代性，向往城市生活，渴望脱离乡土和传统农耕生活。他健康朝气、富有才情，而且勤劳吃苦、积极进取，为了能够实现"公家人"的梦想，跻身城市，他甚至放弃了与巧珍的结合，如果不是与黄亚萍的爱情遭到克南母亲的嫉恨，继而被揭发，他的进城之路似乎是非常顺当而理想的。从《人生》的接受史来看，高加林在一些读者眼里是"当代英雄"，"高加林又是理所当然的当代英雄，他之受到城乡广大青年读者的普遍欢迎是必然的，因为他的要求代表着历史的方向，代表着未来，他是后来中国社会、农村社会所进行的巨大历史变革的一只报春的燕子。"[2]也有人将高加林视为"社会主义新人"[3]。

但实际上，在路遥笔下，高加林是一个进城"溃败者"。路遥自己坦言，"至于高加林这个形象，我写的是一个农村和城市交叉地带中，在生活里并不顺利的年轻人的形象，不应该离开作品的环境要求他是

---

[1] 路遥：《路遥》，人民文学出版社，1998年，第346页。
[2] 转引自张艳茜《路遥传》，陕西人民出版社，2017年，第216页。
[3] 路遥：《路遥全集：散文、随笔、书信》，广州出版社、太白文艺出版社，2000年，第299页。

一个英雄,一个模范。"[1]值得注意的是,正是这样一个有缺点的"当代英雄",引发了80年代关于《人生》的争鸣,以及大量的"读者来信"。"《人生》出版后,大量的读者来信如潮水一般涌向路遥,热情的青年读者,把路遥看成掌握人生奥妙的'导师',纷纷来信向他求教'人应该怎样生活','如何走人生之路','人生的意义是什么'等等问题。青年读者毫无保留地把人生的体验与感受,经历与遭遇,坎坷与挫折告诉路遥,让他指点迷津。甚至一些不曾向父母、向丈夫、向妻子说过的隐私,也毫无任何疑虑地向路遥袒露。"[2]

一个事业未竟、人生之路坎坷的农村青年的命运,竟引发青年群体的共鸣,触发了人们情感的剧震,这显示了这个人物与时代的某种隐秘"共谋关系",以及个体困境所蕴含的普遍性的群体危机与迷惘。高加林作为20世纪80年代初的奋斗青年,具有诸多农村青年的美好品质,又极具现代气质,在"进城"途中遭遇城乡二元秩序的阻隔和城乡差别、工农差别的社会壁垒,最终黯然收兵。高加林的进城历程及其危机引发了研究者们对"高加林难题"的追问与反思[3]。

那么,"高加林难题"的现实逻辑是什么,与80年代的历史语境有怎样的关系?此处旨在分析高加林与80年代的青年群落的历史地位和青年思潮有着怎样的关联,以及高加林的溃败史所蕴含的历史必然性。

---

[1] 路遥:《路遥全集:散文、随笔、书信》,第128页。
[2] 王维玲:《岁月传真——我和当代作家》,首都师范大学出版社,2009年,第318页。
[3] 这方面的典型成果包括:黄平:《新时期文学起源阶段的虚无:从"潘晓讨论"到"高加林难题"》,《文艺研究》2017年第9期。刘素贞:《"时间交叉点"与两种"结局"的可能——再论路遥对〈人生〉中"高加林难题"的回应》,《文艺争鸣》2017年第6期。

《人生》发表于《收获》1982年第三期,作为该期首篇重点推出,1982年12月出版单行本。但小说的真正写作开始于1979年,由于构思不成熟,开了个头,就写不下去了。1980年路遥又重写了一次,还是因为开掘不深,又放下了。1981年春路遥与中国青年出版社编辑王维玲的交谈,以及后者给予他的鼓励增加了他写作《人生》的信心,后来只身待在甘泉县招待所的一间客房里,一连"苦斗了二十一天",终于完成此篇[1]。从大的历史背景看,《人生》写作的20世纪70年代后期和80年代初,正是中国社会暗流涌动、社会经济政治和文化结构即将经历大变革的时期,1978年底十一届三中全会启动了农村改革,包产到户随即实施,农业集体化模式即将解体。在社会领域,知青返城大潮并带来了巨大就业压力,城乡二元分割秩序阻滞着青年的自由流动。"路遥的农村知识青年身份特征与奋斗经历,也使其对农村知识青年运命的关注有着更深层的写作动机,'高加林'的出现成为了路遥审视自身与一代农村知识青年欲望的镜像。"[2]《人生》的问世,除了这些大的历史背景,还跟作家的个体经历有关。路遥是家中长子,过继给延川的伯父为子,但延川和清涧两方面的事情都要顾及。路遥虽在城里工作,算是"公家人",总要面对农村亲戚的各种帮忙要求,"城籍农裔"的路遥在这样的过程中深深体会到了城乡阻隔、走后门等社会问题。厚夫的《路遥传》中详细记述了路遥为其弟弟四锤和王天乐找工作、托关系解救因砍树而被抓的生父等事宜。尤其是帮王天乐跑招工的艰辛过程,加深了他对有志有为的农村青年的苦闷和失败的奋

---

[1] 王维玲:《岁月传真——我和当代作家》,第304页。
[2] 陈华积:《高加林的"觉醒"与路遥的矛盾——兼论路遥与80年代的关系》,《现代中文学刊》2012年第3期。

斗历程的体悟。因而,《人生》在此之前写写停停,"王天乐的人生际遇给路遥创作《人生》提供了灵感。路遥由己度人,由自己亲兄弟的人生际遇而生发到对整个中国农村有志有为青年人命运的关注,由此下决心创作这种题材的小说。"[1]因而,路遥后来把高加林、孙少平、孙少安等形象置于"城乡交叉地带",探讨农村青年的奋斗历程,其现实的"逻辑起点"正是源于帮弟弟跑招工[2]。

值得注意的是,创作《人生》时,路遥是自觉地反潮流和反主流的,出于对建国以来文学中"好人坏人"的两极化叙事,他尝试着为读者提供了高加林这样"一个新的形象"[3]。这个形象确实区别于以往的青年形象,既不是林道静、江华这样的革命青年,也不是红卫兵或返城知青。我们似乎难以在既往文学形象谱系上找到高加林的同类与家族。另一方面,我们在高加林的人生悲剧与奋斗历程中,确实能够看到伤痕、反思和改革文学的潮流属性[4],同时又能看到《波动》《晚霞消失的时候》中肖凌、李淮平、南珊这类20世纪80年代前期另类青年情绪与文学传统。那么,高加林与80年代的青年群落和青年思潮有着怎样的关联?高加林的溃败是不是历史转型期的某种必然?

现代意义上的"青年",是西方工业革命之后的产物,青年是推动社会进程与历史变革的重要力量。梁启超在19世纪末20世纪初发表的"敬告留学生诸君""少年中国说",礼赞少年,与20世纪初世界各国的"年轻人崇拜"形成合流。陈独秀在《青年杂志》创刊号上呼吁"惟

---

[1] 厚夫:《路遥传》,人民文学出版社,2014年,第135页。
[2] 同上,第134页。
[3] 张艳茜:《路遥传》,第215页。
[4] 周新民:《〈人生〉与"80年代"文学的历史叙述》,《文学评论》2015年第3期。

属望于新鲜活泼之青年,有以自觉而奋斗耳",指出青年问题是决定中国社会命运的大问题。作为新兴群体,青年被寄予了救国、革新的历史使命。随着现代民族危机的加剧,青年主体扮演着推动社会变革的重要力量。建国后再度兴起"青年崇拜"的热潮,青年用火热的青春与激情参与社会主义建设和各项社会运动,形成"革命的青年"[1]。进入后文革时代,由于政治的退场和时代主题由政治转向经济,"青年"群体也呈现出历史的断代与新的品质,"1949 年以后被建构的'革命青年'的养成装置到文化大革命时期在某种程度上被打破了","在文化大革命以后社会恢复秩序再建权威的时候,人们期待着 50—60 年代的那种'革命青年'再次出现,但当时的年轻人并不具备与那一种期待相适应的权威倾向的社会性格。因此成年人对年轻人的失望、不满和年轻人对社会的不适应及愤怒在代际间引发出社会紧张。"[2]正是由于五六十年代至文革的现代造神运动,以及青年被卷入历史动荡中的人生遭遇,催生了一代青年的被愚弄感、屈辱感和青年的信任危机。

《中国青年》1980 年第 12 期发表《"信任危机"与青年》,文章写出了"我们的灵魂被奸污了"的愤懑,以及青年对政治的不轻信、不盲从的态度。文章这样描述 20 世纪 80 年代青年的代际肖像,"五十年代、六十年代初的中国青年是最称心的:热情,质朴,'党叫干啥就干啥'。八十年代的青年虽然对党也有感情,但雷锋式的单纯却不见了;他们不甘做'螺丝钉',想发挥自己更大的才智和潜力,因而他们那个'自我'更内向、更执着,富于哲学沉思色彩;不安于现状,不承认任何未经

---

[1] 陈映芳:《"青年"与中国的社会变迁》,社会科学文献出版社,2007 年,第 171 页。
[2] 同上,第 215—216 页。

实践检验的信条。"[1]实际上,与这种"信任危机"一起出现的青年问题,是关于青年价值观和人生意义的几次大讨论。从20世纪80年代初期绵延至90年代,关于青年价值观比较有影响的讨论包括"潘晓来信""沙鸥讨论""雷锋精神大讨论""郎郎寻找丢失的草帽""梅晓讨论"[2],这些讨论围绕着"主观为自己,客观为别人"、怎样的理想主义和现实价值、如何生活得更好的伦理问题和生存问题。"如果说'潘晓'讨论反映了粉碎'四人帮'不久,青年在重新寻找人生意义时的价值迷茫;那么,'雷锋精神大讨论'则反映了在商品经济时代需要怎样的时代精神;大学生的'寻帽讨论'反映的是青年在价值观多样化的社会中选择适合自己发展道路的困惑。"[3]

可以说,20世纪80年代开始,曾经将个体火热青春与国家、民族连接在一起的"五四青年"和"革命青年"已经发生极大的历史蜕变,在历史转型期,他们疏离主流价值观,理性审视每一种可能裹挟个体的思潮和力量,作为一种具有共同历史追求的群体的青年走向解体。伴随着青年解体的是青年的一种危机性生存,一方面是青年的价值观和人生信念面临着巨大的历史调适,另一方面文革中的下乡知青当时正以静坐、示威方式要求尽快解决回城问题,进入80年代以后,青年的犯罪数比60年代增加了10倍[4]。加上中国50年代开始的城乡二元分割状态,严重阻隔了农村青年的发展问题。路遥在1980年2月

---

[1] 夏中义:《"信任危机"与青年》,《中国青年》1980年第12期。
[2] 关于这些讨论,可参见苏颂兴、胡振平主编:《分化与整合:当代中国青年价值观》,上海社会科学院出版社2000年版,第52页;《中国青年》1980年第5—12期。
[3] 苏颂兴、胡振平主编:《分化与整合:当代中国青年价值观》,上海社会科学院出版社,2000年,第53页。
[4] 陈映芳:《"青年"与中国的社会变迁》,第214页。

22日写给谷溪的信中,谈到当时青年的这种发展困境:"国家现在对农民的政策显有严重的两重性,在经济上扶助,在文化上抑制(广义的文化——即精神文明)。最起码可以说顾不得关切农村户口对于目前更高的追求。这造成了千百万苦恼的年轻人,从长远的观点看,这构成了国家潜在的危险。"[1]可见,路遥对20世纪80年代青年的社会处境有着清醒的认识。在路遥的写实性文字以及《人生》的叙事结构中——尤其是结尾处"卒章显志"的叙述,路遥都试图传达出这样的写作意图:高加林是改革开放之初的"社会新人",但他尚是一个发育还没有完全的、有缺点的过渡期新人,高加林进城失败与其手段的非法和个体缺点有关;另一方面,他的溃败更多导因于当时城乡社会结构的分割这一历史语境,"社会"限制了青年的"充分的发展"。也就是说,高加林的人生悲剧及其所代表的高加林人格和高加林困境,与80年代的时代总体语境有着内在的呼应,高加林是改革开放之初青年的"边缘"的历史处境的一个缩影。

二、从"边缘人"到"新穷人":新时期进城青年的身份演进

《人生》无疑是一部通过农村和城市交叉地带,探讨20世纪80年代初社会转型期青年人生道路的作品。从大的时代背景来看,80年代中国社会的经济和政治体制面临重要转型,知青大量返城,城乡二元阻隔尚未消弭,社会尚没有做好准备迎接类似于高加林这样的进城青年。有读者批评路遥关于高加林在农村的生活场景写得很生

---

[1] 厚夫:《路遥传》,第133页。

动,而进城后的高加林反而显得单调而拘谨,缺少生机。在1980年的社会语境下,路遥显然意识到"高加林们"进城面临的重重阻力,这种阻力一方面来自于社会体制,另一方面来自于青年个体精神层面的桎梏。因而,路遥并没有简单给高加林们的进城一个光明的结局,而是通过这种进城的溃败,引发我们去思考"高加林难题"所寓含的巨大时代因素。我们可以看到,无论是路遥在《人生》最初的版本中所设定的让高加林回到高家村,获得教师职位,同时让巧玲成为他感情的抚慰者,或者是定本中高加林落魄回到乡村,扑倒在乡土的怀抱里失声痛哭,路遥对高加林的结局安置都很谨慎。中国青年报社的编辑王维玲一直关心着路遥关于《人生》下部的写作,并常给予鼓励和催逼。但路遥一直觉得没有准备好,"我感到,下部书,其他的人物我仍然有把握发展他(她)们,并分别能给予一定的总结。唯独我的主人公高加林,他的发展趋向以及中间一些波折的分寸,我现在还没有考虑清楚,既不是情节,也不是细节,也不是作品总的主题,而是高加林这个人物的思想发展需要斟酌处,任何俗套都可能整个地毁了这部作品,前功尽弃。"[1]路遥对高加林命运的处理和进城结局的设置是谨慎而理智的,囿于城乡体制性的阻隔和时代"新人"自身的局限性,进城的凯歌尚没有到来。正因为此,路遥后来转向《平凡的世界》的写作时,孙少安、孙少平的进城也没有完成,孙少平在偏远的煤矿这一结局远称不上进城胜利者,他们演绎的仍然是"进城－返乡"[2]的生命模式。

──────────

[1] 王维玲:《岁月传真——我和当代作家》,第315页。
[2] 盛翠菊:《新时期以来"城乡关系"变迁的一种文学表征》,《文艺理论与批评》2016年第3期。

如果说《人生》重在写农村青年进城的阻隔与艰难,那么,《涂自强的个人悲伤》《世间已无陈金芳》《篡改的命》《章某某》则重在书写青年个体进城后的奋斗史和失败史——而涂自强、陈金芳、汪长尺、章某某无疑是现时代失败青年的典型,这些青年个体奋斗却蹉跎的进城之路,以及最终悲剧性的结局,体现了这个时代青年的挣扎与绝望。这种奋斗、挣扎与绝望的现象,我们可以命名为"涂自强难题""陈金芳悲剧"或"汪长尺困境"。高加林是徘徊在城市之外的"边缘人",而涂自强、陈金芳、汪长尺们则是城市的"游民"和时代的"新穷人"。《涂自强的个人悲伤》是方方发表于《十月》2013 年第 2 期的长篇小说,这是一个关于农村青年努力奋斗,却无论如何都无法抵挡厄运,最终生命走向落幕的悲剧。涂自强大致生活在 2010 年代初,出生在湖北大山里,通过努力考上武汉的大学,为了省钱,边打工边步行到武汉上学。大学四年里没有回过家,在食堂打工,做家教,勤工俭学。勤劳踏实的涂自强没有能通过自己的双手和知识的力量改变自己的命运,相反,生活的厄运接踵而至,而他自己积劳成疾,查出患有肺癌晚期,在平静地安顿好一切后,黯然死去。对底层小人物的关注一直是方方重要的写作关切,这次她将目光聚焦在了城市蚁族的涂自强身上。这篇小说关于人物性格的单一性、情节的偶然性(涂自强的厄运)受到了一些批评者的非议,但方方对于现实的介入姿态和对底层青年命运的体恤,得到了很多好评。方方在这篇小说中,用"最简单的方式"写了一个奋斗青年的残酷故事,"我是想试试,一个穷人孩子,在我们眼下的社会,不玩任何花招,凭自己单枪匹马,能走多远。所以,这个人应是我们日常生活常见的年轻人,他很普通,没有出类拔萃的才华,没有高大英俊的外形,没有特殊的背景,同时,他也没有野心、没有侵略性、没有远大的抱负：不介意人生理想，更看重现实生活。"[1]涂自强短暂的生命是一次徒然奋斗的历程，方方通过这样一个小人物的奋斗历程，试图追问，这样一个善良勤奋的青年，他的理想那么低，只为了在城市能有一席立锥之地，耗尽了生命也不得。咬着牙打拼的涂自强死去了，但方方通过这篇小说试图引发人们对钳制青年发展的阶层固化问题、底层人物的发展通道和社会保障体系进行思考。"《涂自强的个人悲伤》搅动了这么多青年读者的心，重要的原因就是方方重新接续了百年中国文学关注青春形象的传统，并以直面现实的勇气，从一个方面表现了当下中国青年的遭遇和命运。"[2]

涂自强寂然安排好后事，而后独自从这个世界消失，纤弱的涂自强用生命向这世界发出了无声的抗议。而在石一枫的《世间已无陈金芳》结尾处，陈金芳被抬上担架即将判刑收监，说出的那句"我只是想活得有点儿人样"，让我们再次听到了失败青年这种幽怨而无奈的回音。陈金芳是资本时代的"冒险家"，渴望在大城市立足并成就功名，却屡屡失意，不惜以投资艺术之名大行非法集资之实，短暂的光鲜和豪奢之后黯然收场，锒铛入狱。陈金芳的半生类似于一个传奇，跌宕起伏，神秘莫测，早年的她寒酸落魄，寄居城里拮据的哥嫂门下，为了留在北京，拼死抗争，付出血的代价获得从此漂泊城市的资格，为了生计，辗转在多个流氓混混的"照顾"下。走过早年这种浮萍般的生活之后的陈金芳，迎来了"陈予倩"时代的社交名媛和成功人士的璀璨时光，当我们惊叹于她的化蛹成蝶和苦尽甘来时，陈金芳其实处于一场

---

[1] 陈东捷、孟繁华等：《"问题"还是"主义"》，《十月》2013年第5期。
[2] 同上。

极其危险的赌局之中:她把身家性命几乎都压在了一场由 b 哥这样老谋深算的专业投机客操控的金融诈骗中。陈金芳看似游刃于这个资本时代的上层,实则她一直处于这个社会的边缘。与大多数进城青年一样,陈金芳不是一个恶人,尽管泼辣粗俗,但她讲义气,知恩图报,尤其与"我"之间由于少年时代演奏和聆听的这种隐秘关系,而一直对我牵念在心。石一枫在这篇小说中,塑造了气质截然相反的两类青年形象,一类是"我"这样的失败的小提琴手,另一类是陈金芳这样的失败青年。前者的精神气质是似乎看清了人间一切之后的玩世不恭和犬儒哲学,凡事敷衍,缺少斗志,后者如陈金芳则为了立足城市,拼尽全力,受尽屈辱,甚至以非法方式谋求生存资本。从年龄来看,陈金芳和"我"大致是出生于 1980 年左右的一代青年,前者由于家境原因中学后辍学,后者则顺利读完大学,20 世纪 90 年代后期到新世纪之初("我"2002 年大学毕业)开始走入社会。"我"的犬儒和陈金芳的奋斗,都似乎没有带来命运好转,两类青年在这个资本逻辑当道的社会都没有立住脚跟,而沦为了社会的失败者。

《中国新闻周刊》2007 年第 28 期的封面标题是"向下的青春",文章指出当前青年人的青春热情在衰退,社会对青年"向上"的期待与青年变老"向下"的颓势形成鲜明的对比。同时,一些研究者指出,"进入上世纪九十年代后,文学中的青年形象和青春气息逐渐暗淡甚至消失了,一种中年的甚至暮气的味道开始弥漫,我们很难在文学中看到青春的身影。"[1]青春不再昂扬,青年的精神与意志正以某种颓势"向下",这并非 20 世纪 90 年代以后文学家的主观杜撰,而是 90 年代以来

---

[1] 孟繁华:《话语狂欢与"多余的人"》,《中国青年报》2011 年 10 月 25 日。

青年发展中的一种精神困局。青年何以会是这种败局,奋斗的青年为何没有出路？要强的涂自强最后在绝症中凄然死去,只想活得有点人样的陈金芳误入歧途,而东西笔下的汪长尺(《篡改的命》)在与社会不公抗争之后走向生命的终结,马小淘笔下的章某某(《章某某》)在理想与现实的搏斗之后,选择了自己最厌弃的嫁做商人妇,最后神经失常,被关进精神病院。章某某与陈金芳一样,都曾通过换名字来标示自我的"新生",然而不断更换的名字并没有提升她的信心也没有给她带来好运,这个单纯、勤奋得有些迂腐的来自小城的青年女性在爱情、理想和工作接连受挫后,选择了嫁给富人。她之所以向现实妥协,是因为奋斗无望,是因为残酷的现实总是把她的理想击得粉碎。她的这种蜕变和妥协几乎是一代青年在坚硬的现实面前的共同宿命:

"你知道毕业五年多我换了多少工作？我录过彩铃,剪过片子,最热的天跑别人不愿意跑的采访,又怎么样呢？还是连个主持人也当不上！你大学天天吃饭睡觉打豆豆,我唱念做打快累成狗,然后呢？你生在北京,天生就带着户口,我还不是什么也没有,住在出租房里,当北漂。王浅羽四级都差点没过,她爸爸来了一趟北京不就解决了户口；我怎么办？一辈子卧薪尝胆吗？没有好爹,也没有好脸,难道就一直那么愚蠢地努力……十多年了,从进学校大门,我按部就班规划我的人生,我想稳扎稳打,但是哪怕一个短期的目标也没有实现过。命运把我按到阴沟里,不许我张扬。我必须认命了。"[1]

---

[1] 马小淘:《章某某》,安徽文艺出版社,2016年,第279—280页。

涂自强、陈金芳、章某某、汪长尺这些失败的青年肖像,无疑构成了20世纪90年代以来中国文学中的失败青年的形象谱系。与进城失败的高加林不同,涂自强、陈金芳们进了城,为了实现长久寄居城市的梦想,他们不惜做北漂、蚁族,但在艰难的打拼和努力之后,或死去或发疯或生病或犯罪,无可挽回地堕入败局。这些奋斗者成为了城市最为赤贫的一些人。英国社会学家齐格蒙特·鲍曼一直关注底层受压迫者,在他看来,在19世纪工业革命后,无产阶级及其代表产业工人在物质上尽管匮乏,但在精神上,穷人与富人是平等的。但是进入到现代社会以来,随着消费文化的发达,"在消费取代生产并成为社会运转的轴心的消费社会,穷人无力再与富人和精英势均力敌,而是成为毫无用途的'废弃的生命'和'有缺陷的消费者'。"[1]"穷人"在鲍曼原先的定义中来自于"失业",进入到当代社会,所谓穷人是指那些不充足、不完美的"有缺陷的消费者"[2]。这也即鲍曼的"新穷人"定义。"新穷人"不同于传统的工人阶级或是农村务工者,他们是当代社会的一种新的贫困阶级。汪晖这样总结这个群体的特征:"他们同样是全球化条件下的新的工业化、城市化和信息化过程的产物,但与一般农民工群体不同,他们是一个内需不足的消费社会的受害者。他们通常接受过高等教育,就职于不同行业,聚居于都市边缘,其经济能力与蓝领工人相差无几,其收入不能满足其被消费文化激发起来的消费需求。"[3]

---

[1] [英]齐格蒙特·鲍曼:《工作、消费、新穷人》,仇子明、李兰译,吉林出版集团有限责任公司,2010年,导言第13页。
[2] 同上,导言第192页。
[3] 汪晖:《两种新穷人及其未来:阶级政治的衰落、再形成与新穷人的尊严政治》,《开放时代》2014年第6期。

高加林生活的主要环境是城乡交叉地带,他所短暂寄居的县城是经济改革刚刚启动的20世纪80年代的西部小城,高加林并没有深度融入到现代城市并体会到消费文化占据主宰的当代社会。与此不同的是,涂自强、陈金芳、章某某以及汪长尺,他们或在城市求学,或在城市打拼,与城市的这种长时段的共生关系也进一步使这些青年获得了深度的情感体验与相应的城市身份。高加林的"城市边缘者"的身份,到了90年代之后的涂自强、陈金芳、汪长尺们这儿得到了强化,他们除了具有这种边缘性之外,在物质和精神上走向了更加的贫困,"新穷人"成为这部分寄居城市青年的一种身份标签。"涂自强们"物质上的贫困,是自不待言的,涂自强靠亲戚接济和各种兼职打工勉强读完大学,陈金芳看似光鲜富裕的人生排场不过是非法占有别人财富的一种假象,章某某在报辅导班和给男朋友买昂贵的礼物之间总要做出取舍,汪长尺的父亲摔成重伤住院医治几乎耗尽了家里的所有积蓄,懂事的汪长尺几乎未带分文回到学校复读。值得注意的是,"新穷人"由于物质上的贫乏而难以在他们生活的大都市享有正常的消费活动,这种"有缺陷的消费能力"带来了青年的自卑、痛苦及其独特的应对方式。比如陈金芳和章某某,陈金芳一出场便是名牌加身、光鲜华美的派头,"耳朵上挂着亮闪闪的耳坠,围着一条色彩斑斓的卡地亚丝巾","胳膊肘上挂着一只小号古驰坤包"[1],这种富人派头随着叙事推进不断升级,豪车、唱堂会、一掷千金的豪爽,写尽了"成功人士"的盛极一时;而章某某,童年时是三线城市小有名气的电视儿童节目主持人,少年的风光催生她一定要做著名主持人、主持春晚的理想,但现实的

---

[1] 石一枫:《世间已无陈金芳》,北京十月文艺出版社,2016年,第4—5页。

无情打击终于让她丧失了前进的信心,这种挫败让她从理想的一端掉到了物质的泥潭:她选择嫁给一个富有的"矮个子",用嫁做商人妇的方式结束自己的潦倒。极尽奢华的婚礼排场是章某某扬眉吐气的宣示,更是对自己贫穷身份的一种报复性决裂。对于陈金芳和章某某而言,她们是这个城市的真正的"新穷人",并不具备实际的消费能力和相应的富人身份,她们的冒险致富和违心地与物质生活和解,无非是想跨越自己所置身的阶级与贫困。然而,消费力的"骤升"真正能够让她们成功晋升到另一阶级序列,或是带给她们真正的幸福吗? 陈金芳终因非法集资而锒铛入狱,章某某嫁做商人妇后因为空虚与曾经理想的落空而精神失常。"一方面是跻身于上层社会的期待和幻觉,另一方面是堕入下层社会的无情趋势,面对如此巨大的心理落差,消费恰逢其时地出现了。它不仅安慰人们'穿什么就是什么',告诉人们个人身份只不过是一个可以随意打扮的小姑娘;而且还为人提供了一整套具有结构差异性的符号化商品,任人选择,身兼两职地扮演起心灵按摩师和解围之神的双重角色。"[1]这既解释了消费何以得到"新穷人"的青睐,也预示了城市青年试图通过消费符号的叠加改变自我阶级属性的虚妄。

三、"进城"的难度与城市作为一种"原则"的局限性

自上个世纪七十年代后期启动体制改革以及随后近四十年的现代化历程中,中国农村和社会底层既享受着改革带来的胜果,也更为

---

[1] 陈国战:《"新穷人"的消费美学与身份焦虑》,《中国图书评论》2012 年第 4 期。

痛楚地承受着工业化、城镇化进程带来的种种负面效应。城市与乡村的二元对立、消费时代里阶层固化加剧等问题,无疑是横亘在人们面前的坚硬障碍。中国几代作家并没有漠视这种文明进程中的危机性存在,从路遥到方方、东西、石一枫等作家,他们关注着现代化背景下城市与乡村的流动、融合问题,以青年进城作为叙事切口,打开了关于中国社会在近四十年发展中的诸多矛盾和暗区。涂自强、陈金芳、章某某、汪长尺这些进城者,以及他们的进城悲剧中所彰显的各式城乡矛盾,已远远溢出了青年的"个体悲伤"这一层面,具有了群体性、社会性与寓言性的特征,标示着现时代的普遍困境。可以说,进城之痛与进城的困境,是我们审视当代中国青年命运的一个重要窗口,也是理解中国现实不可忽视的视角。

那么,"青年进城"的难度究竟在哪里? 在这些"失败的奋斗者"叙事中,作家提供了怎样的城乡意识形态和社会结构认知?

1980年4月"潘晓来信"在《中国青年》上刊出,发出了"人生的路呵,怎么越走越窄,可我一个人已经很累了呀,仿佛只要松出一口气,就意味着彻底灭亡"的感慨。[1]"潘晓"的"由紫红到灰白的历程"和对人生的迷惘,引发了1980年初轰动一时的"潘晓讨论"。在这次讨论之中,有参与者当时就乐观地劝谏"再向前走一步吧,穿过窄路,就是无限广阔的天地!"[2]随着国家启动改革的巨轮,当个体与群体的成长遭遇那些制度瓶颈与社会碾压时,这种失败者的情绪与创伤经验,又总容易被"人生的路会越走越宽,越走越精彩"这种主流训诫所

---

[1] 潘晓:《人生的路呵,怎么越走越窄》,《中国青年》1980年第5期。
[2] 《中国青年》编辑部:《潘晓讨论:一代中国青年的思想初恋》,南开大学出版社,2000年,第121页。

治理。新时期以来的众多作家积极介入这一现代化进程中的社会症候,通过高加林难题、陈金芳困境、汪长尺悲剧这些极具代表性的青年命题,呈现了城镇化进程中青年进城的难度。"进城"不仅是当代青年的奋斗方向和努力姿态,更连接着他们实现人生理想、谋求幸福的全部愿景。那么,阻碍青年顺利进城的障碍在哪里?在这些青年进城的小说文本中,我们不难发现青年个体身上存在的阻遏性因素。比如高加林,有人指出他是一个"个人奋斗者",是一个机会主义者,这些因素加上尚未成熟的城乡融合机制,挫败了他的进程。李劼把高加林放在于连、牛虻、保尔·柯察金这一脉上考察,指出高加林有着"礼仪之邦的儒生特色","硬汉气质还不够刚硬"[1]。再如陈金芳的悲剧,与她在青年期没有解决好同一性/身份认同有关。陈金芳的同一性危机一直存在。她的混乱的童年和青少年时期,并未真正建立起关于个体理想与社会身份的自我设定,不幸的家庭、与不良社会青年的过从甚密都使她的同一性建立充满无序和危机,早年的屈辱和贫穷记忆催生了她对金钱和成功的过度渴望。她的这种赌徒心理和博弈心理,甚至非法性的资本囤积,注定了她的奋斗之路的悲剧性。

　　进城青年的心理、人格、行为的残缺和局限确实是限制青年成功的因素,但作家们的重心似乎并不在将进城失败的责任归咎于青年个体,无论是高加林,还是陈金芳、章某某、汪长尺,他们都是善良的弱者,具有诸多美好品质。从这些悲剧性的青年身上,我们能够超越个体的悲伤,看到显见的"社会性的悲伤"。"方方的'个人悲伤'无疑是一种反讽,因为你实在无法仅仅只在涂自强个人的身上寻找'悲伤'或

---

[1] 李建军、邢小利:《路遥评论集》,人民文学出版社,2007年,第64页。

失败的理由,涂自强的悲伤是一代人的'悲苦',一代人的集体悲伤。"[1]从社会学的角度看,青年发展既需青年内在维度的自我"固本",更需要社会环境与国家制度层面的扶持。"青年问题不是青年的问题,而是社会的问题。青年问题终究是社会的一种设定。青年问题产生的根源应从青年与社会的矛盾关系中寻找。"[2]从这个意义上来说,东西的《篡改的命》几乎是关于当代中国青年失败的社会阻滞性因素书写的总结性文本。

《篡改的命》写于2013年,小说的章节标题"死磕""弱爆""拼爹""屌丝"极具新世纪中国流行文化色彩,在内容上无疑指向20世纪90年代以来中国社会的现实,尤其是汪长尺一家及其乡村所代表的中国底层人物的生存情状。这是一部关于中国乡村青年进城所遭遇的痛苦和溃败的超级文本,"他是千千万万个历经了近二三十年城市化和工业化进程,为之付出了一切的农民青年的一个代表。"[3]汪长尺健硕、上进、孝顺,父亲一心指望他考上大学,改变农村人身份,从此摆脱祖辈的农民命运。然而汪长尺考得高分被人做了手脚顶替出局,之后几次的复读都无疾而终。在随后汪长尺举家进城的路途上,汪长尺几乎经历了所有的中国式疼痛:父亲为讨说法意外摔成重伤,后来到城里乞讨,母亲捡废品帮助儿子维持生计,汪长尺替人蹲监受刑,出来后在工地上砌墙,从脚手架上摔下后一度丧失了男性功能,妻子贺小文为攒钱养家,到洗头房做卖淫女。面对儿子大志的出世和未来的命

---

[1] 陈东捷、孟繁华等:《"问题"还是"主义"》,《十月》2013年第5期。
[2] 杨雄:《社会转型与青年发展》,上海社会科学院出版社,2004年,第24页。
[3] 张清华:《在命运的万壑千沟之间——论东西,以长篇小说〈篡改的命〉为切入点》,《当代作家评论》2016年第1期。

运,一家人的这种搏斗并不能改变什么。汪长尺把儿子送给家境优越的仇人林家柏,并用自己的命从林家柏手里换回二十万元作为父母的养老费用,作为交换从西江大桥跳下自杀。汪长尺的进城之路是一个异化之路,黄葵、林家柏这些恶霸强权人物欺凌着他,城市的生存秩序和资本逻辑改造着他,他不断失去健康和身体,尊严在沦丧。他越挣扎,命运似乎越残酷,他的人生之路就会越窄。汪长尺为了改变汪家的命运,为了做个城里人,用短暂的一生尝遍了进城的酸楚,流汗、流血,最终丧命,汪长尺用身体的毁灭换回了儿子坐享城市繁华生活的新生。东西在这篇小说中下笔巨"狠",他让这个叫汪长尺(及其家人,包括张惠等青年)的青年经历了一个社会所能给予个体的最残酷的碾压,直至最后的毁灭,他让汪长尺的高考、砌墙、做油漆工、卖肾(包括妻子的卖身)、摆地摊等生存手段相继失效,最终只能"篡改命运"和以己毁灭来换取汪家人的生存希望。

这是一部绝望的小说,东西"把自己写哭了"[1],也揉碎了读者的心。"他的命运其实就是无论怎样努力也赶不上时间赋予他的差距,贫穷使他无法正常地获得任何机会,而一切努力的结果都只是拉大这先天的距离,同时还要付出更多,鲜血、身体、用命挣来的钱,总永远难以应付的各种意外伤病与风险,最终还要付出所有的尊严。这个命运一方面是汪长尺个人的,同时也是历史的;是属于一个农民的,但更是整个乡村世界的。"[2]《篡改的命》是一部关于青年的"失败之书",是一个关于当代青年进城溃败的总结之书,更是关于中国城乡二元格局

---

[1] 东西:《篡改的命·后记》,上海文艺出版社,2015年,第311页。
[2] 张清华:《在命运的万壑千沟之间——论东西,以长篇小说〈篡改的命〉为切入点》,《当代作家评论》2016年第1期。

阻隔的寓言之书。汪长尺、瘫痪的父亲汪槐、单纯善良的妻子贺小方,无不在跟命运搏斗,但如困兽般,无法挣脱命运的牢笼。汪长尺一直在与现实抗争,直到即将送走大志,他才意识到抗争的无效性,而其根源即在"命":

> 同样是命,为什么差别那么大呢?是我不够努力吗?或者我脑壳比别人笨?不是,原因只有一个,就是我出生在农村。从我妈受孕的那一刻起,我就输定了。我爹雄心勃勃地想改变,我也咬牙切齿地想改变,结果,你都看见了。我们能改变吗?也许会有一点量的变化,比如,多挣几块钱,但绝对做不到质变。[1]

这番话是汪长尺对自己遭遇的顿悟,是他最终放弃搏斗走向妥协的心理转折点。"命"在这里无疑具有象征或隐喻意味,指向板结的社会结构或是固化的阶层问题,"命"在这里是关于当代进城青年无法刺破的厚障壁的悲壮寓言。如果涂自强不生病,如果章某某不自闭,如果陈金芳不走违法道路,也许他们的城市之路会有新的气象。但汪长尺的进城之路是窒息而无望的,他的命运似乎在起点阶段就被笼罩在城市秩序中的权力、资本所排拒。汪长尺所置身的城市已进入到工业社会和消费时代的发展阶段,工业社会伦理和资本力量成为社会主宰性的内在因素。"在现代性的背景之下,青年的发展受到工业化的逻辑支配,受到资本的力量的驱使。在工业化社会逻辑下,青年人重新回到了枷锁之中。工业化社会中青年人再次成为一个弱势群体,青年

---

[1] 东西:《篡改的命》,第 242 页。

被资本隔离出主流社会。"[1]可以说,在中国社会,承受这种资本逻辑后果的主要是像汪长尺这样的农村青年和底层弱者。他们越是奋斗,越是泥潭般沉落和无望;城市长满了许多只巨手,拎着汪长尺们羸弱的身躯,连根拔起,直至将他们抛进浊浪滚滚的西城河。

西蒙娜·薇依在《扎根》一书中用"拔根状态"来描述工业社会西方社会工人和农民的一种生存处境。她指出扎根是人类生存的一项基本需求,"一个人通过真实、活跃且自然地参与某一集体的生存而拥有一个根,这集体活生生地保守着一些过去的宝藏和对未来的预感。"[2]然而,军事征服、国家制度以及金钱都可能造成某些群体的"拔根状态"。在分析城市工人外来"移民"时,薇依指出"虽然呆在同一地理区域内,他们已经在道德上拔根了,被放逐和被重新接纳(如在宽容的处境下)进工作岗位。当然,失业是次强的拔根状态。在那里他们都没有家园感,无论是在工厂、在自己的住处,在自称代表他们利益的党派和工会中,还是在理智文化中。"[3]以汪长尺为代表,高加林、陈金芳、涂自强这些进城失败者,他们在事业上的溃败,尊严上的丧失,在城市秩序中的除名甚或消亡,已使他们沦为了薇依所说的"拔根状态"。为了扎根在城市,这些农村青年付出了鲜血或生命的代价——陈金芳两次流血,一次为了留在北京,而拼死与哥嫂抗争,一次是在事业溃败后的绝望中割腕寻死;涂自强发现自己吐血,去医院查

---

[1] 张恽、刘宏森:《青年研究:新视野、新问题和新方法(2016—2020)》,上海交通大学出版社,2017年,第225页。

[2] [法]西蒙娜·薇依:《扎根:人类责任宣言绪论》,徐卫翔译,生活·读书·新知三联书店,2003年,第33页。

[3] 同上,第35页。

出患了肺癌晚期;汪长尺先是讨薪不成被捅两刀,继而从工地上掉下摔坏下体,最后用自杀换取大志和家人的幸福。当代青年的进城史,似乎隐匿着青年的流血史,但流血与生命也没能改变他们与城市的隔膜,以及被拔根的困境。

本文所涉及的进城小说,以及大量进城叙事文本,几乎都涉及这样一个具有悖论性的命题,即在何种价值立场和美学范式上叙述"城市",如何确立城市结构与个体命运之间的内在关系。一方面,城市具有乡村无法比拟的文明秩序和发展空间,召唤着人们走进城市的热情,现代化的历程无疑强化了城市优越性的历史逻辑。另一方面,城市的运行规则迥异于传统社会,区别于农村遵循血缘-亲情的宗法礼俗,城市更是一个理性的、知识的、技术的、流通的和时尚的形态[1],在乡下人进城,以及青年个体奋斗的过程中,城市的秩序造成了个体的溃败或扭曲,阻碍甚至扼杀了个体的理想实现,城市因此成为了个体悲伤的社会性因素。

因而,在小说叙事层面,"城市"意味着农村人的彼岸,"乡村"及其社会人格则带有更多"乡愚"色彩。20世纪80年代初的高加林,所有的拼搏都是为了摆脱土地和农民身份,甚至走后门、放弃与巧珍的农村爱情。不仅是高加林,城里姑娘黄亚萍接受与放弃高加林的条件就在于他是城里人还是农村人,"她还不能为了爱情而嫁给一个农民"[2]。新世纪后的涂自强离开溪南村的大山后,越发迷恋城市这样一个"美丽新世界",城里的春节给他从未有过的惊喜和震撼。陈金芳

---

[1] 高秀芹:《文学的中国城乡》,陕西人民教育出版社,2002年,第27页。
[2] 路遥:《路遥》,第293页。

的孤注一掷式的非法集资与冒险投资,只是想摆脱早年经历过的贫穷,留在北京这座她拼死驻足的城市。章某某屈尊下嫁,也是在奋斗无望后选择的一条成为城里人的近路。在高加林、陈金芳、章某某的奋斗身影里,我们总能看到城里人对"乡下人"的睥睨和嘲讽。城市作为一种生存愿望和生活意志,在《篡改的命》中几乎让人触目惊心。在父亲汪槐看来,汪长尺的使命就是通过高考上大学,继而进城工作。汪长尺担负着这个家庭转运的神圣责任,他的进城与否关涉着整个家庭的兴衰。因而,在汪长尺高分不被录取,汪槐进城抗争不幸摔成重伤的情况下,这个贫寒家庭进城的步伐并未停止,反而更加笃定和悲壮:汪槐坐在轮椅上进城乞讨,汪长尺母亲捡破烂,妻子去发廊做卖淫女积累生存资本,而汪长尺则尝试了很多工种。尽管如此,做个体面的城里人依然遥不可及,把心爱的儿子送到富家,以及葬身浊流中,并非汪长尺所愿,却几乎是这个农村家庭改庭换面的唯一可能。小说最后,在汪长尺死去后,汪槐为儿子投胎做法。在这样一个关于灵魂投胎何往的问答仪式中,"往城里"成为青云、直上这些年代一代的心声,更是异口同声的"众人"的内心所往——《篡改的命》通过最后的投胎仪式,意在写出"城市"作为一种生存方向和社会秩序对农村人的巨大召唤力量,以及这种心理结构的代际传承和绵延不绝。因而,一方面是乡下人根深蒂固的"往城里"的意识和苦心孤诣的进城之旅;另一方面,在《篡改的命》《章某某》《涂自强的个人悲伤》这些文本中,对立的城市乡村秩序,冲突的城乡价值观,城市对作为"乡愚"的乡村的排拒,几乎构成了进城小说的一种稳定的城乡意识形态。

如果把进城青年的失败问题放在全球化视野下考察,青年失败是一个普遍性的困境,一些国际青年问题专家指出,青年既是全球化各种进程中活跃的"代理人",也是全球化过程中的消极因素的"牺牲者"[1]。面对青年的这种共通性的"代理人"身份和"牺牲者"的困境,中国作家的青年进城小说呈现出一些共同的叙事倾向,比如说,"往城里"的夙愿,农村青年的无权力性和弱势地位,悲剧性的进城结局。在对城市的叙述上也非常耐人寻味:城市既是一种召唤性力量,同时,青年的个体悲伤深层上指向社会悲伤——这种经由个人悲伤和青年失败隐喻社会制度性缺陷的叙事意图并不难读懂。问题是,国家与社会这些宏大的权力主体在这些文本中是缺席或隐匿的,而城市成了青年悲伤的显在因素。城市作为一种生存原则,或是一种主宰性的力量,能否妥帖地解释青年悲剧的根源?正如有研究者指出的那样,"城市本身是否构成完整自足的社会原则?如果不是,那么究竟是什么样的社会制度和发展模式,使得城市被视为决定性的因素,不仅左右着绝大多数青年的命运,而且掌控着全社会喜怒哀乐的基本方向?"[2]正因为此,作家的使命并非简单悲悯笼罩在城市结构中的个人悲伤,及其"作为倒影的社会悲伤",而是质疑这种"既不能坚持原则,正面主张生活的尊严,又不能完全根除原则"[3]的城市结构的合理性。哈维尔在《无权者的权利》一书中告诫我们:一个较有尊严的民族命运唯一可能的起点,便是人性本身。人性的当务之急是为更为人道的生活创造条件。人的改变是民族形象改革任务的开端。正是在这个意义上,进城青年的故事为我们提供了重新审视当代中国的重要文本,这些文本

---

[1] [法]让-查尔斯·拉葛雷:《青年与全球化:现代性及其挑战》,社会科学文献出版社,2007年,第246页。
[2] 罗小茗:《城市结构中的"个人悲伤"》,《文学评论》2015年第2期。
[3] 同上。

记载了当代青年的"非人道"生活,呈现了对峙性的城乡社会结构和城市作为原则的社会心理。小说家笔下的这些青年及其困境,是对改革时代"青年问题"的一次叙事与摹仿,却让我们如此不安地陷入沉思:青年的出路究竟在哪儿?

"无用的善"与"盈余的恶"

——新世纪长篇小说的善恶伦理反思

在近年的中国当代长篇小说中,有两类人物形象值得关注——"无用的好人"和"横行的恶棍",前者是指那些私德贤良,本分善良之人,但这并没有给他们带来好的生活,也未让他们免于苦难。这些"无用的好人",似乎永远挣扎在困境、辛劳和痛苦之中,比如宋梅用(任晓雯《好人宋没用》)、聂致远(阎真《活着之上》)、汪长尺(东西《篡改的命》)、涂自强(方方《涂自强的个人悲伤》)、应物兄(李洱《应物兄》)、谭青(郑小驴《西洲曲》)、余招福(黄孝阳《人间值得》)等;后者是指那些道德上有瑕疵,行为上不端的"坏人",他们或是地地道道的恶棍,唯利是图,无恶不作,或是外表体面,暗地里不择手段,巧妙驾驭各种规则,无视他人利益,践踏公平正义的一类人,他们劣迹斑斑,却一路飞黄腾达。这类形象有张三(《人间值得》)、蒙天舒(《活着之上》)、陈先汉(北村《安慰书》)等。在这些小说中,好人的善成为一种"无用的善",而坏人"盈余的恶",却成为推动个体前进的有效力量。传统的"善有善报,恶有恶报"的文化逻辑在这些小说中是失效的,好人未必有好运,恶行与恶德在某些时候却成为了恶人们的通行证。

自古以来,中外对善与恶的界说莫衷一是,人性常常是一个矛盾体或复合体,"即人兼有肉体与灵魂、天使与野兽两个方面,人属于彼此对立的两个世界。"[1]在近些年的长篇小说中,善与恶作为一对被作家反复生动演绎的审美化对象,既体现了一种普遍的小说美学,也包含了广阔的时代现实和不容忽视的道德困境。正是基于善恶叙事与美学、道德、文化方面的多重连接,本文意在通过"好人"和"恶棍"这对形象考察善恶的处境与意义:"好人"遭遇了怎样的困境,"脆弱的善"为何不能拯救他们? 恶的典型叙事形态有哪些,"'迷人'的恶"与反英雄式小说美学的逻辑是什么?"无用的善"和"盈余的恶"的现实起源是什么? 如何建构文学叙事的抗恶伦理?

一、"脆弱的善"与"好穷人"的武器

好人,在文学叙事中常常是一种具有道德修辞功能的人物指称,一般指具有善良、诚实、纯朴、大度等美好私德的人。在近年的中国当代长篇小说中,有一类"好人"形象值得关注,他们都有善的私德,较少

---

[1] [美]埃里希·弗洛姆:《人心:善恶天性》,向恩译,世界图文出版有限公司,2018年,第142页。

或基本不为恶,常常代表着正义与美好的道德人格。然而,这些"好人"空有好的品格和种种善行,却没有得到良好的生活,往往在现实的困境中苦苦挣扎,甚至凄然殒命。"好人"的困顿向我们昭示了一个尖锐的命题:善,是一种脆弱的力量,并不必然给好人带来好的生活。

美国哲学家玛莎·纳斯鲍姆的名著《善的脆弱性》旨在探讨这样一个伦理问题:人类的善是否强大到可以抵御任何危险,即"做个好人"和"过一种繁盛的人类生活"之间是否存在差距。苏格拉底曾有"好人不可能被伤害"[1]的名言。那么,美德能够保障人们的美好生活吗?善可以让人免除痛苦吗?纳斯鲍姆结合古希腊悲剧作品,对苏格拉底和康德的命题进行了批判性思考。在她看来,人类的善是脆弱的——这种善具有"脆弱性之美",加上实现好的生活受到"运气"(指无法通过主动性加以控制的偶然事件、厄运或境况)的影响,人类的善并不必然带来"完整的好生活"[2]。

那么,在汪长尺、涂自强、聂致远、宋梅用、余招福这些人物形象身上,遭遇了怎样的困境,而脆弱的善为何不能使他们获救?先看《活着之上》中的聂致远。善与诚并没有帮他换回美好的生活。如果说老同学蒙天舒是一个通晓职场规则并不断为自己谋利的"社会人",那么他几乎就是在现实世界里迂腐执守着高蹈精神和纯洁理想的"老夫子"。生活的拮据和个人发展的滞后,加上蒙天舒巧妙利用各种规则谋取功名的刺激,聂致远逐渐违背自己的初衷而加入了对世俗利益的角逐。聂致远的选择困境,并不是某种致命的道德困境或是在极端情境下的

---

[1] [美]玛莎·C.纳斯鲍姆:《善的脆弱性:古希腊悲剧与哲学中的运气与伦理》,徐向东等译,译林出版社,2018年,《修改版序言》第2页。

[2] 同上,第3页。

二难选择,而是如何在高韬的精神坚守和好的现实生活之间进行妥协的问题。二者事实上难以兼容,坚持前者必然会失去"好生活"的种种机遇,而追求后者又难免与精神坚守发生冲突。面对类似的冲突,萨特曾指出,最好的出路是彻底放弃各种原则,自由、清醒并且无悔地做出自己选择[1]。事实上,聂致远开始时确实听从自己的内心原则行事,并常常用曹雪芹、司马迁和苏东坡这些代表高洁精神的文化偶像给自己提供力量。但妻子的唠叨、自己对寒酸家庭的愧疚让他的信念逐渐动摇,好生活的诱惑更改变了他对理想人格的笃定坚守。不过,他的选择尚不是非此即彼、不可调和的冲突,他所要做的只是对原有精神原则的部分放弃,用以容纳世俗原则。但对于一个理想主义者来说,这不啻是一种道德拷问。纳斯鲍姆就认为:"一个有德的行动者还会感受到并表现出一个具有好品格的人深陷这种处境时应该感受到的情感。他不会认为做出决定是足以沾沾自喜的事情,或者非要对即将付诸实践的行为满怀热情。他会真实地感觉到,而且在他情绪行为中表现出,这将是一种根本上背离他自己和他品格的行为。"[2]

如果说《活着之上》是关于聂致远如何在精神志向与世俗生存之间寻求平衡的话,《篡改的命》则讲述了一个好人如何自我救赎的悲情故事。作家东西在小说中为汪家设置了"到城里去"的价值取向——能否进城读书,不仅意味着汪长尺个人的成败,更是关乎光宗耀祖的家族大事。汪家人为了过上"好的生活",执着于打破城乡壁垒,上演了一幕轰轰烈烈又无比悲凄的乡下人进城的悲剧。汪长尺的进城之

---

[1] [美]玛莎·C.纳斯鲍姆:《善的脆弱性:古希腊悲剧与哲学中的运气与伦理》,徐向东等译,第42页。
[2] 同上,第61页。

路是一个农村善良青年的受苦之路,黄葵、林家柏这些恶霸不断欺凌他,城市的资本逻辑和冰冷秩序在改造着他,他的健康、身体和尊严不断被剥蚀。可以说,汪长尺经历了一个社会所能给予个体的最残酷的碾压,直至最后的毁灭。高考、砌墙、做油漆工、卖肾、摆地摊、代人受罪坐牢以及父亲乞讨、妻子卖身等生存手段相继失效,他发现"自己就像那只被拍死在手臂上的蚂蚁,到处有路到处行不通"[1],最终只能用"篡改命运"和毁灭自我换取汪家人进城的可能。小说呈现出底层面对贫困与传统文化挤压时"自救"的一种方式,即通过篡改下一代的家庭,让后代生活在一个富裕的家庭。汪长尺把孩子送给仇人林家柏,看上去,是从根子上更改了汪家几代人的农村门庭,实现成为城里人的愿望,但把孩子送进一个城里的富裕之家,孩子的未来一定可期吗?汪家的进城之梦实现了吗?答案当然是否定的。但汪长尺没法对这种极端化的选择进行理性思考。生存的贫穷和对城市的执念,使他选择了一条改变命运的"捷径"。这并不能真正使汪家人摆脱原先的困苦,它只是看似正确的认知幻觉,只是"汪长尺们"善良而天真的自救之道而已。好人汪长尺的勤奋、善良和不懈的努力终究没能将他从困境解救出来,"篡改命运"成为他拯救自我的悲怆方式。

纳斯鲍姆在探讨影响"好的生活"的诸多因素时,指出各种必要的"资源"(朋友、子女、长相、财富和权力)在不同情境下都可能成为实现个人福祉的工具手段,"在一些情形中,我们可以设想的是,工具手段或目标的缺失完全阻止卓越的活动。终生受到奴役,严重的慢性病,

---

[1] 东西:《篡改的命》,上海文艺出版社,2015年,第56页。

极度贫困,一个人挚爱的所有人都死亡,任何这样的灾难都有可能使得一个人无法开展卓越的活动"[1]。这段描述用在任晓雯笔下的宋梅用身上极为合适。宋梅用的一生是凄苦的,大多数时候都在苦难和贫困中挣扎。在乱世和流离失所中活下来,有容身之所,有果腹之物,一家人不被瘟疫和动荡夺去性命,几乎是她最大的"需要"了。宋梅用无用、动荡、凄苦的一生除了与其底层的身份有关外,与其非理性的心理状态也有很大关系。阻隔宋梅用获取幸福的因素,一是家庭的不幸与时代动荡带来的频繁灾祸,二是文盲和苏北人的文化自卑。宋梅用真实地代表了历史长河中太多类似境况里沉默的个体。善良、隐忍、挣扎着生存,痛苦地忍受着各种磨难与困厄,她们在大多数时间里都没能过上幸福的生活,却在各种厄运里,仍能维系着善良而美好的品格。然而遗憾的是,这种好的品格是如此脆弱,不足以抵挡大的时代风云和各种"运气"的侵袭,无法给她们带来稳定的生活。

除了这些人物,《好人宋没用》中的倪路得,《应物兄》中的应物兄,《人间值得》中的余招福,《西洲曲》中的谭青,《涂自强的个人悲伤》中的涂自强都有类似的"好人"品质和"无用"的生存状态。由此,这些人物实际上构成了新世纪中国长篇小说的"好人"形象谱系,他们出生或生活的空间不同——来自城市或乡村,身份或职业不同——有农村妇人,有大学教授,有底层打工者,有大学生;知识背景或文化传统不同——有文盲,有高级知识分子,有虔诚的基督徒。他们都有好的私德和对美好人格的坚守,但可悲的是,其美好品性不能带来好的生活,

---

[1] [美]玛莎·C.纳斯鲍姆:《善的脆弱性:古希腊悲剧与哲学中的运气与伦理》,徐向东等译,第510页。

他们的善是脆弱的力量,无法帮他们抵御生存的危险、带来现实的丰盈。

美国学者詹姆斯·斯科特曾以田野调查的方式对东南亚农村社会进行过细致研究,对作为治理对象和怜悯对象的农民阶级的反抗问题的分析颇有见地。他指出,在底层社会存在着一个"好穷人"的阶级形象。何谓"好穷人"?在富人阶层和社会治理者眼里,"恭顺的品性"和"忠诚的服务"是"好穷人"必备的素质,具体来说,"一个好工人不仅应该在雇主要求时不计报酬地从事任何工作,而且应该不同于许多穷人,他不应该在富人背后诽谤他,他应该谦恭,也就是不傲慢也不难相处"[1]。斯科特指出,面对富人和权力的压迫,这些"好穷人"不会坐以待毙,他们反抗的形式有两种,分别表现为"弱者的武器"和"隐藏的文本"。前者指面对超量的劳动、租金和税收,他们通过偷懒、装糊涂、开小差、偷盗、诽谤、纵火、怠工等消极方式进行反抗,后者指底层群体通过在统治者背后表达对权力的批评来实现反抗意愿。通过这两种方式,底层阶级"以坚定而强韧的努力对抗无法抗拒的不平等"[2]。斯科特对底层"好穷人"及其反抗逻辑的研究,对于我们审视新世纪中国长篇小说中的"无用的好人"有很大启发。尽管与东南亚"好穷人"的身份、处境有差异,但中国当代文学里的"无用的好人"与"好穷人"有很多相似性,如品性上的善以及社会身份的平凡性带来的边缘化特质。那么,中国当代作家究竟是怎样建构这些"无用的好人"的行为逻辑的?

如果说斯科特笔下的东南亚农民通过平凡的"反抗"彰显了"弱者

---

[1] [美]詹姆斯·C.斯科特:《弱者的武器》,郑广怀等译,译林出版社2011年,第243页。
[2] 同上,第479—481页。

的武器",那么新世纪中国当代作家笔下的"好穷人"叙事则呈现了弱者在困境中不同的反抗或自救"风景":宋梅用和倪路得在狰狞的政治运动中持善苟且,"活下去"成为最大的期待;应物兄在物欲横流、资本和权力媾和的现实面前敛声息气,用"腹语"抒发着言不由衷和内心的分裂;高举理想主义圣火的聂致远在世俗伦理的挤压下,不断降低一直心心念念的道德标准,在江湖规则和"恶行"中逐渐蜕化;对汪长尺来说,善良与吃苦丝毫没有改变他落拓的命运,"篡改"汪大志的出生并让自己"消失",成为他为光耀门庭而做出的无奈选择;谭青在"婴儿山"葬完早产死去的儿子后选择了极端的报复之路;余招福合理合法争取自我利益无果后,反被人构陷和伤害,绝望之余点火自焚。在这些作品里,个体的善与社会的恶、弱者的善与强者的恶形成内在的张力,善的品质所遭遇的现实困顿,善与良好生活的断裂,善的无效和毁灭,成为作家着力表达的对象。正是在这个意义上,《好人宋没用》成为新世纪中国当代文学中善恶伦理叙事中具有总结意味和隐喻色彩的文本,"好人宋没用"成为一个具有高度象征意味的形象:"宋没用"代表了中国社会底层和无数的无名者,无论在历史还是现实中,他们好而无用,善而脆弱,是社会的真正弱者,善不能使他们走向美好生活,当他们摆脱善的"囚笼",诉诸恶与其他"武器",迎接他们的仍然是悲剧。"好人无用"是一种有着极强悲剧意味的叙事结构,在哲学、伦理学和美学上具有巨大的探讨空间,也有很强的现实意味。

二、恶的几种典型形态与"'迷人'的恶"

恶作为审美对象是现代主义进程的产物,直到 18 世纪末,一种独立的"恶的美学"才将恶作为"一个阵地",并赢得它的文化"影响力"[1]。黑格尔一直反对恶成为艺术的对象,原因在于恶是乏味、无意义的,而他理解的艺术具有内在和谐的属性。西方现代文学以来,恶开始成为文学的基本要素与重要母题。奥地利学者乌克提茨认为:"实际上,今天所有从自己的角度描述恶的作家——不管是从哲学和伦理学的角度,还是从生物学或其他角度——都有一个共同的出发点,即,恶与我们的生活息息相关,而且还具有强大的吸引力。"[2]在文学叙事中,比起刻板和平面的善,恶似乎更要丰富而立体。对于什么是恶,鲍迈斯特尔的描述很有代表性:"某种势力和某人怀着消极或不可理喻的动机,以毫不怜惜地施加伤害为目的,并从他人的痛苦中获取快感,这便是邪恶。它从芸芸众生中残酷地猎取着未加防备的、清白的受害者。外在的异物,敌人和外来者厌恨善良人们的有序、和平的世界,而极欲将它抛入混乱的深渊。这就是邪恶。"[3]

新世纪中国长篇小说中的恶是一种重要的文学风景。本文选择了世俗社会坏人蒙天舒(《活着之上》)、小城镇恶棍张三(《人间值得》)、理想主义名义下的官场枭雄陈先汉(《安慰书》)来分析中国作家表现恶人的几种叙事形态。

《活着之上》里的蒙天舒是一个职场上的利己主义者,他熟稔学术江湖和人情社会的各种潜规则,巧妙运用各种"关系"和"机会"助推自

---

[1] [德]彼得-安德雷·阿尔特:《恶的美学历程:一种浪漫主义解读》,宁瑛等译,中央编译出版社,2017年,第4—6页。
[2] [奥]弗朗茨·M. 乌克提茨:《恶为什么这么吸引我们?》,万怡等译,社会科学文献出版社,2001年,第32页。
[3] [美]罗伊·F. 鲍迈斯特尔:《恶:在人类暴力与残酷之中》,崔洪建等译,东方出版社,1998年,第103页。

己的学业、事业和人际交往。事实上,他也抓住了个人发展中的重要节点,处处抢占先机,在相当短的时间内完成了从素人到名人,从教师到官僚的"华丽转身"。安·兰德的"理性利己主义"在20世纪40年代一经提出,便成为西方社会普遍接受的一种价值观念。所谓"理性利己主义",指一种剔除"牺牲"和"伤害"的个人发展原则,即个体实现自我利益时,不能践踏他人利益,不能损害他人的价值与生命,同时,个体也不必在集体、全局利益裹挟下"牺牲"自我的利益。实际上,在蒙天舒的晋升和发展中,他的每一次"成长"都以损害他人利益作为代价,甚至可以说,正是通过牺牲他人的利益,他才获利无数。比如,他的优秀博士论文的荣誉是靠赤裸裸掠夺"好人"聂致远而来,他的权力和位子是靠"苦心钻营"、挤兑他人发展机会而获得的。蒙天舒的恶,体现出来的是日常生活中的世俗之恶。乌克提茨指出:"日常琐事中表现出来的恶是我们与生俱来的天性,而它也在社会发展的过程中使相反的机制得以成长:防止说谎者、骗子和诈骗犯过于猖獗的机制。不过,这种机制很难防范'魅力十足的骗子'——他们善于为自己编织楚楚动人的外衣并从中渔利。"[1]蒙天舒正是这样的"骗子",体面的外表包裹着种种丑行,毫无愧疚地损人利己,虽劣迹昭昭,却颇为盈余得势,他是权力文化和人情伦理豢养出的学术恶棍。

为什么像蒙天舒这样的现代知识分子在生活里不选择善,而选择这种恶的方式?从社会学和行为效果来说,"恶的手段通常比合法手段来得容易"[2],即恶的手段比传统、合法的手段更容易实现个体的

---

[1] [奥]弗朗茨·M. 乌克提茨:《恶为什么这么吸引我们?》,万怡等译,第55页。
[2] [美]罗伊·F. 鲍迈斯特尔:《恶:在人类暴力与残酷之中》,崔洪建等译,第145页。

欲望;而作恶者也失去了对善的渴望以及选择善的能力。弗洛姆在《人心:善恶天性》中指出:"选择的自由不是人们既可有也可无的一种形式上的抽象能力。我们不如说它是人的性格结构的一种功能。有些人没有选择善的自由,因为他们的性格结构已经失去依据善进行行动的能力。"[1]从这个角度看,《人间值得》里的张三身上有着作为"性格结构"的恶。小县城是中国城市和乡村之间的中间地带,既没有大中城市的发达、文明和有序,又比贫瘠的乡村或城镇富饶、生动,小县城是个有着现代文明斑驳痕影,实际上藏污纳垢的独特空间。张三即诞生于这片土壤,并代表着这种文化人格。张三有着极佳的思辨力和各种理论知识,其理解力和表达力远远超出身边的这些凡夫俗子,他关于这个世界的激情表述、他对"量子观""熵""混沌机制"的理论自觉已让他成为了这个世俗世界的思想者和先锋理论家。毫无疑问,这个"饶舌者"是博学而多思的作家黄孝阳的一个分身。小说因此建构起的一个很有特色的当代恶棍形象:善思辨,遇事冷静不鲁莽,行动力强,果断而狠毒,多情而绝情。可以说,张三是当代中国社会的一个"智性"流氓。

《人间值得》中的孙大可、王画虎则是"旧派"流氓的代表,他们有着旧式恶棍的那种豪横和野蛮,依靠赤裸裸的暴力争夺财富、欺行霸市。而张三则是这种野蛮暴力的"升级版",他的智性和思辨力毫无疑问使这个恶人具备了现代理性,他脱胎于传统社会,却有着俯瞰甚至超越现代社会的眼光。从内容上,《人间值得》通过一个恶棍的生成

---

[1] [美]埃里希·弗洛姆:《人心:善恶天性》,向恩译,第162—163页。

史,试图写出一个"作恶,并且有能力对恶进行思辨"[1]的人,同时,又以这种特别的人格类型为载体,既概括了中国社会近四十年的时代变迁,也对全球化时代出现的某种独特的社会人格进行批判性思考。对张三式恶棍的普遍性和危害性,黄孝阳显得忧心忡忡,认为张三式的恶棍是在社会现代性进程中出现的一类人物,根植并依附在县域政治文化生态系统内,谙熟社会的各种话语体系,并在畜类和人类两种角色间自由切换,是一种需要警惕的文化人格。[2]毫无疑问,一个有着现代性品质,具有思辨能力的恶棍正从《人间值得》里悄然生长,焕发出区别于以往同类形象的崭新品质,他既是黄孝阳建构的一个借以探讨自由与恶、笼子与生命力的文学虚拟物,又是来自于中国县城真实存在的具体人格。

美国批评家瑟斯科尔和埃伯特曾指出,"乐于为恶是任何成功的反面人物形象的关键"[3]。确实如此,恶人不光乐于为恶,常常还有完整的理论支撑和清晰的行动逻辑。与张三富有智性的恶、蒙天舒的极端利己主义之恶不同,北村笔下的陈先汉的"理想主义之恶"体现了恶的这种特点。陈先汉的恶以及围绕他的恶行展开的原谅与追责,是《安慰书》内在的叙事动力,也构成了小说的核心命题之一。当年作为副市长的陈先汉强推县县通高铁的发展方案,花乡人民由于不满意补偿款试图阻挠拆迁工作,陈先汉下令用轧土车开道,造成了数人死伤的"花乡惨案"。十九年过去,陈先汉节节高升,成为社会发展的功臣。

---

[1] 黄孝阳:《人间值得》,北京十月文艺出版社,2019年,第572页。
[2] 萧耳、黄孝阳:《一个坏蛋配得上"人间值得"吗,或者说时代病历?》,《小说林》2020年第3期。
[3] [美]罗伊·F. 鲍迈斯特尔:《恶:在人类暴力与残酷之中》,崔洪建等译,第92页。

而悲剧的受害者或是惨死,或是苟延度日。客观来看,陈先汉不是一个平庸无能、贪婪无耻的官员,而是一个为了推动事业而不惜一切手段的实干家。但他的行为逻辑体现了一种较为隐秘,而且极具迷惑性的恶。这种恶除了体现为用"腐败有理""以功抵过"为自己的恶行进行辩护,还突出地表现为他的改革必须有牺牲的论调及其实践,小说借杜秀丽之口说出了陈先汉这种"英雄观":

> 会上老陈就说过,走路踩不踩死蚂蚁?踩死,是不是就不要走路了?改革是一部大车,它踩不踩死蚂蚁?老陈当时就讲这句话,其实最后作决定那天夜里,我去给陈先汉送参汤,他们讲的话我是听见的,他们围绕一个焦点:推土机不动,历史不会进步,有人当英雄,也要有人当罪人。[1]

陈先汉极力鼓吹的英雄论,意在用政绩掩盖自己的过错,用目的的正义性粉饰手段的残忍。有社会学家将恶分为"工具型的恶"和"理念型的恶",前者的目标通常是现实的,如金钱、权力和各种现实私利,它不会去寻求足够的道德原则作为支撑;而后者的实施主体常是理想主义者,他们为了达到某个崇高的目标,不惜使用恶的手段,并笃信目的之合理性可以证明手段的合理性。"正是由于为手段寻找道德合理性论证的重要性,在理想主义者的恶当中,就有对证明过程的迫切的需求。杀人或伤害别人,做这些通常被认为是坏事的人,必须要让他

---

[1] 北村:《安慰书》,花城出版社,2016年,第122页。

自己相信,这些行为是对的。"[1]也就是说,在某种自以为正确而崇高的目标的指引下,理想主义者会放纵恶行的发生。因而,在《安慰书》中,为了花乡的发展和高铁的开通,对阻挠拆迁的"刁民",作为陈先汉不惜诉诸用轧土车碾压肉身的残忍之举。问题是,"刁民"是因为吃了大亏而不愿妥协才选择反抗的,在发展正义和人道主义发生冲突时,牺牲人的生命换来的发展,还有多少正义可言? 可以说,陈先汉的"改革必须有牺牲"论调值得警惕,而其用"目的合理"来证明"手段正义"的逻辑显然也是站不住脚的,原因在于:"因为理想主义者可能只是另一种工具性恶的伪装:人们利用不道德的手段去做有利于他们的事情。理想主义的粉饰或许只是为了掩盖自私而采取的欺骗、虚伪的花招。"[2]后来的事实证明,陈先汉与刘种田控制的花乡集团实际上成了一个利益联盟,前者不过是借用发展的名义进行利益交换。

由此可见,陈先汉在认知和实践上的"改革必须有牺牲"论调,看似具有某种历史正义性,实际上隐含了诸多危险。比如,花乡的发展是不是一定要借助恶的动力? 强权人物是否有权在经济发展和人的生命之间,用后者成全前者? "英雄"与"战车"是否有肆意踩死"蚂蚁"而豁免罪行的权力? 目标的崇高能否证明手段的恶劣并抵消恶的结果? 可以说,陈先汉的理想主义之恶是极具危害性的,理想主义本身没有太多过错,错误的是,用理想主义和目标正义为其行恶充当遮羞布,事实上,善的目标不能抵消恶的手段,恶的手段只会削弱理想目标的合法性。

---

[1] [美]罗伊·F. 鲍迈斯特尔:《恶:在人类暴力与残酷之中》,崔洪建等译,第 247 页。
[2] 同上,第 254 页。

法国思想家乔治·巴塔耶在《文学与恶》中旗帜鲜明地指出："恶——尖锐形式的恶——是文学的表现；我认为，恶具有最高价值。"[1]在巴塔耶看来，文学是最富有人情味的激情圣地，"恶的价值"可以通过恶的主题、形象所构成的文学世界表达出来，最高意义上的恶区别于受私利驱动的丑恶，诉诸于恶的书写是为了人的独立自主的生存。确实如此，恶给小说叙事带来了叙事动力和美学张力，文学叙事上"'精彩'的坏蛋"和"'迷人'的恶"建构的反英雄式小说美学，区别于传统的英雄占主导地位的叙事美学。可以说，蒙天舒、陈先汉、张三，还有新世纪中国当代小说中其他形形色色的坏蛋或恶棍，是一类很有价值的人物形象，其价值不仅体现为这类形象具有巴塔耶所说的"深刻的伦理价值"[2]，也表现为他们包含了广阔的社会图景和道德状况。同时，各具异彩的恶棍叙事也意味着"坏角色法则"[3]这种现代性叙事正在成为一种备受青睐的小说写作方式。真正邪恶的主角进入文学，是在20世纪，当各种反英雄、有严重污点和恶行的人物成为文学的主角，各种高尚与正派的好人逐渐被挤到叙事的边缘，一种新的美学秩序便形成了，即"让坏蛋掌握麦克风"的坏角色法则便在现代建立起来，而这种新法则可以用"他(坏蛋)的方式和读者进行心灵交流"[4]。确实，张三、陈先汉、蒙天舒这类恶人的魅力，不仅体现为这些形象呈现了颇有异彩的善恶图景，也表现为这些文本呈现的复杂人性、道德的善恶畸变和人的选择的悖论，这些饱满的恶人叙事还包

---

[1] [法]乔治·巴塔耶：《文学与恶》，董澄波译，北京燕山出版社，2006年，《原序》第2页。
[2] 同上，第12页。
[3] [美]托马斯·福斯特：《如何阅读一本小说》，梁笑译，南海出版公司，2015年，第98页。
[4] 同上，第99页。

含了对自由与道德、善恶与法律、意志与规范等重要命题的演绎。

三、善恶的现实起源与抗恶伦理

善与恶作为人类社会的一对基础元命题,既可以在哲学、社会学、心理学等层面进行理性化的研究或实证化的分析,也可以在美学、文学(研究)视野下得到丰富的演绎。中国当代作家在近年的善恶叙事中,提供了怎样的认知图景和思想维度,昭示了怎样的善恶逻辑,善恶叙事的理论价值和现实意义何在,值得稍加探析。

总体来看,新世纪以来的善恶叙事大多有着鲜明的"现实维度",这里的"现实"指善恶得以出现的社会土壤。作家并不意在以简单的善恶二元论去理解现实,而是试图把聂致远、涂自强式的"好人"和张三、蒙天舒这样的"恶人"放在"中国现实"的背景下,考察好人与良好生活的距离、恶人行恶的逻辑以及"无用的善"和"盈余的恶"如何在社会生活中成为结构性对应物,进而对社会现实做出某种回应与思考。可以说,新世纪中国现实主义长篇小说在总体上保持了介入现实和批判性的精神立场,褪去了对时代的廉价粉饰,直面改革时代的阵痛,勾勒出一种恶的现实与颓败的道德景观。这种"恶的现实",既典型地表现为《人间值得》中由张负重、熊哥、秃头吴、孙平和张三构成的恶人群像,也体现为《应物兄》《安慰书》《世间已无陈金芳》中资本大鳄和权贵操纵社会秩序的机制,更体现为《艾约堡秘史》《吃瓜时代的儿女们》《第七天》《黄雀记》《篡改的命》中层出不穷的具体恶行:强征土地、暴力拆迁、代孕生子、官僚腐败、权钱交易、高考被替……恶的现实是这多元世界的一极,善恶的道德困境根植于这种恶的现实与恶的秩序。

马原在近作《黄棠一家》中以"黄棠"作为主人公的名字,正是利用"荒唐"的谐音试图隐喻这个时代的失序。

那么,在这些善恶叙事中,恶的现实、文化、制度等因素是如何一步步压抑和扭曲人们的道德观,如何造就人的创伤和善恶的转化,值得进一步追问。

首先,新世纪中国当代小说的善恶叙事,呈现了市场时代"负和博弈"带来的人与人之间的紧张和互相伤害。人的自私与追逐私利,是每个时代都存在的现象。但市场经济条件下,人的这种重利和利我属性被空前强调。在《应物兄》《人间值得》《安慰书》《黄雀记》《活着之上》等作品中,读者总能看到利益逻辑对情节冲突和人物命运的巨大影响。经济学上将人与人的和谐、双赢关系,称为"正和博弈",而将关系对峙与利益冲突的状态称为"零和博弈"或"负和博弈"。在紧张的博弈关系中,人们处在利益互斥的竞争格局中,人与人的"负和博弈"构成使互相伤害得以产生的"最深刻的社会根源"[1]。在中国当代小说的善恶叙事中,这种"负和博弈"成为小说内在的叙事动力。比如,在张三与孙大可、刘启明之间,正是由于赤裸裸的利益博弈,才不断产生或明或暗的互相伤害;在聂致远的逐步趋恶与对世俗标准的屈从中,我们看到"好人"聂致远和"坏人"蒙天舒为了彼此利益而形成的竞争关系,以及这一博弈关系对聂致远价值选择的巨大影响;在《安慰书》中,刘智慧、李江与陈先汉之间的较量,是由于花乡拆迁惨败背后的利益冲突引发的绵延两代人的"负和博弈",善与恶,父与子,底层与官方,民间资本与权力意志,形成了或对立或合流或伤害的复杂局面。

---

[1] 何中华:《"互害现象"的道德软约束》,《探索与争鸣》2018 年第 11 期。

其次,制度性的困境与人的异化,是相关作品重点刻画的对象。莫言的《蛙》给读者呈现了作为制度的计划生育政策如何在实践中给执行者和受害者双方带来深重创伤。《蛙》中的姑姑作为乡村妇科医生,早年被四乡八邻称为"送子观音",但成为计划生育政策的监督者和实施者后,她在村民眼中从和善的"送子观音"变成了疯狂的"杀人魔王"。谈论计划生育政策的是非功过不是本文的关注点,本文想关注的是,制度性的困境如何扭曲人的善恶观,并进而引发人道主义灾难。对于《蛙》中的姑姑形象,从叙事层面可以看出她是一个造恶于前,悔罪于后的形象,某种程度上她也是历史制度的受害者,是一个值得同情的艺术形象。但笔者想指出的是,对于姑姑这样的特定时期历史政策的执行者,不能以感性的同情代替对其人格根本症结的理性思考。汉娜·阿伦特的"平庸的恶"是近几年学界热议并高频征用的概念。在阿伦特看来,恶来源于思维的缺失。艾希曼并不愚蠢,却"完全没有思想",正是这种"无思想性"催生了"潜伏在人类中所有的恶的本能"[1]。在姑姑身上,我们看到了个体由于对时代的盲从和不思考,继而造成种种恶行,这种恶与他们身上的善良并不能简单抵消。

再次,社会情境与个体的社会性"失位"、自救与从恶,有助于我们理解善的处境与恶的生成。在新世纪中国当代长篇小说中,底层与普通民众在历史夹缝或社会转型期往往承受了更多的牺牲与痛苦。比如,《好人宋没用》是对被正史遗忘的"历史无名者"的一次深切缅怀。勤劳、善良、任劳任怨的"宋梅用",在民国以来的风云诡谲的历史长河

---

[1] [美]汉娜·阿伦特等:《〈耶路撒冷的艾希曼〉:伦理的现代困境》,孙传钊译,吉林人民出版社,2003年,第55—56页。

中,一直是社会的配角和零余者,"是旷野中的飘荡者"[1],她善意、坚韧地苟活着,逐渐沦为无害无益的"宋没用"。"没用"是她的最大特征,"没用"导致她的社会性"失位"。如果说动荡的历史造成了宋梅用的社会失位,那么涂自强、汪长尺,余招福,甚至聂致远则象征了当代社会对个体的压抑与伤害。涂自强们生活在当代中国的社会语境里,他们善良、勤奋,却找不到出路,他们的善始终是脆弱的,原因何在? 城乡的二元壁垒,贫富阶层的固化成为涂自强和汪长尺难以逾越的社会鸿沟;而对于聂致远来说,横亘在他面前的"江湖规则"是:个体的发展和社会位置并不取决于个人实际的学术水平与真实能力,而是取决于社会关系、权力干预等因素。在中国当代作家的笔下,"涂自强们"的善良和上进卑微而无效,他们或在贫病中离开人世,或是悲愤地点燃身上的汽油绝望抗争,或是手持炸弹试图报复社会。

善不得终,恶有盈余,是一种错位的社会图景,同时又根植于社会因素或现实问题。面对这种困境,如何存善,如何抗恶,新世纪中国当代长篇小说提供了极为悲观的叙述。在涂自强、汪长尺、应物兄、余招福的短暂生命和宋梅用的漫长岁月里,我们看不到善的有效性和抗恶的可能性,这些有着美好人性的个体在混沌、污浊的人世或虚与委蛇,或负重挣扎,最后都难逃厄运的降临。既然存善无门,有效的抗争又无效,那么,还有其他有效手段吗? 当然是有的。暴力手段和报复行动成了小说叙事里人物抗恶的重要途径,在北村的《安慰书》、郑小驴的《西洲曲》和乔叶的《认罪书》等小说中我们都能看到这种叙事伦理。但是,复仇真的能够抗恶吗,能够给弱者带来公平吗?

---

[1] 任晓雯:《好人宋没用》,北京十月文艺出版社,2017年,第518页。

在《安慰书》中,刘智慧的复仇带来了新一轮的恶行与悲剧,她由一个受害者变成了加害者。在刘智慧与陈先汉之间的复仇看似是一种以恶制恶式的报复,实际上他们对正义与恶行的认知都具有极大的片面性。当刘智慧的复仇计划完成后,她是真正的赢家吗?事实上,陈瞳的绝望、崩溃与死亡,怀孕的碰瓷女的惨死,尤其是陈瞳对刘智慧死心塌地的爱,都成为刘智慧复仇后新的创伤,相对于报复仇家后的快意,这种更为痛心的罪行和情债,是刘智慧难以摆脱的梦魇。从社会学的角度看,"报复少有获利,代价却很昂贵"[1],即以恶制恶不会带来个体的丰盈,其结果常是消极的,"恶使得世界更加贫穷、更加丑恶、更加糟糕。而这个世界不仅属于受害者,而且属于一切人——甚至包括行恶者"[2]。可见,用复仇和恶的手段去抗恶,其结果往往收效甚微,会带来新的伤害。

如何存善抗恶,如何建立有效的抗恶伦理,不仅是小说家面临的文学命题,也是关乎社会正义和伦理道德建构的重要议题。新世纪中国当代长篇小说提供了关于善恶问题的多重文学向度:善的脆弱与无用,恶的普遍与盈余,理想主义恶的横行,报复性暴力的疯狂和无效,等等。这些叙事不仅在文学层面有价值,在文化和道德实践层面,也引发我们透过这些文学想象去思考当前民族道德现状、公平正义的良序构建等现实问题。在一个道德文明处于深刻转型的历史时期,当代小说家提供了众多关于当代社会善恶道德的叙事文本,这些文本思考了善与恶的现实困境,但大多是对当下现实道德图景的"摹仿"或隐

---

[1] [美]罗伊·F. 鲍迈斯特尔:《恶:在人类暴力与残酷之中》,崔洪建等译,第219页。
[2] 同上,第161页。

喻。进一步说,当我们思考小说中的善与恶时,不用简单演绎善恶的哲学意义,而是试图经由小说去正视、检讨善恶在现实层面的形态、走向,并对其结构性、普遍性的问题提出纠偏。有学者用"结构断裂"和"权利失衡"描述20世纪90年代以来中国社会的整体变化,"失衡"是指中国社会不同阶层利益表达和实现渠道上的不均衡,所谓"断裂"是指社会等级与分层结构中一部分人被甩到社会结构外,社会的贫富分化、城乡差距、阶层固化进一步加大,利益均衡的社会机制被打破,形成了强势群体和弱势群体的分化格局[1]。可以说,"无用的好人"与"横行的恶棍",正是这种"断裂"和"失衡"的社会现实的文学表述。新世纪中国长篇小说的"抗恶伦理",一个重要命题就是对其"摹仿"的社会现实进行反思,批评社会的不义。

除了追踪善恶社会层面的现实起源,有效的抗恶伦理还需要在文学叙事层面与政治实践层面重申人道主义。乌克提茨在分析善恶的问题时就曾指出,尽管人道态度是道德的核心,但是,"人们可能遵循着一定的道德观点,却对人道毫不关心。"[2]新世纪中国长篇小说中的善恶叙事,呈现了好人"活不好"的诸多原因、恶人恃强行恶的行为逻辑,这在本质上表达了作家对人的处境的关注,尤其是对弱者尊严、价值的体恤。好人无用与恶棍盈余,既是善恶伦理的异化,也是经济社会和工具理性时代人的异化。耿占春指出:"社会生活越来越简化为经济生活,社会进程越来越表现为经济进程,这一过程即表现为马克思·韦伯所说的世界从宗教的彼岸性摆脱出来之后的世俗化、世界

---

[1] 孙立平:《失衡——断裂社会的运作逻辑》,社会科学文献出版社,2004年,第6—7页。
[2] [奥]弗朗茨·M. 乌克提茨:《恶为什么这么吸引我们?》,万怡等译,第220页。

的祛魅或社会的合理化和工具化过程,也表现为另一种新的非人性化过程。"[1]可以说,正是经济生活的片面性导致的世俗化,加速了善恶秩序的失衡,带来了人的异化。因而,面对善恶错位的社会现实,人道主义和保护弱者应该成为一种亟待重申的社会伦理,在我们所考察的中国当代小说的善恶叙事中,汪长尺、涂自强、宋梅用、谭青、应物兄以及聂致远,莫不是他们所处时代的弱者,他们的现实不是作家发明出来的,而是对当前农村和城市底层弱者处境的真实隐喻。东西说他在写《篡改的命》时,采用了"跟着人物走"的写法,即让自己与作品中人物同呼吸。跟到最后,他竟"失声痛哭",他说:"我把自己写哭了,因为我和汪长尺一样都是从农村出来的,每一步都像走钢索。我们站在那根细小的钢丝上,手里还捧着一碗不能泼洒的热汤。这好像不是虚构,而是现实。"[2]可以看出,新世纪写实思潮强劲回暖的语境下,中国作家保持了对现实的激情,书写大时代中的善恶道德景观和人的处境,体现了对底层小人物的善和尊严的呵护,对弱者的人道主义体恤,其作品具有较强的人道主义色彩。

从个体的角度来看,抵制"不思考的恶",保持清醒而理性的判断,对于历史情境下的弱者和强者来说,也是需要重申的抗恶伦理。陈先汉的"改革牺牲论"(《安慰书》),姑姑(《蛙》)式的"平庸之恶",都体现了理性思考在某些人身上的匮乏。徐贲曾指出:"人抵抗邪恶需要人自己作出鲜明的道德判断,只有当人把某种威胁判断为恶时,他们才能坚持拒绝与它合作。在恶特别猖獗的时代,恶瓦解人的道德判断能

---

[1] 耿占春:《叙事美学》,南方出版社,2008年,第69页。
[2] 东西:《篡改的命》,第311页。

力,成为人的生存常态,抗恶便成为一件非常艰难、非常危险的事情。"[1]那么,面对社会加诸或可能加诸个体身上的恶,抗恶是否有可能,抗恶的"最后一道防线"应该设在哪里?他认为,"人的自由是对抗恶的唯一力量"[2],即永不停止的思考和判断是抗恶的最后一道防线。这种思考和判断对社会的弱者和强者,"好人"和"恶人"都很重要。具备思考和判断的能力,并不必然会避免恶行的发生,但对于一个社会的绝大多数人来说,如果具备了这种道德判断能力,那就是守住了对抗恶的重要防线,也避免了阿伦特所说的普通人和体面人由于"道德崩溃"而行恶的悲剧。

---

[1] 徐贲:《人以什么理由来记忆》,吉林出版集团有限责任公司,2008年,第34页。
[2] 徐贲:《经典之外的阅读》,北京大学出版社,2018年,第19页。

文化博弈、生态危局和资本伦理下的审美救赎
——新世纪小说中的狼叙事

在中外文化史和文学创作中,狼一直是一种重要的形象或题材,在人类文化版图或是文艺作品中,狼或为恶兽猛物,或为图腾神话。在汉民族的传统文化定义中,狼几乎等同于一种负面性的话语所指,与凶残、邪恶、狡黠同义。但在中国古代西部的犬戎、西夏等族,狼则是一种文化图腾。在百年中国文学中,狼或是其文化隐喻一直与文学有深厚的结缘。新时期以来,狼小说的审美取向和伦理情感经历了数度转向:20世纪80年代在启蒙思潮的影响下狼叙事寓含着鲜明的人道主义主旨,90年代以儿童文学为发端和主阵地,狼开始走出人性、道德的传统窠臼,形成了"与狼共舞"与"与狼对抗"的人狼关系模式,21

世纪初的狼叙事则表达了人们的生态焦虑与人性思考[1]。一个不容回避的事实是,新世纪以来,狼大规模地"出没于"作家笔下,蔚为壮观的狼景几乎与社会层面甚嚣尘上的狼文化构成了新世纪文学的一道文学景观。简单罗列狼小说的文本,可以形成以下不完全的狼小说清单[2]:贾平凹《怀念狼》(2000)、刘汉太《狼性高原》(2001)、姜戎《狼图腾》(2004)、李微漪《重返狼群》(2012、2015)、张永军《狼王》(2014)、岩波《狼山》(2015)、王族《狼苍穹》(2016),等等。需要追问的是,新世纪蔚然成风的狼叙事呈现出哪些新质,形成了怎样的狼的风景和狼的形象?狼小说流行的原因是什么?本文以《怀念狼》《狼图腾》《狼苍穹》等文本为中心,试对这些问题进行探究。

一、动物伦理下的叙事反转与"风景"视角下的狼

狼在不同文化传统与不同历史阶段中的形象特征与呈现方式是不相同的。在中国传统文化语境中,狼一直以恶兽形象示人,根深蒂固的仇狼心态和贬狼美学跟汉文化的龙图腾的信仰有关,也与地域生存环境有关。据研究者指出,汉语神话传说中涉狼的记载很少,在先秦文献中已形成了仇狼和贬狼的文化传统。"华夏民族与其周边部族、尤其是西域社会文化的关系,在某种程度上确定了后人对于狼的

---

[1] 廖哲平:《1985—2009:当代中国文学"狼"形象的流变》,《福建论坛》2010年第2期。
[2] 儿童文学中有大量涉狼题材的作品,比如沈石溪的"狼国女王系列"《狼世界》《孤岛苍狼》、毛云尔的"丛林狼王系列"、凌岚"狼王系列"、黑鹤《老奶奶的狼》《狼血》等等。由于儿童文学与成人文学在读者定位、价值指向等方面的差异性,本文所论狼小说不包括儿童文学。

不欢迎的态度。当然,关于狼在西北游牧民族神话中的特殊地位,更加强了华夏民族的这种印象。"[1]狼自身的凶残、危险、好战和高智商带给人们的生存恐惧感,以及不同民族之间的图腾崇拜差异和文化偏见造成了狼在文学表述中的负面性叙事。中山狼、狼和羊的传说及关于狼的诸种童话基本代表了汉文化传统中的狼的文学形象和精神品性。近现代的文学创作中,狼的形象尽管没有大规模出现在作家笔下,但作为文化隐喻的狼性一直活跃在文化主张和文学表述中。这种张扬狼性精神的狼叙事体现了中国现代文学中对力量、英雄、强者崇拜的"心力叙事"[2]传统。新时期以来的文学版图显然没有缺席"有狼的风景",狼更多充当了人性异化、文化隐喻的叙事功能,但总体上狼的主体性并不十分明晰。新世纪以来的狼小说,则建立了关于狼的新的叙事法则:一方面狼获得了一种叙事主体的身份,狼的内部秩序、情感和伦理得到了细致的呈现;另一方面,作家打破人类中心主义的傲慢和偏见,以平等、体恤之心在生态、文化层面审视人与狼的关系,作家有意要撕去贴在狼身上的忘恩负义、凶残狡诈的单一标签,试图勾勒出基于动物真实生存伦理的"狼景"与"狼情"。

《说文解字》对狼如是解释,"狼,良兽也,从犬良声。"在文化的源头上,狼似乎并非后来那样的恶兽。在贾平凹、姜戎、王族等人的狼叙事中,我们能够看到这些文本相对于传统小说叙事模式的巨大反转:狼不再是人类文明夹缝下猥琐、贪婪的一种点缀性形象,狼成为具有

---

[1] 殷国明:《跨文化路线图:关于狼之原型的流播与变体研究(下)》,《广西民族师范学院学报》2015年第5期。
[2] 周保欣:《中国当代文学的"心力"叙事与伦理反思》,《人文杂志》2014年第3期。

鲜明主体性的形象,在小说中拥有一种支配性的叙事力量和推动作用。同时,狼的生物伦理、种族秩序、情感方式得到了细腻的呈现。不仅如此,从叙事的深层和作家的价值指归来看,狼甚至成为影响人类生存甚或人类文明的一种文化性因素与精神性力量。在《怀念狼》《狼图腾》《狼苍穹》这些小说中,都隐含了天人合一,人与动物和谐相处、相互依存的生态主张,这种意识无疑是对社会秩序中"人类中心主义"的一种反拨。近两个世纪以来,随着科学技术的进步和人类发展的需要,过度向自然索取造成的生态失衡几乎已成一个全球性的峻急症候,人类在这场自然和生态之祸中无疑是罪魁祸首。西方的生态主义思潮和生态文学正是这种生态现实的产物,它试图对人类中心主义及其工具理性进行有效的纠偏。当代中国作家在这一问题上显然与西方的生态文学有着不约而同的契合。

相对于传统狼文化与狼文学叙述,当下的狼叙事无疑实现了一次巨大反转,与这种叙事反转伴生而来的是小说中的异彩纷呈的狼"风景"。风景学是近些年学界的一个方兴未艾的研究领域。作为一个跨学科的理论话题,风景学无疑为文学研究提供了重要的理论视角和阐释方法。风景学作为一种研究,并不仅仅是对自然风光、旅行风景的技术性描述和鉴赏,而是一门有着文化学、社会学、人类学意义追求的综合性学科。英国历史学家西蒙·沙玛的《风景与记忆》是风景学的重要著作。该书的学术动机始于对现实生态环境恶化的一种忧虑,他认为人类疯狂的农耕、无节制的开掘土地、恣意掠夺自然等"种种恶行"导致了生态的恶性循环,贯穿在东西方的整个历史中——甚至直接点名中国过度的农耕文明。基于生态的这种恶化,西蒙指出,西方文化的发展过程是一个抛弃原有自然神话的过程,因而,他试图"观看并重新发现"隐藏于自然现实之中的"神话和记忆的脉络"[1]。

在姜戎、王族、贾平凹等人的笔下,我们也能看到作家们类似的写作努力,那就是揭示日益严重的生态危机,以及现代化进程中被压抑、被牺牲的生物景观,试图彰显被压抑的自然主体性,重申和谐的人与自然秩序。西蒙·沙玛在评价斯蒂芬·派恩、威廉·克罗农等史学家时,无比赞赏地指出他们"成功地让那些无生命的地质风貌以各自的方式成为了历史主体","这些史学家将一贯只归于人类主角的变幻莫测的未知特性重新赋予土地以及气候,由此开辟了一种不由人类主宰与终结的历史"[2]。由是观之,在姜戎等作家这里,他们并非以文化猎奇者或是西蒙所说的"文化野营者"的视角简单呈现草原与动物景观,而是试图呈现令人神伤的狼的风景。在这些狼小说中,狼、自然是叙述的主体,尽管它们并不是主宰力量。狼的内部秩序、生存智慧、亦正亦邪的品质,以及人与自然的内在依互性、草原逻辑、边地游牧伦理是小说的叙述重心。这些文本都在反思人类中心主义、汉文明的某些偏狭和愚妄,打破人与自然、生物之间的隔膜与敌视,试图重建一种平等、包容、共存的文明秩序与生物秩序——比如人与狼,人与草原,游牧文明与农耕文明。"正是在亟需解决的环境问题被赋予一种宗教的、神话般的性质(它要求人类奉献出更加纯净、更加坚定的虔诚)之时,记忆才有助于恢复人类社会与自然的平衡。"[3]确实,这些以狼为主体形象的小说,以一种"虔诚"之心严肃审视现代化进程中的中国及其诸种病象与困境,其中由狼、自然、文明形成的绚丽、悲壮、挽歌式的

---

[1] [英]西蒙·沙玛:《风景与记忆》,胡淑陈等译,译林出版社,2013年,第13—14页。
[2] 同上,第12页。
[3] 同上,第19页。

"风景"构成一种隐喻式的书写。

自然风景与狼景书写在狼小说中几乎随处可见。概括起来说,这些风景大致分为这样几种:第一种是自然逻辑及其生态风景。狼小说一般都有一个丰盈自在但也岌岌可危的自然环境作为叙事空间,比如《狼图腾》中的额仑草原、《狼苍穹》中的库孜牧场和托科村庄、《怀念狼》中的雄耳川盆地。这些空间在没有受到现代文明濡染时,形如世外桃源,比如托科山庄,"在这个村庄,风景比人的生活更生动。村庄背后是绿色树林,树林上面是雪山,雪山上面是蓝天。"[1]再如,《狼图腾》中有这样一段关于天鹅草原的描写:"这真是个世外草原,天鹅草原。要是没有包顺贵,没有知青,没有外来户就好了,额仑的牧民肯定能与那些白天鹅和平共处的。在天鹅飞翔的蓝天下牧羊,多浪漫啊,连伊甸园里可能都没有白天鹅。再过几年,娶一个敢抓活狼尾巴的蒙古姑娘,再生几个敢钻狼洞的蒙汉混血儿,此生足矣。"[2]小说中的"天鹅草原"几乎是额仑草原牧民原始生存环境的一个缩影,在这个自足而优美的空间里牧民们有着如此美好的日常生活幸福图景。这里的"风景"几乎是草原人的一种原乡想象,天人合一,静谧日常。我们知道,这样一个乌托邦式的风景和原乡式的家园已被包顺贵这样的外来者所破坏,天鹅湖被改造成药浴池,天鹅被当做佳肴,这种自然风景具有了某种挽歌意味。

第二种是狼性风景。在王族、姜戎的笔下,小说中的狼的骁勇、被猎杀、人狼博弈的场景常常会给读者带来相当震撼的风景体验。比如

---

[1] 王族:《狼苍穹》,长江文艺出版社,2016年,第23页。
[2] 姜戎:《狼图腾》,长江文艺出版社,2006年,第185页。

《狼图腾》中狼群猎杀黄羊、狼群与草原马群鏖战的场景,无疑是一些充满原始暴力、相当惊悚的狼景。除此之外,作家注重呈现狼的尊严,狼的感恩、母爱,狼的自我牺牲。比如《狼图腾》中的小狼,在被陈阵悉心豢养、被锁链锁住的囚禁中,并没有丧失狼的野性和回归狼群的渴望。小狼被囚的一生是很悲情的,但它身上所显示的不屈、不可驯服令人感佩。尤其是迁徙途中,小狼拒被牵,宁可被拖拽得伤痕累累、奄奄一息也决不妥协。这种恪守自由和尊严的狼性,令人动容,这种坚硬而血腥的风景极大地彰显了狼的精神。《狼苍穹》中也有很多场景描写狼的自我牺牲、母爱和感恩,比如《狼苍穹》中的母狼为了保护小狼崽,与秃鹫殊死搏斗,母狼被抓瞎一只眼睛,最终选择了拖着对手跳下悬崖同归于尽;白鬃狼从野猪的利爪下救下了别克,却没能保护自己唯一的幼崽,与野猪鏖战中选择了咬死并自食幼崽;为了首领白鬃狼能够逃走,狼群选择了分散打狼队员注意力,以自撞石头的方式为白鬃狼赢得机会。在这些狼书中,狼的风景呈现了狼的自然生物性及其原始暴力,狼的丰富而美好的情感也得到了极大的敞开。同时,这些小说始终抓住人与狼的关系,细腻呈现了狼性与人性、人与狼的艰难博弈。在《狼图腾》中,随着小狼的凄然死去,末代游牧老人毕利格离世,以及额仑狼远走他乡,小说预示着现代文明借助于政治强权和技术力量完成对草原空间和狼性逻辑的收编或改造。在人类节节"胜利"的征服进程中,在知青们纷纷回城功成名就和草原人们的日子蒸蒸日上的这些"各得其所"中,狼的世界和狼性精神成为一种绝响和遥远的记忆。如果说人狼关系在《狼图腾》中是以一种悲剧性的冲突结束,《狼苍穹》则呈现了人狼始于冲突,终于和解的关系演变。狼首白鬃狼率领的狼群与打狼队的冲突是小说的主线,在数次的交锋和恶战中,人类不是被狼的凶残和威猛击败,而是被狼的感恩意识、母爱之情、自我牺牲所感化。王族试图写出人与狼都是"天地的孩子",根本上能够和谐共处。因而小说的诸多场景都在书写人与狼的互助,人与狼由敌意冲突走向和解的必然性。比如别克在困境中与狼群的合作逃生,比如狼群数次对可汗、别克、阿坎、老马等人"高抬贵手",比如白鬃狼为了保护仅余的两只幼崽,在热汗等人的枪口下下跪流泪。人与狼在漫长的历史进程中,为了争夺生存空间和资源,相互伤害,人狼之争从未停止。而《狼苍穹》通过"狼向人哭"这一场景呈现了在狼与人的一触即发的对峙中,狼先作出了让步和妥协,人亦以善心与和解待之。在小说最后,别克为了保护仅存的狼崽而开枪打死了打狼队员,这一场景显得悲怆,但开启了人与狼关系的新的文学想象:由敌视走向和解,由杀狼转向护狼。

第三种是变异的人性景观或文明形态。在贾平凹、姜戎、王族的笔下,狼不是狡黠、臭名昭著之物,也不是需要我们同情的对象,而是具有尊严、精神的生灵,狼的世界甚至成为烛照人类社会堕落和人性变异的一种透视镜。如果说《狼图腾》通过包顺贵和外来户等人对草原的破坏呈现了权贵阶层和草原外来者的权力野蛮和现代式贪婪,那么,《怀念狼》则呈现了一幅普遍性的暴力场景和退化的人性景观。小说布满了密集的"杀生"意象:从活牛身上割肉,摔死活狼崽,喝蛇血,孩子们火燃老鼠、射杀麻雀和绿蛇。再如寺庙利用放生池骗取钱物,养父让孩子撞车碰瓷骗钱等场景所昭示的颓坏的道德图景。这篇小说表面在怀念狼,实际上是在怀念一种生机勃发的社会图景和雄强的英雄气质。而现代社会进入商品社会和消费时代后,在丧失了狼这一对应物之后,人类社会无论是人的体征和生命力,还是道德水准,都呈现出历史的退步。在这里,狼成为审视现代生存和现代文明的一个有效窗口。

在 W. J. T. 米切尔看来,风景是一种"社会秘文","既是真实的地方又是拟境",更是一种"文化媒介",因而,风景常常以空间的形式出现,也可能是一个形象、形式或者叙述行为的背景,在功能意义上,"它把文化和社会建构自然化","最根本的,是为了表达人类与非人类事物之间的交流"[1]。本文所讨论的这些狼题材的小说,在向自然与社会,人与狼的无限敞开中,也使"风景"成为随处可见的内容。这些风景都不是纯粹的风景,而是一种建构文化主张、表达生态诉求的风景再现。因而,这些风景往往是一种"文化媒介",包含了作家们对当代中国社会现实、不同文明形态、人与自然万物关系的匠心表述。

二、"狼"的四副面孔及其表意功能

狼是一个多义的文学形象,如何塑造狼的形象,如何讲述狼的故事,是颇有意味的文学选择。在中外狼小说中,狼往往具有不同的形象内涵,由此构成不同的意义系统与表意方式。从中外文化史来看,狼与人的关系经历过多种历史变迁,由此也在不同历史阶段形成了不同的狼的形象。在西方原始文明的诸多物质形态的遗迹中,以及各种神话、传说和艺术里,我们能够看到远古时代狼与人的近缘关系,狼是人类的图腾和文化英雄。随着人类理性的成长,在争夺生存资源的博弈以及维护人类生存利益的驱动下,人类开始审判狼的恶行,并逐步

---

[1] [美]W. J. T. 米切尔:《风景与权力》,杨丽等译,译林出版社,2014 年,第 5、2、16 页。

将之妖魔化。"从以狼为友、以狼为神到以狼为魔,人们不仅重新改写了狼的历史,而且通过各种虚构的情景来进行恶魔化,加深人们的'仇狼'意识,由此使狼的名声越来越坏,最后成了万人深恶痛绝的对象。"[1]

前文已经提到,面对狼的这种世界性的文化地位,伴随着20世纪末以来的狼文化热潮,新世纪以来的狼小说立足于狼的情感伦理和生存秩序,呈现了别样的狼的"风景"。这些小说有效颠覆了狼作为恶兽的单一形象,还原出狼的真实生物本性,以及狼的丰富的情感肌理,同时借助于狼对现代文明、生态冲突、人性畸变、权力暴力/恐惧、资本逻辑等问题做了深邃的思考。大致说来,《狼图腾》《怀念狼》《狼苍穹》等作品建构了如下几种狼的形象及其表意方式。

第一种是人性之狼。所谓人性之狼,是指在小说中,作家在狼性与人性的并呈中,不以狼性之恶为叙事重心,而以狼性之善衬托人性之恶,在狼性与人性的巨大反转中反思人类的价值理性。在贾平凹、王族的笔下,狼固然本性凶残、嗜血,但人类的残忍、杀戮同样可怕而疯狂。在《怀念狼》中,贾平凹意在天、地、人、狼这一序列上重新检讨狼与人、人与自然、狼性与人性的关系。全篇布满了人对其他生物大肆虐杀的"杀生"意象,最残忍的莫过于十五只狼的渐次被杀以及在《二泉映月》的音乐中从活牛身上割取部件。同时,与"人的兽性"对应的是"狼的人性"。比如,《怀念狼》中的狼,以狼的方式哀悼为它们治过病的老道。《狼苍穹》中的白鬃狼因为受到热汗搭救,数次对热汗、别克、阿坎等人"手下留情",尤其是白鬃狼冒着危险屡次到牧民居住

---

[1] 殷国明:《漫话"狼文学"》,宁夏人民出版社,2006年,第63页。

区寻找恩人,遍寻无果,叼着有恩人气味的一节绳子远去。《怀念狼》中频繁出现人狼之间的变形,尤其是小说结尾处傅山与雄耳川人退变为狼,人向狼的退变,看上去是一种具有魔幻意味的技巧,在精神层面喻示着人类如果放任自己的贪婪、凶残,放逐人之为人的人道关切、平等体恤等伦理情感,终将走向兽化和异化——这种结尾不啻是对人类漠视生态问题自酿苦果的一种警醒。

如何面对物种灭绝、生态失衡、道德退化诸种惊心现状?贾平凹并没有给我们提供一种救世良方。而《狼图腾》清晰地指出了文明的选择和历史发展的某种"必然性",这种选择也即是在孱弱的国民性中注入狼血、狼性,以骁勇刚毅的游牧文明取代静态凝滞的农耕文明。这也即狼的第二种形象,文明之狼。《狼图腾》是一部为游牧文明、为狼性精神重新寻求历史合法性的正名之书。狼在姜戎笔下不是一个简单的动物形象,而是一种关乎到国民性品格强弱、文明形态兴衰、历史演变走向的历史原动力。无论是正文密不透风的狼叙事,还是文后思辨色彩极浓的对话体"理性挖掘",姜戎意在确认狼文明和狼性精神的绝对优越性和历史合法性。在价值形态上,《狼图腾》丝毫不掩饰农耕文明与游牧文明、羊性与狼性、汉蒙之间的二元对立以及作者自己的价值取舍。在作者看来,农耕文明是一种"羊文明",代表着静态、封闭、驯服,而游牧文明是一种"狼文明",雄强、奔放、骁勇、进取,而且"农耕文明必定软化民族性格"[1]。对狼文明的叙述,姜戎启用的是一种毫不犹豫、自信满满的"最式"语言——"蒙古民族是以狼为祖、以狼为神、以狼为师、以狼为荣、以狼自比、以身饲狼、以狼升天的民族,

---

[1] 姜戎:《狼图腾》,第 377 页。

是古代世界性格最勇猛强悍、刚毅智慧的民族。而蒙古骑兵则是世界上最凶猛、最智慧、最善战的蒙古草原狼训练出来的军队。"[1]很显然,姜戎确立了贬羊扬狼、扬游牧抑农耕的叙事基调。在人物塑造时,让主人公陈阵对农耕文明怀有一种"耻感",作为汉文化习得者的陈阵、杨克、张继原等知青,在草原文明和狼文化的洗礼下发生精神蜕变,完成文明形态和文化信仰上的转向。姜戎对狼文明的这种极度推崇和二元叙事模式,遭致很多口诛笔伐。客观地说,有效融合游牧民族的强健、骁勇的气质,在汉文明中适度注入狼性和狼文明,在全球化的今天无疑有利于民族文化和民族性格的建立,但如何把握姜戎所说的"狼性与羊性的大致平衡",如何将狼血注输到汉民族血液,无疑充满难度。更为重要的是,以狼性强弱解释历史的盛衰,似有简单粗暴之嫌。对于历史盛衰这个庞然大物,历史学家视之为复杂的过程,"'中国'这个共同体之内,最主要的互应变量,至少包括政治、经济、文化和社会四个方向……这四个方面交叉影响,互相制衡,总的结果呈现为复杂共同体本身的强弱、盛衰和聚散。"[2]

狼的第三种形象是作为货币的狼。在《狼苍穹》《狼图腾》《怀念狼》中,草原民族与山区住民为了生存或是维持自然平衡,会周期性有组织地进行打狼、掏狼崽活动。打狼,在这里成了一种组织化的生产活动,在生产管理中被量化为劳动量或"工分"。到了王族的笔下,狼成了一种货币化的符号,成为猎人和牧民竞相追逐的对象。狼由一种民族的图腾与信仰衍化为一种欲望符号,这本身构成了历史的巨大变

---

[1] 姜戎:《狼图腾》,第378页。
[2] 许倬云:《说中国》,广西师范大学出版社,2015年,第206—207页。

迁和价值变化。德国哲学家西美尔在他的货币哲学研究过程中发现，在现代社会各个阶级概莫能外地体现出自己的独特的"现代式贪婪"，货币追求从一种手段变成最终目的，"货币给现代生活装上了一个无法停转的轮子，它使生活这架机器成为一部'永动机'，由此就产生了现代生活常见的骚动不安和狂热不休。"[1]在《狼苍穹》中我们发现，同样是要打狼，老马、可汗与阿坎、别克有着不同的心理动机，前者是为了革委会交代的政治任务而打狼，而后者则是试图通过打狼获取货币利益——阿坎、别克都试图通过商人丁一民贩卖狼的物件，从中赚得钱财。狼在这里，成了发财的一种手段，在库孜牧场和托科山区，发狼财尚是一个新生事物，丁一民这样的草原外的现代经商意识浓郁的商人成为阿坎和别克经济意识的启蒙者，也是狼生意的合伙人。值得注意的是，在王族笔下，狼是苍穹之子，具有某种神谕性和崇高性，人不可以肆意侵犯之。从更深的层面看，人与狼都是自然之子，理应和谐相处，在人与狼之外有更为主宰性的力量，比如最后遮天蔽日、将人畜陷入绝境中的雪崩。小说借助牧场老者达尔汗的口吻这样叙述，"人打狼，是对自然的侵犯，这是因为欲望，人在欲望里也有挣扎，也有怕，但欲望还是压倒和蒙蔽了人的敬畏之心。"[2]对于阿坎、丁一民、别克来说，打狼就是为了满足自我的金钱欲望和财富囤积。这种功利主义的打狼行为区别于保持牧场生态平衡、保护牧民生命财产而进行的打狼行动，显然违背了阿勒泰草原人的生存逻辑和信仰伦理，狼作为苍穹之子的地位被破坏殆尽。如何叙述这些被物质利益和金钱欲

---

[1] [德]西美尔：《金钱、性别、现代生活风格》，顾仁明译，学林出版社，2000年，第13页。
[2] 王族：《狼苍穹》，第480页。

望蒙蔽内心的"贩狼者",以怎样的结局定义他们的猎狼行为？小说采取了惩戒性叙事的方式:阿坎是牧区的老猎人,后受丁一民指引,贩卖狼货,从中谋利,在一次狼祸中被狼所伤,丢了男根,羞愤之中杀死小狼崽,被白鬃狼杀死;丁一民在运送狼货进城途中,被狼群盯上,惊恐之中跳入大湖逃跑,从此放弃做狼生意。而年轻气盛的别克经历了偷父亲的狼髀石风波、偷运狼货险送命、哥哥可汗之死等事件后逐渐悔悟,放弃打狼,转而成为一个护狼者。可以说,《狼苍穹》是一部警世之书,那些贪婪的欲望,那种过度向自然索取的行为,那种破坏人、狼与自然秩序的人,必定会受到惩戒。

狼的第四种形象是作为权力/革命隐喻的狼。在《狼图腾》和《狼苍穹》等小说中,我们总能看到革命中国的面影以及政治权力作为一种隐性叙事力量的存在。这两篇小说的背景都是"文化大革命"时期,《狼图腾》中的军代表包顺贵是整个小说叙事的支配性人格力量,他是旗蒙革委会和军分区"领导"。牧场军马事故后,场长乌力吉受到处分,包顺贵成为新的领导班子一把手——小说第17章的这种变化成为整个小说的重要转折点。包顺贵是一个独断专行、好大喜功的官员,作为草原的外来者,他并不懂草原逻辑和管理草原的科学方法,毕利格老人和乌力吉的进言他根本听不进。在他的盲目指挥下,展开了对狼的疯狂捕杀,甚至不惜诉诸火烧草原和以枪猎杀狼群这些违背草原生存准则的方法。包顺贵对草原生态的破坏还体现在改造天鹅湖,进驻新草场建造政绩型工程"药浴池",并建立一个满足个人私欲的"包氏农牧场"。最终的结果是,包顺贵凭着自己的强权与进驻草原的兵团,用吉普车、新武器虐杀狼和其他草原生物,这种绝后式的捕杀造成了狼群逃往外蒙古。值得注意的是,在姜戎的这篇为游牧文明和狼性精神张目的小说中,相对于农耕文明和汉人精神,游牧文明和狼性精神无疑是一种强势力量。可以说,在《狼图腾》中姜戎充满激情地讴歌了这种狼性精神和狼性美学。但小说中的这种激昂的崇狼心绪最后走向了一种悲剧和挽歌式的结局:革命/政治文明是比游牧文明更具统治力的文明,权力力量是比狼性更厉害的力量。也就是说,在姜戎所建构的话语体系和文明博弈中,他试图在"农耕文明-草原文明","羊性力量-狼性力量"这种二元叙事范畴中论证后者的优越性与强大生命力。但革命文明与权力力量最后却成为颠覆性力量,主宰和决定了历史的真实形态。不得不说,这是小说内部的叙事颉颃,这种在作者这边也许是始料未及的叙事结局传达出这样一种意味:狼性力量和狼的文明是强大的,但革命和权力似乎比狼更强大,"革命之狼"和"权力之狼"是一种更具力量的存在。

这种隐喻革命和权力比狼更加凶猛的叙事,在《狼苍穹》中同样有着生动的描写。《狼苍穹》中活跃着一些热心打狼的积极分子:阿坎、别克、丁一民主张打狼,是为了做狼生意发狼财;而对另一些人来说,比如老马、打狼队员,打狼则成了一种政治任务。小说的故事空间是托科山区和库孜牧场,远离城市,但此时列思河县城轰轰烈烈的"文化大革命"成为托科人既陌生又恐怖的事物。这股"热流"裹挟中的人在托科人看来都成了"疯子"和"要吃人"的人。"文革"成了托科人眼里的神秘力量,同时也改变了他们的生活方式。库孜牧场上的母狼白鬃狼被视为异己分子,成为无产阶级专政对象。牧业干部老马背着反革命分子的政治身份,被其政治对手老李派往托科执行打狼任务。由于老马打狼不得要领,屡屡失败,羞愤和恐惧中被老李撤去了打狼队长的职务。老马本是希望通过捕杀白鬃狼来摆脱反革命分子的政治身份,但挫败的现实没有能够帮助老马在打狼运动中完成自我救赎,等待他的将是老李疯狂的报复和致命的定罪。老李最后并非死于狼祸,而是政治高压带来的政治恐惧。在小说中,"文革"是托科地区隐而未发的神秘力量,老李是权力和暴力的一种人格体现,成为所有人心头的阴影。"老李的影子还在打狼队员眼前闪现,打狼队员便觉得老李比狼更恐怖,那场运动和老李才是近年最吓人的狼。前几天传来一个消息,老李也被打倒了。老李虽被打倒了,还会有另外一个老李,还会有很多个老李继续干疯狂的事情。"[1]很显然,政治生态的失控和恶化,是另一种形式的恐怖,这种恐怖对列思河县城来的人和库孜牧场的人都预示着极大的灾难,这种灾难甚至超过了雪崩和狼灾。以狼害喻人祸,以老马之死和战战兢兢的打狼队员暗示极左政治的恐怖和凶残,从而使这部小说在反思人与自然关系的生态主题外,具有了鲜明的历史省思意味。在谈及小说的时代背景选择时,王族自言一度为无法确定时代背景而头疼,先后设想了"新疆解放初期"和"全国收缴猎枪、禁猎的那一年"作为时代背景,但都因时代背景过淡和冲击力不强而放弃。"经过两次对小说时代背景的艰难选择,我倒觉得这样的波折其实挺好的,它一直把我往前推,直到思路变得透明,认为在新疆所有大事件中,'文革'的冲击力最强,于是决定将'文革'作为小说背景。"[2]由此可见,王族有意识地选择了动荡、复杂的文革作为小说的背景,以此置放狼与人的悲情故事,呈现北方游牧文化的多姿风情和生态景观,同时对极左年代的失序的狼性革命和狼性文化进行了别致

---

[1] 王族:《狼苍穹》,第483页。
[2] 王族:《我期待这是一本有关救赎的书》,http://blog.sina.com.cn/wangzude。

的隐喻和深邃的思考。

三、狼小说的美学召唤机制与价值偏狭

一时代有一时代之文学。曾几何时,作为恶兽和幽灵的狼,在近些年,逐渐成为作家笔下的益兽、英雄或图腾,甚至蔚然成风化身为人们的文化新宠和价值信仰。那么,值得追问的是,人们为何越来越关注狼的文学？作为恶魔的狼何以变成人们的审美宠儿？狼文本的美学召唤机制是什么？狼小说的魅力除了来自于狼文本的灿烂的狼性风景和壮美、雄奇的美学风格,还与它在人类文化与现实生存中的多义性的所指和寓意有关。诚如殷国明先生所说,"狼的文化魅力就在于它与人类精神的关联。在这方面,也许没有一种动物意象如此深厚地被卷入人类的历史文化之中,像狼那样深深地与人类内在的心理矛盾纠缠在一起。这是一种独特的'人狼情结',其中包含着人类文化和精神现象的种种重要的关系。"[1]在我看来,新世纪狼小说的流行,与大众普遍性的生态焦虑、丰富的时代精神表征以及乌托邦式的理想建构有着密不可分的关联。

狼小说的流行,首先昭示了大众普遍性的生态焦虑与生态理念的自觉。狼小说创作蔚然成风,与狼的生态意义上的减少和消逝,以及由此引起的人们对原初丰富紧张的自然关系的追怀有关。文学忆狼成为纾解人们的生态危机感,追忆生物物种及其代表的动物伦理的美学呈现方式,这种方式具有很大的想象性,显示出工业文明时代人们

---

[1] 殷国明:《西方狼》,上海文化出版社,2005年,第17页。

对渐渐远去甚或消逝的前工业时代的地理空间、人与自然关系、生存方式、文化图腾的某种挽歌式的祭奠与叹息。"动物世界的消退和消失,使人类远离自然,并且逐渐失去了自然的对应物和对照物,所以人类不仅在意识和潜意识中感受到狼的存在,并不断通过回忆、想象和虚构的方式来感受、感觉和理解狼的存在。"[1]这种寻求人类自身存在的共生性力量,正是贾平凹写作《怀念狼》的一种自觉追求。他说,"作为一种生命,人需要一种对抗性的东西,如果一种对抗性的东西消失以后,他需要活下去,他必须在他的血液中保持一种对抗性的能量。人和动物都活在这个世界上,一旦动物都消失了,人也没啥对抗的东西,人必然就萎缩了。"[2]因而,对于贾平凹来说,狼是一种介体,是一种象征,"怀念狼是怀念着勃发的生命,怀念英雄,怀念着世界的平衡。"[3]

大众与读者生态意识的自觉为狼小说的走俏提供了时代语境。图书市场不乏这样的案例:作家的某种题材尽管创作和获奖颇丰,如果不能与时代关切和大众审美发生深度共振,也难以产生走俏效应。有研究者指出,沈石溪的动物小说在20世纪90年代尽管多次获奖,但影响和销量始终不突出,"当时,人们对环保与生态主题的关注度远远无法与当今相比。动物小说,或者说整个自然小说板块的热度都不高,属于冷门、小众的领域。而如今,沈石溪的动物小说的热销,恰恰与当下读者推崇自然、推崇质朴的阅读理念相吻合。"[4]诚然,新世纪

---

[1] 殷国明:《西方狼》,第369页。
[2] 贾平凹、张英:《想把小说写得更纯粹》,《粤海风》2000年第5期。
[3] 廖增湖:《贾平凹访谈录》,《当代作家评论》2000年第4期。
[4] 张倩茹:《〈狼王梦〉的出版攻略》,《中华读书报》2016年5月11日第7版。

以来的这十多年,中国的改革不断向纵深推进,社会经济、科技水平、物质水平长足发展,与此同时,各种社会问题也伴随而来或越发尖锐,比如生态危机不断恶化:环境污染、水土流失、耕地面积与森林覆盖率逐年减少、草原沙化、濒危物种增多——这些问题已成为中国经济和中国社会高速发展过程中不可忽视的问题。在社会层面,从政府到普通民众,生态意识和环保意识也在走向自觉。因而,在这种社会思潮和社会共识之下,反映人与自然的和谐关系、呼吁生态平衡的生态小说成为新世纪中国当代文学的一股强劲的文学类型。可以说,近一二十年动物小说尤其狼小说呈集束样态产出,并占据着很好的图书销售市场,与整个社会大众生态理念的这种自觉有很大关系。《狼苍穹》《狼图腾》《怀念狼》《重返狼群》等一大批狼小说,都把笔触投向了人与自然的关系,呈现了人对草原文明的肆意破坏,人对狼的无节制捕杀,以及由此带来的灾难性后果。这种主题表达显然契合了近些年大众的生态焦虑和作为社会共识的生态平衡理念。

其次,狼小说切中了当代社会衰退的精神文化病症。文学是时代的一种精神表征,能够有效地呈现这个时代的精神状况和审美视野。我之所以看重文学中的狼叙事,尤其是新世纪以来的狼叙事,重要原因在于,这些小说文本以狼这种别一视角和意象,突入我们的现实、历史与文化的内部,或实或虚,或理性或感性地把脉社会秩序,典型地呈现了我们时代的危机状态和文化困境。卡尔·雅斯贝斯在《时代的精神状态》一书中对 20 世纪前期西方工业文明社会和技术时代的种种病症有过深刻而细致的审视,他这样描述西方社会存在的普遍性的危机,"各种事物的安排出了毛病,真正重要的事陷于混乱中。每一种事物都成为可疑的,每一种事物的实质都受到威胁。过去人们常常说我们正生活在一个过渡的时代,但是,现在每一家报纸都在谈论世界危机。"[1]面对这种秩序失范和普遍危机,艺术呈现出不同的面貌和功能选择。雅斯贝斯痛惜于不少艺术的"沉沦",批评那些简单制造另一种生活"幻觉"、"技术的浪漫主义"、"一种形式的想像、过度的享乐生活之富足、冒险和犯罪、充满乐趣的无聊"的写作方式[2]。在雅斯贝斯看来,能够让人们"自然地感受到超越存在"和"有依然适用于今天的真理"的艺术才是值得称道的艺术。雅氏写于1930年的这些论断,尽管具体的时代环境和西方社会的精神症候与当代中国未必能够完全对应,但雅氏所描述的市场经济和技术时代下人们的生存困境和精神文化病症,正是当代中国的现实和困境。比如《怀念狼》,写于20世纪90年代的后期,发表于新世纪元年。彼时的中国距离市场经济的推行已有数年,诸多社会问题尽管不像后来改革深化期那样突出,但也已初现端倪。贾平凹是一个对时代非常敏锐并能及时以文学的方式进行回应的作家,《高老庄》《高兴》《带灯》《极花》《古炉》无不彰显了作家的这种现实关怀和介入姿态。我们几乎可以将《怀念狼》视作作者站在21世纪初的起点上对市场时代和资本伦理下中国社会的一份病理报告与未来预言。在这份病理报告中,贾平凹并没有采取新世纪以来当代作家集束书写现实热潮中的一般性方法和视角——《第七天》《黄雀记》正面强攻或《炸裂志》式荒诞叙事,而是以狼作为一种叙事元素与载体,以狼与人之间的既依存又疏离的关系作为主线,严肃反思当代中国社会的现实病症,慨叹资本时代的道德沦丧、生态环境

---

[1] [德]卡尔·雅斯贝斯:《时代的精神状态》,上海译文出版社,2017年,第62页。
[2] 同上,第133—134页。

的破坏和工业文明时代生命力的衰退。再如《狼图腾》,这是一部野心勃勃的文化小说。《狼图腾》诞生之后不过十余年,却已然成为一个现象级、跨国别的叙事文本。"《狼图腾》在世界范围拥有广泛的读者,是因为它触及到了现代人的心灵之痛,挖掘到了那个'共有的信念',在人类普遍而深刻的生存危机中探寻到了共同的精神追求:对原始生命力的渴望和对元自由精神的向往。"[1]

可以说,贾平凹、姜戎、王族的狼文本,并非专事于狼风景与原始蛮性景观的猎奇性玄览,而是以狼这一生态意义上的濒危物种、美学层面具有多副面孔的审美对象作为文学叙事的主体,细致呈现这一生物部落的生存版图和情感肌理。同时,以狼为视角,突入自然生态和精神文化的腹地,探讨中国现代化转型中的现实症结、文明与文化选择,对日渐恶化的生态危机与资本伦理下的道德困境进行了深刻的省思。狼承载了作家们对历史进程和当下社会诸多问题的忧心直谏或隐喻式表达,也成为现代社会种种困境和危局下的审美救赎。在阅读狼小说时,面对消失的天鹅湖,面对倒毙在人类现代武装下的阿尔泰白鬃狼和逐一死去的十五只商州狼,面对草原末代老人毕利格的离世,我总能在字里行间里感到一种极其浓郁的悲剧色彩和挽歌意味,狼的世界注定要成为人类逐渐远离的乌托邦。在新世纪长篇小说的狼叙事中,狼成为通往自由、自然的一种物象和通道,"由'人间'转向'草原',由'社会'转向'自然',由'个体'转向'种群'……当大自然尽遂人意失尽贞操,元自然生存便成为梦想的去处;倘若制度性的自由在现实中遥不可及,对元自由的向往就一定会寻到新的载体,比如草

---

[1] 李小江:《后乌托邦批评:〈狼图腾〉深度诠释》,上海人民出版社,2013年,第79页。

原狼。"[1]从这个角度看,狼小说和狼文本也成了作家们对抗现实生存、重建诗性生存和文化乌托邦的一种努力。

当然,需要注意的是,我们对这种狼文学和狼文化要保持一份警惕。当前,狼小说在图书市场较为走俏,图书之外,狼的影视、动漫等消费衍生品形成一个颇受欢迎的"狼业"市场或是产业链,而狼道在各个领域有着深远的渗透:不少著名企业近些年不断强调"狼性管理",并在市场丛林里积极推崇"狼商";教育领域不少管理者将狼性教育当做儿童与青少年成才的不二法宝;"狼的智慧"被很多成功学视为做人与事业成功之秘诀甚至必备技能。狼的诱惑和人们对狼性的推崇在当下已经形成了人们精神上与狼的某种暧昧而危险的关系,狼俨然成为新世纪社会上人们精神和文化上的新一代图腾和信仰,狼文化的兴盛与狼思潮的泛滥与大众这种对狼的趋之若鹜的实用主义消费和非理性的跟风有着不可分割的关系。尽管狼性法则有诸多合理和可取之处,但值得警惕的是,鼓吹强者生存的"狼魂"意识,以狼为师式的狼性信仰充满了某些毒素,需加理性辨析和谨慎取用。

归根结底,狼文化是一种有毒的文化,不可简单肯定,不能盲目鼓吹。经济形态上的自由竞争和社会领域的超人哲学带来的是弱肉强食的丛林法则的泛滥,人类社会在近一个多世纪已饱尝了这种狼性泛滥带来的种种灾难和恶果。因而,在文化建设层面,对狼性的肯定适宜采取慎重和理性的态度。实际上,在我们的文化形态中并不缺少狼性文化,商品社会和市场经济天然会滋生这种狼性元素。面对这种甚嚣尘上的狼文化,有社会学者指出,当前的文化建构不应鼓吹喧嚣的

---

[1] 李小江:《后乌托邦批评:〈狼图腾〉深度诠释》,第79页。

狼文化，而是用安静文化取代狼文化，"文化建设的问题在哪里？简单地说，就是缺少一种我们可以称之为'安静文化'的东西。无论是社会的和谐还是社会成员的幸福，创造一种安静型文化最为关键。"[1]另一方面，打破人类中心主义提倡人与自然生物的平等、和谐的同时，也不可让原初性的生物伦理和自然法则凌驾于人类理性之上，否则，这种僭越人类理性的所谓平等会走向一种矫枉过正的偏狭和误区。

---

[1] 郑永年：《用安静文化取代"狼文化"》，《商界（评论）》2012年第7期。

"计划生育"的叙事向度与写作难度

  计划生育作为我国的基本国策已有三十余年的历史,但计划生育实施的历史实际上已有六十多年[1]。总体来看,作为国家现代化征途上的一项制度设计,计划生育在缓解人口与资源、环境的矛盾冲突,促进社会经济的发展方面起到了重要的作用。同时,这么多年来民间和学界关于计划生育的争论和探究一直没有停止过。从文学叙事的角度看,作为"透彻地审视存在的某些问题"[2]的小说艺术当然没有

---

[1] 早在上个世纪五六十年代,党的第一代领导集体即提出并制定了适合当时历史条件的、以宣传和教育为主的人口和计划生育政策,1982年党的十二大上将计划生育确定为基本国策,同年年底写入宪法。
[2] [捷]昆德拉:《小说的艺术》,董强译,上海译文出版社,2004年,第182页。

缺席对这一"宏大主题"的关注。自 20 世纪 80 年代以来，当代文学出现了不少以计划生育作为主题或作为关键情节、背景的小说[1]：伍开元《十月怀胎》(1989)、吕斌《计生办主任》(2007)、莫言《蛙》(2009)、李洱《石榴树上结樱桃》(2011)、田世荣《蝶舞青山》(2012)、郑小驴《西洲曲》(2013)等。

  总体来看，相对于其他叙事类型，当代计划生育题材小说呈现出小众化的特点——在文本数量上并不算多，产生影响的小说更是少之又少。在叙事立场上，当代文学对计划生育的叙事显得遮遮掩掩和欲说还休，"计划生育一方面被作为中国现代化进程的'进步事业'得到充分肯定，另一方面，则成为 90 年代以来主旋律乡土文学突出乡村基层政治尴尬现状和困境的点缀性情节。"[2]计划生育这一宏大主题被处理成点缀性和压抑性叙事，这本身构成了一个很有意味的文学征候。那么，当代计划生育小说形成了哪些叙事向度，这类小说的美学困境、叙事限度何在？本文以莫言、李洱、郑小驴三位作家的小说文本为例，探析这些问题。

一、流与留：执拗的"生育意愿"和残酷的"猫鼠大战"

  在《蛙》《石榴树上结樱桃》《西洲曲》这些计划生育小说中，几乎都贯穿着这样一条线索：农民固守着"多子多福""养儿防老"的传统观念，孜孜不倦地超生和多生。这种执拗的生育意愿必然与成为共识性

---

[1] 这里列举的是代表性的长篇小说，中短篇小说还有：郑小驴《鬼节》，莫言《爆炸》等。
[2] 吴义勤：《原罪与救赎——读莫言长篇小说〈蛙〉》，《南方文坛》2010 年第 3 期。

的计划生育政策发生冲突,因而围绕着非法的超生问题在孕妇、家庭与基层计生工作组之间展开了生与禁、躲与搜、留与流的持久博弈与"猫鼠游戏"。那么,乡民的这种固执的生育意愿显示了民间怎样的地方性传统和生育文化心理,官与民的博弈中如何编织进权力、生命等多重叙事因素,值得细加品味。

生育本是个体的一种基本权利,由于我国特定的人口国情而不得已对这项权利进行宏观管理和科学引导,因而计划生育取代自主生育而成为一种制度性存在。对于非法的计划外生育,基层执法者通常会毫不留情地予以打击、惩处,其场面不亚于"敌我之战"和"军事围剿",在计划生育小说中有很多这样的描写:

> 多支手电筒的光齐聚在地窖里北妹身上。我看到了瘫软在一堆红薯上的北妹,空气中除了呛人的怪味,还充溢着一股血腥的味道。红薯被鲜血染红了,在熹微中看上去有些发黑。抱她上来后,她已经陷入了昏迷状态,脸色苍白得像张白纸。[1](《西洲曲》)

> 姑姑直视着张拳那张狰狞的脸,一步步逼近。那三个女孩哭叫着扑上来,嘴里都是脏话,两个小的,每人抱住姑姑一条腿;那个大的,用脑袋碰撞姑姑的肚子。姑姑挣扎着,但那三个女孩像水蛭一样附在她的身上。姑姑感到膝盖一阵刺痛,知道是被那女孩咬了。肚子又被撞了一头,姑姑朝后跌倒,仰面朝天。小狮子

---

[1] 郑小驴:《西洲曲》,人民文学出版社,2013年,第141页。

抓住大女孩的脖子,把她甩到一边去,但那女孩随即扑到她身上,依然是用脑袋撞她的肚子……张拳加倍疯狂,冲上来要对小狮子下狠手,姑姑一跃而起,纵身上前,插在小狮子与张拳之间,姑姑的额头,替小狮子承受了一棍。[1](《蛙》)

《西洲曲》中的这段文字描述的是北妹为躲避计划生育工作组,躲在"我"家地窖,终因地窖阴暗缺氧和心理上的极度恐惧而流产。温婉善良的北妹与丈夫谭青已有两个女儿,一心想再要个儿子,把生儿子的赌注压在这一胎上。对于这样的生育"钉子户",负责计划生育工作的罗副镇长和八叔等人当然不能容忍;后北妹在工作组深夜突袭中惨死,造成"一尸两命"的悲剧——在小说中,超生户北妹因为地窖里的意外死亡是小说的叙事起点,谭青由此展开的复仇和诸多人物的悲剧都肇因于此。类似的场景在莫言的《蛙》中就更多了。莫言以姑姑的一生几乎全景式地展现了计划生育六十余年的历史过程。莫言并没有回避计生工作中的暴力和血腥,上述引文再现的是姑姑率计生工作队前去劝说"强汉"张拳并搜捕其超生妻子耿秀莲时遭遇的"围剿"场面。围绕着带走耿秀莲做流产手术,双方展开了一场惊心动魄的攻心战与肉搏战,场面混乱而充满血腥之气,结果是孕妇耿秀莲跳河试图逃跑时却不幸溺死水中。

但耿秀莲的惨剧并没有引起姑姑的恻隐之心。相反,对于追捕超生孕妇,姑姑更为专注和坚定。为了达成目的,姑姑与其工作组几乎无所不用其极。比如面对自己的侄媳妇王仁美,姑姑不徇私情,通过

---

[1] 莫言:《蛙》,上海文艺出版社,2009年,第105—106页。

拔树、拉屋以及"株连式"的惩罚措施发动乡民声讨超生者。姑姑还将"我"的单位负责计划生育的杨主任请来做"我"和王仁美的思想工作，最后王仁美被送上手术台并因大出血而死亡。接连的孕妇死亡并没有让姑姑停止或反思自己的计生执法，她的执拗，已经达到"疯狂"的程度，后来她与王胆之间的"猫鼠大战"，注定了后者的落败和悲剧。

这些令人心悸的"猫鼠之战"曾经是乡土中国推行计划生育征途上颇为常见的场面，对峙双方分别代表着国家意志和民间个体的生育意愿。"80后"作家郑小驴曾经这样描述他的计划生育记忆："一些人为了生二胎，躲避计划生育检查，选择了离家而逃。他们的房屋被砸出一个个黑乎乎的大洞，屋檐片瓦无存。干部们用野蛮的手法惩罚这些躲藏户：他们踹掉大门，敲开墙砖，揭掉瓦片，再搬走家里能搬得动的一切东西。这些凋敝的荒无人烟的房屋无不显出凄凉的景象，有的甚至长满了蒿草，而弃家逃离的人们却发誓不生个儿子，永不回家。"[1]确实，这些场景对于稍有农村记忆和农村经历的人并不陌生，农村人的传统观念和生儿子的朴素梦想是他们执拗的生育意愿的动因。从文化特性和伦理传统的角度看，与主流社会和国家意识形态的"大传统"不同，中国的乡土社会和边远地区实际上存在着一个"小传统"或"地方传统"。在乡土文学中，我们常常可以发现坚守"小传统"的乡土空间，比如，李锐笔下的伍人坪、李佩甫笔下的"姥姥的村庄"、范小青笔下的后窑，这些乡村或边地空间的村落文化、乡村权力、民间风俗礼仪组成的"小传统"渗透在乡村空间及其日常生活中，"小传统"对于塑造乡民的文化心理、交往伦理起着至为攸关的作用。

---

[1] 郑小驴：《西洲曲》，第262页(后记)。

在"地方传统"中,乡土社会的生育文化和生育观无疑属于其重要内容。在官庄、王寨(《石榴树上结樱桃》)、高密东北乡(《蛙》)、石门和青花滩(《西洲曲》),计划生育政策作为国法几乎是一种常识,但人们还是乐此不疲地躲避着国法,变着法子超生。在莫言、李洱、郑小驴的文本里,无论是雪娥、耿秀莲、王仁美、王胆、北妹、"我"母亲、孙典妻子等形成的"超生游击队",还是繁花、八叔、蝌蚪这些计划生育政策的执行者或公职人员,几乎都有共同的"生男"心结和"求久"心理。颇有意味的是,作为官庄最为忠实地执行计划生育政策的"铁娘子"繁花,其内心与超生户并无二致,"唉,其实刚才说给铁锁的那些话,她自己也是不信的。她只是迫不得已,信口胡说。她其实也想再生个男孩。他娘的,要不是干这个村委主任,必须给别的娘们儿做表率,她还真想一撅屁股再生一个。"[1]可见,繁花用以开导超生户铁锁的"女孩好,长大了孝顺"一类话,她自己并不真信,只是一种劝说"套词",实际上,繁花内心的"祈男"心理与超生户雪娥何其相似。

由此可以看出,乡土社会中的农民和基层执政者其实有着大致同构性的生育文化心理。"在农民心目中,绝户是最大的不幸。他们不会因为自己生活的贫困和艰辛而感到不幸,却会为绝户而痛心疾首。"[2]不愿绝户恰恰体现了"求久"的传统文化心理,而家族能否"久",又取决于是否生男以及是否有男性承续家族的血脉与基业。正是基于对"绝户"的恐惧和担心香火的中断,张拳在超生妻子被姑姑捉住后,悲怆地号啕大哭,"我张拳,三代单传,到了我这一代,难道非绝

---

[1] 李洱:《石榴树上结樱桃》,新星出版社,2011年,第109页。
[2] 李银河:《生育与村落文化·一爷之孙》,文化艺术出版社,2003年,第123页。

了不可?"[1]受"重男轻女""养儿防老"等传统观念的影响,在中国社会,生育并非个体的一种自主权利,而是被赋予了利益动机、伦理期待甚至道德意味。比如,"无儿无女或有女无儿都会被人骂作'绝先祖祀'、'绝后'。传统观念认为,儿子才是传宗接代的纽带,女儿是别家的人,民间流传'大麦不能当正粮,女儿不能养爹娘'、'十八个仙女抵不上一个驼背儿子'等俗语,实际上也确实是男性后裔承袭姓氏、承继祖业。没有儿子,即使官做得再大,钱赚得再多,在人面前也是抬不起头的。"[2]诚然,当下的中国农村,无论是物质水平、经济条件,还是精神视野都发生了极大的改变,但作为一种"小传统"的生育文化心理,至今还执拗地保留着一些传统色彩[3]。从这个角度看,莫言、李洱和郑小驴笔下共同呈现的乡村这种执拗的"生育意愿",是透视民族文化心理尤其是乡土社会精神结构的重要视角。

二、创伤人格景观与制度性困境

在计划生育小说文本中,"病人"总是会不断进入我们的视线,大量生理与精神上的"病人"构成了一个创伤性的人学系谱。计生叙事

---

[1] 莫言:《蛙》,第107页。
[2] 郑晓江:《生育的禁忌与文化》,中央编译出版社,2013年,第109页。
[3] 据社会学家在上个世纪九十年代以及新世纪之初两次在农村进行的生育观的调查结果显示,在农村,传统农耕文明基础上形成的生育文化观念仍然较为普遍。在生育目的上,排在前两位的是传宗接代和养老,农村人对男孩的期望效益构成里,传宗接代排在第一位。农村对生育的性别偏好呈现出较为"传统"的倾向:丈夫和妻子的男孩偏好均较强,而偏好女孩仅仅是个别现象(参见郑晓江:《生育的禁忌与文化》,中央编译出版社,2013年,第324—328页)。

中的"病人",不仅真实呈现了六十余年计划生育实践中个体的生命形态和精神创伤,同时也通过人的这种尴尬命运再现了制度性的困境。

以莫言、李洱、郑小驴的小说文本为例,从"生病"的形态或诱因来看,这些文本几乎提供了一部半个世纪以来关于中国乡村计生实践中的疾病史:因流产失去儿子患了抑郁症的母亲、雨夜在石门呼号的疯子孙典(《西洲曲》),因从事计生工作晚年患上了迫害幻想症和神经衰弱症的姑姑,被大火毁容继而代孕失子后导致抑郁和狂躁症的陈眉,丧妻失子后陷入精神分裂的陈鼻(《蛙》)。除了这些显见的"病"与"疯"[1],还有不少精神上崩溃或绝望的人,他们以自杀或杀人的方式寻求自我的解脱。比如未婚先孕的左兰,被沈夏欺骗感情,继而被大方强暴,腹中婴儿被踢死;比如丧妻失子的谭青在绝望中走上了复仇之路;比如被强行流产后自杀的北妹和石门的其他自杀者。

美国学者西格里斯特在《疾病的文化史》中认为小说中的"疾病",可以"推动故事情节的发展"或是"描绘一种给定的情境"[2],确实,作为一种具有丰富能指的意象,"在文学介体和语言艺术作品中,疾病现象包含着其他意义,比它在人们的现实生活世界中意义丰富得多。"[3]在计划生育小说文本中,"病"与"疯"不仅仅"推动故事发展",构成一种特定的"情境"。更重要的是"疾病"成为小说人物的外在表情和人格内伤,这些"患病的人"构成了一种人格类型和社会现象,具

---

[1] 笔者曾在另一篇文章中分析了《蛙》中的病与疯的文化内涵。参见沈杏培:《如何写"病",怎样归"罪":范小青〈赤脚医生万泉和〉和莫言〈蛙〉合论》,《当代作家评论》2013年第2期。

[2] [美]西格里斯特:《疾病的文化史》,秦传安译,中央编译出版社,2009年,第169页。

[3] 叶舒宪:《文学与治疗》,社会科学文献出版社,1999年,第255页。

有较为深广的阐释空间。一方面我们看到,在超生户与计生干部之间的博弈中,陈鼻、北妹、谭青这些超生户难敌计生权力的碾压,最终败下阵来,从而造成精神的崩溃甚至死亡。但小说中作为计划生育的掌权者或执行者,在计生"战役"中并没有成为"赢家",他们有的疾病缠身——比如晚年患上精神分裂症的姑姑,有的落得悲剧下场——比如罗副镇长遭到谭青的复仇,自己的独子罗圭被杀死,老境颓唐,与又聋又哑的养子相依为命;八叔在一场血腥的屠戮中侥幸逃脱,未死但死亡边缘的恐惧感和暴力记忆会成为他残年的梦魇。可见,围绕计生事件的这种博弈,没有胜者和赢家,纠结的纷争之后博弈双方都是伤痕累累或落入悲剧。

另一方面,计划生育小说塑造的"政治人"现象值得关注。在《蛙》《西洲曲》《石榴树上结樱桃》这些文本中,姑姑、八叔、罗副镇长、繁花有着某种较为一致的精神结构:作为乡村基层干部,他们手握权力,政治嗅觉敏锐,忠实执行上级指示,他们的价值理性中政治理性居于首位,他们在人格和认知上似乎是只有政治维度的"单向度"的人。心理学上称这类将"个人动机导向公共利益目标的人"为"政治人"。这种人格特征和行为动机是如何形成的?拉斯韦尔在《精神病理学与政治学》一书中指出,当个人的某种本能和欲望得不到满足时,这种冲动便会通过其他渠道得到发泄。政治人格的形成,就是因为他将这种在某些方面得不到满足的欲望倾泻在"政治活动"方面,从而完成了转移和升华[1]。对于姑姑来说,她的笃定的政治立场和狂热的政治热情,除了来源于她的"革命烈士"后代的家世荣耀和根正苗红的自我定位,还

---

[1] 蒋云根:《政治人的心理世界》,学林出版社,2002年,第50页。

与她的情感受挫有关——与叛逃台湾的飞行员王小倜的交往成为她的"政治污迹",更给她造成了深重的情感创伤。姑姑对工作的"着魔",在年长的妇女眼里,是因为姑姑没有结婚和生育,对女性怀着一种本能的嫉妒,从而视超生妇女为"眼中钉",这未尝不是对姑姑"政治人"内在隐秘意识的一种解释。同样,"政治人"八叔具有与繁花类似的心理结构:《西洲曲》中的八叔对抓捕孕妇北妹之所以如此"用心",是因为他试图以向工作组告密北妹藏匿之地作为要挟,逼迫罗家同意把貌美的左兰嫁给他的瘸腿儿子大方。八叔为儿子娶媳妇的欲望未能实现,这种失落转化为他的告密和"公事公办"的搜捕。在《石榴树上结樱桃》中,作为村主任的繁花,从内心来说并不反对超生,她内心一直希望给女儿再生一个弟弟,她之所以对计划生育工作如此投入,除了有牛乡长这样的顶头上司对她工作不力的批评,更主要的原因在于繁花由于工作不力被撤了支书一职,她是在"戴罪工作",因而,计划生育成为繁花重回权力巅峰、将功赎罪的一个抓手。也就是说,繁花对计生工作的狂热是为了实现自我权力的回归,恢复自己失去的政治身份。

面对这些群体性的创伤人格,我们如果完全怪罪于计划生育制度,那是不公平也是不科学的。尽管这样一个制度不可避免地带来了中国社会的人口老龄化、生育率低下等问题,但不可否认的是计划生育制度作为一项国家顶层设计对于社会进程具有不可抹杀的历史意义。关键问题在于,一个合法化的制度在实施过程中,能否尽可能地减少甚至去除暴力成分,可否多一些对生命的温情体恤和人道主义的关怀?《西洲曲》丧妻失子的谭青在对八叔实施报复时发出了这样的声讨:

"计划生育"的叙事向度与写作难度 225

我还不清楚你们这些人,满足了你们的私欲,什么事能睁只眼闭只眼,枫树不是有钱人连生五个也没人去管么?我穷,没这么多钱去堵你们的嘴,所以就全他妈个个都变成铁面无私的人了。像我这样的悲剧难道不是你们这些心怀鬼胎的人造成的吗?别什么都往政策上推,你以为按照规定办事你们就无需为此承担了吗?你们就不用遭到良心的谴责了吗?你们有没有想过,让快要临产的女人去引产不就是往鬼门关送吗,你们这样做会不会遭天打雷劈啊?你凭良心想一想吧!制度是死的,而人是活的![1]

谭青希望村里的权力人物八叔对其妻超生事情"睁一只眼闭一只眼"以此来避免这起悲剧的发生,固然是超生家庭与超生个体对计划生育落实过程的简单想象与一厢情愿的期待。但值得注意的是,谭青愤激声讨中的"计生腐败"与"过度暴力化"都触及了基层计划生育实施过程中的"硬伤"。比如计生腐败现象,金钱和权力可以使部分超生户获得"通行证",无论是《西洲曲》里"有很多女人"想生就生的罗副镇长,还是《蛙》里带着小三去生育的富人非法生育现象,以及《石榴树上结樱桃》中为雪娥怀孕大开绿灯的幕后权力因素——可见,特权超生、行贿准生等生育上的不公平现象确实是一种社会现实。再如医学中的隐性暴力问题,《蛙》中的姑姑对三个孕妇的穷追不舍的搜捕,以及对王仁美施行的堕胎手术,《西洲曲》中的计生组对多位孕妇的强行堕胎,从表面来看都是正常的执法实践,但这些疯狂的围堵以及对中期

---

[1] 郑小驴:《西洲曲》,第230页。

以上妊娠女性的强制堕胎行为,已经形成了一种职务暴力和医学暴力。在这里,医学不是以治病救人作为其使命,而是以暴力化的手段惩罚非法的个体为其目的。尽管医学和医生在这些事件中是以"正义"或"合法"的面貌执行某种使命,但实质已发生了某种变异,并带来了灾难性的后果。可以说,在这些文本中,"小说家们以他敏锐的眼光察觉到了在这神圣的殿堂和权利后面隐含着一系列可以被称作错误、荒谬、甚至是侵犯人权的东西。"[1]这种"合法化"的暴力昭示的正是计划生育政策实施过程中的权力的限度和边界问题。

在《西洲曲》中,郑小驴并没有将计生中的暴力和伤害简单归结于制度与体制,而是意在问责具体的个人和施暴者。他说:"在我关注的社会事件中,很多悲剧的诞生都是因为僵化的体制造成的。施暴者们并不感到负疚和自责,因为'体制'能轻而易举地成为他们的挡箭牌。""这些人麻木不仁,缺乏同情心和道德感,披着合法的代表国家意志的外衣,有恃无恐地制造着一起又一起的暴力事件,没有任何人能给他们法律或道德上的约束与惩戒。"[2]郑小驴的话从一个侧面揭示了基层计划生育的暴力特征以及暴力泛滥的原因。其实,这是一个非常值得探讨的问题,涉及计划生育执行的底线问题,执法的限度问题,法度与人道的问题。历史地看,计划生育从实施之初,国家在流产、强制堕胎等上面就比较谨慎,甚至是反对这些强制措施。上个世纪70年代中期,华国锋在一次关于计生工作的谈话中说:"要做好宣传工作,注意防止强迫命令。不要一说抓紧搞,就搞摊派指标,生了孩子不给报

---

[1] 邱鸿钟:《医学与人类文化》,广东高等教育出版社,2004年,第160页。
[2] 郑小驴:《西洲曲》,第262页。

户口,……有的单位卡得很厉害,怀孕六七个月还非叫流产不可。"[1]在后来计划生育实施的过程中,为了控制人口和落实计划生育政策,地方都制定了相应的计划生育"条例"或"办法","1980年中国全面推行'一胎化'之后,个别地方不但对堕胎没有限制,而且还鼓励或纵容计生部门对计划外怀孕的孕妇采取'补救措施'(实际上就是强制堕胎)。"[2]新世纪以来,不少地方(比如重庆、甘肃)等地出台了相应法规,纠正这一做法,明确限制任意"终止中期以上妊娠"的行为。

由此可见,国家在制定和调整计划生育政策的过程中,是不主张这种暴力化和非人性的计生实践的。但地方和基层在计生执法实践中,由于执法过度甚至暴力执法,而制造了很多悲剧。这些悲剧在莫言、李洱和郑小驴笔下几乎是一种计生常态:他们为了完成上级任务,面对超生事件如遇大敌,本着"宁可错杀一千,决不放掉一个"[3],不惜诉诸暴力和强制手段,轻辄拆屋、分财(《蛙》),或是心理恐吓(《石榴树上结樱桃》),重辄强行手术,强制堕胎(《西洲曲》《蛙》)。对于这些只知道"忠实"地实践国家计划生育,毫无同情心和人道情怀的基层执法者,莫言要让他们知罪、认罪和忏悔;李洱则在戏谑和冷静的笔触中让她成为权力的弃儿——比如繁花在搜捕雪娥的征途中,倾心倾力,不经意间自己成为权力场上的落败者;郑小驴则用文学的"法律"和"秩序"去声讨这些有罪人们的野蛮行径:以复仇的方式,让受害者完成对施害者的报复和惩罚,为死者伸张某种"正义"。当然,问题是这

---

[1] 易富贤:《大国空巢:反思中国计划生育政策》,中国发展出版社,2012年,第87页。
[2] 何亚福:《人口危局:反思中国计划生育政策》,中国发展出版社,2013年,第194页。
[3] 这是《石榴树上结樱桃》中"某个乡长"的计划生育口号,刘俊杰当作"经验"传授给繁花(参见李洱:《石榴树上结樱桃》,第122页)。

种以牙还牙、以暴制暴的方式能否从源头上完成对计生暴力的遏制和对制度硬伤的修复？复仇叙事虽在情感层面完成了对"恶人"的惩罚和对计生"不义"行为的控诉，但在社会和法理层面，是否带来了新一轮的暴力和悲剧？

三、救赎·复仇·留白："计生事件"的不同讲述方式

如何讲述计划生育的故事，如何演绎六十余年来的民族生育制度史的变迁，对于当代作家来说，既是一个重要的课题，也非易事。从什么角度切入"计生"事件，以何种立场对此进行文学化的修辞，不仅影响这种文学空间的美学呈现和思想价值，甚至关乎这种文学叙事的合法性问题。综观莫言、李洱和郑小驴的计划生育叙事，他们都回避了对计划生育政策本身的臧否，将计划生育作为主导情节或核心内容，表达罪性与忏悔、伤害与复仇、欲望与权力等多重主题，形成了各具个性的文学叙事。

对于莫言来说，他对计划生育的关注始于《爆炸》。这部中篇小说写于 1985 年，小说的主要内容围绕"我"劝偷偷怀孕的妻子去公社卫生院流产，"我"和妻子已有一个女儿，"我"在北京当电影导演，作为"国家干部"的"我"带头响应国家号召，领了独生子女证，在获知妻子怀孕后，回乡动员妻子做流产手术。"我"的主张遭到妻子的反对，"盼孙心切"的父亲因我的坚决而报以响亮的耳光。小说最后以妻子怀着恋恋不舍走向手术台结尾。在《爆炸》中，生育问题还仅仅是一个"家庭事件"，围绕着生与不生，在妻子、父亲与"我"之间形成对峙，这种对峙不乏冲突，但总体上还算温和，最终"超生"事件经过家庭内部的沟

通自行解决。"超生"并未溢出家庭之外衍化为"社会事件",基层执法权力和国家机器并未介入,个体的创伤、罪性、救赎等主题尚未出场——这些内容到了二十余年之后的《蛙》中得到了集中的呈现。

《蛙》是对计划生育的一次全景式扫描,计划生育超越了《爆炸》时的"个体事件"和"家庭事件"而成为"社会事件",成为官方与民间、群体与个体之间利益与情感博弈的交汇点。同时,计划生育也成为诸多生命悲剧、情感痛楚和伦理困境的直接诱因。莫言曾说,计划生育通过强制手段控制人口和限制生育自由具有某种悲剧性,但对于他来说,评价这一政策并不是他的最终目的,"写人"和"看到人的灵魂里面的痛苦和矛盾"是他的目的。同时,"作为写小说的人,我深深地知道,应该把人物放置在矛盾冲突的惊涛骇浪里面,把人物放置在最能够让他灵魂深处发生激烈冲突的外部环境里边。也就是说要设置一种'人类灵魂的实验室'……然后来考验人的灵魂。"[1]可以说,莫言将"计划生育"视作一种"极致"的环境,在这个极致环境中,围绕"流"与"生",将权力与情感、伦理与法律、民间与官方、群体与个体、理性与非理性等多重范畴进行并置,让其碰撞,呈现人的痛苦与人性畸变。小说中的每个人几乎都被卷入到计划生育的风潮之中,众多的"病"与"疯"的意象昭示的是人的创伤。这种创伤主体从表面看似乎有受害者和施害者之分,但二者的界限有时并不分明——比如姑姑,她是高密东北乡计划生育的领导者和执行者,也是诸多家庭悲剧的制造者:由于她对计划生育工作的狂热和执着,而直接扼杀了三个孕妇和两千

---

[1] 刘浚:《人类灵魂的实验室——莫言谈新作〈蛙〉》,http://www.chinawriter.com.cn/2010/2010-02-04/82276.html。

八百多个婴儿,正是姑姑的"坚定"和"合法性"的行动造就了不少家庭的痛苦和人格的撕裂。另一方面,执法者的姑姑面对计划生育中的暴力执法和妇婴死亡,人性发生巨大撕裂,姑姑陷入了人格分裂和罪性缠绕的痛苦之中。再如小说中的蝌蚪,主动响应国家号召动员妻子做流产手术,妻子在手术中意外死亡,可见蝌蚪是一个受害者。晚年的蝌蚪,在小狮子无法生育的情况下,明知道陈眉的代孕是非法的,但他还是试图让这个孩子生下来,以完成对从前行为的救赎,"但事实上这样的方式并不能解除他的罪,也并不能减轻他过去所犯的罪责,反而甚至是在以赎罪的形式制造出一场新的罪恶。"[1]可以说,莫言设置了计划生育这样一个精巧的"人类灵魂的实验室",以此完成了一个民族人性的畸变和罪性的形成,并由此展开救赎与忏悔的叙事之旅。

《西洲曲》是年轻的湖南作家郑小驴的长篇小说处女作。近几年郑小驴的写作风生水起,评论界对其亦是好评如潮。这与他的"80后"同代作家承受着更多的批评和质疑似形成鲜明的对比,"相对而言,'80后'小说的社会性薄弱,表现为:很多'80后'小说属于'经验写作',表现生活本身而不指向其他意义,在思想内涵上不具有深度,对于生活缺乏价值判断,过分张扬个性和自由,社会责任意识匮乏。"[2]诚然,对于"80后"作家来说,书写青春疼痛与校园生活,沉醉于个体悲欢是他们共同的写作经验,他们的作品充满感伤、情爱、都市、物欲、冷酷这些范畴,但也留下了历史感缺失、感性与细节有余但理性不足等代际性局限。出生于1986年的郑小驴,似乎是"80后"作家群中的另

[1] 王德威等著:《说莫言》,上海书店出版社,2013年,第195页。
[2] 高玉:《光焰与迷失:"80后"小说的价值与局限》,《中国社会科学》2012年第10期。

类,他的作品中的鬼魅叙事和阴郁美学,他对大历史的浓烈兴趣和执着书写,使他的写作与同代人早早地分道扬镳。对于他的同代作家的写作,郑小驴有着清醒的认识和自觉的距离,"80后很多快要奔三的人现在的写作风格依旧是校园为背景的小忧伤,这令我诧异。"[1]《西洲曲》是郑小驴有了近十年的写作经历后的一次长篇"试锋",尽管小说在情感表达的强度和人物刻画上存在值得商榷之处,但小说在计划生育叙事向度上的开掘和人的生存困境/人性复杂性的书写上进行了卓有成效的探索。

如果说莫言的《蛙》提供了由计划生育形成的人的罪性、忏悔和救赎这一叙事向度,那么郑小驴的《西洲曲》则重在书写计划生育铁律之下人性的创伤和由此展开的复仇。郑小驴在这部作品中采用"正面强攻"的方式介入计划生育这个"庞然大物"。小说以性格孤僻、不受欢迎的少年罗成的视角展开叙述:藏在地窖里躲避工作组追捕的孕妇北妹,在一次突击检查中,因在地窖里时间过长,最终缺氧导致流产,北妹因失去孩子跳河自杀。丧妻失子之痛让谭青走上了报仇之路,先是将矛头对准了分管计生工作的罗副镇长,在湖边杀死了其独子罗圭,继而险些以残忍的方式整死村里负责计划生育的八叔。《西洲曲》呈现了计划生育实施过程中造成的死亡、暴力和家庭的破碎,以及由此带给人的精神创伤,而这种未被治愈的精神创伤又形成了人性的失范,带来新一轮的复仇和暴力。小说中的谭青和北妹是农村社会典型的"过日子"的好人,谭青是石门和青花滩"口碑极佳的油漆匠",北妹是一个"给人温暖和安全"的温顺女子,妻子和腹中胎儿的死亡直接摧

---

[1] 姚常伟:《对话青年作家郑小驴》,《创作与评论》2012年第10期。

毁了谭青的生存意志,他的疯狂的报复除了带来复仇的快意,并未让他成为赢家,反而带来更多的灾难和更深的渊薮。《西洲曲》在故事层面是生动而精致的,小说呈现了计划生育在乡村社会的强力推行,以及由此引发的人际冲突和社会悲剧,同时,作家把这样一个宏大的主题放进"复仇"叙事的框架之中,使小说具有了趣味性和故事性;在文化反思层面,小说呈现了特殊历史条件下人性的变异和精神的失范。

《石榴树上结樱桃》从写作系谱来说,无疑属于乡土小说,但李洱的这次乡土巡礼明显意在建构一种崭新的"乡土美学"。作家自觉让自己的"官庄"区别于右派、知青笔下"那种由土地、植物,由简单的家族伦理,由基本的权力构成的乡村"[1],在拆解掉乡村传统伦理与现代文明对峙的一般写作路数后,现代文明和传统因素别扭而又真实地并置在官庄的大地上:猪圈与手机、卖凉皮与当村官、合纵连横式的传统外交手腕和现代乡村选举、执拗的乡民生育意愿与计划生育政策密不透风的推行,这些繁复的意象交织成了独特的官庄政治生态和世俗景观。《石榴树上结樱桃》是一部关于乡村权力的小说,围绕乡村选举,小说将官庄的日常生活和诸多政治性事件织进官庄的时空中。在这诸多事件中,计划生育无疑是一个核心事件——"计划生育是村里的头等大事"[2],小说开篇不久的这句话便奠定了计划生育作为这部小说的叙事重心和主导情节的地位。在官庄权力的明争暗斗中,在繁花与庆茂、庆书、小红、祥生形成的权力纷争中,计划生育既是权力中心人物繁花的一块"心病"和需要孜孜解决的重大问题,也是政敌庆

---

[1] 李洱:《问答录》,上海文艺出版社,2013年,第160页。
[2] 李洱:《石榴树上结樱桃》,第33页。

书、小红等人牵制她的软肋。这部小说并没有采取莫言和郑小驴对计划生育正面进攻的策略,而是将计划生育作为官庄的一个重要"事件",作为权力叙事的一个关键性部分。在小说中,繁花念兹在兹的是搜捕超生外逃的雪娥,同时精心布置和准备竞选事宜。超生的雪娥看似是孕检时的疏忽所致,实际上是更为隐形的权力因素在起作用。醉心于各种"亲民"表演行为的繁花最终也未能将雪娥捉拿归案,而自己却在权力的纷争中败下阵来。

《石榴树上结樱桃》的故事内部隐藏了诸多隐而未彰的叙事可能性,这些草蛇灰线让小说具有了"留白"色彩。比如繁花暗地里对庆书、尚义等人经济的追查和贪腐证据的搜集,超生在逃的雪娥尚未"归案",纸厂的安全生产问题,妹妹繁荣对官庄的染指预示的新的权力版图,等等。这些没有展开的情节和叙事向度使这部小说成为一个充满内在张力、暗流汹涌的文本,这些没有展开的"事件"很可能引爆官庄新一轮的权力纷争和基层政治内讧。正如南帆所说:"然而,喜剧所引起的笑声是否可能掩埋事实内部的另一些因素——例如激烈的冲突、无告的泪水乃至暴力和血腥?"[1]可以说,在李洱的乡村美学建构中,计划生育被作为一个重要事件加以叙述,但计划生育不构成李洱的叙事指归,以计划生育、乡村选举这些事件聚合而成的乡村官场生态及其背后的权力渴望与纷争才是小说着重要呈现的内容。由于这部小说意在以一种崭新的美学形态和叙事方式呈现全球化浪潮下传统乡村的解体,因此,亦庄亦谐的乡村日常生活,心口不一的人格假面,基层官员的权力寻租,醉心于权力攫取的政治博弈构成了颇有特色的

---

[1] 南帆:《笑声与阴影里的情节》,《读书》2006 年第 1 期。

"官庄生态"。值得注意的是,在李洱笔下,我们看不到乡村的传统伦理、道德、礼俗,计划生育只是权力叙事的一个关键性内容,而没有传统因素的支撑。因而,李洱笔下的计划生育只有躲与追这些"行动"和"画面",而没有病与疯、罪与悔这些情感或伦理向度。

四、计划生育叙事的难度与困境

回到本文开始提到的问题,为什么计划生育题材的小说呈现出小众化的写作趋势,且精品不多?计划生育叙事的难度究竟在哪儿?

我想,其中原因首先应该在于计划生育政策的变动性和争议性给文学叙事带来的价值判断上的困惑和无所适从。小说叙事虽然是一种虚构的艺术,但在其中必然隐含了作家的价值立场和审美倾向。近年来随着全面二孩政策的正式实施,国家的计划生育政策已呈现出重大调整的态势。但一直以来,民间和学界对于计划生育的争鸣没有停止过。面对计划生育的争议性和不断调整,言说和叙述计划生育成了一件具有挑战性的事情,甚至还有误入"雷区"的风险——这大概是作家写作计划生育题材小说时面临的制度/政策困境。面对这种充满"难度"的写作,作家如何展开计划生育的叙事和价值评说?在本文所列举的这些文本中,有的从正面塑造和歌颂农村计划生育战线上的基层干部形象(《计生办主任》《蝶舞青山》),有的从民族生育文化心理的角度描写计划生育实施过程中的阻滞因素(《十月怀胎》)——这些小说基本不涉及计划生育带来的生命伤害、人性畸变和如何赎罪等命题,因而,其叙事难度和强度并不大。恰恰因为这些小说中歌颂农村新人/政治能人,或是展现计划生育如何在基层强势旗开得胜的这类显见主题,使这类小说的思想价值和艺术感染力大大减弱。而在莫言的《蛙》、郑小驴的《西洲曲》中,小说的重心落在了计划生育制度之下人的选择与困境、罪孽与救赎、复仇与伤害等主题上,同时,作家巧妙地回避了对计生制度本身是非的评议,甚至以夫子自道的方式表明与国家意志的一致性:"我从不反对计划生育政策,只是当国家权力被集中到一个或一部分人身上时,当这部分人的个人意志超越了国家意志时,老百姓便会落于一场折腾不息的灾难。"[1]

暴力叙事和暴力美学也是计划生育叙事中较难驾驭的命题。在现实的计生实践中,农村基层干部执行这一政策过程中,部分超生户由于固执的超生意愿,以不合作的姿态与执法者形成紧张关系。执法者为了推进计生工作,有时会诉诸暴力化的手段。那么,具体到小说创作中,回避计生中的暴力固然不可取,如果真切书写暴力又会面临着这种认知困境:一方面,计划生育作为民族国家的一项现代化的制度设计,执法者秉公执法过程中的某些非常规手段和暴力倾向,似乎天然具有某种"合法性";另一方面,这种看似合法化的暴力是作家的良知和正义所不能容忍的,这些暴力行为构成了对个体和弱者的伤害,显示出不义的一面。那么,作家如果站在人道主义和民间立场上对计划生育的残酷性和暴力性大加挞伐,显然不够理性和科学;如果站在国家意志和基层执法者角度责难和批评超生的"刁民",也是非常片面而偏激的审美立场。陈思和在研究中国六十年来的土改题材小说时,曾指出当代文学史上土改题材缺乏杰作,对于其中原因,他指出:"我认为作家在这个题材上遇到的最大困境就是创作中如何来描

---

[1] 郑小驴:《西洲曲》,第262页。

写暴力的美学问题。因为在公开的土改文件上始终是强调非暴力的，制止群众中乱打乱杀的行径；但是在土改的过程中，如要完全回避则不可能……根据文件精神来写作的作家们无法解决这一矛盾，他们既无法避免土改中的暴力现象，但也无法像战争题材那样公然描写暴力美学，他们厌恶暴力，但又无法彻底给以揭露和批判，首鼠两端，形成了写作上的巨大困境。"[1]由此观之，当代作家在计划生育上的写作困顿和犹豫，与土改题材上的这种困境具有很大的相似性，共同点都是作家困惑于如何驾驭暴力书写，以怎样的美学立场和价值判断叙述暴力。

《石榴树上结樱桃》如同一个交织着诙谐与严肃的乡村轻喜剧，计划生育作为一个"事件"屡屡被叙述，但小说完全不涉及计生执法中的暴力行为，李洱回避了对计生暴力的直接书写。《蛙》和《西洲曲》中有不少计生暴力的场面。我们来细看一下小说如何处理这些"暴力叙事"。《蛙》中集中描写计生中的"暴力场景"有三次，分别是围追耿秀莲、逼迫王仁美就范并实施手术、大河上追捕王胆。姑姑作为这三次计生实践的指挥者和参与者，她的疯狂追捕造成了三起死亡事件。那么，如果纯粹客观地呈现姑姑的这种冷酷与暴力，难免会使人产生对计划生育制度合法性的怀疑——暴力的极度渲染只会消解计生制度的历史进步性和重要意义，增加读者心理上的排拒感。因而，莫言在这些暴力书写中，特别写到了姑姑的悲悯情怀和人道主义施救，比如王仁美在手术台上大出血，姑姑抽了自己600cc鲜血进行施救。比如王胆大河上快临产时，姑姑停止了追捕，帮助其生下胎儿——这些温

---

[1] 陈思和：《六十年文学话土改》，《南京大学学报》2010年第4期。

情和人性之举并非可有可无。这些细节,一方面有效缓解了姑姑疯狂围捕孕妇的暴力行径带给读者的厌恶和憎恨,计生实践的暴力化和残酷性被大大弱化和淡化;另一方面,这些细节写出了姑姑人性的丰富,为姑姑后面人性的觉醒和自我救赎奠定了可能性。同样,在《西洲曲》中,我们几乎很少见到对基层执法者暴力场景的渲染性书写。即使在北妹流产和死亡这一核心事件中,罗副镇长、八叔一行的执法看上去更像计生工作的常规突袭,似乎也无过度暴力之嫌。这里,在书写计生暴力时,郑小驴有着和莫言类似的"节制叙事",尽量避免对暴力场景的渲染性铺陈。对暴力的这种节制叙事,可以视为作家的写作策略,但并不意味着作家与计生暴力的"和解"。《西洲曲》整部文本弥漫着浓郁的悲剧和凄婉的氛围,大量的病人与疯人的凄厉声音、婴儿山的密集坟茔、投河自杀的北妹和山西女子,无不指陈着弥漫在石门上空的这种暴力性。对于这种悲剧,郑小驴的情感是疼痛而愤激的,对于"把伤害视为一种残忍的乐趣"[1]的罗副镇长和告密者八叔这些计生执法者,作家显然"耿耿于怀"于他们的暴力和无情。因而,小说精心设置了谭青为妻儿报仇的叙事框架:设计杀死罗副镇长独生子罗圭,同时,以种种酷刑意欲处死告密者八叔——这些暴力场景得到了相当细致的描写。

需要注意的是,暴力叙事在郑小驴的笔下呈现出一种显见的"辩证法",计生暴力处于一种压抑性叙事中,而计生暴力引发的暴力复仇行为得到了强化。谭青由于受害者的身份使他的复仇行为具有了某种"正义性",谭青步步为营的复仇之路,带给复仇主体逞凶的快感和

---

[1] 郑小驴:《西洲曲》,第20页。

虐杀的快意时,更带给我们震撼和思考:好人谭青何以变得如此血腥?谭青试图用复仇方式完成对自我创伤的修复,这种以暴制暴的方式能否救赎个体抑或加重了个体的创伤? 计划生育叙事中的暴力美学的限度在哪儿? 在这部长篇处女作中,年轻的郑小驴显然还没有完成对这些问题的思考和回答,但《西洲曲》见证了一个"80后"作家对社会命题的"愤世嫉俗"和"忧心忡忡"[1],也开启了年轻一代对历史记忆的严肃清理,而这种"见证"和"清理"可能才仅仅是一个开始。

[1] 姚常伟:《对话青年作家郑小驴》,《创作与评论》2012年第10期。

第三辑

新世纪文学经典释读

苏童的"旧美学"与"新文景"

——兼议《黄雀记》的存史问题

《黄雀记》最初刊于《收获》2013年第3期,后出单行本,2015年获得第九届茅盾文学奖。对于这部长篇小说,苏童认为是自己的"标签"之作,"香椿树街的故事我写了很多年,围绕这个地方我也写过一些不成熟的作品,《黄雀记》是香椿树街系列中最成熟、最完整的一部长篇小说,我个人认为,它也是我的香椿树街写作的一个重要标签。"[1]对于熟悉苏童写作史的读者来说,这是一部"返初"或"重复"之作,几乎聚合了苏童香椿树街母题和"南方美学"的全部元素:破败

---

[1] 行超:《苏童谈〈黄雀记〉:写作是一种自然的挥发》,http://www.chinawriter.com.cn 2015年09月28日。

潮湿的江南小镇,阴郁躁动的小儿女和动荡、暴力的青春往事,逼仄压抑的生存环境和无可逃遁的悲剧。苏童似乎用《黄雀记》意在重返写作的起点,悉心演绎关于城北或桑园式的江南之境和阴郁往事,这是对"南方"的一次深情回眸,也是一次带有总结意味的重复。苏童今后的写作将会走向何方,我们不得而知,可以追问的是,在这部带有苏童印记的长篇小说中,苏童如何使他的"旧美学"焕发新的光彩?在众多直击现实的长篇巨制中,苏童的现实美学呈现怎样的特点,为当下炙手可热的现实主义写作开辟了怎样的空间?在读者视野中,这部标签之作在经典化和存史向度上受到哪些质疑?

重复与挽歌:母题的再现与敌意的南方

苏童的写作起步于"枫杨树"和"香椿树街"两个系列,这是两个带有标识性的写作主题,尤其是香椿树街,在后来的写作中屡屡出现,几乎成为苏童的一个写作母题。准确地讲,苏童为南方这条香椿树街作传,始于1984年的《桑园留念》。自那开始,《乘滑轮车远去》《伤心的舞蹈》《舒家兄弟》《刺青时代》《南方的堕落》《城北地带》,直至近些年的《白雪猪头》和《人民的鱼》等篇,苏童的写作一直在有意无意地建构关于香椿树街的文学地理。三十余年的写作生涯中,香椿树街母题和南方美学毫无疑问已成为苏童的文学标签。这张文学标签上有着这样的基本美学肖像:"一条狭窄的南方老街(后来我定名为香椿树街),一群处于青春发育期的南方少年,不安定的情感因素,突然降临于黑暗街头的血腥气味,一些在潮湿的空气中发芽溃烂的年轻生命,一些徘徊在青石板路上的扭曲的灵魂。"[1]在王德威看来,苏童塑造了一个纸上的"既真又假的乡愁",他的小说有两处地理标记,一个是作为想象故乡的枫杨树村,一个是故乡父老落籍或移居的香椿树街,苏童在这两个空间建构出关于南方的"民族志学",而在这其中苏童以一个南方子民后裔的视角,表达了对于自己文学原乡的"暧昧"立场:"他是偷窥者,从外乡人的眼光观察、考据'南方'内里的秘密;他也是暴露狂,从本地人的角度渲染、自嘲'南方'所曾拥有的传奇资本。南方的堕落是他叙事的结论。"[2]诚哉斯言,堕落的南方,以及外乡人和本地人的二重视角一直贯穿着苏童的原乡写作。

苏童为什么要写《黄雀记》这部小说?

最直接的触媒便是,他熟悉的一个腼腆的街坊男孩,意外卷入一起轰动一时的青少年轮奸案,以及青少年时期上学路上总会看到的独居老人瘫痪在床,臭气熏天的场景[3]。这些原型事件和原生场景,是引发苏童塑造祖父、保润形象并因此铺衍蒙冤、复仇、忏悔情节的现实因素。苏童用这篇小说,试图为这些或蒙冤或沉默的生命招魂立传。其实,在这部长篇小说中,苏童并没有仅仅满足于讲述发生在青春小儿女身上的悲戚往事,或是简单呈现香椿树街在八九十年代的时代变迁,而是试图以香椿树街为窗口,去透视整个时代的在后文革时代的历史变迁——以保润、柳生和仙女这些小儿女们青春时代的孽债去摹写浮躁年代中人们的失魂、罪孽、救赎等精神生态和生存困局。从叙事形式来看,《黄雀记》走的是香椿树街的老路,实际上,苏童言近旨

---

[1] 苏童:《苏童文集·少年血》,江苏文艺出版社,1993年,自序第2页。
[2] 王德威:《南方的堕落与诱惑》,《读书》1998年第4期。
[3] 苏童:《我写〈黄雀记〉》,《鸭绿江》2014年第4期。

远,他只是在借南方叙事的壳去拥抱这个大时代的"新现实"。在苏童以往的叙事格局里,20世纪六七十年代的历史烟尘和时代面影,是他津津乐道的内容。在《六十年代,一张标签》一文里,他交代了自己对60年代念念不忘的心结,以及自己作为边缘视角的必然性,"生于六十年代,意味着我逃脱了许多政治运动的劫难,而对劫难又有一些模糊而奇异的记忆。那时还是孩子,孩子对外部世界是从来不作道德评判的,他们对暴力的兴趣一半出于当时教育的引导,一半是出于天性。"[1]确实,尽管苏童写过《碧奴》《武则天》《我的帝王生涯》这些历史小说,写过《1934年的逃亡》《罂粟之家》这种家族小说,但苏童更为熟稔和愿意切入的还是六七十年代这段特定时光。他以六七十年代为经,以潮湿的青石板、躁动不安的小儿女和阴郁悲戚的故事交织形成的南方空间为纬,从而镌刻出关于六七十年代的历史画卷,直到近些年的《河岸》和《人民的鱼》《白雪猪头》,作为苏童童年期的六七十年代仍是他涉足最多的时空。而《黄雀记》的故事发生时间是在20世纪八九十年代,香椿树街依然是香椿树街,但小栱、红旗、舒工们的文革时代已过渡为保润、柳生、黑卵、春耕的改革开放时代,苏童关注的时空已转向了后文革时代的中国大地。"我写了八十年代与九十年代的小城,似有怀旧感,其实是把自己的时代记忆移植为人物所处环境中了。八十年代很有活力,甚至还有点浪漫,启蒙的大幕拉开了。"[2]

如果把《黄雀记》放在苏童的写作谱系上看,它并不是一个异数,而是苏童既有写作的一个总结。从主题来看,小说讲述的是上个世纪

---

[1] 苏童:《露天电影:苏童散文》,浙江文艺出版社,2014年,第84页。
[2] 苏童:《我写〈黄雀记〉》,《鸭绿江》2014年第4期。

80年代由一桩强奸案在三个年轻人和三个家庭之间引发的种种悲欢离合:保润暗恋仙女,柳生利用保润对仙女的捆绑在水塔里强奸了仙女。事发后,家境殷实的柳家买通受害人,嫁祸于保润。这一事件改变了三个年轻人的命运,保润蒙冤十年牢狱,柳生负罪做人,悉心照顾保润丢魂的爷爷以此赎罪,而仙女不知所踪。十年后,命运再次将三者聚到香椿树街这个狭窄的天地:柳生已褪去少年的顽劣,务实经营着为井亭医院运送菜蔬的生意;仙女辗转在歌女、公关小姐这些不同身份或职业中;保润则在饱受牢狱之灾后,变得阴鸷扭曲,在柳生新婚之夜借酒捅死了柳生;仙女产下一个红脸婴儿后不知所踪。《黄雀记》的主线是一个典型的苏童式香椿树街叙事:游荡在香椿树街的少年顽劣无序,青春懵懂荷尔蒙旺盛,惹出强奸祸事,最终引发家庭分裂、少年入狱和蒙冤复仇等诸多悲剧。同时,《黄雀记》又有着长篇小说《蛇为什么会飞》切入现实病症的巨大社会批判热情。发表于2002年的《蛇为什么会飞》是苏童的转型之作,被视为"苏童创作的第一部正视现实、直面人生的长篇小说",这是"一个正直的知识分子作家为当下的中国病态社会及其病态人生提交的一份病相报告"[1]。《蛇为什么会飞》描绘的是20世纪90年代以来的高度物质化和欲望化的社会生存图景,"蛇"作为欲望的符号对应着消费时代林林总总的欲望景观和世态丑相。苏童曾说,《蛇为什么会飞》是他企图梳理他与现实关系的"一个尝试"[2],若即若离和高度隐喻化是这部长篇小说处理现实的基本特点。如此来看,《黄雀记》既是苏童香椿树街式的南方母题再

---

[1] 李遇春:《病态社会的病相报告:评苏童的长篇小说〈蛇为什么会飞〉》,《小说评论》2004年第3期。

[2] 苏童等:《苏童·花繁千寻》,上海锦绣文章出版社,2008年,第27页。

现,又显示了他对改革开放时代中国浮世绘的专注刻绘。从大的立意来看,《黄雀记》已不再是对作为一己记忆的香椿树街少年心史的记录,而是以少年史演绎时代大戏,香椿树街的小风情和时代的大画卷相互映衬。"我描绘勾勒的这条香椿树街,最终不是某个南方地域的版图,是生活的气象,更是人与世界的集体线条。我想象的这条街不仅仅是一条物理意义上的街道,它的化学意义是至高无上的。我固守香椿树街,因为我相信,只要努力,可以把整个世界整个人类搬到这条街上来。"[1]可见,在《黄雀记》中,香椿树街作为苏童的"原乡",不仅仅是对原有乡景的呈现,还包含了他进击大时代和新现实的更大宏愿。

熟悉苏童作品的人都知道,苏童的"南方"从来都不是温润的、阳光的、和谐的,而是充满了暴力、死亡、偷窥、淫乱、犯罪。在《黄雀记》中,进入20世纪八九十年代的"南方"依然是堕落的,苏童对他的南方依然充满深深的"敌意"。从人物塑造来看,苏童笔下的少年顽劣阴郁,常惹祸端,少女妖娆美丽,而香椿树街的居民则精明世故,聒噪、"喜欢嚼舌头"[2]。柳生第一次把怀孕的白小姐带进租好的房子时,小说这样描写乡邻们的围观:"对于城北的那条街道,她想象过它的破败与寒酸,但左邻右舍竟然夹道欢迎一个陌生的房客,如此无礼的热情,她缺乏心理准备。她和柳生从出租车上下来的时候,看见香椿树街居民射灯般的目光,她像一个走T台的时装模特,面对着两边观众的挑刺或者赞赏,有一种裸身过市的尴尬。空气里有嗡嗡地来历不明

---

[1] 苏童:《我写〈黄雀记〉》,《鸭绿江》2014年第4期。
[2] 苏童:《黄雀记》,作家出版社,2013年,第254页。

的欢呼声,她听清了他们的议论,大多在赞美她的容貌,漂亮的,身材很好,脸盘也很漂亮。除此之外,还有一个刻毒的声音传到了她耳朵里,漂亮是漂亮,就是那做派,有点像小姐吧?"[1]这几乎是香椿树街的市井群像图,他们的神情、语言、动作日常而毒辣,他们貌似热情友好实则欺生排外,他们不放过每一个耳闻目睹的秘密或新闻。这是八九十年代香椿树街的群体肖像和民间精神生态。从《桑园留念》《南方的堕落》到《黄雀记》,时代在变化,香椿树街居民的日常姿态似乎没有变化。

这种人格气质从人物塑造的角度看,接近于福斯特所说的"扁平人物",即这些人物有大致类似的性格特征或主导性精神症候。苏童曾这样描述自己所理解的南方居民群像:"曾经被我规定为最典型的南方的居民,他们悠闲、琐碎、饶舌、扎堆,他们对政治和国家大事很感兴趣,可是谈论起来言不及义鼠目寸光,他们不经意地谈论饮食和菜肴,却显示出独特的个人品味和渊博的知识,他们坐在那里,在离家一公里以内的地方冒险、放纵自己,他们嗡嗡地喧闹着,以一种奇特的音色绵软的语言与时间抗争,没有目的,没有对手,自我游戏带来满足感,这种无所企望的茶馆腔调后来也被我挪用为小说行进中的叙述节奏。"[2]在香椿树街,一直活跃着孙阿姨、绍兴奶奶、邵兰英、粟宝珍、马师母这样的市井人物,他/她们总是在探头张望,喋喋不休,神神叨叨,她们制造和传播着关于别人的流言蜚语,又成为别人的谈资与焦点。在《黄雀记》中,每个"事件"周围——比如祖父失魂,遣返祖父回

---

[1] 苏童:《黄雀记》,第253页。
[2] 苏童:《露天电影:苏童散文》,第128页。

医院,比如保润蒙冤入狱,比如白小姐租房子,都围着黑压压的香椿树街居民,他/她们仅仅是来围观这些"景观"。小说的最后部分,保润酒后捅死柳生后,人们把怨气撒到白小姐身上,展开了对白小姐的"围堵"和复仇。小说这样描写众人的围观场面:"最初是几颗石子投在阁楼的窗子上,然后是一块碎砖,最后,有只啤酒瓶子咣当一声飞进来,窗玻璃碎了,啤酒瓶子穿越阁楼,滚下楼梯,在她的脚下滚动。她捡起酒瓶回到阁楼窗边,看见下面浮动着一堆大大小小的脑袋,邵兰英披头散发,面色灰白,坐在大门口。"[1]这些"大大小小的脑袋"俨然正义的化身,在死者母亲非理性的讨伐身影里,群情激愤地充当着帮凶。他们并不会去辨析在保润、柳生、白小姐的复杂纠葛中,谁是悲剧的制造者,谁是受害者,他们更不会体恤白小姐挺着大肚子水上逃命的危险,或是同情她的被强暴的青春和动荡的人生。香椿树街的这种居民性格和人格气质所具有的原始性、暴力性,彰显的正是苏童南方地理上颓败的人性风景。

一直以来,苏童一直钟情于这个充满腐败和魅力的香椿树街,而香椿树街在实际生活中都有具体的原型。无论是现实的故乡,还是这样一个文学原乡,苏童都对其充满着某种敌意。他曾说,"我从来不认为我对南方的记忆是愉快的,充满阳光与幸福的。我对南方抱有的情绪很奇怪,可能是对立的,所有的人和故乡之间都是有亲和力的,而我感到的则是与我故乡之间一种对立的情绪,很尖锐。在我的笔下所谓的南方并不是那么美好,我对它怀有敌意。"[2]可以说,苏童一直书写

---

[1] 苏童:《黄雀记》,第 254 页。
[2] 苏童、王宏图:《南方的诗学:苏童、王宏图对谈录》,漓江出版社,2014 年,第 99 页。

的幽暗、潮湿、凝滞和阴郁的香椿树街是具有某种挽歌气息的文学原乡,这里的景致并不美,这里的人也不可爱,时时带给人压抑之感和想逃离之感。苏童已在这个"堕落的南方"故乡深耕细作三十余年,从几年前的大都市(《蛇为什么会飞》)、油坊镇(《河岸》)再次返还香椿树街,堕落的南方依旧颓败不堪,而苏童对南方的"敌意"也未消泯。《黄雀记》是否是苏童关于南方的绝唱,苏童在"敌意的南方"写作征途上还能提供哪些气象与文景,这些问题关乎到苏童写作的未来走向,值得期待。

被缚与丢魂:普遍的时代困局与苏童的现实美学

改革开放以来的四十年,中国社会日新月异,社会经济和物质水平获得极大提升,同时在全球化浪潮和经济利益的裹挟下,面对传统向现代、计划经济向市场经济的数度转型,中国社会不可避免地呈现出诸多社会乱象和精神困境。尤其是新世纪以来的近二十年,社会在剧变,社会问题层出不穷。现实主义思潮文学的勃兴,以及作家们集体转向对现实的言说,正诞生于这一大的时代背景。余华的《第七天》、贾平凹的《极花》、陈应松的《还魂记》、东西的《篡改的命》、方方的《涂自强的个人悲伤》,以及苏童的《黄雀记》,都是对这个时代的病症进行描摹、试图探究这个社会的世道人心的重要文本。面对纷至沓来的现实,面对进步与堕落、繁荣与黑暗、欢笑与痛楚并存的大时代浮世绘,作家如何去表达这个复杂的现实,如何切入并艺术地呈现这个芜杂的社会,成为他们首先要解决的问题。

如何处理与现实的关系? 苏童从来不喜欢那种"贴地太近"的现

实美学,而是主张既贴近,又若即若离,保持"离地三公尺的飞翔"。"所谓离地三公尺的飞翔,这是我所想象的一个作家与现实的关系。离地三公尺,不高不低,有一种俯瞰的距离。"[1]在苏童看来,对现实的发言,不必步步紧跟正在发生的、或是离当下很近的那些现实,而应借助时间来沉淀、淘洗纷繁复杂的现实症状。他曾这样描述自己的现实观:"对于当下的观察,对于如何把当下引入个人作品,每个作家的态度不太一样。我一直觉得写当下其实是容易的,但是要把当下的问题提炼成永恒的问题,可以囊括过去和未来,这倒是个问题。当你提炼不得或未提炼成功的时候,不应该急匆匆地扑到当下中去。作家必须进入当下生活似乎才接地气,这种说法是盲目的。急于拥抱现实而去发言的时候,所有付出的努力可能会白费。"[2]

在《黄雀记》中,在保润、柳生和仙女的复杂纠葛,以及三个家庭的动荡或解体中,我们能够轻易捕捉到大时代的面影,尤其是这个时代的诸多危局和种种乱象:洗头房里做皮肉生意的姐弟、富人们包二奶三奶或开选美派对、驯马师瞿鹰破产后割腕自杀、马处长杨主任与夜总会的女子们的暧昧关系、雅典娜女性关爱中心手术室外排队等候流产堕胎的女孩子、监狱门口举着"李福生是冤案"的老妇人、经济挂帅的井亭医院……由这些碎片化的现实和症结构成的关于20世纪八九十年代的时代肖像,毫无疑问是准确而生动的,但苏童的兴趣并不在此。他感兴趣的是对"疯人院"这一精神空间,以及"丢魂"这一意象的精雕细琢。在小说中,井亭医院是一个处于郊区、交通不便的精神病

---

[1] 郭琳:《苏童谈作家与现实的关系:离地三公尺的飞翔》,http://www.chinanews.com/cul/2013/08-15。
[2] 刘科:《苏童推出新长篇〈黄雀记〉》,http://cul.sohu.com/20130606。

医院,这里"活跃着"各种精神病患者:声称丢了魂,整日挖地找魂的祖父,撅着苍白干瘪屁股在走廊上蟹行的古怪病人,眉头紧锁逢人声称被张书记迫害的秃头男子,还有得了花痴病露乳募捐的柳娟,得了妄想症总是怀疑有人要暗杀他的城南首富郑老板——疯癫是《黄雀记》中的一个重要意象。

福柯在考察欧洲的疯人史时指出,在整个中世纪和文艺复兴时期,欧洲大多数城市都有专门的疯人拘留所或疯人塔,但随着疯人数量的激增,疯人开始被投入监狱,或是被驱逐出城市(大量疯人通过"愚人船"被送往异乡),"有些地方,人们当众鞭笞疯人或者在举行某种游戏活动时嘲弄地追赶疯人,用铁头木棒将他们逐出城市。大量迹象表明,驱逐疯人已成为许多种流放仪式中的一种。"[1]祖父在小说中是一个意味深长的形象,考察祖父的疯癫史,会看出现代社会文明内部的虚伪性与残酷性。

这种意义有二,第一,祖父的疯癫史昭示了现代"理性社会"的秩序和暴力。丢了魂的祖父被当作疯子送进了井亭医院,至此祖父也开始了他的漂泊之路和被驱逐的命运。祖父离开家后,随着经商浪潮在香椿树街弥漫,祖父的房间很快被儿媳粟宝珍租给马师傅开了精品时装店。这还不算,祖父房间的家什被处理殆尽,连那张祖父安身的红木雕花大床也被儿媳贱卖给了古董店。祖父在这个家庭从未得到儿孙们的孝敬和优待,"失魂"后到处挖树的行为给儿孙带来了无数的麻烦,由于照顾他的任务繁重,儿子因此中风瘫痪。在粟宝珍的詈骂声

---

[1] [法]米歇尔·福柯:《疯癫与文明》,刘北成、杨远婴译,生活·读书·新知三联书店,1999年,第7页。

中我们能够看到年老的祖父在这个家庭中的尴尬处境。从家人对祖父房间的清理来看,他已被送上了去往另一个世界的"愚人船","每一次出航都可能是最后一次。病人乘上愚人船是为了到另一个世界去。当他下船时,他是另一个世界来的人。因此,病人远航既是一种严格的社会区分,又是一种绝对的过渡。"[1]这也意味着,送往井亭医院后,祖父已被这个家庭从家族的空间意义上除名了,这种驱逐在精神的意义上与中世纪的愚人船并无二异。但似疯非疯的祖父有着回归家庭的热望,他日夜巴望着回家,甚至花了三十块钱买通门卫偷偷跑回家。回家的祖父看到的当然是没有了其栖身之所的陌生环境,有家不能归的祖父此时成了失去家园庇护的孤儿。活着时被家人当作疯子驱赶进医院,他的处境正如福柯描述被送上愚人船的疯人一样,"他被置于里外之间,对于外边是里面,对于里面是外边。"[2]

还有一点值得注意的是,井亭医院管理祖父和大部分普通病人的最有效措施是捆绑。比如在把祖父遣返回医院的过程中,并没有大费周折,仅仅依靠一段绳子便让盛怒和绝望之中的祖父乖乖就范。经年被缚的祖父,看到捆缚自己的绳子,犹如犯人见了惩戒自己的刑具一样顺从。在小说中,捆绑是一个重要意象。捆绑最初由保润发明,在看护祖父的百无聊赖中,他发明了名目众多的捆绑方式。事实证明,这些松紧不一的捆绑方式给医院的看护工作带来了极大的便利,得到了院长的赏识。保润因此获得了"捆绑艺术家"的美誉,并被安排以"业余专家的身份"给医院护工上捆绑观摩课。在这里,捆绑不仅是无

---

[1] [法]米歇尔·福柯:《疯癫与文明》,刘北成、杨远婴译,第8页。
[2] 同上。

业青年保润确证自己价值的一种方式,也是医院积极推广的一种新式管理路径。疯人的顺从与反抗、守纪与越矩,决定了捆绑的方式。在这里,捆绑这种原始手工艺术,在现代国家机器的运作中成为一种新型手段,"有效促进"了理性与疯癫之间的交流。当然,再温柔的绑缚仍然是奴役和束缚,井亭医院并非一个真正以病人为本位,积极改革从而提升服务品质的社会机构。苏童意在通过这种带有想象的意象呈现当代医院存在的种种乖张和荒诞。实际上,在祖父和家人之间,在祖父和医院之间,真正的交流是缺位的,没有人会去关心、理解和帮助祖父,祖父孤独地行走在自己的挖掘找魂和偏执反抗中,而这种寻找和反抗被理性社会看成是病,得到的是更大的惩戒。"在文艺复兴时期,理性与疯癫不断地展开对话。相比之下,古典时期的拘留就是一种对语言的压制。但这种压制不是彻底的。语言没有真正被消除,而是掺入各种事物中。禁闭、监狱、地牢甚至酷刑,都参与了理性与非理性之间的一种无声对话,一种斗争的对话。现在,这种对话停止了。缄默笼罩着一切。在疯癫和理性之间不再有任何共同语言。"[1]

第二,祖父的疯癫具有巨大的隐喻意义,祖父的寻魂和找魂在更大意义上是在隐喻当代精神失范、灵魂空虚的社会现实。"失魂"是小说不断强化的一个概念。在各种找魂与治病的行为中,郑姐为弟弟郑老板的招魂之术具有鲜明的时代特色,充满了暴发户式的放荡和浮夸。郑家姐弟通过艰辛创业,成为当地首富,但面对突如其来的荣华富贵,年轻的郑老板难以适应,最终得了妄想症。为了治愈弟弟的癔症,郑姐雇了女公关,由女公关物色年轻貌美的女子供其享用,名之曰

---

[1] [法]米歇尔·福柯:《疯癫与文明》,刘北成、杨远婴译,第242—243页。

以女色治愈郑老板的恐惧症——在郑老板三十岁时,甚至组织了三十位小姐在病房开祝寿派对。除了以色驱魔外,郑姐请了九名僧人,为患病的弟弟念经驱魔,并花重金在井亭医院的废弃水塔搭建香火庙,作为郑老板个人拜神专用。郑家姐弟的招魂之术丑陋荒诞,却显示了资本和金钱在当代社会的巨大宰制力量:因为郑家姐弟有钱,他们可以住特等病房;因为他们有钱,可以雇年轻女子为郑老板进行女色治疗;因为他们有钱,乔院长不得不准许他们在医院搭建私人香火庙。当然,这种恃钱而骄的做派在小说中遭到了以康司令为代表的权力人物的抵制,权贵和资本为此展开博弈,谁胜谁败并不重要。重要的是,市场经济大潮之下的拜金思潮和各种丑陋现象开始在香椿树街登堂入室,瓦解着原本封闭和单纯的生存法则。当香椿树街的"万元户越来越多",枫林镇成了"买春的天堂",人们精神的失范和灵魂的扭曲似乎并不奇怪。苏童关注的恰恰是被市场经济大潮裹挟下的"南方",究竟是怎样堕落的?这些失态丢魂的人们又是如何应对这种生存困境和心灵危机的?

在失魂的人群中,祖父显然是那个执着要找回灵魂的"堂·吉诃德"。在自己的幽暗世界里,只有祖父明白自己的"理想"与"逻辑":失魂的他一心想找回丢失的魂,以免除下辈子不能做人的恐惧。返魂需要借助于祖坟或其他祖宗的遗物,由于祖坟被红卫兵刨了,祖宗的照片画像也被祖父烧了,返魂之路只能寄希望于似有似无、不知所踪的装有尸骨的手电筒。祖父寻找手电,既是为了找回自己的魂,也是为了安抚那些"垂吊在树枝上,衣衫褴褛,无家可归"[1]的祖先们的幽

---

[1] 苏童:《黄雀记》,第36页。

灵。但祖父的挖掘行为和偏执的寻魂之旅破坏了理性社会的秩序,落得被驱除出家,终日被捆缚在医院的下场。祖父显然是理性社会的异类和疯人,他具有显豁的隐喻之意,这种隐喻也即福柯所说的"社会和道德批判"。福柯指出,由于疯人所具有的巨大"象征"功能,在文学作品中,病人、愚人或傻瓜的角色变得越来越重要。"他不再是司空见惯的站在一边的可笑配角,而是作为真理的卫士站在舞台中央。他此时的角色是对故事和讽刺作品中的疯癫角色的补充和颠倒。当所有的人都因愚蠢而忘乎所以、茫然不知时,病人则会提醒每一个人。在一部人人相互欺骗,到头来愚弄了自己的喜剧中,病人就是辅助的喜剧因素,是欺骗之欺骗。他用十足愚蠢的傻瓜语言说出理性的词句,从而以滑稽的方式造成喜剧效果:他向恋人们谈论爱情,向年轻人讲生活的真理,向高傲者和说谎者讲中庸之道。"[1]

可以说,《黄雀记》是一部高度写实的作品,这种写实并非现实主义意义上的实,而是以夸张和荒诞的形态表现出的具有高度象征和隐喻意味的社会之实。被缚和失魂,是这个时代人们普遍的一种困境。香椿树街是这个时代的缩影,浓缩了这个时代的飞速剧变,以及社会转型之中人们失重、纷乱的精神。苏童将长大了的香椿树街的小儿女们置放在改革开放的喧闹语境里,让他们成长,让他们直面生的烦恼,承受生存之重。螳螂、蝉与黄雀之喻,无非是苏童对复杂人世间人与人,情与情、关系与关系复杂纠缠而又相互掣肘、此消彼长的一种含混譬喻。

---

[1] [法]米歇尔·福柯:《疯癫与文明》,刘北成、杨远婴译,第10—11页。

混响与正典:两极化批评视野与存史的可能性

根据 M. H. 艾布拉姆斯的"世界—作品—作家—读者"的文学四要素理论,作家的意义表述和文本价值的实现,不应仅仅局限在"作品—作家"这一封闭的系统里,还需要经过读者接受这一重要环节才能最终实现,这也是接受美学在考察文本价值时极为看重的方面。《黄雀记》能否走向经典,是否具有存史的可能和内涵,读者的批评视野不可忽视。纵观《黄雀记》发表以来的读者阐释史,批评与肯定构成了读者批评的两极。

先看那些批评之声。由于《黄雀记》是一部体现苏童"旧美学"的新作,如何看待苏童再次启用这些旧元素、旧场景、旧情节来构建文学时空,成为一些读者与批评家的关注焦点。批评家唐小林将《黄雀记》视为苏童的"换汤不换药的旧房改造"和"重复写作的拼凑之作",他认为,这部新作是苏童对以往"香椿树街"系列故事的又一次"大炒冷饭","《黄雀记》的写作,不但没有突破苏童原来香椿树街的写作模式和描写的内容,反而让人看到了他在写作上的一次不幸的堕落。"[1]在他看来,这种雷同体现在人物和情节的类型化上。"在这些故事中,男人总是猥琐窝囊的,女人总是苦命倒霉的;男孩总是荷尔蒙旺盛,流氓成性,拉帮结派、打架杀人、无恶不作,女孩总是性格孤僻、娇小美丽、天真无邪、楚楚可怜、凄婉悲惨,她们的结局往往是被这些小流氓

---

[1] 唐小林:《苏童老矣,尚能写否?》,《文学自由谈》2018 年第 1 期。

强奸,被流言蜚语逼迫致死。"[1]同时,唐小林对《黄雀记》中的露乳募捐和烟头烫乳的暴力描写,感到不寒而栗,将"畸形的性描写"和"渲染骇人的暴力事件"视为苏童小说最显著的"两大标配"。另有学者将《黄雀记》放在苏童自先锋回归现实的轨迹里进行考察,认为,"这是苏童摆脱先锋派烙印的一次努力,但依然明显地留有先锋派的影子,在这里,苏童依然十分关注小说的表现形式,在文本意识和叙述策略上下足了功夫,以意识流的方式将记忆的碎片一一整合,技巧十分娴熟。"[2]但由于过度依赖象征主义、意识流等技巧,小说的整体性和重返现实的努力大打折扣,因而,这是苏童回归传统的"一次失败的尝试"[3]。还有研究者从长篇小说的体例和品质角度指出,《黄雀记》在长度上没问题,但"密度不足"——人物密度和事件密度都不尽人意。"小说中最重要的三个人物在小说的结构功能上意义重大,但每一部中的人物都不太复杂,一些人物的象征性功能盖过了人物本身。事件的密度也不足,小说中重要的事件往往和历史有关,介入现实并不那么深入。"[4]

在这些批评之声外,不少研究者对《黄雀记》给予了肯定评价或客观的学术定位。王宏图将《黄雀记》视为苏童在其漫长的创作历程中经过诸多不无艰难的探索后一部回归性的作品,同时指出苏童在创作《黄雀记》时面临的矛盾创作心理:一方面苏童擅长在虚拟的历史布景

---

[1] 唐小林:《苏童老矣,尚能写否?》,《文学自由谈》2018年第1期。
[2] 唐宝民:《苏童回归传统的失败》,《文学自由谈》2019年第3期。
[3] 同上。
[4] 张晓琴:《"最恰当的面对过去的姿态"——论〈黄雀记〉与小说家的自由》,《中国现代文学研究丛刊》2016年第2期。

下展开艺术的想象,写实并非苏童所长;另一方面社会责任感召唤下意欲通过介入现实的方式实现创作的转型,开拓写作的疆域[1]。确实,从《菩萨蛮》《蛇为什么会飞》《河岸》到《黄雀记》,苏童这种"两难困境"一直存在,《黄雀记》似乎平衡了苏童的想象与现实、南方叙事与介入时代之间的矛盾。而区别于《菩萨蛮》中的"亡灵叙事"和《蛇为什么会飞》中的"反讽方式",《黄雀记》"成功地创造出一种以象征的手段重新介入现实的方式","为文学如何面对现实发言提供了一种新的可能"。[2] 2015年茅盾文学奖的颁奖词显示了学界对这部作品发出的主流声音:苏童的短篇一向为世所重,而他对长篇艺术的探索在《黄雀记》中达到了成熟,这是一种充分融入先锋艺术经验的长篇小说诗学,是写实的、又是隐喻和象征的,在严格限制和高度自律的结构中达到内在的精密、繁复和幽深。

纵观这些关于《黄雀记》的尖锐批评与褒赞肯定的两极化阅读视角,可以看出,读者对于苏童写作中的风格化与转型、艺术真实与逻辑真实、如何介入现实等命题意见不一。这些阐释与争论确实也从各个层面彰显了《黄雀记》这一文本的意义与局限。《黄雀记》能否成为苏童长篇小说的代表性文本,能否成为新世纪众多写实文本中的经典之作,能否经得起时间的淘洗而成为茅奖作品中的正典,这些问题取决于评价主体的当下标准,更取决于苏童这部作品自身的品质。布鲁姆在《批评、正典结构与预言》一文中说,"作为批评家,我们只能进一步确证真正强有力预言家和诗人的自我正典化。我们不能随意虚构他

---

[1] 苏童、王宏图:《南方的诗学:苏童、王宏图对谈录》,第196页。
[2] 徐勇:《以象征的方式重新介入现实——论苏童〈黄雀记〉的文学史意义》,《文学评论》2014年第2期。

们的正典化。"[1]确实如此,评估作家的文学品质及其经典化问题,是批评史与文学史的内在要求,而能否入史,则是见仁见智的难题。同时,作家的经典化是一个流动的概念,其建构和内涵具有历史性。

尽管如此,在布鲁姆看来,走入正典的作家并非没有共通之处。在他精心挑选的进入"正典"的二十六位作家中,布鲁姆找到了这些作家与作品成为经典的原因,那就是,"答案常常在于陌生性(strangeness),这是一种无法同化的原创性,或是一种我们完全认同而不再视为异端的原创性。"[2]在布鲁姆看来,无论是"不被我们完全同化"的但丁,还是"成为一种既定习惯而使我们熟视无睹"的莎士比亚,或者是徘徊于两端的惠特曼[3],作品的"陌生性"是使他们成为经典,走入正典的最重要品质。对于苏童的读者来说,苏童并非没有独特性——堕落的南方和忧郁的桑园美学,潮湿阴郁的香椿树街和城北地带是最具苏童风格的文学质地,这种文学质地是苏童作品的标签和原创性。那么,对于苏童来说,已然经典的南方美学和香椿树街标识,已是"一种无法同化的原创性",恰恰是依靠这种原创性带给读者的陌生性和文学震惊,成就了苏童的声誉和文学史坐标。但是,当苏童年复一年地重复着这种文学风格时,这种陌生性不再具有捕获读者的魅力,在文学多元化和读者选择多样化的今天,固守一种一成不变的风格或文学质地的文学只会渐渐被遗忘。问题在于,作家的写作是一种

---

[1] [美]布鲁姆:《批评、正典结构与预言》,吴琼译,中国社会科学出版社,2000年,第116页。
[2] [美]布鲁姆:《西方正典:伟大作家和不朽作品》,江宁康译,译林出版社,2015年,第2页。
[3] 同上,第4页。

具有创造性的智力劳动,而不是以逸待劳的流水作业,这就需要作家在现实的土壤和想象的王国里常写常新,常常能带来形象、主题、形式、思想的"陌生性",这种陌生性不是为了取悦读者而刻意所为,而是基于文学自身革新和变化的需要。正是在这个意义上,对于苏童和当代作家来说,守护写作原创性的方式不是简单重复既有文学品牌,而是常常在既有的这种原创性的文学质地中注入新的品质,让陌生性成为文学的常态。具体到《黄雀记》来看,在苏童的写作生涯中,《黄雀记》具有总结意义和标签作用,体现了苏童式的香椿树街母题和南方美学,即使放到当下现实主义写作的众多作品中,《黄雀记》所提供的关于当代中国社会"丢魂"和"被缚"的精神困境,及其若即若离的隐喻式介入方式和苏童式的阴郁悲剧美学,都使这部小说成为颇具文学"陌生性"的文本。

毕飞宇的阅读史与文学史关系考释

对于作家来说,阅读的重要性几乎毋庸置疑。作家的审美趣味、语言风格、写作技艺以及风格转换,往往都与阅读有着千丝万缕的联系,可以说,阅读资源提供了作家文学生成的养分和内部变化的动力。正是缘于此,阅读被视为作家飞翔的"翅膀"。作家毕飞宇曾这样谈及阅读资源与自己写作的关系:"我的资源大多是从反思自己的阅读中来的,它们与我的体验相互激荡,相互矛盾,相互补充,这就是我精神上的资源,也是我写作的第一动因。"[1]确实,阅读作为个体的"掂量和考虑",在布鲁姆看来,未必能增进公共利益,但却是一种能够带来

---

[1] 吴俊:《毕飞宇研究资料》,江苏人民出版社,2016年,第842页。

乐趣的"自我扩张"[1]。对于作家来说,这种"扩张"的过程可能正是一个作家"生长"的过程。尽管作家的生长是比较复杂的心理变化,甚至杳无痕迹,但阅读提供了一个重要视角,即回溯作家自我扩张的内部肌理,考察作家精神生成的具体影响源。可以说,优秀的作家都有一份长长的阅读书单,或深或浅受到过阅读资源的濡染。正是基于这样的思路,本文从阅读资源角度,一方面尽可能地还原毕飞宇的阅读史,另一方面围绕重要小说观念、叙事策略、精神立场与阅读资源之间的关系,考察阅读资源如何影响和塑造毕飞宇的小说生产。

一、"有才华"的阅读者及其阅读史

客观、全面呈现出作家的阅读史,以及仔细辨析哪些阅读资源对作家的写作产生了实质性影响,是作家阅读史研究的主要任务。毕飞宇曾说:"什么叫学习写作?说到底,就是学习阅读。你读明白了,你自然就写出来了。阅读的能力越强,写作的能力就越强。所以我说,阅读是需要才华的,阅读的才华就是写作的才华。"[2]纵观毕飞宇三十余年的写作,高强度的阅读一直伴随着他,并且阅读资源在他不同阶段的写作中起到了关键性作用。对于自己的阅读旅程,毕飞宇有较为自觉的总结,这些内容散见于各种访谈、演讲、随笔等自述或采访中,通过细致梳理,可以大致整理出他的阅读清单,以及由此形成的阅读史和接受史。

---

[1] [美]布鲁姆:《如何读,为什么读》,黄灿然译,译林出版社,2011年,序第6页。
[2] 毕飞宇:《小说课》,人民文学出版社,2017年,第260页。

一般来说,优秀的作家都是"会阅读"的读者。通过阅读,他们找寻写作的秘密,建构自己的认知与趣味,或是借由阅读克服写作的危机与瓶颈。但从对写作的影响来看,不同资源对作家的影响有强弱,因而影响的痕迹也有深浅。毕飞宇1987年大学毕业,1989年开始写作处女作中篇小说《孤岛》。大体来说,以1989年前后为界,毕飞宇的阅读旅程可以分为前期阅读(写作之前)和后期阅读(写作之后)。从对写作的影响程度来看,前期阅读基本奠定了毕飞宇的写作底色。先说后期阅读资源,从类型来看大致包括:一、中国作家作品:鲁迅、张爱玲、周作人、曹禺、《红楼梦》、《水浒》等等。二、外国作家作品:《荷马史诗》、《傲慢与偏见》、亨利·米勒、图尔尼埃《杞木王》、陀思妥耶夫斯基、奈保尔、勒·克莱齐奥、波拉尼奥、《蝇王》等等。三、非文学读物:《拉丁美洲被切开的血管》《时间简史》等。在后期阅读中,有的是对某些资源的重读。比如关于鲁迅,据毕飞宇回忆,尽管家里有鲁迅的书,但由于"感觉不好","在我整个少年时代,没有完整地读过鲁迅的任何一本书。"[1]大学阶段他较多地阅读过鲁迅,最喜欢鲁迅的杂文。1996年至1997年在徐州写作期间,毕飞宇比较系统地阅读了《鲁迅全集》。2000年前后读陀思妥耶夫斯基,2008年阅读《德伯家的苔丝》也有类似的重读意味。

毕飞宇近些年还有一类阅读值得注意,即以专栏、演讲、讲稿、学术论文等方式推出的对中外名著进行的文本细读,涉及的阅读对象有《红楼梦》《水浒传》《聊斋志异》,鲁迅的《故乡》《阿Q正传》,汪曾祺的《受戒》,以及海明威的《杀手》、福楼拜的《包法利夫人》、莫泊桑的《项

---

[1] 毕飞宇、张莉:《牙齿是检验真理的第二标准》,人民文学出版社,2014年,第204页。

链》、奈保尔的《米格尔大街》等。这些"阅读",属于尧斯所说的具有理性反思性质的"二级阅读"[1]。这些阅读深入文本内部,对文本的结构、逻辑、语言、人物以及美学、价值进行细致入微的分析,既昭示了毕飞宇作为行家对小说规律的熟稔,又彰显了他作为批评家的理性。他的"阅读","回到文学本身、有温度、体贴"[2],具有鲜明的毕氏风格。渗透在这些理性阅读中的关于写作机杼的认知,与他的写作实践形成了一种互文关系,值得细细推敲。

毕飞宇的前期阅读,又可分为三个阶段,分别为:童年期阅读(1964—1978)、中学时代阅读(1978—1983)、大学前后期阅读(1983—1988)。具体来说,在毕飞宇的前期阅读中,有这样一些线索值得注意:

童年期的阅读经验和历史遗存影响了毕飞宇的写作。毕飞宇童年期的阅读主要来自于两类[3],一类是受家庭环境熏陶而主动阅读或潜移默化受到影响的唐诗与古文。毕飞宇曾谈到,他最初的文学阅读来自父亲在活页本上用钢笔写下的"古文的片段"和"唐诗宋词",诗词作为一种古典资源对毕飞宇的语言和节奏产生了积极的作用,在他后来的小说中留下了鲜明的印记。另一类是20世纪六七十年代的"流行读物",《剑》《高玉宝》《欧阳海之歌》《闪闪的红星》《敌后武工队》

---

[1] 朱立元:《接受美学导论》,安徽教育出版社,2004年,第412页。
[2] 刘艳:《做有温度和体贴的文学批评——析毕飞宇的〈小说课〉》,《中国文学批评》2018年第3期。
[3] 毕飞宇童年的阅读资源除了唐诗这类儿童读物和十七年时期的流行读物,还有一类值得注意,即霍金的《时间简史》这种科普读物。毕飞宇曾提到童年时母亲的手表和《时间简史》这类科普读物启发了他对时间和空间的感知以及漫无边际的遐想,这是他后来建构自己的小说时空观的起点。《地球上的王家庄》《操场》则回荡着童年时对时空的那份混沌玄思。

等文本,这类作品的共同点是"打仗,有英雄"。区别于《青春之歌》《创业史》这样的红色经典,这些红色年代的另类流行读物,令儿童时代的毕飞宇爱不释手,有些读物"刺激太深",比如《高玉宝》中的逻辑谬误,在成年后遭到了毕飞宇的质疑[1]。

还需要提一下毕飞宇童年时期的语文教育,作为一种负面遗产,是他后来写作旅途中竭力摆脱的阴影。生于1964年的毕飞宇,其语文教育和文学启蒙肇始于20世纪六七十年代,如果说这一全民政治狂热时期给他留下了什么文学遗产的话,可以说是单一的审美方式和政治语言。毕飞宇曾回忆他最早的语文启蒙来自于1969年,他的母亲整整一个学期带他高喊"万岁"的行为。"万岁铺成了我的语文教育的底色,万岁不只是我们的知识结构,也成了我们的情感方式。"[2]这并非是毕飞宇个体的独特经验,对于60年代出生的作家,时代政治话语的影响几乎是共同的宿命。余华曾说过,他最早的文学启蒙来源于20世纪六七十年代铺天盖地的大字报。毫无疑问,这种历史经验会塑造人的思维与语言,对于童年时代的毕飞宇来说,这种影响体现在儿童式的"鹦鹉学舌":"毫不夸张地说,那时候我的所有的作文里头没有一句我自己的话,没有一句真正属于毕飞宇内心的话。从小到大,我在作文方面得过数不清的小红旗与五角星,我成了一只快乐的鹦鹉。我意识到自己是一只鹦鹉的时候我已经是一个大学中文系的学生了。"[3]政治术语和时代口号成为六七十年代对青年毕飞宇的一份"馈赠",这份政治遗产也成为了他最初的语言囚笼。在写作初期,现

---

[1] 毕飞宇、张莉:《牙齿是检验真理的第二标准》,第16页。
[2] 毕飞宇:《沿途的秘密》,昆仑出版社,2002年,第8页。
[3] 同上,第9页。

代主义式的先锋写作掩盖了他的政治话语的痕迹,但并没有真正实现与这种语言的切割。直到1993年写作《叙事》时,解决这种语言上的断裂问题依然是毕飞宇面临的重要课题,努力让自己的写作语言"不像汉语"[1],成为他写作中的大事。

1978年回城,成为毕飞宇人生的一个转折点。从中堡镇回到兴化县城后,在父亲帮助下,毕飞宇获得了一张县图书馆的借书证。这张借书证为酷爱阅读的毕飞宇打开了新的天地。在这一时期,他的阅读大致包括:第一类是新时期之初的流行文学,比如《大墙下的红玉兰》《我应该怎么办》《天云山传奇》《窗口》《乔厂长上任记》;第二类是国外文学与美学资源,比如卢梭的《忏悔录》、罗曼·罗兰的《约翰·克里斯多夫》《拜伦传》和卢卡契成为这一时期的阅读内容,这类具有青春和浪漫气息的作品契合了正处于青春期的毕飞宇的心境,而约翰·克里斯多夫的故事"太励志了",为之"流了许多泪","做了许多的笔记",以致后来的《一九七五年的春节》中所写的一个神秘女人吸烟使身上着火了,但她慢悠悠地拍的细节,完全是受到罗曼·罗兰的启发[2];第三类是理论类资源,比如王蒙的《当你拿起笔》,这种具有写作指南性质的创作谈被毕飞宇反复揣摩,对于他写作的开悟具有引领作用。除此,作为高中生的毕飞宇,在这一时期专门订阅了《文学评论》这一纯理论类杂志,同时认真研读了金圣叹评《水浒传》的文章——毕飞宇后来之所以能说会道,会读小说,懂得小说内部肌理,谈起文学思潮、文学概念时的思辨性和学理性使人误以为他是一个理论家,其理论素养

---

[1] 毕飞宇、张莉:《牙齿是检验真理的第二标准》,第312页。
[2] 同上,第239—241页。

与青春期的这种理论储备密不可分。他曾这样说:"金圣叹的评本不只是让我读了《水浒传》,还让我初步了解了小说的'读法'。我'会读'小说是在看了金圣叹的批注之后,他的批注写得好极了。"[1]

值得一说的是,毕飞宇这一时期通过金圣叹的评本,开始读《水浒》,并由此"生长"出塑造人物的写作技巧和隐现于文本之中的"水浒情结"。由于《水浒传》是施耐庵在兴化写成的,而兴化恰恰是毕飞宇的故乡,这也注定了毕飞宇与《水浒传》之间不可切割的缘分。这种"水浒"情结体现在小说中的"水浒"因素,比如《武松打虎》写到了施耐庵的墓地,《玉米》中的玉米母亲姓施,其娘家所在的村叫施家桥村,都与施耐庵有紧密关联。除此之外,在塑造人物上,《水浒传》的"冰糖葫芦式"使他受益颇多,"它塑造人物的速度是惊人的。什么意思呢?它塑造人物很快,一两页纸,一个人物基本上就确立起来了。这对我写小说有帮助,尤其是塑造那些次要人物……在这个问题上,我从《水浒传》那里学到太多了。"[2]在毕飞宇的长篇小说《平原》和《推拿》中,我们都能看到这种水浒式的人物塑造法。比如《平原》塑造了王家庄的各式人物,除了端方、吴曼玲这两个主要人物,还有顾先生、孔素贞、老鱼叉、混世魔王、沈翠珍、王存粮、三丫、大辫子等二十多个人物。塑造这些人物的篇幅不一,但都棱角分明,即使敢爱敢恨却死于非命的三丫和信党又信佛的孔素贞篇幅不多,依然能给读者留下较深的阅读印象。再如《推拿》,小说采取了戏剧常用的"以人立戏"结构——也即《水浒》式的"冰糖葫芦"结构,每章以单个或多个人物作为中心人物,

---

[1] 毕飞宇、张莉:《牙齿是检验真理的第二标准》,第195页。
[2] 同上,第196页。

逐章交代人物命运和情节发展。《推拿》中的盲人和正常人共十几个，除了小唐、杜莉篇幅稍少外，小说几乎无闲人，每个人都有饱满的叙事，每个人都有令人唏嘘的故事。《推拿》在空间上是逼仄的，主体空间就是四室两厅的居住房改装的一个个推拿房形成的工作间以及拥挤的男女宿舍。可以说，毕飞宇出色的塑造人物的能力，弥补了《推拿》空间上的这种劣势，在这个狭窄的空间里，"惊人"地立起了栩栩如生的盲人群像。

1983至1989年时期的阅读对作家毕飞宇的成长是至关重要的，1983年进入扬州师范学院中文系后，毕飞宇在这里度过了极为宝贵的四年大学时光。在这期间，毕飞宇通过大学教育获得了美学、文化、历史的总体坐标，而他自己的阅读开始聚焦西方文艺和美学。大学的前半段，毕飞宇醉心于读诗、写诗和办诗刊；大三之后，放弃写诗，开始接触美学和哲学。因而，毕飞宇这一时期的阅读资源分为这样几类，第一类是哲学和美学，康德、黑格尔、蒋孔阳的《德国古典哲学》和朱光潜的《西方美学史》。第二类是西方文学，艾略特、庞德、波德莱尔、马尔克斯、博尔赫斯、海明威、卡夫卡、梅特林克。第三类是中国作家，比如马原。值得注意的是，这一时期对西方小说的阅读，对毕飞宇的作用是"决定性的"[1]。正是相对集中的西方文学阅读，打开了他在技艺和精神层面与西方文学经典的汇通，也正是此时对现代派文学的大量阅读，对汉译小说的不满，催生了他试图"汉化"现代小说的渴望，并为他的小说从现代主义向古典主义/现实主义的转换提供了某种可能。

---

[1] 毕飞宇、张莉：《牙齿是检验真理的第二标准》，第229页。

二、阅读资源与语言观、哲学腔、逻辑性的生成

通常地,一个作家的美学趣味、价值立场和小说技艺,与其成长环境(文化传统、家庭环境、教育背景)、交流、阅读等有着千丝万缕的联系,作家阅读和消化这些资源并逐渐形成自己文学品质的过程,往往是一个渐进而隐秘的心理过程,但同时一定也会留下阅读和影响的"痕迹"。在毕飞宇的文学世界中,我们轻易能够辨认出那些由独特的语言质地、时隐时现时写时删的哲学话语、强大有力的逻辑追求等等浇筑出的毕飞宇式的文学品质。如果从阅读资源的角度来看,这些品质并非空穴来风,他的语言观、哲学气、逻辑性都可以从其阅读过程找到蛛丝马迹或是非常清晰的成长轨迹。谈论毕飞宇,首先要面对的是他的文学语言。毕飞宇的文学语言分两个阶段,在写作初期,追求磅礴的抒情和深刻的哲理,语言繁复、玄奥而充满激情;20世纪90年代中期由现代主义写作自觉转向现实主义写作后,语言也随之由繁复走向简朴,总体上凝练、干净,贴着人物写,语言有了"身份感",同时不失幽默和俏皮,常有令人忍俊不禁的语言效果。那么,毕飞宇早期的语言特征是如何形成的,这种语言转型是经由哪些阅读资源实现的?

梳理毕飞宇的语言变迁会发现,他的语言世界是动荡的,内部充满了冲突、此消彼长。政治语言、诗歌写作、唐诗、马原、王蒙、周作人、西方大师,这些不同的资源,为他的语言带来了不同的参照和语言体式;在不同阶段,毕飞宇都曾倾心研读、认真模仿,或是试图竭力摆脱这些资源。可以说,毕飞宇正是在他漫长的阅读史中不断寻找,并最终形成属于自己的理想语言体系。

影响毕飞宇语言风格的首先是唐诗和20世纪六七十年代的时代话语,这两种资源几乎是毕飞宇童年和青少年时期不自觉习得的两种重要历史遗产,从一正一反两方面影响了毕飞宇的语言观。在回溯早年的阅读经验时,毕飞宇屡屡提及唐诗的濡染。"唐诗对我产生的印象还是少年时候的事情,虽然年纪还小,但是,可以读出唐诗的大,那时候并不知道什么叫虚、什么叫实,更不知道什么叫意境,就是能感受到语言所构成的那种大,语言是可以突破自身的,这个直觉我很早就有了,其实这就是所谓的审美趣味。因为父亲动不动就要来一句唐诗,这个让我受益终身。这个终身受益并不是说我在唐诗研究上有贡献,我的意思是,它让我在很小的时候建立了语言的美学趣味,这个是不自觉的。"[1]可以看出,受父亲的影响以及这种"高级"语言的吸引,唐诗的韵律、平仄、节奏感对于毕飞宇的语言秩序产生了莫大的影响,这种影响甚至成为一种不自觉的文化习得,唐诗的韵味成了他的美学趣味的一部分,唐诗的凝练、干净、生动在毕飞宇后来的文学语言中都能找到回响。毕飞宇曾说"我对语言美感的建立是比较早的"[2],唐诗的意境、趣味,以及这种朗朗上口的韵律感和抑扬顿挫的节奏感对于他的语言启蒙、"语言美感"的建立无疑起到了重要的作用。他的小说中,充满了这种诗词趣味和诗的节奏:《叙事》里板本六郎与陆秋野之间以诗词和楹联斗法;《唱西皮二黄的一朵》写一朵与包养他的老板每周五的夜晚,"先共进晚餐,后花好月圆";《平原》里,许半仙开导因思念端方而近乎癔症的三丫时,十一个诗词或俗语构成的语言流活脱

---

[1] 毕飞宇、张莉:《牙齿是检验真理的第二标准》,第187页。
[2] 同上,第16页。

脱地勾勒出一个饶舌的职业"说教人"——天作孽,犹可活,自作孽,不可活。愿在世上挨,不往土里埋。好男不和女斗,好女不和饭斗。富贵不能淫,威武不能屈。人在岸上走,船在水中游……这种由成语、俗语、诗词构成的语言体式,形式上或工整对仗,或错落有致,读起来凝练简洁,造成抑扬顿挫的节奏感,同时生动活泼颇具幽默之气。

上文已经提到毕飞宇幼年接受的意识形态教育和红色文化遗产。这种包袱是一种历史遗存,难以摆脱。在"先锋"写作时期,毕飞宇一直面临着"语言的危机",即与20世纪六七十年代时期的政治话语的断裂。也可以说,在毕飞宇的文学语言建构过程中,政治话语及其克服过程是不可忽视的一个阶段。毕飞宇的写作起步于80年代后期,彼时先锋小说、新历史主义小说方兴未艾,作家铆足劲在"如何写"上费尽心机。如果从阅读资源角度考察这一时期毕飞宇文学语言的特征及其来源,可以清晰看到这种抒情化和哲理化语言生成的轨迹。首先是王蒙的语言对毕飞宇产生了深远的影响。在1978年回到兴化县城后,他读到了新时期初期的"伤痕""反思"等类型小说,由于父亲是右派,毕飞宇对右派作家王蒙、从维熙等人的作品非常亲近。尤其是王蒙,他的《当你拿起笔》这本关于写作经验的小书被毕飞宇当作了"我的第一本写作指南",而王蒙开风气之先的意识流的修辞手法,以及汪洋恣肆的复式语言,深深"吸引"了他,进而成为毕飞宇"模仿"[1]的对象。王蒙的语言是典型的复调语言,感情浓烈,喜用长句、排比和多重修饰。在毕飞宇早期的小说《孤岛》《祖宗》《叙事》《楚水》中我们经常可以看到这种繁复而华丽的语言形态。甚至写于2008年的《推

---

[1] 毕飞宇、张莉:《牙齿是检验真理的第二标准》,第20页。

拿》，我们仍然能够看到夸饰文风的"语言流"，比如王大夫替恶棍弟弟还钱的这一章，王大夫自戕时，小说连续用39个"王大夫说"，渲染人物内心的悲怆。

其次，除了王蒙的影响，翻译小说、马原、诗歌写作都对毕飞宇此时的语言产生了影响。20世纪80年代后期，西方现代主义思潮及其作品成为人们的阅读新宠。毕飞宇此时的阅读清单几乎包含了当时最流行的现代主义作家和作品：《西方现代主义作品》、博尔赫斯、马尔克斯、艾略特、波德莱尔，等等。对于这些舶来品，毕飞宇阅读得并不顺畅，一度认为这些翻译作品中的生硬和晦涩是原作的属性。与此同时，一些中国作家也开始了现代主义文学的诸种实践，除了王蒙，还有马原、残雪、刘索拉。此时，"我就是那个叫马原的汉人"的马原式叙述语式开始成为很多作家效仿的对象。与众多追随者一样，马原成为毕飞宇走向现代主义写作过程中的导师。毕飞宇将马原的意义称之为，通过马原了解"西方现代主义的汉化过程"[1]。通过研读马原、洪峰，毕飞宇不仅获得新的语言体式，更获得了涉及小说结构、时空构置等重要的创作方法和思维。除此之外，毕飞宇的语言观变迁中，不得不提到他的诗歌实践。在中学阶段的毕飞宇最迷恋的是小说，但进入大学后，受80年代时代风潮的影响，诗歌成为他的最爱。尽管毕飞宇认为他的诗歌写作和办诗刊的实践并不成功，但这种读诗、写诗的经历无疑影响了他对语言的感知。"我从上个世纪八十年代就开始小说创作了，一直走在现代主义这条道路上。我是从诗歌那边拐过来的，——迷恋诗歌的人都有一个怪癖，过分地相信并沉迷于语言。我

---

[1] 毕飞宇、张莉：《牙齿是检验真理的第二标准》，第57页。

早期的小说大概就是这样,正如汪曾祺先生所说的,我在'写语言'。"[1]无论是写诗阶段,还是写作初期,语言在毕飞宇这儿都有本体论的意义。

毕飞宇是一个语言的理想主义者,执迷于语言的探索。他在阅读和写作实践中调整着自己的文学语言系统。从1979年开始写作算起,一直到90年代中期的《家里乱了》《马家父子》《林红的假日》,毕飞宇才逐渐找到了自己满意的语言方式——而他认为写于世纪之交的《玉米》让他获得了对汉语的自信。

与毕飞宇的语言观相关的是他早期小说中的哲学腔。对于毕飞宇来说,大学的阅读资源发生了很大的转换,由中学时期的当代小说转向了西方小说。同时,毕飞宇的哲学趣味也始于此时——这种哲学趣味对于理解毕飞宇很重要。正是对哲学旨趣的迷恋,塑造了毕飞宇写作初期喜爱抽象和抒情的表达"调式"。"到了大三,我不再写诗了,慢慢地想研究诗歌,这样一来就开始接触美学,没多久,就拐到哲学上去了。我的阅读拐到哲学上还要归功于诗歌评论,诗歌评论里有许多小圈圈,也就是注释。"[2]值得一提的是,哲学思维也受到了父亲的影响。作为右派的父亲,沉默寡言,但迷恋"形式逻辑"和"抽象的东西",父亲心情好时,会与他聊,聊天的内容往往是超出他理解能力的很抽象的东西。这种形而上的父子交流和精神玄谈使年幼的毕飞宇对"抽象"情有独钟,甚至形成了"抽象很高级""不及物的精神活动才能构成

---

[1] 毕飞宇:《青衣》,九歌出版社有限公司,2010年,序言第3页。
[2] 毕飞宇、张莉:《牙齿是检验真理的第二标准》,第36页。

所谓的精神活动"的美学认识。[1]可以说,在懵懂的青年时代,对哲学的迷恋完全源于年轻人特有的好奇,潜心钻研哲学著作并未给毕飞宇带来世界澄明的阅读快感和认知开悟,相反,自学哲学的经历最终以挫败告终。但阅读哲学的特有经历却结结实实影响了他的美学偏好和早年小说的气息。毕飞宇固然善于建构生动的形象和结实的细节,但他更酷爱经由这些具象进行抽象和理性思辨。他曾说,"人物的形象、人物与人物之间的关系,的确需要我们运用想象。可是,人物性格的走向,人物内部的逻辑,这些都是抽象的,想象力并不能穷尽。"[2]因而,他的文学主题与形象看似具象,实际上言近旨远,其探讨的问题远远在具象之外,这也即他常说的好小说是"不及物"的原因。其小说——尤其是早期小说《孤岛》《祖宗》《楚水》《是谁在深夜说话》《叙事》,渗透着毕飞宇对时间、历史、空间、种族起源的想象与玄思,充满了对正史的怀疑、拆解与重新编码的企图。即使到了转型后的《操场》《写字》《地球上的王家庄》《平原》《推拿》,仍有浓浓的理趣,比如《平原》中顾先生代表的理性话语系统,《推拿》中小马对美和时间的想象,都洋溢着一种独特的"思辨气"。

阅读在作家身上所产生的影响并不都是好事,正如有人所质疑的那样,"我觉得很奇怪,几乎每一个我读到的批评家都天真地认为文学影响一定是有益的事。"[3]对于哲学的沉迷,强化了毕飞宇的抽象思维和逻辑能力,这是阅读哲学的收获,但对于此时写作还处于学步阶

---

[1] 毕飞宇、张莉:《牙齿是检验真理的第二标准》,第42页。
[2] 同上,第43页。
[3] [美]布鲁姆:《影响的剖析:文学作为生活方式》,金雯译,译林出版社,2016年,第6页。

段的毕飞宇来说，这种"哲学品质"很可能成为妨碍文学思维的因素。哲学注重思辨、逻辑和抽象，形式上工整，语言上严密，往往排斥具象、感性、想象这些文学质素。事实上，毕飞宇20世纪80年代后期开始写作时，确实因为浸淫哲学过深，而使小说染上了"哲学腔"。这种腔调表现在语言上便是"关联词"的泛滥。如何纠正这种过于思辨和逻辑性太强的语言，毕飞宇采取的方式是"随意乱写"，即通过听凭感觉的不停歇乱写，打破思维上的逻辑和规整。这种打乱规整思维，追求发散思维的有意识"训练"持续了一年多，这段乱写的历史看似有些游戏，对于作家来说是在跟一种不易觉察的惯性语言系统告别。

在毕飞宇的小说美学中，逻辑是一个频繁被他提及的概念。在阅读和解析《促织》《水浒传》《红楼梦》《项链》等名著时，他都留意到这些作品中的"逻辑"问题。他将小说的逻辑类型归纳为施耐庵式的"很实的逻辑"和曹雪芹式的"飞白的反逻辑"。"很实的逻辑"指的是小说情节的设置和细节布局具有相互影响的关系，线索之间常常是环环相扣的关系；"飞白的反逻辑"是指小说的情节进展常常违背正常逻辑，小说的发展中会留下很多空白。反逻辑常常违背生活逻辑，大片"飞白"虽有意蕴，但同时也"构成了极大的阅读障碍"。[1] 在毕飞宇的写作实践中，被较多采用的是施耐庵式的逻辑方式。在分析林冲"从一个技术干部变成一个土匪骨干""走"向梁山这一情节时，毕飞宇认为这个过程体现了施耐庵作为一流小说家"强大的逻辑能力"：

> 我们来看一看这里头的逻辑关系：林冲杀人——为什么杀

---

[1] 毕飞宇：《小说的逻辑问题》，《文学教育》2017年第2期。

人?林冲知道了真相,暴怒——为什么暴怒?陆虞候、富安肆无忌惮地实话实说——为什么实话实说?陆虞候、富安没能与林冲见面——为什么不能见面?门打不开——为什么打不开?门后有块大石头——为什么需要大石头?风太大。这里的逻辑无限地缜密,密不透风。[1]

这种水浒式的密实逻辑,也即毕飞宇所说的小说"进展的合理性",具体说是指小说情节推动的合理性、人物性格发展的必然性等问题。在西方现代主义大师中,毕飞宇旗帜鲜明声称不喜欢米兰·昆德拉、卡夫卡等作家,重要的原因在于不满意他们的"逻辑美学"。他认为卡夫卡的《判决》《变形记》《地洞》都太"生硬了"。同样是描写荒诞,毕飞宇看不上萨特,更加钦佩加缪的《局外人》,他认为这篇小说体现了"进展的合理性",即在描写莫尔索由奔丧继而在遗体旁抽烟、喝咖啡、做爱、杀人,继而被法庭判决死刑这一系列匪夷所思的事件中,"小说的进展十分合理,而一切又都是那么荒诞。"[2]可见,逻辑的真假、有无、生硬与圆融,是毕飞宇评价作家优劣的一个重要标准。阅读中的这种逻辑关切,也渗透在他的写作实践中。他的那些故事性、叙事性较强的作品,在逻辑上都坐得很实,经得起反复推敲。这里试举一例。《怀念妹妹小青》是一篇回忆亡人的短篇小说,从情节设置和人物命运来看,小说的进展逻辑如下:

---

[1] 毕飞宇:《小说的逻辑问题》,《文学教育》2017年第2期。
[2] 毕飞宇、张莉:《牙齿是检验真理的第二标准》,第300页。

妹妹小青在幼年死去了——为什么会死？小青在一场子虚乌有的踩踏事件中被人流冲散继而被踩死——为什么会被人流冲散？因为小青手残疾，全是疤痕——为什么会有疤痕？小青在铁匠铺被刚出炉的铁块烫坏了双手——为什么在铁匠铺会被烫伤？小青迷恋铁块神秘的汁液——为什么会迷恋汁液？因为小青是个具有艺术气质的舞蹈天才。

有人会问，踩踏事件发生时，9岁的小青为什么不逃跑？被踩死的为什么偏偏是她？难道她的死不是一种偶然吗？如果这个质疑成真，那么小说的逻辑就缺少了"必然如此"的合理性。事实上，沿着这两个问题"捋"，我们可以看到小说逻辑上其他一些环环相扣的线索：小青在惊慌的人群里为什么会被踩死？因为她的精神受到惊吓，处于失常状态——一个精神失常的人如何在慌乱的人群里辨别方向？小青精神为什么会失常，因为受到形象恐怖的"那个女人"的推搡恐吓。那个女人为什么要吓小青？是因为小青救了她，没让她死成。"那个女人"为什么要投河寻死？是因为无法忍受批斗。至此，"寻死"的女人以及深夜操场那边传来的"严厉的呵斥与绝望的呜咽"[1]逐渐将1968年这个大时代推向了小说的前台，那个年代紧张、恐惧的政治气候，以及相互仇恨、相互伤害的人际关系作为幕后元凶也随之浮出水面。毕飞宇把大时代隐于幕后，交代了小青一生的若干个片段，这些场景构成了小青的若干个"事故"，步步把一个具有艺术气质的小女孩"逼"向死亡的深渊，这些"事故"看似偶然，实是那个年代的政治日常和生活日

---

[1] 毕飞宇：《是谁在深夜说话》，春风文艺出版社，2007年，第120页。

常,同时,这些单个的事故环环相扣,让小青的命运悲剧进展具有了水浒式的密实逻辑,小青步步"走"向死亡,与林冲步步"走"向梁山,具有同样精彩的逻辑力量。

三、大师的痕影、反模仿和古典主义写作时期的精神资源

关于阅读对于毕飞宇写作的作用和影响,他曾给予了肯定性的回答,认为"没有阅读哪里有写作呢,写作是阅读的儿子"[1]。但在另一些场合,他又声称,"任何阅读都不能左右我的风格。我的风格是从妥协来的——向自己妥协,向自己的内心妥协。"[2]这些表述,显示了他在对待阅读资源或是"影响源"上的复杂心态。一方面,在写作的不同阶段,尤其是写作之初,他确实需要依靠阅读来拓展认知,汲取写作技艺,正是在对文学资源和各类学科知识的阅读和领悟中,逐渐形成自己的思维、语言、美学认知,正是在最初笨拙的模仿和创造性的转化中,自我的风格才慢慢生成。另一方面,阅读资源好比作家写作和成长中的"拐杖",作家并不愿时时被人注视到,循着这一拐杖,读者不但可以看到作家一路蹒跚走来的身影,还有可能被挑剔的读者揿到拙劣"模仿者"的行列。作家在影响问题上的这种欲说还休的态度,被布鲁姆称之为"掺杂着防御机制的文学之爱"[3]。正是这种语焉不详或故意回避的态度,在客观上造成了阅读资源与作家关系在作家自述层面的缺失。有时,作家类似矛盾的论述往往会成为阅读史视角研究的陷

---

[1] 毕飞宇、张莉:《牙齿是检验真理的第二标准》,人民文学出版社,2014年,第241页。
[2] 毕飞宇:《阅读不能左右我的写作风格》,http://www.thepaper.cn/2017-2-27。
[3] [美]布鲁姆:《影响的剖析:文学作为生活方式》,金雯译,第10页。

阱。因而，从小说内部考察文本，追寻阅读踪迹，可以有效纠正作家的记忆偏差，突破作者固有的防卫心理，解开作家的遮掩[1]。因而，在作家的阅读与写作关系厘析上，需要我们深入作家的阅读历史，在这种由影响源和影响对象形成的关系范畴中，细致比对作家作品与阅读资源，考辨出影响的痕迹、接受与转换的轨迹，以此拼接出作家也许都未曾意识到的内在接受图景。

　　读多了毕飞宇的小说，总能感觉到其小说世界中的阴郁之气：充满"冷气"和"寒意"。《叙事》《孤岛》《楚水》折射的是历史更替、权谋文化、种族争斗的血腥与残暴，《地球上的王家庄》《蛐蛐　蛐蛐》《是谁在深夜说话》透着时空的浩瀚和人在宇宙暗夜里的渺小与孱弱，《平原》《玉米》《红豆》《怀念妹妹小青》和《九层电梯》《相爱的日子》《遥控》又让个体在世俗的泥潭里饱受摧残或苟且不安。可以说，毕飞宇倾心写作的历史、哲学、世俗三种时空，都布满了生的凉意和人的疼痛。"我的创作母题是什么呢？简单地说，伤害。我的所有的创作几乎都围绕在'伤害'的周围。我为什么对伤害感兴趣？……我对我们的基础心态有一个基本的判断，那就是：恨大于爱，冷漠大于关注，诅咒大于赞赏。"[2]围绕着伤害主题，毕飞宇的小说书写了战争创伤、人性痼疾等造成的种种悲剧。比如在筱燕秋（《青衣》）、玉米（《玉米》）身上，我们总能感觉到一股人性的暗黑力量，在她们平静的外表下包裹着毒性和疯性，当她们开始说话或开始行动时，伤害便开始了。筱燕秋面对师父李雪芬无私的教诲和主动退后让贤，并不领情。《奔月》剧组到坦克

---

[1] 郭洪雷：《个人阅读史、文本考辨与小说技艺的创化生成——以莫言为例证》，《文学评论》2018年第1期。

[2] 毕飞宇、汪政：《语言的宿命》，《南方文坛》2002年第4期。

师慰问时,李雪芬响应战士呼唤而出演一场,自公演以来一直霸着毡毯的筱燕秋,面对李雪芬的光鲜出演,"冷冷地注视着舞台""脸色难看""不声不响""极为不屑"。在一番冷嘲热讽激化矛盾后,面对李雪芬的歇斯底里的谩骂:

> 这一回一点一点凉下去的却是筱燕秋。筱燕秋似乎被什么东西击中了,鼻孔里吹的是北风,眼睛里飘的却是雪花。这时候一位剧务端过来一杯开水,打算给李雪芬焐焐手。筱燕秋顺手接过剧务手上的搪瓷杯,"呼"地一下浇在了李雪芬的脸上。[1]

年轻的筱燕秋顺手拨出去的开水,直接把师父送进了医院终止了后者的舞台生涯。同时,更烛照出"妒良才"时筱燕秋身上的毒性与疯狂有多阴森可怕。筱燕秋式的疯狂,我们在玉米身上再一次遭遇。玉米下嫁郭家后,活泼美艳的玉秀由于在断桥镇遭强暴而被人嘲笑,于是暂时在郭家躲避流言蜚语。在这期间,玉秀和郭家兴的儿子郭左渐生爱意,面对他们逐渐浓烈的情感,玉米坐卧不宁,她不能容忍"侄子和姨妈"这种感情发酵开花,为了维护王家和郭家的脸,玉米决计终止这段恋情。她"夜会郭左",先是拐弯抹角欲让郭左帮玉秀找对象,然后故作忧戚地拉响"惊雷"——

> 玉米不说话了,侧过脸,脸上是那种痛心的样子,眼眶里已经闪起泪花了。玉米终于说:"郭左,你也不是外人,告诉你也是不

---

[1] 毕飞宇:《地球上的王家庄》,新世界出版社,2002年,第228页。

妨的。——玉秀呢,我们也不敢有什么大的指望了。"郭左的脸上突然有些紧张,在等。玉米说:"玉秀呢,被人欺负过的,七八个男将,就在今年的春上。"郭左的嘴巴慢慢张开了,突然说:"不可能。"玉米说:"你要是觉得难,那就算了,我本来也没有太大的指望。"郭左说:"不可能。"玉米擦过眼泪,站起来了,神情相当地忧戚……郭左的瞳孔已经散光了,手里夹着烟,烟灰的长度已经极其危险了。玉米回过身,缓缓走进了西厢房,关上门,上床。玉米慢慢地睡着了。[1]

玉米的精心"泄密"几乎是曹七巧宴请童世舫的"鸿门宴"的翻版。张爱玲如此叙述一个疯子的"审慎与机智"——

七巧将手搭在一个佣妇的胳膊上,款款走了进来,客套了几句,坐下来便敬酒让菜。长白道:"妹妹呢?来了客,也不帮着张罗张罗。"七巧道:"她再抽两筒就下来了。"世舫吃了一惊,睁眼望着她。七巧忙解释道:"这孩子就苦在先天不足,下地就得给她喷烟。后来也是为了病,抽上了这东西。小姐家,够多不方便哪!也不是没戒过,身子又娇,又是由着性儿惯了的,说丢,哪儿就丢得掉呀?戒戒抽抽,这也有十年了。"世舫不由得变了色。七巧有一个疯子的审慎与机智。她知道,一不留心,人们就会用嘲笑的,不信任的眼光截断了她的话锋,她已经习惯了那种痛苦。她怕话说多了要被人看穿了。因此及早止住了自己,忙着添酒布菜。隔

---

[1] 毕飞宇:《地球上的王家庄》,第102页。

了些时,再提起长安的时候,她还是轻描淡写的把那几句话重复了一遍。她那平扁而尖利的喉咙四面割着人像剃刀片。[1]

玉秀的"被强暴"和长安的"抽大烟",这种女性自我的污点和创伤,理应被同情被小心翼翼地回避,但在玉米和曹七巧这里,经过精心策划,污点和创伤这些个体私密被"不经意"地泄露给了特定听众。泄露的主体一个是亲姐姐,一个是自己的母亲,而"泄密者"的目的就是,让追求玉米的郭左和与长安感情日益甜蜜的童世舫获知他们心上人的那个"劣迹"。故事的结局同样充满悲情:童世舫惊愕之余转身离开了长安,而郭左在"痛心和愤怒"之余强暴了玉秀。这是两个何其相似的故事,尽管故事的发生时间分别是20世纪的三四十年代和70年代,但女性家长作为泄密者的那种疯狂、残忍令人心悸。玉米和曹七巧体内的毒性固然根植于不同的历史传统和现实遭遇,但在"泄密者"叙事和表现女性的"平静的阴鸷"方面,毕飞宇和张爱玲几乎如出一辙。

毕飞宇阅读张爱玲比较晚。张爱玲自20世纪40年代从大陆学术史中消失近半个世纪,随着80年代夏志清《中国现代小说史》在大陆的传播,以及柯灵《遥寄张爱玲》的发表,张爱玲逐渐走进人们的视野,并在80年代后期至90年代初在大陆掀起一股"张爱玲热"。毕飞宇正是在这股潮流中开始阅读张爱玲的。"张爱玲的确有她的魅力。我读张爱玲的时候年纪已经比较大了,还是合拍的。"[2]

---

[1] 张爱玲:《金锁记》,《张爱玲文集》第二卷,安徽文艺出版社,1995年,第151页。
[2] 毕飞宇、张莉:《牙齿是检验真理的第二标准》,第215页。

对于张爱玲的评价，除了认为她直指人心、入木三分外，毕飞宇认为她的最大热点是"冷"。"张爱玲是一个温度计，她把自己贴在中国社会的末端上，拉出一具尸体，然后，把尸体的体温告诉了我们。张爱玲的贡献就在这儿，所以，她是冷的。"[1]在写作上，毕飞宇受张爱玲的影响也是显见的。他曾自言，《平原》在时代政治酷虐下仍然保持盎然生机和民间自在伦理秩序的王家庄式民间叙事，受到《倾城之恋》的历史观和张爱玲注重刻画"人生安稳"面的影响。同样，在描写人性的暗黑方面，我们在《玉米》《玉秀》《怀念妹妹小青》《红豆》等篇中看到张爱玲式的人性废墟和生的苍凉。毕飞宇曾说："将玉米和曹七巧放在一起比较，挺有趣。其实她们完全不一样的，即使是相同的故事，在不同的文化背景下面，我都有信心把它重写一遍。"[2]毕飞宇的玉米和筱燕秋，让我们看到了张爱玲的曹七巧在当代的回响，尽管她们所处的环境和时代不同，但她们身上的寒意、平静中的阴鸷、人性深处的疯狂和毒性是相似的，她们在伤害和被伤害，弑他和被弑的怪圈中演绎着中国女性关于个体与权力、传统、伦理的复杂纠葛。

被毕飞宇归为"冷血"和"凉骨"的作家，除了张爱玲，还有鲁迅。"是冷构成了鲁迅先生的辨别度。他很冷，很阴，还硬，像冰，充满了刚气。"[3]在解读鲁迅文学的特色，以及解读《故乡》《药》等作品时，毕飞宇都提到了鲁迅的这种"令人心疼"的冷。在毕飞宇看来，鲁迅在情感表达上是一个"有爱"却"不肯示爱"的作家。"先生是知道的，他不能去示爱。一旦示爱，他将失去他'另类批判'的勇气与效果。所以，鲁

---

[1] 张均、毕飞宇：《通向"中国"的写作道路——毕飞宇访谈录》，《小说评论》2006年第2期。
[2] 同上。
[3] 毕飞宇：《小说课》，第197页。

迅极为克制,鲁迅非常冷。这就是我所理解的'鲁迅的克制'与'鲁迅的冷'。"[1]确实,鲁迅是一个怀有大爱的硬汉,却不轻易呈现他的爱,他的文字里有柔情,比如《朝花夕拾》和《两地书》。但大多数时候,他的思想表情是严峻的、愤怒的、焦灼的,他的文学图景是晦暗的、阴冷的、苍凉的。鲁迅对后世很多中国作家产生巨大影响,几乎是一个不争的事实。毕飞宇也在影响之列,在问及"对你影响最大的现代作家是谁时",他用了"毫无疑问是鲁迅"[2]这样的断语。鲁迅在哪些方面影响了毕飞宇,这是一个大的话题,值得细细探究。此处想指出,鲁迅式的冷峻,以及文化、秩序对人的戕害,对毕飞宇的小说有着潜在的影响,毕飞宇反复书写的权力对人性的褫夺、人的尊严和权利的危机、人性中的毒性等命题,无不是鲁迅"改造国民性"这一宏大命题在当代的延伸。

在毕飞宇的小说中,除了可以看见鲁迅、张爱玲的"镜像"与影子,我们还能看到博尔赫斯、海明威、哈代、福楼拜、莫言等作家的写作技艺或某种风格。这种"镜像"有时表现为一种意象[3],有时是一种美学倾向,有时是一种叙事方法。阅读资源大多经过作家的"变形"而进入自己的小说。关于写作时如何转化或利用阅读资源,毕飞宇这样说过:"我在写作的时候时常遇到这样的场景:这个别人已经写过了,那我就换一个说法。"[4]没有一个作家愿意做某某前辈作家或伟大作家

---

[1] 毕飞宇:《小说课》,第 234 页。
[2] 毕飞宇、张莉:《牙齿是检验真理的第二标准》,第 203 页。
[3] 郭洪雷:《毕飞宇小说创作论——以其阅读经验为副线的考察》,《中国文学批评》2018 年第 3 期。
[4] 毕飞宇、张莉:《牙齿是检验真理的第二标准》,第 241 页。

的影子，这种"影响的焦虑"会促使作家在创作过程中尽可能地淡化他与所效仿作家之间的相似性，所以"换一个说法"不啻为消化阅读资源的一种方式。叶兆言说得更明确，他认为面对名著资源，作家应该采取"反模仿"的策略，"读了这些人的名著，人家会问我，那写作不就成了模仿？我认为，与其说是模仿，不如说是在反模仿。绝对不能像他们那样写。"[1]在毕飞宇的文学阅读和写作实践中，我们也能看到这种"反模仿"策略，或者说，他的小说的某种叙事趋向、审美偏好是对阅读资源甄别后所做的自觉取舍。

海明威是毕飞宇所喜爱的作家，毕飞宇对他的《老人与海》赞赏不已，认为是一部"太棒了"的小说。但对于小说结尾"过分强烈的性征"，毕飞宇给予了严厉批评。他认为小说结尾写到桑迪亚哥筋疲力尽，手掌烂了，掌心朝上趴在床上睡着了，"至此结尾，简直就完美了"，但海明威"雄性大发"，写了桑迪亚哥梦见了草原上的狮子——这种过强的雄性特征以及"雄性方面的虚荣"大大伤害了小说的韵味[2]。在毕飞宇看来，这种过强的男性雄强意识，以及过于显豁的主题延展如同狗尾续貂，使小说繁冗，不够简洁含蓄。尽管对《老人与海》的结尾多有批评，但对于海明威总体上的简洁文风，以及只写1/8的"冰山理论"，毕飞宇一直心仪。他认为，"海明威的特殊性主要体现在他的刻意上，他就是喜欢把许多内容刻意地摁到'水下'去。在这一点上他做得非常棒。也正是在这一点上，海明威让自己和别的作家区分开来了。"[3]海明威的这种简洁文风，经由毕飞宇的这种深度阅读和前文

---

[1] 叶兆言：《自述——我的文学观与外国文学》，《小说评论》2004年第3期。
[2] 毕飞宇、张莉：《牙齿是检验真理的第二标准》，第247页。
[3] 毕飞宇：《小说课》，第244页。

所说的"拆解式"学习,几乎内化成了毕飞宇的一种文风。毕飞宇的文学从早期的先锋式写作走向现实主义的写作后,文字越发简约,显豁的主题和意义表述退隐文后,引而不发的叙事表层隐藏的是内部的"刀光剑影",甚至,把诸多叙事走向摁在"水下",直到终篇也不去释谜。这种海明威式的简洁和"摁在冰山下"的写作方式,典型地体现在毕飞宇的小说结尾设置上。

细读毕飞宇的小说,会发现他在小说结尾常采用"留白"式的开放叙事:"带菌者"端方能否进城,铁娘子吴曼玲会不会死(《平原》);玉秀和她的孩子命运会如何(《玉秀》);憨厚的玉秧在告密成风的学校教育下,将会"生长"成什么样子(《玉秧》);图北在甩脱掉大哥图南的管教和阴影后,能否在都市健康成长(《哥俩好》)——毕飞宇在这些作品中,留下了"发展中的人格"和"未完成的道路"[1],并未提供出路或答案。在一次访谈中,他曾这样说,"生活本身是一个没有结局的东西,我为什么那么愚蠢一定要在我这个书里面给出一个结局来?……我觉得不写人物命运结局,把它放在这儿,比那样要好。"[2]可以说,这种简洁美学和引而不发的"冰山式"叙事,正是来自海明威的馈赠。作为一种现代叙事技巧,这种开放式的留白叙事易于激发读者对文本寓含的"召唤性"[3]进行分析,读者通过召唤性意义的填充,释放了自己的主体体验,从而与作者共同完成文本的价值创造。除了海明威,福

---

[1] 沈杏培:《泄密的私想者:毕飞宇论》,《文艺争鸣》2014年第2期。
[2] 毕飞宇:《我的小说从来都没有结局》,http://book.sina.com.cn,2008年10月14日。
[3] "召唤结构批评"模式是接受美学批评中的一种范式。它注重从读者接受角度,引导读者对文本结构的"召唤性"——即作品中的意义空白、不确定性、否定性,进行填补、连接、想象和再创造。随着现代叙事的发达,作品的意义空白和不确定性的"召唤"因素也越多。参见朱立元:《接受美学导论》,安徽教育出版社,2004年,第413页。

楼拜也是毕飞宇下功夫阅读的作家,他极度推崇福楼拜式的节制、内敛,认为在《包法利夫人》中"几乎看不到无效劳动",甚至认为与福楼拜相比,巴尔扎克显得"粗疏""草率"[1]。可见,海明威、福楼拜和巴尔扎克作品中的性征意识、表达情感的强弱、叙事的节制与粗疏和结尾方式,从正反两个向度给予了毕飞宇很大的启发。正是在对这些大师的阅读中,毕飞宇与这些经典作家进行着美学趣味上的交流与碰撞,也正是在这种比较与筛选、激赏与批判中,他的文学主张逐渐得以确立。

毕飞宇将自己的写作历程归为由"现代主义"向"古典主义"的转变,前者注重"有意味的形式",后者看重"可感知的形式"——凝聚着汗渍、泪痕、牙齿印和唾沫星的古典主义手工品更让他迷恋[2]。1995年转型之后,他一头扎在现实的土壤里,此时的文学关注历史夹缝和现实困境中的人,书写他们的痛苦,悉心呵护他们的尊严,悲悯意识、人道情怀溢满字里行间。他此时的写作,既有19世纪批判现实主义一脉,又接通着20世纪现代主义的历史与主体、生存与异化、爱欲与痛苦等诸多命题。毕飞宇转型之后快速实现小说写作的"不及物"到"及物",由"天上飞"转向"地上走",与其在阅读中获得的知识、精神资源分不开。具体来说,在70年代后期、80年代初,十四五岁的毕飞宇开始阅读伤痕文学,稍晚两年,他开始阅读《忏悔录》《约翰·克里斯多夫》《包法利夫人》《悲惨世界》这些西方文学。由于模式化的写作,伤痕文学很快遭到了他的厌弃,但对西方批判现实主义的经典之作,却

---

[1] 毕飞宇、张莉:《牙齿是检验真理的第二标准》,第249页。
[2] 毕飞宇:《小说课》,第411页。

越读越上瘾,青春期时期的这种名著阅读,引发的尚不是精神上的理性共鸣,而是"身体在阅读,血管在阅读"[1]的阅读快感。但也恰恰是这些"一知半解""依靠直觉"的阅读带来了他精神上的最初启蒙。毕飞宇曾这样谈到西方文学对他的影响:

> 其实我想这样说,西方文学对我最大的影响还是精神上的,这就牵扯到精神上的成长问题,自由、平等、公平、正义、尊严、法的精神、理性、民主、人权、启蒙、公民、人道主义,包括专制、集权、异化,这些概念都是在阅读西方的时候一点一点积累起来的。在价值观方面,尤其在普世价值的建立方面,那个时候的阅读是决定性的。你在阅读故事、人物、语言,到后来,它在精神上对你一定有影响。[2]

对于毕飞宇来说,此时的西方文学阅读,比如《九三年》中的"杀人"主题,卢梭《忏悔录》中关于"肉上有毛"的细节,给他带来醍醐灌顶的巨大阅读震惊外,同时也在精神层面带来最初的启迪。比如,我们总能看到人的主题,尤其是人的伤害母题不断在他的小说中出现。他喜欢聚焦不同群体的精神状态及其社会处境,比如旺旺式的留守儿童(《哺乳期的女人》),红豆式的逃犯和"我"式的劳改犯(《雨天的棉花糖》和《睁大眼睛睡觉》),"他"和"她"那样的城市北漂(《相爱的日子》),沙复明和王大夫式的盲人群体(《推拿》),老鱼叉、老骆驼式的病

---

[1] 毕飞宇、张莉:《牙齿是检验真理的第二标准》,第234页。
[2] 同上,第230页。

态人格(《平原》),毕飞宇正是通过这些创伤形象再现了历史、战争、政治、世俗对人性的伤害。人的主题,对人性的怜悯,对造成人性创伤因素的指陈,使毕飞宇"古典主义"时期的小说具有了浓厚的人道主义色彩。这种人道主义情怀,我们能够在其阅读史中找到精神原点。毕飞宇曾这样谈到雨果及其人道主义对他的影响:

> 我觉得雨果也是这样的,他一直在强调"绝对正确的人道主义",这句话从我读到的第一天起就在我的心里了,一直到今天。这是一种普世的情怀,不该有种族之分,不该有时代之分,更不该有制度之分。我不懂什么主义,无党无派,可是我想说,无论我们在主义这个问题上有什么分歧,有什么对峙,我们都要在"人道主义"这个主义底下达成共识。[1]

对雨果式的人道主义的推崇,体现了毕飞宇对人的尊严、情感的捍卫,这也几乎构成了他作品中的一个元命题或基础价值观。但毕飞宇对雨果的人道主义的接受,显然是一种创造性的变形。在《死囚末日记》《科洛德·格》以及《悲惨世界》《九三年》等篇中,雨果同情下层民众和弱势群体,追求仁慈、宽恕、友爱理念,以人道主义否定封建制度,批判资本主义弊病。而毕飞宇的人道主义写作,以伤害为母题,书写人在不同境遇下的疼痛与受损。在雨果笔下,阻遏人道主义的因素有旧的制度,甚至包括革命。但在毕飞宇看来,人道主义在本土语境中很难伸张,原因在于存在等级化人的关系,毕飞宇将之称为"人在人

---

[1] 毕飞宇、张莉:《牙齿是检验真理的第二标准》,第243页。

上"的"鬼文化"。"我们的身上一直有一个鬼,这个鬼就叫做'人在人上',它成了我们最基本、最日常的梦。这个鬼不仅依附于权势,同样依附在平民、大众、下层、大多数、民间、弱势群体,乃至'被侮辱与被损害的'身上。"[1]在毕飞宇看来,人在人之上的等级关系、压迫关系,是阻碍人性伸张的因素,是人道主义实现的阻遏力量。在王连芳与玉米、玉米与玉秀的家庭关系中,在老鱼叉与王二虎的阶级身份中,在红豆与他周围的大众之间,在盲人与正常人之间,权力因素、阶层差异、社会偏见所造成的人与人的等级、隔膜,正是这种人在人上的"鬼文化"的体现。

可以说,以雨果为代表的西方批判现实主义影响了毕飞宇小说的人学建构与主题表达。精神分析学认为,"在阅读中,文学作品可以突破读者心理上设置的自我防御,而按读者独特的欲望满足方式发生变形,这也就是作品与读者主体心理经验的交融,最后整个经验就统一在读者总的自身结构'个性主题'上,这时作品为读者接受了,而读者的人格结构也在阅读中发生了某种变化。"[2]这段话可以看作毕飞宇作为读者在阅读人道主义资源时的变形过程,正是在阅读雨果和其他西方文学资源的基础上,毕飞宇受到了最初的精神启蒙,经过自我主体的吸收,由雨果式的人道主义衍化出个性化的人学叙事。

四、作为"方法"的阅读资源或阅读史

程光炜曾说,近些年接触过不少作家谈论阅读的材料,比如王安

---

[1] 毕飞宇:《沿途的秘密》,第22页。
[2] 朱立元:《接受美学导论》,第34页。

忆、莫言、贾平凹、张承志、格非等,这些阅读材料对他"改变单纯从文学评论这一条线上,来认识作家复杂多变的创作风格"深有启发,他指出,"在现代文学研究界,研究者普遍都相信,作家的阅读是直通他们的文学世界的重要途径。他们借着作家不同时期读书的情况,除直接去触摸当时的历史,还有意在加强、扩大对作家作品的阐释空间。"[1]确实,相对于拘囿于文本自身进行的文学"内部研究",阅读资源为阐释作家与作品提供了一个重要通道,即从阅读资源角度追溯作家的风格、技艺的来源,考辨作家与其"影响源"之间的内在关联。因而,作家的阅读资源和阅读史可以从源头上还原一个作家"生长"的真相,为阐释作家的精神渊源提供了重要的视角,具有文学发生学的意义。

如何去寻找这种影响的"痕迹",进而实证性地勾连起阅读史与写作史之间的内在关联,归纳起来,大致有这样几种路径。

第一,通过作家的自述性文字重组作家的阅读史。通常来讲,清晰地梳理一个作家的阅读资源,呈现他的阅读史并不是太难的事——当然了,有些作家对自己的阅读和所受影响讳莫如深,而较少留下这方面的资料的话,整理阅读史这一基础性前提也会具有相当难度。通过文献查找、访谈等方式重组出作家的阅读资源"清单"与作家的"夫子自道"后,阅读史视角便有了基础条件。甚至,一些问题自然便可浮出水面。比如,在思考余华的阅读与写作关联时,有研究者提到可以用统计学的方法来量化研究。即先通过文献梳理,整理出"余华阅读书目","这个'阅读书目'编好之后,可以对它做统计分析,比如,提到卡夫卡有多少处,川端康成的多少处,鲁迅又是多少处,归总起来,眉

---

[1] 程光炜:《作家与阅读》,《小说评论》2015年第5期。

目就清楚起来了。另外再根据这些出处的时间点,做一个先后秩序的排列,继续统计分析,那么'影响比重'这个问题也能够呈现出来。"[1]简言之,通过对作家阅读资源的搜集,编制出作家阅读书目,并按编年顺序排列,进而用统计学的方法对作家访谈、自述、文本解读等写实性文字中的阅读资源出现频率进行高低排序,由此可以管窥作家与阅读资源的亲疏远近关系。确实,这样的研究思路,可以相对比较全面地呈现作家历时性的阅读资源,也可以通过作家的"现身说法"看到作家对不同资源采取的策略。

第二,搜集和研究作家阅读后的批校。"批校就是读者在书本上手写的读书笔记,包括其亲手绘制的图形符号等。"[2]批校研究是西方19世纪便兴起的一种研究方法。批校研究与手稿研究略有不同,后者是指对作家作品在定本之前的写作及其修改进行研究,而批校是指对作家阅读行为的痕迹进行研究。批校研究的路径和目的其实是,通过对读者/作家在阅读过程中留下的旁批、夹批、眉批等信息,回溯读者/作家在阅读这些资源时的心理活动、美学反应,进而由此探察这些资源对其产生的影响。这种思路体现在批校研究的两种类型上,"一种是尽量搜集同一个读者在不同的书上所写的批注,借以了解读者的阅读结构。同时,在了解读者生平、思想、著述的基础上,通过仔细分析其批校,回答他是如何阅读和理解这些作品、他所阅读的书籍又是怎样影响他的思想和生活等一系列问题。"[3]批校研究突破了文学的内部研究,在文本外部生动地呈现读者阅读过程中的情绪、心理

---

[1] 程光炜:《作家与阅读》,《小说评论》2015年第5期。
[2] 韦胤宗:《阅读史:材料与方法》,《史学理论研究》2018年第3期。
[3] 同上。

等真实历史细节,对于理解作家的美学渊源和精神生成,以及为实证性考察阅读资源如何影响作家提供了重要的史料佐证[1]。

第三,对阅读资源与文本进行实证研究。实际上,从作家的主观来讲,面对前辈作家的身影和影响的痕迹,"即使作者本人开朗达观,面对这样的痕迹还是会有所忌讳,还是会有意无意采取一些写作策略来凸显自己的原创性。"[2]客观上,作家的阅读资源与写作实践之间的影响并不是一对一的线性关系,也并非所有的阅读资源都会对作家形成影响。作家偏爱、化用哪些作家的哪些技艺,如何创造性转换,需要细细对校和辨析。因而,作家自述性阅读资源和作家的阅读批校仅仅提供了作家与阅读资源之间产生影响的可能性,要确证这种关系,还需要实证性研究。"仅仅了解读者读了什么,如何阅读,只能了解一种阅读'可能'会产生怎样的结果。"[3]因而,阅读史的研究方法还需要考察阅读主体的"阅读反应"。如何呈现这种阅读反应?尤其是专业作家,其阅读过程常常不是简单的消遣性阅读,而是精读或深度阅读。本文正是通过阅读资源和毕飞宇小说的比对、辨析,对毕飞宇的语言观、写作母题、文风特征,以及文本中的大师"镜像"、反模仿的转化资源方式等问题进行了细致的考察,找出了影响的"源头"和影响的"痕迹",从而实证性地建立起阅读资源与小说创作之间的内在联系。

---

[1] 中国现代文学馆收藏了几代作家捐赠的图书,包括作家阅读和收藏的作品。目前现代文学馆正在结合研究者的需要进行文库编目工作。这些作家的藏书和阅读图书,可能提供了作家在阅读过程中的笔记、笺注等信息,为我们通过批校考察作家与阅读资源的关系提供了重要史料。经过查阅,该馆目前没有毕飞宇的阅读和收藏图书。但作为一种方法,批校研究具有不可忽略的功能。

[2] [美]布鲁姆:《影响的剖析:文学作为生活方式》,金雯译,译者序第3页。

[3] 韦胤宗:《阅读史:材料与方法》,《史学理论研究》2018年第3期。

总之,从阅读资源角度考证作家及其作品,是一种实证意味很强的研究方法,具有文学史价值。而考辨影响源流传和作家转化的过程,极其艰辛且有技术难度,需要通过反复阅读、比对找出影响的痕迹,融合了影响学、接受美学、汇校学的方法,而通过这种阅读史、接受史和写作史的互文性观照,对作家创作历程所进行的整体勘察,与其说是对阅读作为写作副线的文学外围考察,毋宁说是对作家创作心理、写作机制等内部空间的"解密"和"释谜"。

百科体、知识腔与接受障碍

——《应物兄》的"知识叙事"反思

《应物兄》是一部提供了关于汉语写作"可能性"的实验性小说,比如在时代现实的总体书写上,提供了"大局面反讽"[1]的书写秩序,比如在叙事形态上与《花腔》一脉相承的"剥洋葱"[2]式叙事方式,比如关于人物,应物兄充当着李洱关于一个古典文学形象如何在新的时代语境下生长的人格寄托,即探讨贾宝玉在20世纪以来的社会秩序中如何完成自我主体的人格生长。而从知识叙事的角度看,《应物兄》更是提供了百科全书式的知识呈现。在这部洋洋大观的小说中,知识并

---

[1] 敬文东:《李洱诗学问题(上)》,《文艺争鸣》2019年第7期。
[2] 程德培:《洋葱的祸福史》,《收获长篇专号:2018.冬卷》,长江文艺出版社,2018年,第320页。

非是一种陪衬性因素,在饱满的故事、三教九流式人物以及对当代现实的"反讽性"言说主题之外,知识以及知识讲述成为作家倾力最多的一个方面。在小说中,各种知识密集,甚至呈现出俄罗斯套娃式的知识陈列,这些驳杂的知识遍布小说的大街小巷,并向四面八方伸延,呈现出"包罗整个宇宙"〔1〕的叙事雄心。巨量的知识以及关于知识的征引、交流和驳诘,几乎使小说走向某种失控,屡屡有摧毁阅读者耐心的危险。当知识在一部小说中的叙事分量和位置显豁得超过人物塑造、叙事方法而获得一种主体身份时,必然面临着关于知识的一系列问题:知识在这部小说中的功能是什么?知识叙事与传统小说秩序是怎样的关系?百科全书体例能否拓展当代生活的表现疆域?密集的知识狂欢在读者阅读层面会带来哪些负面影响?

一、百科全书与知识叙事:当代生活的"记忆术"

李洱曾说,他计划这辈子只写三部长篇,一部关于历史的,一部关于现实的,还有一部关于未来的,《花腔》是计划中的第一部,现在正在写的关于现实的这部,是原计划的第二部〔2〕。李洱所说的"比较复杂,篇幅也比较长"的这部关于"现实"之作,正是毕十三年于一役的《应物兄》。《花腔》是朝向20世纪三四十年代的历史之作,《应物兄》的叙事起点是应物接受知识启蒙和文化教育的20世纪"八十年代"——这个时间起点应合了李洱自身在80年代完成大学教育并开

---

〔1〕[意]卡尔维诺:《美国讲稿》,萧天佑译,译林出版社,2012年,第102页。
〔2〕李洱:《问答录》,上海文艺出版社,2013年,第209页。

始发声的精神起点，而其下限正是当下。改革开放以来的四十年当代生活构成了李洱这部卷帙浩繁之作的时空范畴。在《午后的诗学》中，李洱已经对当代生活的芜杂和难以捉摸进行了预告，"变动不羁的现代不可能在记忆中沉淀为某种形式，让人很难把握"，不断变化的现实就像杜莉的"缺少稳定性"的相貌一样[1]。当代社会的驳杂已是不争的事实，进化论或中心论似乎难以概括这个时代的总体现实，齐格蒙·鲍曼在《寻找目标与命名的症状》中这样说道，"人类历史的连续跳跃、扑朔迷离已经与自然灾害的不可预料、难以控制不分伯仲，更有甚者，人类对历史的掌控以及由之产生的决心和希望已然消散。"[2]于是，一个根本的问题再次走向我们：新的时代现实已经来临，面对新的现实和繁复的当代经验，旧的叙事传统该如何升级，文学以怎样的形态拥抱现实？

《应物兄》无疑是处理当代生活的一个独特文本。李洱这部作品动笔于2003年，终篇于2018年，这期间的中国社会在全球化语境下经历了令人惊异的剧变，这种变化不仅指社会发展形态，也包括文化和心理方面。"我们已然置身于一个比《百年孤独》还要魔幻百倍的匪夷所思的现实，一个让霍金也要发出警告说'强人工智能的崛起可能是人类遇到的最好的事情，也可能是最坏的事情，但我们还不知道答案'的现实。这个现实还在不断加速，且每一秒都比刚流逝的那一秒更快一点。我把这个现实称之为知识社会。一个知识生产呈指数级增长的块茎结构，一个人可能真正获得主体性（自由）的个人时刻，一个充

---

[1] 李洱：《遗忘》，人民教育出版社，2012年，第121页。
[2] [德]海因里希·盖瑟尔伯格编：《我们时代的精神状况》，孙柏等译，上海人民出版社，2018年，第32页。

满不确定性与戏剧性的现代性景观,一个'技术奇点'随时可能爆发的前夜。"[1]面对这个动荡不居的现实,文学如何去表现这种驳杂的现实,如何认识塑造现实的各种力量——比如现代性,比如传统文化,这成为摆在作家面前的大的论题。当代中国作家对近几十年的社会现实有着颇为大观的文学回应,有《兄弟》《人世间》式的对大时代正面强攻式叙事,有《黄雀记》"离地三公尺"的隐喻书写,有《涂自强的个人悲伤》《篡改的命》式的以小人物悲剧映射大时代下个体生命史的叙述,有《还魂记》《炸裂志》对中国社会的荒诞式书写,还有"日常的精致的现实主义",以及加上科技、未来、网络等"前缀"的现实主义[2]。这些各具异彩的叙事,确实从不同角度丰富了文学现实的面孔。但面对无尽变化的现实,文学的叙事和作家的想象力似乎远远还不够,而且总是跟不上,乔治·斯坦纳所说"想象力已经落后于花哨的极端现实"似乎宣布了文学叙事落后于现实的普遍性困境。本雅明甚至认为传统的"讲故事的艺术"由于经验的匮乏,以及在"外在世界和精神世界的图景都经历了原先不可思议的剧变"[3]的现实面前而行将消失。

对于当代经验和当代现实,李洱一直有"命名的焦虑",并始终在摸索理想的文学形式。在他看来,经历过 20 世纪与当下中国的作家,面临的是三种历史/现实经验:"一种是社会主义的经验,一种是市场化的经验,还有一种是 20 世纪 90 年代以后深深卷入全球化之后所获得的全球化的经验。这三种经验分别对应于三种不同的时代,而一个

---

[1] 黄孝阳:《什么是现实,什么是当代小说》,《文学报》2018 年 2 月 22 日第 5 版。
[2] 付秀莹编:《新时代与现实主义》,作家出版社,2019 年,第 229、215 页。
[3] [德]汉娜·阿伦特编:《启迪:本雅明文选》,张旭东,王斑译,生活·读书·新知三联书店,2012 年,第 95—96 页。

时代既可以看成是对另一个时代的发展,又可以看成是对另一个时代的报应。"[1]三种相互叠加、相互渗透的经验,在中国古典文学以及现代中外作家这里,没有完全可以套用的文学表达方式。"以前的故事是悬念的,高潮的,主线的,有起始结尾的。但是,当代小说表达的好像是一段时间之内的生活,有些情节,看不到开头结尾,仿佛只是生活的一个片段。当我试图像19世纪小说那样结构故事的时候,我认为小说家都有这样一种冲动,但往往无法完成。即使当真的靠近的时候,你感觉你的故事是失真的。"[2]面对这种矛盾,李洱认为小说美学应该发生变化,"在这种情况下,文学写作必须有变化,必须出现一种新的形式,以此对变化中的生活做出回应,否则你的写作就是不真实的。"[3]

面对这种驳杂的现实,传统的线性叙事和强调记录主体行为的文学写作显得相形见绌,这就促使李洱在小说美学上进行新的探求,这种探索本质是对现实主义写作疆域的拓展。比如《花腔》式的知识型小说叙事,《石榴树上结樱桃》式的碎片化美学,《午后的诗学》中的分析式倾向。这些小说颠覆了情节、整体、典型、人物这些传统现实主义的基本要素,以碎片、断面、知识、分析重新进入社会现实和历史经验,重新激活小说与世界的关系,呈现历史与现实的多元可能性。这部体量巨大的《应物兄》更是李洱记忆当代生活的一次新的文学实践。如果说《花腔》《午后的诗学》开启的是知识作为叙事动力或手段的小说叙事,那么《应物兄》则是以知识作为叙事主体,以此解释世间万物。

---

[1] 李洱:《问答录》,第373页。
[2] 同上,第124页。
[3] 同上,第119页。

儒学作为知识分子的文化母体,在程济世、乔木、双林这些老一代知识分子生活中既是倾注心血的研究对象,也是他们应对和解释世界的伦理准则。与儒学的关联在应物兄、葛道宏这代中年人生活中变得松散,而到易艺艺、卡尔文、应波等更为年轻的一代这里,儒学成了远离生命体验的某种知识而已。在《应物兄》中,李洱试图建立这样一种小说逻辑与文化认知:作为传统文化核心的儒学,在当代社会依然是与知识人如影随形的"幽灵",儒学是人们应对世界的重要方法,人、物、事、理都可以在儒学的知识谱系里得到解释,从而,儒学成为建构小说与世界,尤其是建构小说与当代生活的知识中介。《应物兄》的主体内容是知识与知识的对话、驳诘,实际上也是小说对文化传统与当代生活的一次全方位演绎,更是隐含作者/李洱兴致勃勃勘察历史、记述当代生活的文学之旅。

在知识的面具和儒学的外衣下,《应物兄》敞开的是一幅令人惊骇的当代社会景观。李洱一方面专心致志地钩沉各种琳琅满目的知识,使之焕发出奕奕光彩,同时让人们饶舌地盘亘在知识的演绎或文化理念的驳诘上,从而在叙事层面形成知识的诗性、人的智性的美学幻象;另一方面紧随这种"辉煌的"知识,接踵而至的是大面积的社会病象,从而知识的辉煌与精神生活的废墟形成一种巨大的分裂。总体上,《应物兄》中的当代生活是病象、负面的,有这样几类"现实"值得关注:

第一,充满病态、劣迹或怪癖的各种人格——自恋、刻意保持着日本习惯的"西崽"董松龄;用司法手段让丈夫一无所有的"讼棍"律师邵敏;嗑药、滥交的程刚笃、易艺艺和珍妮;与丈夫做爱时喜欢抠肛的省长夫人豆花;毫无节制的"性瘾患者"陈董;评职称受挫而装疯卖傻丑态百出的邬学勤;到处猎色以致性病害人害己的塔桑尼亚青年卡尔文;通过"让她堕胎"而使女人言听计从的伯庸;性趣盎然喜欢窥视异性沐浴的酒店女老板铁梳子;喜欢将画笔绑在私处上作画的和尚释延安;包养双胞胎姐妹的雷山巴……等等。人的颓坏,在《应物兄》中是大面积的,面对那些外表光鲜、威风八面的各式人物,小说通过"劣迹叙述"不断拆台,呈现他们的丑态和卑劣,消解这些人格的伟岸性,带来"假相与真实的矛盾"[1]的反讽效果。除了这些"有病"的人格,李洱在小说中塑造了另一类具有特殊语言标识的高度喜剧化的人格,这就是喜欢用第三人称的方式称呼自己的一类人。比如鲁迅研究专家郑树森、蛙油公司老总雷山巴、畜牧局长侯为贵,他们在与人对话时,指称自己不用"我",而用第三人称树森、山巴、为贵替代。李洱借用芸娘的话和克尔凯郭尔的反讽理论道破了这种做作的语言标识背后的本质:自大或自卑。这些教授、老总或局长,当然不是因为自卑而用第三人称指称自己,相反,是难以克制的自负和过于膨胀的自我在语言上的流露。这类人与前一类在本质上并无区别,都是某种病象人格。

第二,小说呈现了大量人们习焉不察的人类暴力——华学明为了证明林蛙声音是可控制的,肆意用开水浇向林蛙;"卖肉者"熟练地屠宰母狗;被斩首却扑向自己的头的蜜蜂和沸水里寻找自己躯干的羊头;从活羊身上取羊肠制作美食;省长和影星为了满足口腹之欲,先剐去王八的头,再在火上慢慢烤出王八的蛋;用筷子伸入活鱼的鱼腹绞去内脏做"鱼咬羊"美味;用来欢迎黄兴的鸽子里,只要有一只肛门周围沾着粪便,这群鸽子必须全部宰杀……这些暴力意象或场景,呈现的是人类的冷酷与残忍。在小说中,面对这些细节,没有人觉得这是

---

[1] 赵毅衡:《重访新批评》,四川文艺出版社,2013年,第148页。

暴力，没有人怜悯那些有生命的母狗、老鳖、活羊、林蛙、活鱼与鸽子，只有应物兄感到"不舒服""胃也疼了起来""一阵阵疼痛，突然在胸中涌起"[1]。习焉不察的社会暴力，是李洱在小说中精心书写的内容，这些细节和画面淹没在狂欢化的图景中，但连缀起来构成了异常惊心的暴力图景，更可怕的是人们对这些暴力的习以为常、异常冷漠的态度。文化道德上的礼智仁义信和人们貌似仁义的儒学面孔，与暴力化的现实构成巨大的反讽。

第三，小说还呈现了更为强大、可怕的现实真相——资本与权力联姻形成的强大利益联盟，傲慢而残酷，是小说世界的主宰力量。以副省长栾庭玉、校长葛道宏为代表的权力人物，和以黄兴、雷山巴、陈董、铁梳子为代表的资本力量，在小说中是左右一切的潜在因素，神气活现地巨量大撒币和炫耀、动用"特权"是小说常有的画面。权力与资本的勾结不仅使他们可以随心地获得性的资源（即使女老板铁梳子亦如此），也能越过秩序和法律更为便捷地获得种种特权——比如在"争抢敬头香权"中，栾庭玉的秘书动用权力调动交通运输和执法部门联合压制通过契约获得头香权的香客，逼迫其放弃了头香权。更为重要的是，权力和资本的联盟在大的利益分赃面前合力垄断、坐地分赃。比如从筹建太和研究院而延伸出来的铁槛胡同和仁德路改造工程，被子贡、铁梳子和陈董三方共同组建的太投集团垄断。在小说中，富人和权贵的骄奢淫逸是令人触目惊心的。最典型的是商人黄兴，打着程先生门徒的旗号，享受着前呼后拥般的待遇。他的私生活极其放荡，由于滥交而不断换肾，获得"七星上将"的称号。为了捞取慈善家的名

---

[1]《收获长篇专号：2018. 冬卷》，长江文艺出版社，2018 年，第 286、140 页。

号,刻意踩准时间点资助换肾大学生。更有甚者,他的两个保镖,实际上是时刻为他再次换肾预备的供体——活人随时留待富人作为换肾供体,这种略显夸饰的情节真实地写出了资本力量在当代社会催生出的特权和邪恶。

由此可见,《应物兄》中的百科全书不仅是指百科知识的肆意绽放,也指小说对当代社会现实和精神文化层面全方位的景观呈现,知识传统与当代社会相互指涉,文化的斑斓异彩与现实的乱象失序形成悖论。"百科全书式的小说是在传统现实主义叙事衰落之后,对叙事的多种可能性进行实验的一种方法,也是小说在各种各样的现代知识体系和现代传媒中寻找自身新的独立价值的尝试。"[1]这种小说打破的是单声部、个人化、情节化的传统叙事,"表述的是一种多元的主题、细节的繁复和世界意识的复杂性"[2]。1978年乔治·佩雷克的巨型小说《生活的使用说明》出版,卡尔维诺将该书的出版视为小说史上"最新的重大事件"。他这样分析这部小说的特质:"它的结构庞大而完整,文学效益很高;它综合了小说的传统,综合了反映客观世界面貌的百科知识;它有强烈的时代感,即今天这个时代是建立在过去与令人头晕的空虚之上的;它处处把幽默与忧虑融为一体。"[3]卡尔维诺的这番评价几乎可以用来概括《应物兄》的特征,即在叙事上百科全书般的"博物馆"和"收藏家"气息,又保持着强烈的时代感,成为当代生活有效的"记忆术"。

---

[1] 耿占春:《叙事美学:探索一种百科全书式的小说》,郑州大学出版社,2002年,第75页。
[2] 同上,第69页。
[3] [意]卡尔维诺:《美国讲稿》,萧天佑译,第116页。

二、作为"方法"的儒学与"儒侠之死"

从知识谱系学的角度看,《应物兄》提供的知识类型是相当多元的,儒家文化、商品文化、民间文化、权力文化、寺庙文化等等,这些文化以自己的话语方式和内在逻辑兀自展开,相互之间进行对话,形成一种枝蔓丛生、杂树生花的知识图谱。小说以各类知识和当代生活作为叙述主体,以儒学大师程济世来济大任教以及筹建太和研究院作为中心事件,因而,儒家知识话语又成为小说的主导性话语,"儒学"在小说中不仅是一个话语类型,也是始终被展览的"景观",是被各种力量各式人物"征用"的话语形式,还是烛照世道人心的凸透镜。儒学以观念、知识、语言的形式被人们言说、激辩,同时,小说以知识考古的方式呈现了儒学的较为广阔的文化内蕴,也与当代生活产生了深刻的互文性指涉。可以说,在《应物兄》中儒学作为"方法"而存在,在小说的叙述腔调、主题表述和符号表征等方面发挥了重要的功能。

儒学的功能,首先体现为小说整体上的"拟儒腔",即小说中所有人的话语方式和话语腔调都有鲜明的知识气、文化腔,他们或者为儒学辩护,或者与儒学辩论,或者假儒学之腔装饰门面。他们可以不是儒学的信奉者,但必须有自己的文化信仰或知识话语,否则,便丧失了对话的可能性。正因为如此,小说中的人物主体是高校教授、有儒学背景的官员、出版人,或是佯装信奉儒学的商人。比如雷山巴,是一个连女性"大姨妈"都不知道的蛙油公司的老板,粗俗无知,却喜欢收藏古物,模仿历史名人做出类似于"围炉夜话"之类的举动,目的在于满足"当文化人"的欲望。一个不可忽视的细节是,应物兄的那本《孔子是条"丧家狗"》,在小说里不仅文化学者喜欢,林业专业的双渐和风水学的唐风奉若神作;长者极力推举,晚辈言必提及;不仅国内有名,声名早已远扬于美国和韩国,甚至连双沟村的二十来岁、识字不多的致富宣传队长也是忠实粉丝。这是一个功能性很强的细节,即儒学界学术明星应物兄关于儒家思想的阐释,在社会上形成了良好的大众接受效果,正是这种儒学普及化的社会效应,使得儒学在不同学科背景的个体之间的对话才具有了可能。其次,儒学具有主题学的功能。《应物兄》在呈现当代生活的林林总总,以及塑造儒家文化旗号下的众生相时,对于儒学本体的命运进行了严肃的探究。即探究儒学作为时代的重要文化主题,在全球化语境下的处境如何,儒学传统现代性转型的困境和瓶颈在哪里。在亦庄亦谐的叙述中,我们能看到小说对儒学这一命题的严肃思考,尤其借小说中的老派知识分子来探讨儒学的功能、转型和发展困境。这类老派知识分子,除了儒学泰斗程济世外,还有考古学家芸娘,柏拉图研究权威何为,古典文学研究专家乔木,双林院士,他们在学术和道德上都堪称楷模,认真思考着儒学的命题。比如专攻西方哲学的何为,直到临终前,仍在思考着出院以后,要开一个中外会议,关于"孔孟与苏柏(苏格拉底、柏拉图)的对话"[1];再如在哈佛任教的儒学大师程济世,面对济州大学筹建专攻儒学的太和研究院并拟引进的召唤,他积极响应,充分肯定研究儒学和复兴儒学的当代价值。小说通过陆空谷之口转述了程先生念兹在兹的儒学在当代复兴的必要性:"在历史上的任何一个时代,儒学研究从来都跟日常化的中国密切联系在一起,跟中国发生的变革密切联系在一起。儒学从

---

[1]《收获长篇专号:2018.秋卷》,长江文艺出版社,2018年,第148页。

来不是象牙塔里的学问。儒学研究有如庄子所说的'卮言',就像杯子里的水,从来都是随物赋形。程先生认为,现在回国,正是研究儒学的大好时机,正好大干一场。"[1]如果说《应物兄》中的儒林群像有"真儒"和"伪儒"之分,程济世、何为、乔木以及年轻一代的应物兄无疑属于德业双馨的"真儒",在他们身上,既体现了儒家文化的诸多懿德,同时他们也似乎是儒学复兴最坚实的力量。当然,这种复兴在小说中随着老一代真儒的陆续离场,以及应物兄的意外死去,仅仅成为一种愿景。再次,儒学作为一种表意符号,在小说中被各种力量、各式话语所"征用"。在程济世、应物兄这类"真儒"之外,《应物兄》中大多数知识分子、商人、政客以及各式儒学信仰者,都是假借儒学之名为己谋利之徒。再造儒学,在小说中实际上是众生的一个口号和幌子,筹建太和研究院促进儒学传统的当代复兴是这幕大戏的表面意图,实际上演绎的是关于当代中国文化、权力、世俗层面的貌似伟岸、正经,实则猥琐、荒诞的各式江湖浮世绘与种种幽暗的人性内面图景。比如黄兴,这个当代子贡,作为程先生回国的"代言人",巧妙地利用了众人对程先生的求贤心态,在济州之行中大携"私货",借太和办学之名,大肆筹办投资集团,在"儒学搭台,经济唱戏"的大台上捞取自己的一杯羹。黄兴通过种种手段把自己打造成慈善家和儒学家的伟岸形象,而他作为暴发户的骄奢淫逸、残酷虚伪的行径却不断戳穿着他的儒雅和文化的假面。再如出版商季宗慈,口口声声以报答应物兄的狗对他的救命之恩,从而致力于儒学复兴。他一直巴望为黄兴和程先生写传,无非是想抢占图书市场先机,借名人之力获取自己的利益。

---

[1]《收获长篇专号:2018. 秋卷》,第 227 页。

总之,儒学在《应物兄》中是一种重要的知识话语,构成小说中诸多事物的文化属性,在"名-物"上形成一种实证式的历史关联。比如名叫"草偃"的草狗,"温而厉"的避孕套,比如"仁道"的鬃毛,"不如归"的杜鹃,以及儒驴、白马、蝈蝈,还有其他花草虫鱼、飞禽走兽、地名建筑、民间美食,都有着深广的儒学意蕴。这是李洱对世间万物的儒学意义的考古式发掘,还是以儒学视角对万物的重新定义,似乎都可以说得通。这种儒学色彩和知识性使当代小说中的"物"充满了诗性。可以说,儒学在《应物兄》中既是一种具有主体性的文化母题,关于它的价值、传统和困境,小说进行了严肃的探讨。除此之外,儒学在叙事腔、主题、符号意义等上面都影响了小说的生成,值得我们重视。

解读《应物兄》,离不开解读应物兄这个人物。应物兄是一种理想人格,他被程济世先生视为"我最好的弟子"[1],他在众人眼里是兼有侠之精神和儒之情怀的"儒侠"[2]。在小说中,李洱为知识分子构建了一个文化乌托邦,让他们回归到儒学作为文化母体的历史情境中,但儒学秩序的历史坐标是全球化和市场化的当下语境。可以说,《应物兄》是李洱对儒家文化的一次深情打量,不仅呈现了儒家文化在全球化语境下的表现形态,更细致勘察了这种文化之下人们的生存百态。这种文学之旅既有文化寻根的意味,也是在传统与现代转型、历史与现实交融的背景下对人和文化的双重思考。在这样的语境下,我们来看应物兄的文化人格以及应物之死的意味。应物兄,本名应小五,后被初中班主任改名为应物,因为编辑的误解而在其书稿上写成

---

[1]《收获长篇专号:2018. 秋卷》,第188页。
[2]《收获长篇专号:2018. 冬卷》,第113页。

了应物兄。名字上的不能自主似乎暗示了他未来人生的某些不幸。应物兄,首先是儒家文化的人格化,包含了"虚己应物,恕而后行""应物随心"和"敬畏应物"的文化意味。他有真才实学,待人接物秉持谨言慎行、善良隐忍的原则,除了两次私生活上的出轨,他几乎是一个私德近乎完美的人物。另一方面,应物兄又有一个审慎而近乎分裂的灵魂。这种分裂典型地表现在他的两套语言系统上:在正常的可听语言之外,还有一套静默的"腹语"。这两套话语总在博弈、争辩和彼此否定,最后又总是以最平和、最得体的语言呈现出来——于是,"他是这么想的,但他却做出了另外的描述",或者,"当然,这句话他没有说",成了《应物兄》的常用语言句式,从而在叙事上形成叙述方式和语义的双重复调。当然,应物兄不是一个传统人格,而是一种全球化语境下的分裂人格,为了"应对不同的人"而备置的三部手机,以及他在商场的不同品牌电视机前看到生活频道、新闻频道、购物频道里的不同文化身份的自己,都鲜明地指涉着应物兄所处的资本时代和信息化语境。

黑格尔在分析狄德罗那篇著名的对话《拉摩的侄儿》时,提出了"我"是"不值得我们尊敬的诚实的灵魂"的命题。这篇对话中一个是理性道德的公然辩护人狄德罗,对社会的伪善原则进行着道德化的评价,而另一个是有着冷嘲热讽的虚无主义倾向的侄儿拉摩,他超越了各种道德范畴及其支配的评价体系,放弃所谓道德义务。黑格尔将"狄德罗/我"称为"诚实的灵魂"或"诚实的意识",这种"诚实"激起了黑格尔的烦躁和嘲讽。一方面,这种"诚实"品质存在于他与自身、他物关系的完整之中,另一方面,更体现了"他对传统道德的屈服"[1]。

---

[1] [美]莱昂内尔·特里林:《诚与真》,刘佳林译,江苏教育出版社,2006年,第39页。

也就是说，对话中作为配角的狄德罗/我所持守的是旧的道德体系，体现的是黑格尔所说的个体对外部权力的服从感，不仅是遵从，"还是缄默的、未经判断的、理所当然的"，是"不声不响的服务的英雄主义"[1]。正因为如此，"在黑格尔看来，值得敬重的并不是狄德罗/我，不是那个抱残守缺地爱着素朴的真理和道德、有着鲜明的自我、信守真诚的哲学家，而是拉摩，那个小丑，阿谀谄媚的寄生虫，不由自主的模仿者，他没有一个要忠实的自我。正是这个形象，代表了精神向它下一个发展阶段的运动。"[2]应物兄无疑属于黑格尔所说的"诚实的灵魂"，一方面他具有着缄默诚实、慎言慎行的种种品性，又有善良、不争等君子之德；另一方面，他过于顺从、随遇而安，在与栾庭玉、葛道宏、黄兴等人形成的强大联盟面前，他似乎保持着精神上的"顺从地服从"与"内在地尊敬"。应物是一个与他的环境之间只有"止于内心的反抗"的人物。应物兄并不愚，他熟稔人情世故，通晓江湖规则，"真诚地"恪守着儒家文化的人格内涵和行为法则。他似乎是一个迂拙的善人，是一个丧失了实际行动力的精神软骨症者。妻子的背叛使他们的婚姻徒有其表，但他轻易原谅了妻子，他的事业处于任人摆布的被动状态——在筹划太和研究院的过程中，他像一个提线木偶，被其他力量推搡着、挟持着，作为太和未来的常务副院长，在人事调配上只能被动地接受着一个又一个关系户。对于黄兴等人仓促确定仁德街的位置，他不满意，但只是在内心发出抗议。可见，应物兄对于权力的傲慢和丑陋的现实，是有愤怒的，但这种愤怒是节制的、以至于无声的。这

---

[1] [美]莱昂内尔·特里林：《诚与真》，刘佳林译，第37页。
[2] 同上，第44页。

种"止于内心的反抗"恰恰是黑格尔批评狄德罗的地方,即这种品质虽"诚实",但却是"缄默的""不声不响的英雄主义",并不能成为社会向下一个发展阶段迈进的真正动力。

与应物兄相关联的另一个重要问题是他的死。在太和研究院即将开始运转之际,"我们的"应物兄却孤独地死于一场车祸。死,尤其是主要人物的死,在小说中向来是一件大事。应物兄为什么会死去,这是一个值得追问的问题。

李洱曾将《花腔》中葛任之死称作体现了"爱的辩证法",将军和上级组织以"爱"的名义保护葛任,在他死之后竭力维护着他的声名,而在这历史的表象之外,葛任之死实际上是将军、日本人川井与戴笠秘密合谋的结果。以爱的名义行恶,让爱和仁义占据历史叙述,葛任之死包含着历史的巨大复杂性,有力地体现了历史的吊诡、含混和暧昧。当然,李洱并不意在为葛任翻案,而是意在为复杂含混的历史祛魅,还原或呈现历史的不同"可能性"。在这样一个复杂的历史语境下,死去的葛任体现了历史人格在叙事上的完整性,"面对着历史转折关头的血雨腥风,人们的神经应该像鞋底一样坚硬,而葛任这样时常脸红的人自然显得不合时宜。但我相信,许多读者都会从葛任的经历中,看到一种存在的勇气,一种面对种种威胁而艰难地寻求自我肯定的力量。在这里,生命的消失并不意味着生命的瓦解,而意味着自我的完成。"[1]应物兄的生存语境迥异于葛任所处的 20 世纪三四十年代,虽没有战争的血雨腥风,但全球化语境之下,物欲横流、价值失范,人文知识分子沦为社会的边缘,金钱和权力成为新的时代神话,这些成为

---

[1] 李洱:《问答录》,第 255 页。

"应物兄们"所面临的新的时代现实。"应物而无累于物"的应物,在他所处的社会语境里,有着儒学大师、社会名流的社会身份,有着与名教授乔木之女的婚姻,有着来自社会的各种需要,但事实上,应物兄婚姻不幸,性情温和而内敛,待人善良。应物兄学识渊博,但没有《午后的诗学》中费边的滔滔不绝的聒噪;他压抑而孤寂,偶尔出轨却不像《喑哑的声音》中孙良般的四处猎艳;他是一个有缺点的好人,一个内敛型的知识分子。从叙事功能来看,应物兄充当着叙述人或视点人物的角色,"一个多功能的枢纽、通道"[1],应物兄放弃了费边们的饶舌及"分析和判断",实现了叙述上的"向后撤",转而尽可能以观察者、倾听者、亲历者的身份去呈现所见所闻。而从文化人格来看,应物兄属于这个社会的"弱态人物",他的善与诚似乎难以抵御时代的滚滚浊流,这个承载着儒家文化品性的人物,以及老一代儒学传承者的悉数离场,不知是不是表达了李洱对传统文化现代转型艰难的某种悲剧性思考?

李洱曾多次提到,他的知识分子叙事某种程度上是在回应一个重要命题:在曹雪芹和卡夫卡之后,作家面临的一个基本问题,就是书写贾宝玉们长大以后怎么办,K进了城堡以后怎么办?[2] 既往小说中的费边、孙良、费定、吴之刚以及《应物兄》中的应物兄莫不是贾宝玉和K的某种分身,他们的现代生活与当代境况莫不是李洱给出的某种可能性出路。应物兄之死,纯粹是一种偶然与意外,从叙事功能上看,"种种偶然性根据叙事而展开就形成了意外性的建构","它揭示了小

---

[1] 王鸿生:《临界叙述及风及门及物事心事之关系》,《收获长篇专号:2018.冬卷》,第346页。
[2] 李洱:《问答录》,第30页。

说世界的不可避免的非终结性"[1]。李洱对传统现实主义的有始有终、非此即彼式的线性叙事并不感兴趣,他更看重小说在开拓历史现场的多重可能性、命名芜杂的当代经验方面的叙事功能。对于这样一个时代的命名,对于当代现实的文学整饬谈何容易,十三年的"文学长征",知识储备应该不是李洱最大的瓶颈,个人经验与时代经验、现实激流与艺术虚构、传统与现代、知识与见识如何相融,可能是最大的问题。之所以写不完,是因为这部百科全书式的小说需要回答的命题太多了。直至应物兄意外死亡,小说在此终篇。但从小说的核心情节和多条线索进展来看,这部小说并没有真正结束,与其说应物兄的死标识着这部小说的结束,不如说应物兄之死让李洱从这趟遥遥无期、没有终点的文学叙事中找到了暂时抽身而出的理由。因而,应物兄之死,既可以视作"长大后的贾宝玉怎么办"的一种可能性结局,也可视作李洱缓解"写不完"这一困境的权宜之计。李洱曾敏锐地指出,在纪德、库切、卡夫卡等人的小说中存在着"写得很困难""很犹豫故事到底怎么讲",甚至"写不完"的现象,在李洱看来,之所以有这种磕磕巴巴和写不完,是因为作家"不知道小说如何结尾","不知道 K 的结局如何"[2]。如何让应物兄在当代生长,如何安排他的结局,未尝不是这部小说的重要问题,甚至可能成为这部小说的困惑,而应物兄略显仓促的死,作为一种叙事方向,完成了小说在结构上的自洽,而在思想主题上,则意味着芜杂的当代生活并非长大后的贾宝玉们的沃土。

---

[1] [法]让·贝西埃:《当代小说或世界的问题性》,史忠义译,北京大学出版社,2012 年,译者序第 5 页。
[2] 李洱:《问答录》,第 127 页。

三、"妩媚的拥堵"与新美学的尴尬:《应物兄》的读者接受障碍

从读者阅读和接受角度考察《应物兄》是一个很必要的视角,读者接受视野是检验文学价值,确认其意义的重要过程。从个人阅读经验来看,在断断续续阅读《应物兄》的两个月时间里,面对巨量篇幅中的浩瀚知识、犹如过江之鲫的人物群像和碎叨不休的慢叙事,我屡次从后页转到已经遗忘了的前页,一次次复习着阅读笔记上的小说人物关系图,艰难地温习每个人物的属性和重要行为逻辑。这种痛苦的阅读经验不断挫伤着我的阅读信心,同时我也意识到,《应物兄》作为一种"庞然大物"挑战了既有阅读习惯与阐释模式,也在召唤新的对话方式。在一个视听文化和快餐文化大行其道的时代里,纯文学本来就显得边缘化,再加上九十余万字的巨量篇幅,这似乎注定了《应物兄》在小众化范围内被阅读、阐释和对话的命运。好在李洱对于理想读者的预期一直不是流行文化或畅销读物那样的接受群体,对于自己先锋性的文学实践可能会带来的文学接受上的落寞,他早有准备。"我的读者确实相对集中一些,受过高等教育的人占绝大多数。"[1]在《听库切吹响骨笛》一文中,李洱指出了"库切在中国受到冷遇"的现实,并这样分析道,"最重要的原因可能是,中国读者喜欢的其实是那种简单的作品,喜欢的是一分为二,最多一分为三(这两者真有区别吗?),并形成了顽强的心理定势,即单方面的道德诉求和道德批判。那种对复杂经

---

[1] 李洱:《问答录》,第 225 页。

验进行辨析的小说,国人并不喜欢。"[1]

很显然,《应物兄》的新的叙事法则首先面临的是与传统读者阅读期待之间的抵牾。《应物兄》并没有消解中心情节,也没有放逐故事,更不缺中心人物或人物谱系。但在这一个有人物、有故事、有情节、有结尾的看似非常传统的叙事文本中,传统现实主义文学的每一个核心情节又似乎不那么重要。比如人物,应物兄是中心人物吗?应物兄在小说中是一个视点人物,经由他串联起政界、商界、知识界、寺庙界的众多人物,引出他们的行为交集和话语交锋,而应物兄在小说的核心事件上并不占主导作用,甚至是个可有可无的角色。再如,故事是小说的叙事指归吗?《应物兄》中的故事并不复杂,围绕筹建太和研究院这一中心故事展开,大的故事里又包含了若干小的故事。事实上,《应物兄》的故事不乏匠心,也很饱满,但远非中心化,如果仅把《应物兄》当作新颖的故事演绎术,一定是种误读。李洱的小说从不拒绝故事,但也从不把故事当作最重要的部分。在他看来,"当代生活中发生的最重要的故事就是故事的消失。故事实际上是一种传奇,是对奇迹性生活的传说。在漫长的小说史中,故事就是小说的生命,没有故事就等于死亡。但是现在,因为当代生活的急剧变化,以前被称作奇迹的事件成了司空见惯的日常生活。"[2]故事的功能降低了,但故事并未从他的小说退场,只是讲故事的方式发生了本质的变化。《应物兄》的故事是反复延宕、低速行进的。专注于情节和故事起承转合的传统阅读心理,可能会随着《应物兄》"超低速"的迂回叙事进度,极其涣漫的知识叙事和饶舌的细

---

[1] 李洱:《问答录》,第315页。
[2] 同上,第115页。

节铺陈而逐渐崩溃。故事被细节淹没,情节被知识中断,不断衍生出来的知识、意外、断片倔强地占据着小说的风头。这种故事的非中心化和延宕性讲述,未尝不是对看重故事和情节的阅读心理的强大挑战。

长度与体量从来不是评价一部小说优劣的最主要指标,小说长短与小说品质没有必然关系,它们影响的是读者的阅读时间、心理。长度不是阅读和理解这部小说的最大障碍,在《应物兄》中,最为活跃的莫过于那些"五洋捉鳖,九天揽月"式的知识风景。《应物兄》真正的主角是知识,儒家文化作为核心的知识体系是小说的主体,小说意在通过知识让小说与世界对话,通过知识激活事物的多种可能性。博闻强识式的知识叙事,在李洱的写作中是一个显著的叙事传统,形成《午后的诗学》和《花腔》两种方式。前者以费边、陈维驰和韩明为代表形成一个知识群,尤其赋予费边"听到一点儿声音,闻到一点儿气息,就会条件反射地作出分析和判断"[1]的思辨和善言特长。在"费边们"的话语中,代表西方知识体系的荷马、尼采、莎士比亚、培根、福柯及其箴言名句信手拈来,各种民谚典籍、轶事趣闻布满小说空间。这种知识性的小说读起来智性十足,却有饶舌空洞之感,毕竟这些知识大多是历史和现实的抽象及其符号化表征。李洱深知这些苦心孤诣、摘章引句的知识体系的当代合法性并不强,因而,在小说中借几个记不住歌词的知识分子之口,道出了这种知识与个体生活的疏离性:"(词曲与知识)一旦和个体经验相脱离,就成了虚妄之物。"[2]如果说《午后的诗学》中的"知识气"具有某种知识分子品性的代际隐喻——毫不掩饰

---

[1] 李洱:《遗忘》,第116页。
[2] 同上。

的知识膨胀与思想者肖像典型地再现了李洱这代人的80年代精神气质，以及这种文化性格在文学中的回响，那么《花腔》中的"知识"则是在小说的方法论意义上确认起它的功效，即通过口述、访谈、论文、报刊摘抄等多种方法的叠合，让知识以严谨而科学的形态进入小说叙事。这种类似于科学研究式的叙事带来了密实而可信的阅读效果，建立在这种知识叙事之上的对历史真相（葛任身世）的"罗生门"式演绎方式，又大大敞开了历史与事物的多重面向与种种可能性。可以说，《花腔》式的知识考证式述史方式和对葛任（个人）生命史的开放叙事，是当代文学叙事上的一种有益探索。《花腔》叙事手法新颖，历史知识庞杂但鲜有卖弄嫌疑，加上适中的篇幅，这些使得这部小说在专业读者和普通读者阅读视野里获得了相当多的赞誉。

到了《应物兄》中，知识以及对知识的繁冗叙述构成了这部小说的核心部件。百科全书般的儒学文化与各种知识使小说与世界形成了复杂的关联，知识的主体在饶舌的对话中形成了多重的声音，而历史现场的多种可能性也借此敞开，时代现实、历史经验与个体经验纷至沓来。知识在小说中既是叙述方法，也是叙述对象，既是观照世界的普遍性的学问，也是不同个体的经验。有学者将《应物兄》的知识叙事总结为"将知识元素化，元素意象化，意象历史化"，也即，"让形形色色的物在叙事中自然地穿插，让杂七杂八的知识话语像礼花一样绽放，让人、事、物、理、识、情卯榫相接，各抱地势，勾心斗角，相互映照、对质、发问，作品才能像有机生命一样呼吸吐纳。"[1]看得出来，在这部

---

[1] 王鸿生：《临界叙述及风及门及物事心事之关系》，《收获长篇专号：2018.冬卷》，第349页。

小说中,李洱对知识下了"狠劲",有种不言尽宇宙万物誓不休的叙事激情。李洱心仪的关于知识的书,也即小说中因白血病早逝的文德能理想中的"沙之书":"沙子,它曾经是高山上的岩石,现在它却在你的指间流淌。这样一部'沙之书',既是在时间的缝隙中回忆,也是在空间的一隅流连;它包含着知识、故事和诗,同时又是弓手、箭和靶子;互相冲突又彼此和解,聚沙成塔又化渐无形;它是颂歌、挽歌与献词;里面的人既是过客又是香客。"[1]如果说每个作家一生中都会有自己最渴望的一种理想之作,那么这部"沙之书"显然是李洱最钟情最用力的那本。李洱之所以如此痴迷于这些知识,并且经年沉醉于这种浩瀚规模的知识讲述中,个中原因,正像应物兄想对文德能说的那样:"你之所以会被那些知识所吸引,你之所以会向我们讲述那些知识,不正是因为它们契合了你的内在经验吗?"[2]因而,这部小说借助于知识,既讲述了李洱的个体经验,也是关于数个世代群体的一种历史记忆,更是关于四十年来当代中国文化、权力、资本的一次文学摹仿。因而,《应物兄》中的繁复的知识叙事实际上包含了李洱这样的良苦用心:通过这种史诗式的知识书写编织个体精神自传、代际经验总结和时代现实讽喻。

但是,《应物兄》对知识叙事的这种精心布局与丰富的功能,在客观上难以抵消阅读层面的那些痛苦感和消极情绪。比如,知识的叠床架屋屡屡中断叙事的流畅性,知识的叙述不断阻碍叙事的进程,带来阅读的滞涩感;比如,小说表层对知识深情款款的叙述让你误以为这

---

[1]《收获长篇专号:2018.冬卷》,第236页。
[2] 同上,第235页。

是一个笃信知识和理性的知识小说,而在掩卷之余才发现,知识狂欢的尽头指向的是广阔的虚无,知识只是知识人的生活方式,知识仅仅是叙事的一个道具而已,看似重要的知识实际上是一个"精致的阑尾"——这种巨大的"反讽",无疑是对专注于索解"意义"的阅读心理的无情消解;又如,知识叙事在塑造知识分子方面有着很强的趋同性——《应物兄》中的知识人大多有着儒学的背景,都有《孔子是条"丧家狗"》的阅读记忆,这些知识人能言善辩,知识丰富,各种知识和诗词歌赋张口即来,在人格品性上普遍具有负面性和幽暗性,有论者指出主要人物几乎都具有"道德瑕疵症"[1];再如,《应物兄》布满了语言洪流和知识洪流,除了应物兄,"叙述人"与其他人都大张着嘴,狠命地发声。这种饶舌的知识流与不加节制的知识意象,伴随着低缓的叙事节奏徐徐展开,如同一帧影视画面速度放缓一百倍,数十人操着同样的知识腔斗智炫知,面对这种人、故事、情节被迫退后而知识霸屏的缓冲式叙事,读者除了强撑耳目机械面对这个知识布道者外,大概就剩下难以终篇的遥遥无期之感了。英国批评家詹姆斯·伍德对这种动辄几千页的当代"大小说"有过尖锐批评。他认为:"当代这种大小说是一台好似陷入飞速运转尴尬境地的永动机。它看起来想消除静止,似乎羞于沉默。故事中套故事,在每一页生根发芽。这些小说一直在炫耀它们妩媚的拥堵。与这种不停地讲故事的文化密不可分的,是不惜一切代价的对活力的追求。事实上,就这些小说而言,活力就是讲故事。"[2]伍德把这种过度依赖故事来支撑小说的写法称之为"歇斯底

---

[1] 刘江滨:《〈应物兄〉求疵》,《文学自由谈》2019年第2期。
[2] [英]詹姆斯·伍德:《不负责任的自我:论笑与小说》,李小均译,河南大学出版社,2017年,第181页。

里现实主义",在这样的小说中,讲故事成为一种"语法","现实主义的传统不是遭废除,而是变得枯竭,变得过劳",最终导致"借用现实主义的同时似乎在逃避现实";另一方面这种过度的讲故事的方法,成为当代小说"用来遮蔽辉煌中的匮乏的一种方式"。伍德的这个论断实际上也适用于李洱的《应物兄》,不同的是,《应物兄》的"妩媚的拥堵"并非来自于"过度的故事",而是来自于过度的知识。伍德所说的当代小说"不同的故事互相纠缠,两倍、三倍地自我繁殖"[1]的过度叙事,在李洱这儿表现为"知识"的"互相纠缠"与"自我繁殖",知识的拥堵不仅排挤了现实,也造成了人物的"匮乏"。知识的拥堵,会成为《应物兄》在阅读和接受中的一个极大障碍,对于习惯了故事、趣味和各种流行读物的大众来说,这本充斥着巨量知识和新的美学原则的小说不啻为"天书",即使对于专业读者而言,阅读和阐释也绝非易事。很难指望这部书能够带来本尼特所说的陶醉的"精神恍惚的阅读"[2]效果,巨大体量的知识和新的小说美学不让读者仓皇逃遁已属幸事。

解读《应物兄》是一种费力且常常令人感到颓败的事情。当你以为他在游戏和胡诌时,意义和严肃就在其中;当你正视他的一本正经和意味时,收获到的也仅仅是剥完洋葱后的一片虚无。这部巨制饶舌丰厚,无所不包,但你怎么都找不到重点。《应物兄》似正剧,像悲剧,更如闹剧,李洱诚挚而狡黠,"眼角常有泪,眉梢常有笑"[3]。《应物兄》影影绰绰、神神叨叨,读起来颇有趣味,解释起来如此令人烦躁和

---

[1] [英]詹姆斯·伍德:《不负责任的自我:论笑与小说》,李小均译,第184页。
[2] [英]安德鲁·本尼特:《文学的无知:理论之后的文学理论》,李永新、汪正龙译,河南大学出版社,2014年,第19页。
[3] 李洱:《问答录》,第222页。

言不由衷——任何阐释视角都难以将"意义"一网打尽。《应物兄》是李洱花了十三年为我们设下的"谜",这种繁冗的叙事也构成了一个一本正经的"游戏"行为。这部"大概永远完成不了"[1]的"大部头"未尝不是李洱主导的一个不愿结束的叙事"游戏"。《应物兄》为当代文学带来了新的形制,为现实主义的叙事提供了新的可能,它挑战了小说的传统美学,会在一定程度上冒犯读者的传统阅读心理,正如张大春所言:"当小说被写得中规中矩的时候,当小说应该反映现实生活的时候,当小说只能阐扬人性世情的时候,当小说必须吻合理论规范的时候,当小说不再发明另类知识、冒犯公设禁忌的时候,当小说有序而不乱的时候,小说爱好者或许连那轻盈的迷惑也失去了,小说也就死了。"[2]《应物兄》为当代小说带来某种新生,体现了李洱对"知识"的浪漫追怀,又包含了浓郁的文化挽歌意味。发掘知识的历史之源与现实意义,又将知识叙事与当代生活有效对接,在无数细节、场景、故事中开掘了叙事的无限可能性。

---

[1]《收获长篇专号:2018.冬卷》,第319页。
[2] 张大春:《小说稗类》,天地出版社,2019年,第38页。

中国形象"三重奏":文化差异·人性创伤·民族志
——美华作家袁劲梅《疯狂的榛子》解读

以鸿篇巨制般的《疯狂的榛子》[1]出现在读者视野里的华裔作家袁劲梅,并非文坛的新面孔,而是一个有着不短写作时间、凭借《罗坎村》《老康的哲学》《九九归原》等作频频获奖或登上各大文学排行榜的饮誉海外的华语作家。对于袁劲梅来说,写作似乎是她任职美国大学哲学系教席之外的"副业"。相对于海外华语作家群中的不少作家来说,袁劲梅的创作数量称不上最多,但其作品具有较高的"辨识度",属于那种能够一眼被读者识别出来的类型:无论是早期《月过女墙》

---

[1]《疯狂的榛子》发表于《人民文学》2015年第11期,北京十月文艺出版社2016年出版单行本同名小说。

(2004)中拆除中西方文化阻隔的"拆墙"文学,还是《忠臣逆子》(2010)系列以中西文化比较视角审视传统文化劣根,或是《青门里志》(2011)用地方志"回头看一眼我们走过的路"[1]的文化寻根式写作,我们都能够清晰看到文化母题尤其是中西文化冲突主题的一脉相承,文化叙事与文化冲突模式几乎是这些作品的元叙事和基本构架。

而在这部《疯狂的榛子》中,我们既能看到袁劲梅既往以"文化"作为内核的叙事形态,又在这些熟悉的叙事中看到了诸多不一样的"意义系统":地方地理与文化政治,战争与爱情的并置,文化与战争对人的异化,战争伦理与日常伦理的纠缠等等。本文主要谈论小说的冲突性叙事与作为陋俗的东方意义系统、以创伤为内核的人学命题、作为"民族志"的地方性书写的价值和特征。

一、"差异"视野与作为"陋俗"的东方意义系统

《疯狂的榛子》延续了袁劲梅小说叙事中惯常的中西文化视角,在1940年代直至"文革"结束后的半个多世纪的时间里,讲述中美空军混合联队在中国战场抗击日军的艰辛历程,同时,呈现舒、范、南三家在这一历史背景之下的悲欢离合和复杂纠葛。如果以文化立场和审美视角的差异来划分《疯狂的榛子》中的人物,可以大致将之分为两类:第一类是范笳河、颐希光、舒暧、南诗霞、宁照等,他们秉持的基本是东方传统和中国思维;另一类是中美空军混合联队中的美方飞行员、浪榛子、芦笛、范白萍等,他们或是直接脱胎于美国本土文化或是在其中

---

[1] 袁劲梅:《青门里志》,北京十月文艺出版社,2012年,第315页。

浸淫多年的年轻一代。因而，传统文化价值与西方文化价值成为两套截然不同的价值体系，差异和冲突也成为小说基本的叙事状态。正如有的学者所指出的，"一些新移民作家，常常自觉地选择异域文化作为参照，反省本土历史记忆中的重大问题，审视中国传统文化走向现代化过程中的种种内在沉疴，呈现出明确的现代启蒙意味。"[1]袁劲梅的小说具备这种中西视角交融的叙事特征，常常通过两种文化的自我呈现、冲突或辩驳，来探讨东方文化的弊端和困境。

在小说中，"差异"视野表现为父辈与子辈间的价值观差异；东方与西方在政治、伦理和文化上的差异；边缘与主流之间的巨大差异。比如，代沟几乎是横亘在小说里每对长幼关系之间的问题。"所谓代沟，正是由于时代的剧变而必然造成的不同代人之间的断痕，它实际上反映了历史剧变中正在死去的旧的文明和尚在分娩之中的新的文明之间的断裂和真空。"[2]小说开篇即呈现了宁照和儿子芦笛之间尖锐的父子冲突，这个冲突简直成了小说中父辈与子辈、东西文化、新旧思想等多重范畴冲突的预演。宁照出生于南京的鸡鹅巷，有着典型的东方男人的文化观和价值观，而出生于加拿大文化语境中的儿子芦笛耳濡目染的则是西方价值观。父子二人在"小狗判刑"和"割草事件"上的争论本质上还是二者价值观上的巨大差异：宁照以东方的孝道和家庭等级制试图教育儿子，而芦笛则以西方社会中的"常识""平等""逻辑"等价值视点予以回击。很显然，在芦笛咄咄逼人的数落和关于"王戒"和"宪法"的陈言中，这场父子冲突是以父亲宁照的溃败而结束

---

[1] 洪治纲：《中国当代文学视域中的新移民文学》，《中国社会科学》2012年第11期。
[2] 张永杰、程远忠：《第四代人》，东方出版社，1988年，第6页。

的。浪榛子与养母南诗霞之间的冲突也很有代表性。南诗霞出生于革命之家,家国一体,国家利益至上是她坚信不疑的"铁律",即使历经劳改生涯,仍不改初心。然而,浪榛子对母亲这代人的信仰持怀疑态度并给予无情的嘲弄,子辈的这种嘲弄无疑戳中了上一代的软肋。除了在信仰问题上的分歧,在浪榛子的婚姻上,母亲由于劳改时的创伤记忆,不愿意缔结这桩"看守所长的儿子和女犯人女儿的婚姻",希望女儿选择一种远离政祸、"长而平淡"的爱情。这遭到了浪榛子的坚决反对,浪榛子的理由仅仅因为这有悖自由。从范水山区走出来的范笳河,对于将新媳妇拱手让给父亲享用的愚孝古风,深恶痛绝,暗下决心保护未来自己的媳妇,显示出与父辈的决裂姿态。

这种"冲突性"叙事不仅体现在家庭内部,同时体现在中美官兵对战争的态度和处理方式上。比如在散发传单这一问题上,美国飞行员认为应该提醒中国劳工远离即将被炸的日军仓库,而范笳河和其他中方飞行员却不愿散发传单以提醒那些为日本人干活的人。范笳河们拒发传单是缘于仇恨日本人和汉奸的民族主义的立场,但怀尔特却本着人道主义原则,认为"所有非战斗人员,都不是你的敌人",反对伤害民工。尽管怀尔特的"悲悯之心"和"文明论"在特殊的战争背景下显示出某种虚妄和理想化,但东西文化背景下不同的战争观和人性观还是可见一斑。

综观袁劲梅既往的文化小说,差异和冲突几乎是小说的一个元命题,将母国文化语境下的人物放置在他国语境下,或者在两种文化背景交融下呈现东西方价值观、教育观、伦理观的冲突,以及传统文化的可笑荒谬和溃败的结局。无论是《九九归原》《老康的哲学》还是《明天有多远》,我们都可以看到袁劲梅的这种叙事格局和文化立场。我一直觉得袁劲梅的小说好读、耐读,有"嚼劲",这种耐读和嚼劲不是其他,而是来自于她的小说中的这种文化冲突带来的情感张力和美学张力。《疯狂的榛子》延续了作家以往的这种文化视角和冲突叙事,在一个较为开阔的时间——抗战、极左年代和后"文革"时代三段时期,更为开阔的中国舞台——战争中国、范水式的中国、"文革"前后的中国,大面积呈现战时伦理与日常伦理、父辈与子辈、东方价值与西方价值、传统中国与现代中国等多个向度上的差异。舒家、南家、范家三家四代人的爱恨情仇的故事提供的是关于中国历史半个世纪的真实镜像和历史缩影。好看的故事,以及范笳河和舒暧令人唏嘘的爱情,是这个小说的外壳,小说真正的立意和指归实际上还是对中国文化结构的诘问,对半个世纪中国人的悲剧性处境的温情体恤,以及对现代中国道路的深沉反思。正如在这本书的序言中作者所说的那样,"作为一个作家,我能做的一点事,就是'寻找'。找到一个问题,找到很多故事,找不找得到答案,我不知道。我最多只能把问题讲清楚。文学对于我,是寻找真理的一种方式。"[1]其实,袁劲梅的每一篇小说都如同一个敬业的医生为病人诊断,每次都能抓住病体里的那些病症:宗法制之于《罗坎村》,等级制之于《老康的哲学》,神农氏的"带病基因"之于《九九归原》。在这篇小说中,袁劲梅一头扎进中国文化和中国社会的内部,"寻找"到诸多历史和文化的"死穴"。比如对于抗战期间,国民党军队的腐败问题和倒行逆施,小说借助美国航空长官怀尔特、史迪威,以及在战时"黑市"大潮中堕落犯罪的航空老兵汤姆森的视角来呈现。在这些"西方视野"下,中国军队和中国政治轻法律而重等级、

---

[1] 袁劲梅:《疯狂的榛子·自序》,北京十月文艺出版社,2016年。

重效忠、重关系的弊端跃然纸上。尽管这些异域视角并未能勾勒出中国战时政治的全部真相,但小说以战争亲历者的批判性视角,将对抗战历史的反思延伸到了中国文化传统和政治吏制的层面。

在小说中,中国历史与现实、文化与伦理中的这种死穴和病症几乎比比皆是,比如从美国来中国创业的寇狄,在与女友"绿青蛙"恋爱的疲惫纠缠中,观念上的差异和行为上的误解使他最终悟出:中国男女恋爱是"等级制"的一个缩影,恋爱的本质是"互为奴隶"。令袁劲梅更为忧心的是,宗法制和历史暴力在当下社会的大行其道。比如莫兴歌,这个有着"文革"式人格的"政治人",受商人戚道宽的指点,粗暴撕毁与法国公司的合同,在蒋达里果园公然推崇宗法制的管理模式。宗法制在当代社会会结出怎样的果实?袁劲梅设置了一个悬而未决的结尾。莫兴歌代表的是一种历史人格形态的"复活",这种人格复活的本质是暴力和非理性。而激活莫兴歌的是商人戚道宽。戚道宽在小说中是一个有着各种头衔的"成功商人",但这个人物,袁劲梅显然对他有一份警惕。其中原因在于,他将自己的成功归功于对红卫兵"胆大"精神的应用,他向莫兴歌灌输"只要胜利,不计手段"的"大无畏"[1]的气质。从小说的叙事基调来看,袁劲梅并没有沉浸在对戚道宽的商界精英和成功人士这种形象的勾勒上,戚道宽是一个"带菌"的当代典型人格,这一当代社会较为普遍的人格体现的是"红卫兵"式人格在当代的复苏。对"文革"有着深入反思和专门书写的(比如《青门里志》)袁劲梅显然不能认同戚道宽身上的这种不择手段的红卫兵气质和以科学家名义骗取国家科技开发区土地转做房地产的行径——

---

[1] 袁劲梅:《疯狂的榛子》,《人民文学》2015年第11期,第115页。

小说最后让正直的善全春起诉戚道宽,可见作家对戚氏人格的警惕。

由上可见,袁劲梅通过这种东西文化视角和差异性视野,试图呈现出具有"中国特色"的文化景观和人性景观。这些景观不仅表现为上文提到的中国战时政治中的痼疾、恋爱中的等级制,商界精英身上的红卫兵血脉,范水地区的"爬灰"陋俗与尽孝古风——这些都毫无例外与"带菌"的中国文化基因相连;除此,当代中国社会的诸多现象也以一种"奇观化"的形象从这些"视域"中呈现出来:令沙顿咋舌的高考誓师大会和"只有一个正确答案"的高考、H城和中国没完没了的雾霾、大庙旁利用人们同情心骗取钱财的行径、"窃钩者诸侯的社会不平等"——寇狄、芦笛、沙顿眼里的种种怪现状和社会乱象聚合成关于当代丑陋中国的肖像。客观地说,中国社会包罗万象,这种选择性呈现重在勾勒由痼疾和病象构成的中国,这种片面化的中国形象肯定会招致那些民族主义者或国家形象战略专家的不满与诟病。可以看出,在袁劲梅笔下,关于中国的种种具象化书写和由文化、政治、现实构成的意义系统,并没有太多的诗意,相反,充满了疾病和丑陋。而这一点正是袁劲梅中国书写的一个特点。她曾在《九九归原》的创作谈里说:"每一种文化其实都是有一些陋习的,只不过文化这种东西像空气,像水,在一个文化框架里生活时间长了,有些陋习就成了习惯,虽然我们并不喜欢,可也就这么做了。但是,如果有另一种文化做镜子,也许就可以看清楚我们陋习的可笑。我写这个故事,是想借助西方文化不同的价值观念做镜子,来看看我们的民族劣根性。"[1]因而,可以说,《疯狂的榛子》让我们沉浸于波澜壮阔的现代中国历史和令人唏嘘扼腕的

---

[1] 袁劲梅:《创作谈:〈九九归原〉》,《北京文学·中篇小说月报》2007年第10期。

爱情故事时，更意在让我们走进中国历史的内部和当下现实，去审视我们民族那些陋俗和病根，并由这些文化病根和负面性的历史遗存进一步深入省思：有形的战争和革命虽然结束了，但暴力的遗存仍在延续，建设和平的世界是必由之路，但是法的缺席使中国走向和平的道路充满曲折。因而，如果由袁劲梅在这种差异性叙事中对中国历史和现实诸多症结的揭露，而认为这是一种将中国东方主义化的写作，看不到作家反复提及的法与和平的关系、法与公平的关系，可能也就误读了袁劲梅真实的文化立场和价值诉求。

二、"十步内外"与"PTSD"病中的人学命题

战争与革命决定了20世纪的面貌——这是阿伦特在《论革命》一书的导言中的开篇之句。诚然，这一论断同样适用于中国。20世纪的中国充满了太多的苦难和沧桑，战争、革命、运动几乎密实地遍布在民族的不同历史时期，社会在动荡中艰难前行，而大时代夹缝里的人们也在不安的时代中经历着人性的压抑、创伤和修复。《疯狂的榛子》把叙事空间放置在这样一个宏大背景之下，选择抗战、"文革"和当下三个"断面"，以此建构关于一个民族的"存在"主题和"人性"景观[1]的小说。简言之，这部皇皇大作不仅仅是一部爱情小说，更是一部理性审视中国社会的历史进程，关注创伤人性和病态人格的小说。在《疯

---

[1] 在自序中袁劲梅这样说道："等写完了，回头一看，我这部长篇小说写成了，顺着爱情走，一路诘问：人怎么才能好好地活着，爱着，原谅着？"（袁劲梅：《疯狂的榛子·自序》，北京十月文艺出版社，2016年）确实，爱情主题是小说最初的叙事动机，小说最后的格局溢出了最初的爱情主题，而"跑偏"成一个探讨人的生存和人的病症的文化小说。

狂的榛子》中,我们能看到不少"病人"的身影,范笳河、沙顿少校、甘侬英、吃人肉的犯人老农民、颐希光、莫兴歌,等等——几乎可以形成一个"病人群像",而对这些病人病因的呈现、勘探以及对创伤性人格的人道主义体恤也许正是作家的写作意义所在。

小说的第三章有一节的标题是"十步之外"。这句话引自俄罗斯白银时代的天才诗人曼德尔施塔姆的诗句。1933年诗人写了一首《我们生活着,却感受不到脚下的国家》,其中有这样的诗句:"我们生活着,感受不到脚下的国家/十步之外便听不到我们的谈话/在某处却只用半低的声音/让人们想起克里姆林宫的山民……"这首政治诗意在对斯大林的独裁统治进行讽刺和批判,结果成了当局对他治罪、流放的证据。诗歌中的"十步之外"成了对特定历史条件下严苛的舆论监控和噤若寒蝉的群体肖像的生动描述。袁劲梅引用这句颇有思想寓意的诗句作为小说的题眼,显然切合了她的主题表达需要。在小说中,作为望族之后的舒暖,以及她的同代人——丈夫颐希光、朋友王一南、闺蜜浪榛子,都未能逃脱"极左"年代的种种运动和身心折磨,有的自杀身亡,没死的精神上留下了显见的创伤。比如丈夫颐希光,这个曾经雄心勃勃的物理学家经历过"文革"的洗涤之后,人格发生极大蜕变:怀着极大的恐惧感,躲在套话和政策中。舒暖在感喟丈夫"十步之内"的生存困顿和人格萎缩时,更为自己"十步内外"无法左右自己感到痛楚和悲愤:在乱世里舒暖既不能逃脱大时代的倾轧,同时也不能保护自己的孩子,更无法斩断对范笳河怀有的情愫。

在这里,"十步内外,不能自已"的生存困顿不仅是颐希光和舒暖的宿命,几乎是这个时代知识分子人格创伤和精神陷落的一种征候。那么,在这种境况下知识分子应该如何应对?在阿伦特看来,个体应在特定体制之下保持个人判断能力,不要让自己淹没在集体之中,做到"能思考"才是唯一希望。与此同时,她在《黑暗时代的人们》一书中也道出了个体"能思考"的难度:"在一个变得非人的世界中,我们必须保持多大的现实性,以使得人性不被简化为一个空洞的词语或幻影?换一种方式说:我们在多大程度上仍然需要对世界负责,即使是在我们被它排斥或从它之中撤离时?……'与世界保持和谐'并非'一件容易的事',逃离黑暗时代,走进'力量微弱'的私人生活是一种选择,而只有少数人试图尽自己最大的努力去理解一个'脱节时代'中普遍的非人性化,以及在其中发生的智识和政治的畸变。"[1]因而,"十步内外"实质是关于人的异化、个体与集体的关系问题。集体如何以国家、民族、群体之名褫夺、改造个体,《疯狂的榛子》作了精彩的书写。莫兴歌是小说中一个被异化的创伤者,属于典型的"政治人"形象,经年的看守所生涯和"看守文化"使他养成了对政治的过度敏感,尽管"文革"结束,但在他身上残留着太多的"文革"烙印:不知疲倦的革命激情,阶级斗争的弦时刻绷得很紧,喜欢上纲上线,经常性的"誓师大会"以媚上表忠心。不仅如此,莫兴歌的思维陷入了可怕的异化之中,他没有自我意识和"个体"的概念,只有国家、集体、人民、阶级。莫兴歌属于阿伦特所说的那种具有"公家脸"的人,而悲剧还不仅仅在于此,如果说这种"公家脸"的角色面具放在"极左"年代,我们尚能理解这或许是一种政治威压下普遍的人格特征或某种生存策略,但后"文革"时代的莫兴歌式人格昭示的显然是"极左"年代对个体造成的深度创伤。这种创伤的本质是个体丧失判断力,完全消融在集体之中,陷入"不思"

---

[1] [美]阿伦特,《黑暗时代的人们》,王凌云译,江苏教育出版社,2006年,第14—19页。

的状态。对于莫兴歌来说,他的思维只要启动,必定是"文革"式思维。比如关于"苹果公式"的争论,显示的是莫兴歌荒诞混乱、充满攻击性的思维模式,而对"文革"归谬问题上,莫兴歌"祖国伟大,个体只能原谅"的论调与"右派"作家的"娘打儿子情结"有着某种一致性,轻率而缺少理性。这种丧失个体判断力、沿袭着太多"文革"血脉的政治人,一旦在当代社会空间找到适宜土壤,必定是极其危险的。袁劲梅显然意识到莫兴歌式人格不仅是一种创伤性人格,更是一种危害性人格。在小说结尾,通过商人戚道宽对莫兴歌的成功点拨,沉沦中的莫兴歌大有满血归来之势,莫兴歌式人格的复活无疑是当代社会的精神毒瘤和定时炸弹。从"文革"时代到资本时代,中国社会受到哪些精神遗留的影响,政治如何异化人性又如何在新的语境下登堂入室,《疯狂的榛子》通过莫兴歌这一形象带给我们惊心动魄的心灵震撼。

个体如何消融在集体之中,政治与历史如何造成人性的沉沦,这些问题通过舒暖、颐希光、王一南和莫兴歌这些人物的命运遭际得到了细致的呈现。除此之外,袁劲梅在这篇小说中,还考察了另外一种力量对人性的伤害。那就是战争及其伦理对个体的阉割。袁劲梅曾说:"我刚写完的长篇小说《疯狂的榛子》,写了二战,试图写出真实的人性,并质疑集体对个体的泯灭。"[1]作家在这篇小说中几乎以职业医生的视角,详细呈现了PTSD[2]病症的临床表现及其治疗方法。当然,小说的目的并非简单呈现这种医学知识,而是通过沙顿少校和

---

[1] 袁劲梅、傅小平:《奥斯维辛之后,写诗如何不是野蛮的?(中)》,《文学报》2015年10月8日。
[2] PTSD是一个医学术语,指创伤后应激障碍或灾难压力后的心理紊乱,是一种灾难后的焦躁性心理失序。

范笳河的人格病症,详细呈现PTSD何以形成,战时道德和战争纪律如何消弭战争中的个体。沙顿和范笳河都是军人,经历过战争洗礼,尤其经历过"成长"为军人的精神蜕变。他们两个人的战后后遗症一方面表现为临街的桌子不能坐、听到飞机声就要卧倒在泥泞的沟渠里、经常做噩梦等等这些"旧景重返"引起的战时应激反应,更为严重的是,军事生活与部队纪律使服从、集体、荣誉、紧张这些词汇组成的伦理和原则,成为他们的"道德密码"和"生存密码"。对于战时道德和战时纪律,作家和我们一样,无法非议太多,实际上,作家试图表达的是,当战时道德和战时伦理以集体之名泯灭了个体的自我意识,使其丧失了阿伦特所说的"独立批判力"时,我们如何让这些残缺的自我回归完整的自我?同时,从战时进入到日常社会/平民社会,个体如何调适自己的交往伦理和生存道德,如何实现由军人到市民的转变?比如沙顿,由于军队里不讲人情和集体利益至上的伦理观,面对寇狄的逃学,选择了严厉的让其失学的惩罚措施。与其说这是教师沙顿的大义灭亲,毋宁说是军人沙顿精神深处服从、无情的战争道德的复现。沙顿置身的是和平年代的平民生活和公民社会,而他恪守的却是战时道德,这显然是一种错位。年轻的沙顿能否被治愈,我们不得而知,但沙顿主动要求吃药显然是一种好的征兆。

战争如何以集体之名阉割个体,自我如何在战争这一特殊情境下形成精神性创伤,是《疯狂的榛子》着力要表达的主题。在中国现当代文学中,战争文学作为一种主旋律文学类型,从来不乏对战争母题的书写,比如《红日》《保卫延安》《柳堡的故事》《谁是最可爱的人》《洼地上的战役》《百合花》等等。这些文本常常聚焦表现人民战争的正义与壮阔,再现军事领袖的智慧,战争中不合时宜的爱和战时纪律的冲突。

百年中国战争文学鲜有文本触及战时道德、军事纪律与个体精神创伤的关系。这里的一个难题是，人民战争或反侵略战争天然具有某种正义性，战争情境下的道德准则和战时纪律是确保军事胜利的必要条件。正如《疯狂的榛子》中的沙顿少校对新兵所说："军队是效率最高的群体。等级、服从、对集体忠诚，是军队的伦理道德。你们还想要什么？从此跟你们的平民的自由散漫断绝。平民的自由道德不适合军队。"[1]既然军队为了"效率"以及更为崇高而正义的事业而需要把那些鲜活个体打碎，按照战争伦理重造新人，那么，个体的情感和价值在宏大的战争面前是可以忽略的。一直以来，我们的战争文学注重对战争正面场景和丰功伟绩的描写，而较少关注战争给个体带来的精神创伤以及战争后遗症的巨大痛楚。袁劲梅在《疯狂的榛子》中对战争文学的反思另开一局，以沙顿、范笳河和飞虎队成员的战争经历，关注个体如何在强大的军队情境中泯灭，当然，袁劲梅并没有纠缠于战时道德、军队伦理的优劣评判上，而是重在关注经历过战争洗礼和军队炼狱的个体如何进入正常的平民社会，如何在没有战争的生活情境中治愈自我。

小说中诸多PTSD病人中，最为痛苦和悲怆的莫过于范笳河，这注定将是华语文学中一个多义而复杂的人物形象。范笳河作为创伤性人物，其最大的意义在于，提供了一个关于战争、革命/运动和传统文化合力扼杀个体的人性标本。从战后他在日常生活中的"旧景回返"的种种失态可以看出，他有着与沙顿少校类似的战争后遗症。对于范笳河来说，日常生活中的这些失态和恐惧还不是最严重的问题，

---

[1] 袁劲梅：《疯狂的榛子》，《人民文学》2015年第11期，第93页。

他的最大问题是职业性的"训练"造成的个体精神上的驯服、忍耐。他有着军人的服从,这种服从使他将自己完全消融在集体利益之中。这也是范笳河爱情悲剧的根本原因——他的内心怀着对舒暖炽热的爱,但由于国共两党身份有别,在个体爱情和阶级立场之间,他放弃了爱情。他的这种放弃是长期听从命令、集体主义思维模式的必然结果。对于失去舒暖,范笳河有过痛苦和挣扎,但他无法摆脱军队道德在他思想深处形成的绝对律令。可以说,范笳河是一个被"组织""集体"异化了的丧失了批判能力的人,他并没有意识到自己身上的精神枷锁和悲剧根源,甚至还要代那些奴役他的力量"受罪"——"他活到八十岁也只是自己跟自己作对,没跟组织做过对。他自己惩罚自己,赎自己的罪,替他的'组织'承担责任。"[1]

造成范笳河人格创伤和自我沦丧的力量除了军队纪律和战时道德之外,政治运动的碾压和摧残是另外一个因素。极左年代的到来,范笳河首先面临着由英雄向叛徒、人民敌人的身份异变,不仅如此,在劳改队中他违心地领受各种罪名,否定自己和中美联合飞行队从事的英雄事业的正义性。这种自我否定是让范笳河最为锥心的地方。在航空战友纪念碑前的仰天痛哭是他内心悲愤和屈辱的真实写照。对于"极左"年代的政治运动,范笳河在内心并未完全认同,但他以隐忍和顺从的方式接受运动对自己的改造。从人格特征来看,范笳河无疑属于分裂式人格。心理学家罗纳德·大卫·莱恩在《分裂的自我》中这样描述自我的精神分裂:"'精神分裂性'这个术语用来指代这样的个体,其经验以下列两种方式一分为二:首先,他和世界的关系是分裂

---

[1] 袁劲梅:《疯狂的榛子》,《人民文学》2015 年第 11 期,第 80 页。

的;其次,他和自我的关系也已经被破坏。"[1]对于范笳河来说,他的精神分裂不仅体现在集体价值体系和个人选择的冲突(个体之爱和集团利益)上,还体现在他的负罪的情感经验上。这种罪感一方面是对自己在"文革"中被迫污名化昔日战友的行径,另一方面是背叛爱情而对舒暖怀有的愧疚。最后,造成范笳河病态人格和自我沦丧的因素还有宗族文化。传统文化与国民劣根性之间的关系,一直是袁劲梅孜孜探求的一个大问题。这篇小说中,作家在探讨集体如何泯灭个体时同样将触角伸向了传统文化。小说以编家谱为切入点,征询式地引申出一个可待探讨的问题:中国的宗族文化和集团意识强调大我和整体,集体是否会成为征服、淹没个人的"腌菜缸"?毫无疑问,这是一个颇具启发性的文化视角。在小说中,范笳河其实已经意识到自己之所以难以左右自己的爱情,是因为自己是一个"范水男人"。什么是"范水男人"?宁可牺牲自我的权利和利益,也要崇尚孝道。由此可见,范笳河的创伤性人格是多种因素和力量共同作用的结果。

三、范水、猎头族和蒋达里:文化人类学视野下的"民族志"

在我看来,袁劲梅的每一部小说几乎都是一份民族精神档案,里面记录了我们民族的文化图腾、伦理准则和国民人格纹理,尤其是进入现代社会以来,新旧文化、中西文化碰撞以及战争革命洪流中个体的精神裂变、国民精神病根。每一部小说都似一个关于中国文化和国

---

[1] [英]安娜贝拉·穆尼、[美]贝琪·埃文斯编:《全球化关键词》,刘德斌等译,北京大学出版社,2014年,第84页。

民人格的"医学病历",这些"病历"鲜明地呈现出这些疾病的种种症状及其诱因。

在一篇序言中,袁劲梅曾这样说:"故事有各种各样的写法,我选择了写中国:中国事,中国人,中国文化。西方文化是一池水,中国文化是另一池水。以西方文化作参照看中国文化,如同一条跳出池塘的鱼,回头一看,自己待惯了的池塘原来只是几个池塘中的一个,并不是唯一的一个。那里的生活到底是怎么回事?出了池塘反而看得更清楚。"[1]总体来看,袁劲梅的每篇小说几乎都有确切的主题,而她的所有创作又可以连缀成一个整体,贯穿她创作的主题和内在核心便是文化/历史与人的关系。在《青门里志》和《疯狂的榛子》之前的小说,文化冲突下人的处境和出路是小说着力所表达的内容,等级制、宗法制、血缘伦理、农耕文明的劣根等是小说中的常见内容。《青门里志》显然是以"志"的方式讲述青门里的地方政治风情和历史风云,往大了说,青门里实际上就是中国的缩影,青门里的人和事、政治和创伤是"文革"中国的典型而具象化的表现。

这里不得不提到《青门里志》与《疯狂的榛子》之间的内在关联问题。从时间上看,《青门里志》在前,《疯狂的榛子》在后。作家这样自述:"《青门里志》是一部充满趣味而又意义隽永的小说,通过野生动物学家对大猩猩行为的观察以及对'文革'历史的对照性回顾,试图回头看一眼我们走过的路。在某一个地方,我们全民'返祖'了。"[2]小说将自我以及众人放在历史的解剖台上,意在从生物学意义上追溯暴力

---

[1] 袁劲梅:《忠臣逆子·自序》,中国书籍出版社,2012年。
[2] 袁劲梅:《青门里志》,第315页。

的文化源头。这部小说在众多"文革"题材小说中还是相当有特色和深度的,从叙事的角度看,小说交叉讲述动物和人类的生活,一条线以动物学家的《科安农-苏邺风观察日志》来讲述博诺波猿猴的家族生活习性和行为模式,另一条线讲述"青门里"和"剪子巷"中的人们从"文革"到后"文革"时代的生活。通过这种复调式叙事结构,"有黑猩猩和博诺波猿的行为作对比,'文革'中的群体暴力和盲从等行为,不用多讨论,读者就自然懂了是怎么回事。"[1]从内容上来看,小说对"文革"的书写明显区别于伤痕、反思小说形成的诉苦传统和苦难美学,而意在从人类文化学和生物学意义上寻找历史悲剧何以形成、人类何以在行为上"返祖",从而为"文革"的历史成因以及当代中国的种种乱象提供一份文化心理层面的解释。作家曾说过《青门里志》是在反思"文革"到商业社会之间的人性故事,尤其是反思人类身上的动物基因与生物伦理。而《疯狂的榛子》只不过是对"人性"问题的继续开掘[2]。因而,某种程度上可以说,《疯狂的榛子》是《青门里志》的姊妹篇,二者共同思考的问题都是汉民族的民族劣根。不同的是,《青门里志》是从生物学意义考量人类行为中的动物基因,而《疯狂的榛子》则在一个更为广阔的文化层面思考人性的崩坏。可以说,这两个文本都是关于中国历史与现实、汉民族精神人格劣根性的"民族志"。所不同的是,二者分别采取了生物学视角和文化人类学视角。

袁劲梅的小说总让我想到小说文体之外的"民族志"这一社会学文体。拿《疯狂的榛子》来说,这篇充斥着丰富细节、精彩奇风异俗、中

---

[1] 傅小平、袁劲梅:《袁劲梅:我唯一的能耐,是用故事说出常识》,《黄河文学》2012年第11期。
[2] 袁劲梅:《疯狂的榛子·自序》,北京十月文艺出版社,2016年。

心和边缘地理图式、精神与文化遗留的小说文本,无疑是一个融虚构与纪实于一体的关于中国社会的民族志。民族志的基本含义是对异民族的社会和文化现象的记述,"民族志在呈现社会事实之外,还是一种发现或建构民族文化的文体。""他(民族志学者)通过对社会的把握而呈现一种文化,或者说他借助对于一种文化的认识而呈现一个社会。"[1]如果从民族志的角度看,《疯狂的榛子》在"发现和建构民族文化"以及表现文化和社会的内在关系上面,无疑有着出色的书写。

《疯狂的榛子》在书写关于中国社会的"民族志"时,采用了这样几种视角和模式[2]。第一种是以汉民族边缘地区来反观中国文化整体。在袁劲梅的小说中总是能看到一些具有特定民俗色彩和文化况味的地理版图,比如罗坎村、戴家大宅、剪子巷。这些文学地理都具有很强的文化指向性,是作家为了表达其文化诉求而建构的"文学部落"。《疯狂的榛子》同样塑造了一个具有独特文化属性的边缘地理空间——范水。范水是汉民族边缘地区的一个缩影,由于远离现代社会,其历史古韵和文化传统保留得相对较好。范水并不是一个与世隔绝的世外桃源,近代以来,这个边缘地区被裹挟进革命、战争与政治的洪流中,参与中国社会的近代化进程,见证中国边远地区的政治、文化和伦理变迁,因而,范水成了中国边缘地区的一个代表性地域空间。

---

[1] 高丙中:《民间文化与公民社会:中国现代历程的文化研究》,北京大学出版社,2008年,第325页。

[2] 有人类学学者指出,在反思性民族志研究中,存在着这样六种研究范式:从汉族边缘群体反观汉族的整体;从"后发展"的少数民族看现代社会;从民间审视知识分子和官方;从妇女的行动反思男权思想图式;从海外看中国(参见高丙中:《民间文化与公民社会:中国现代历程的文化研究》,北京大学出版社,2008年,第325页)。本文参照这些研究范式分析袁劲梅的小说。

在小说中,范水是一个具有新奇感和异域情调的空间,能够满足读者尤其是海外读者对边缘文化的猎奇式想象。范水拒绝政治的侵入,范水人相信狐大仙和门神——比如,范太爷在瘟疫肆虐时"求符"而稳定了军心,范太爷与国民党高级将领丛司令的生死交情,尤其是"牙神丹"体现出的民间智慧和神秘文化,都鲜明地呈现了范水式的风物人事。当然,范水的殊异之处还不仅止于此。范水最大的文化特征是推崇老人政治和孝道,由此形成了长子将新媳妇献给长辈享用的古风。毫无疑问,献祭新媳妇给爹爹享受,是一种病态之孝,不仅造成了血亲伦理上的混乱,也体现了父权社会和宗法制社会对子辈的漠视与戕害。这一古风背后的伦理与文化支撑是中国的孝文化,范水文化是中国传统文化的一个缩影,孝文化是儒家文化的核心之一。可以说,袁劲梅在这篇小说中另辟一途,以范水这一边缘地区的伦理文化作为切入点,再次深入中国传统文化的腹地,让我们从"范水式伦理观"中反思中国传统文化糟粕性内容的历史遗存和当代延续。

第二种视角是从后发展民族来审视现代文明。小说里描写了范笳河一行跳伞后迷失在山上的一个部落,这个部落叫"猎头族"。猎头族奉行的是酋长制,而酋长的产生不是靠世袭或武斗,而是依据猎取动物头包括人头数量的多寡决定酋长的归属,因而,猎头成了这个部落崇尚的"最高事业"。在1940年代的中国,猎头族代表了比范水还要原始的村落社会和文明形态。关于"猎头族"的叙事,除了在阅读层面提供一种异质文明或经验形态,同时还包含了作家对现代社会及其文明的整体性反思。范笳河与航空战友深陷战争的漩涡,但他们一直在质疑战争、反思文明,并憧憬着一种无战的文明生活,但"笳河们"发现,"野蛮"并非只有"猎头族"才有,范水的愚孝,中原文化的"小脚文化",以及现代战争,贯穿着颇为一致的野蛮——实际上,袁劲梅也正是通过视野的后撤,通过聚焦猎头族的蛮性,并对照现代社会中的军事野蛮(战争冲突)与文化遗留(小脚文化),试图指出,尽管我们的社会已步入现代,我们的文明也被冠之以现代之名,但蛮性遗存依然是一种阻遏性因素,这种因素是对和平的威胁。

第三种视角是以民间视角呈现中国的政治生态和社会世相。"蒋达里"是小说中的另一地理空间。在"极左"年代,蒋达里劳改农场是中国知识分子的改造之地,小说尤其对"文革"历史阴霾下知识分子的种种遭遇做了诸多细致描写。比如诗人王一南受辱跳窗自杀、南诗霞身染"血吸虫"被隔绝在火葬场的场景,都真实呈现了"文革"时代的酷虐和知识分子屈辱的生存状态。当然,在讲述"文革"历史的时候,袁劲梅并没有一味沉浸在对苦难场景的堆砌上。比如,"善良氏"的温情和蒋达里群众在批斗王一南时"无人打他",写出了蒋达里人民的淳朴和善良;再如,蒋达里人的"易名风波"以及南诗霞的"认罪书"则以欢快和喜剧化的叙事基调,让我们在忍俊不禁的同时进一步看清了政治的蛮横、可笑和荒谬。其实,"蒋达里"是"文革"时代中国民间社会的一种写照,在《青门里志》中,"文革"的动因已经得到了细致的梳理。《疯狂的榛子》以蒋达里农场浓缩了"文革"时代的政治图景和人性景观,小说借浪榛子与莫兴歌讨论王一南之死,引出这样的反思:"我们这个民族怎么啦?为什么总是拿自己的同胞当自己的敌人?能把同类的人格污辱已尽而不动同情心的人,是不是在那个时刻,心理上返祖成了动物?"[1]这种追问也正是阿伦特在艾希曼事件后一直思考的

---

[1] 袁劲梅:《疯狂的榛子》,《人民文学》2015年第11期,第64页。

命题：当一种新的意识形态形成时，个体是如何被集体绑架，继而丧失个人判断能力的？小说通过颐希光、范笳河等伤害型人格，以及莫兴歌式的迫害型人格详细呈现了这些创伤性人格的形成，同时，通过"文革"之后莫兴歌在蒋达里农场的专断式管理模式，以及对红卫兵精神的再次启用，写出了"文革"基因在当代社会的残留和延续。

　　总之，范水、猎头族、蒋达里这些具有边缘、异族或民间色彩的地理空间，经由袁劲梅文化人类学般的文学叙事后，具有了某种民族志的意味。这种民族志尽管是关于国家和民族的地方性或局部性书写，但这些地方性空间在文化、政治、心理上构成了整个社会的一个断面与切片。因而，可以说，这些地方志式的书写的终极意义是要完成对社会群体和文化整体的言说。这里还要注意一个问题，小说在凸显民族性和地方性的时候，有落入东方主义视角的危险。"任何在东方和西方之间进行根本性和等级性区分的文化表述都具有东方主义的色彩。这种自我和他者的区分使欧洲人发展出共同的机制来描述、评判、解决以及统治'低等的东方'。这就是制度化了的东方主义。欧洲人采取帝国主义和殖民主义的手段来主宰、重塑东方，并获得对东方的权威性压迫。"[1]民族志式的书写，本身提供了不少边缘与中心、落后与先进、野蛮与文明等对立范畴的内容，而作为置身美国文化里的袁劲梅，在书写诸多关于中国的"东方意象"时，由于这些奇风异俗、野蛮与暴力具有某种"风景化"和"奇观化"的倾向，很容易招致批评家称之的东方主义写作的数落。萨义德在界定东方主义这一概念时，指出这种文化视角在描写东方时诉诸于"东方的怪异，东方的差异，东方的

---

[1] [英]安娜贝拉·穆尼、[美]贝琪·埃文斯编：《全球化关键词》，刘德斌等译，第215页。

肉欲"等修辞策略,同时,"东方学的局限,乃伴随弃除、抽离、剥光其他文化、民族或地区的人性这一做法而来的局限。"[1]在我看来,袁劲梅采取中西文化视角呈现东方陋俗与社会病象时,其审美基调并不是猎奇式的远距离式的把玩和沉迷,东方的落后、近百年中国的历史劫难和诸多悲剧,以及当代中国的病象,表达的并非叙述者在西方文化上的优越感,而是贯穿着作家对文化出路、文明形态的思索。在对人和社会悲剧的叙事中,我们能感受到作家的那份痛心和不安。袁劲梅对中国的书写并不意在对这些东方意象和地理空间的视觉化呈现,而重在追索中国文化的病根究竟是什么,这些负面性的文化如何影响社会的政治体制、行为方式和人格构成。她的每一篇小说在精细描绘那些典型的东方意象和东方空间时,总是将思考和归宿落在传统文化的现代性转型这一大的问题上,这一点几乎成为袁劲梅小说的一种标志性视角和写作特色。

---

[1] [美]爱德华·萨义德:《东方学》,王宇根译,生活·读书·新知三联书店,1999年,第92、142页。

张承志与冈林信康的文学关系考论

冈林信康,1946年出生,日本著名民谣歌手,20世纪六七十年代因其反战歌曲而成为风靡一时的"民谣之神",80年代提倡"无拳套演出"[1]。张承志80年代在日本访学一年,结识了冈林信康,从此开始了绵延至今的友谊。冈林信康被张承志视为"道之兄长"[2],其人格气质和音乐美学对张承志产生了很大影响。关于冈林信康的记述,国内学界几乎阙如,对于两人艺术上的影响与接受问题尚无专题研究。从1984年关于冈林信康的论文《绝望的前卫》开始,在三十余年里张

---
[1] 张承志:《敬重与惜别——致日本》,东方出版社,2014年,第184页。
[2] 同上,第182页。

承志留下了大量关于冈林信康的回忆性文字，或追忆二人交往，或评述其人其歌。在这些不同阶段的文字中，我们既可以看到张承志对自己偶像的接受视野，又能看到他从不间断的自我矫正，同时这种音乐体验又熔铸在了张承志的文学之中。可以说，冈林信康在张承志文学的音乐化特色和"究及现代"[1]过程中是一个不可忽视的艺术家。本文基于二人交往历程，考察冈林信康作为一种域外资源如何影响张承志的人格气质及其文学生成，试图从发生学角度还原和厘析张承志人格气质中的冈林信康因素，同时探析张承志对冈林信康的认知变迁。

一 1980 年代的"补足愿望"与结缘冈林信康

1983 年 5 月底，张承志以日本国际交流基金"特定地域研究计划"合作人及"东洋文库外国人研究员"身份，在日本进行为期一年的中北亚历史研究。此时的张承志在中国社会科学院民族研究所民族研究室西北组工作已有近三年时间，他的主业是民族史研究和考古学。但在 1978 年张承志以《做人民之子》（蒙文诗）和《骑手为什么歌唱母亲》（短篇小说）开启了自己的文学旅途，随后的《阿勒克足球》《绿夜》《黑骏马》相继发表，部分作品获得全国优秀短篇小说、全国优秀中篇小说奖——初涉文学的张承志以"人民之子"的自觉和草原骑手的豪情唱出了区别于当时伤痕、反思小说的壮美声音，在文学起步阶段便锋芒展露，屡创佳绩。但此时的张承志并没有沉浸在收获的骄矜之中，相反，对流行于当时文坛的故作玄虚和暧昧怪奥的腔调深感疲倦，同时

---

[1] 张承志：《音乐履历》，《思想·下》，东方出版社，2014 年，第 59 页。

内心深处源于对学养不足而生的"欠缺"感催逼着他思考文学的现代性问题。他在《音乐履历》中这样坦言当时的心境：

> 忆起八十年代的文学环境,可能不少人都会有多少的惜春感觉。时值百废俱兴,现代艺术如强劲的风,使我们都陶醉在它的沐浴之中。穿着磨破的靴子、冻疤尚未褪尽的我,那时对自己教养中的欠缺有一种很强的补足愿望。回到都市我觉得力气单薄,我希望捕捉住"现代",以求获得新的坐骑。那时对形式、对手法和语言特别关心：虽然我一边弄着也一直在琢磨,这些技术和概念的玩艺究竟是不是真有意味的现代主义。[1]

在写作伊始,张承志对自己的文学素养并没有十足的把握,在后来与冈林信康的对话里,他曾提到,由于他所读的高中是一个重视理科的中学,语文的基础停留在初中阶段几篇古文、白话文和政治文章的水平[2],恰恰是这种知识储备的欠缺形成了他的焦虑感,并催生了这种"补足愿望"。在这样一种渴望突破和接近"现代"的心境下,通过一位名叫德地立人的日本朋友的引介,张承志开始接触冈林信康的歌曲。冈林信康,长张承志两岁,出生于日本一个基督教神父家庭,早年以唱反战歌曲被日本民众推崇,80年代中期提出ベアナックルレヴュ-(扔掉电子音像,回到一把吉他),走向"无拳套演出",并在日本与东南亚巡回演出。初次听到冈林信康的歌曲,张承志便被那种振聋发聩的新

---

[1] 张承志：《音乐履历》,《思想·下》,第58页。
[2] 冈林信康、张承志：《绝望的前卫满怀希望》,《文学自由谈》1987年第4期。

鲜感吸引住了，他说："到了一九七八年，我开始写小说了，听着冈林的歌，心里出现了一种不可思议的感觉。我觉得我从考古学和民族史转向全力从事文学，这里似乎与冈林有着什么相似。也就是说，我企图作为一个小说家，从冈林的歌曲中汲取养分。"[1]

张承志的"原点初音"是遥远的蒙古古歌，到了20世纪80年代，美国歌手鲍勃·迪伦、日本歌手佐田雅志和冈林信康（还有梵高的绘画）成为张承志的心仪对象。那么，张承志由民族古典音乐移情西方现代艺术，除了通往现代的渴望之外，是否缘于文学与音乐之间的某些契合点？也就是说，张承志结缘冈林信康并在随后的三十余年里对其跟踪关注，这种艺术亲缘关系是靠什么建立起来的？

在与摄影家李江树的访谈中，张承志这样说，"几年以来，我好像一直有意无意地企图建立自己的一种特殊学习方法。具体地说，就是尽量把音乐、美术、摄影等艺术姊妹领域里的领悟和感受，变成自己文学的滋养。"[2]对于张承志来说，踏上文学之路之初他便在寻求着与主流文坛基于政治与历史书写的现实主义美学原则相区别的写作方式，从其他艺术中汲取技艺和养分是他自觉的努力方向。在《骑上激流之声》一文中，他的这种艺术追求说得更为明确，"而对于我来说，文学的最高境界是诗。无论小说、散文、随笔、剧本，只要达到诗的境界就是上品。而诗意的两大标准也许就是音乐化和色彩化——以上就是我身为作家却不读小说，终日沉湎于梵高的绘画、冈林信康的歌曲之中的原因。"[3]

---

[1] 冈林信康、张承志：《绝望的前卫满怀希望》，《文学自由谈》1987年第4期。
[2] 李江树、张承志：《瞬间的跋涉》，《文学自由谈》1987年第3期。
[3] 张承志：《艺术即规避》，《思想·上》，东方出版社，2014年，第213页。

可见,自觉地从音乐、绘画这些文学的姊妹门类中汲取营养,补足自我的文学修养,这是张承志在20世纪80年代专注于艺术领域的重要原因。除此之外,两人在家庭背景、人生经历和精神气质上的相近,也是促使他们艺术结缘的重要因素。从家庭出身来看,冈林信康出生于牧师家庭,从小唱赞美诗,在一种相对单纯的环境中长大——冈林本人称之为"将近二十年里我随着某一种形式长大"[1]。而张承志是回族人,生于北京崇文门贫民区,祖籍山东济南。张承志说,幼年给他烙印最深的,就是他外祖母长久地跪在墙前冰冷坚硬的水泥地上,长久坚忍地独自一人默诵的背影。宗教家庭背景成为两个人"对话"的基础,正是这种类似的宗教背景,张承志在冈林那些怪诞野蛮的话语里也能听出一股"圣的音素"[2]。而在人生经历上,正如冈林所说,"你有草原牧民的四年,我也碰巧在农村当自耕农种稻子四年,我俩都有这么四年——所以我们各自从那儿的生活中受到强烈影响,这是我们的共同点。"[3]共同的底层经历为他们理解彼此奠定了很好的基础。从人格气质来看,冈林信康是孤独的前卫,艺术上他是走在时代前列的前卫,被民众奉若神明,但在精神上他是孤独的,他被时代裹挟送上神坛而自己拒绝当神。因而,冈林信康及其歌曲代表的是一种叛逆、激昂的时代美学,以及异乎群类的独士形象。而张承志恰恰也是这样一个具有叛逆气质和热腾血性的独行侠。他一生都有英雄情结,他所崇拜的英雄是那些具有阳刚之气、充满血性和正义,甚至异乎寻常的侠者义士,鲁迅、秋瑾、荆轲、切·格瓦拉和毛泽东都是他所崇拜

---

[1] 冈林信康、张承志:《绝望的前卫满怀希望》,《文学自由谈》1987年第4期。
[2] 张承志:《音乐履历》,《思想·下》,第60页。
[3] 冈林信康、张承志:《绝望的前卫满怀希望》,《文学自由谈》1987年第4期。

的大时代的英雄[1]。而作为20世纪60年代左翼青年的"民谣之神",冈林信康身上所散发出的英雄气概也是张承志走近他的重要原因。

在这种相知以及"饥渴地需要色彩和音响"的艺术补足愿望下,张承志对自己的偶像冈林信康倾注了很多心力,他不断地去听后者的现场音乐会,一遍遍听其歌集,从这些嘈杂而又痛苦的音乐中感觉到"一种东方前卫的神魂"[2]。在1984年回国前张承志完成了对于自己偶像的学术雕刻,即论文《绝望的前卫——关于冈林信康的随想》(《早稻田文学》1986年第6期),这篇论文也成为了二人友谊的起点。在冈林信康看来,这位异国听众日语讲得"迷迷糊糊",但他的论文关注并理解了冈林从演歌调到现代调的几乎所有歌曲,读了以后"实在高兴",也"懂得了"张承志[3]。确实,在这篇学术传记中,张承志一方面全面梳理了冈林信康的音乐轨迹,另一方面仔细辨析了其重负与变形。张承志并不神化冈林信康,把后者的音乐的风格变迁放在其人生道路中加以考量,既梳理出冈林的风格和阶段性特征,又能辩证地指出其局限和短板。张承志认为冈林的"多年的动摇病""一直隐藏的软弱和任性的性格"造成了他的歌风的向内倾向,而这种转向恰恰是冈林在80年代被"时代抛弃",迅速边缘化的命运。尤其是,他在冈林信康光鲜的外表和1969年的"失踪事件"中看到了一个痛苦而孤独的灵魂——

---

[1] 在一篇访谈中,他坦言,他想做健康文明的儿子,崇尚鲁迅、秋瑾、徐锡麟那样的英雄。参见熊育群:《一直在奔跑:艺术大师对话》,中国文联出版社,2003年,第31页。
[2] 张承志:《骑上激流之声》,《思想·上》,第214、216页。
[3] 冈林信康、张承志:《绝望的前卫满怀希望》,《文学自由谈》1987年第4期。

60年代末白热化的各种反体制运动遭遇现实的命运,对冈林自身是一种压迫和打击。新生活体验带给他心情上的变化,特别是逐渐多次感受到的牵挂和内疚,以及自己的欲求和舞台间的巨大差距带来的痛苦,这一切让他急剧地变化着。这样,正当他逐渐在歌中吐露出这种自我的矛盾、阴暗的心情的时候,社会和时代将他推上巨星的座位。他的听众(那实际上是他的伙伴)因为他投身于一种狂热之中的时候,民谣之神陷入了真正的孤独。[1]

这篇长文中,在36岁的张承志为38岁的冈林信康进行的精神定义和人生扫描中,暗含了张承志未来的某些轨迹,这种类似不知是二者天生性格所致,还是前者受后者影响所致。比如,冈林在大红大紫之时远离都市和舞台,在农村和大自然中寻找心灵的依托,而20世纪90年代的张承志在文学鼎盛期告别知识阶层,放弃公职脱离体制,自由无羁地放浪于自己心仪的三个大陆之中,行走在世界之林里。张承志发现农村和自然使冈林的心情变得平和,而对于他自己,三块大陆才能让他内心平静。再如冈林信康身上一直存在的"争辩",这种争辩是一种冲突,民众拥戴他做左翼明星,希冀他积极介入政治的期待,和他讨厌卷入政治浪潮的冲突。正是因为这种争辩,冈林信康选择了"规避",冈林维护的是中和的艺术,规避的是纷乱的政治。对于张承志来说,争辩和规避同样奇异地伴着他:为自己的信仰辩护,与主流社会的疏离,与知识界的分道扬镳,都显示了与冈林如出一辙的政治立场。

---

[1] 这篇《绝望的前卫——关于冈林信康的随笔》一文,最初由伊藤一彦译成日语,发表在《早稻田文学》1986年第6期。笔者托友人在日本东京大学图书馆找到张承志这篇早期论文,并将它翻译成中文,此处引文皆为转译后的中文。

在这一时期,对于冈林规避政治的行为选择,张承志给予了理解,甚至以"艺术即规避"之辞为其辩护。

可以说,在20世纪90年代之前,冈林信康对张承志而言是一个具有坐标或明灯意义的存在,启发着后者的未来航向,"毕竟是他的歌使我有了一个重大的参照物。毕竟是他的轨迹使我确认了许多次自己。"[1]对于张承志来说,这种确认应该是指确认自我独自向着自由的长旅,走向"清洁之路"、"荒芜英雄"漫道的信心,也是对三块大陆,尤其是对皈依哲合忍耶和回族母族,背依和代言底层民众的一种确认。

确实,在1983年与冈林信康的相逢,是张承志在写作路途上求知探路、向世界现代艺术汲取灵感的一种偶遇,这种相逢转化成了现实中的友情缔结和艺术上的切磋,并进而转化为某种道路启蒙。可以说,与冈林信康的交往丰富了张承志的异国体验,使他所受到的音乐影响更为具象而生动。张承志这样谈到,"后来我们成了密切交往的朋友,我去他的录音棚听半成品的制作,他来我寄居的板屋为我女儿唱歌。我渐渐熟悉了他的每一首歌,也渐渐懂得了他的每一点心思。"[2]如果我们留心张承志20世纪80年代的这次日本之行,可以发现这段异国体验并不都是愉快和友好,也充满了艰辛与敌意。他曾坦言,"我在那两年里练惯了疾走,默默地以两步迈三步,奔波在东京——于我而言它是个劳动市场和战场。刷盘子,教大学,出著作。

---

[1] 张承志:《艺术即规避》,《思想·上》,第218页。
[2] 张承志:《歌手和游击队员一样》,《越过死海:2011—2015》,上海文艺出版社,2015年,第101页。

为了活下去(主要是使自己的做人原则活下去),我的心硬了。"[1]朱伟在《张承志记》中也谈到他这段心路历程:

> 这一年(另注:1983—1984),张承志整个儿泡在客居他乡的孤独之中。此时,《北方的河》在国内批评界招致一片指责,张承志在日本则一直是连绵不断的疯疯癫癫的失眠,在深夜霓虹灯不知疲倦的闪烁中,陪伴他的失眠的只有寂寞还有烧酒。在这种孤独中,他迷上了梵高,还有著名的日本歌手冈林信康。[2]

在压抑、被歧视甚至公开被攻讦的日本体验中,与冈林信康的音乐结缘以及对其艺术的确认是张承志不愉快的日本体验中的一抹亮色。这一时期的"音乐生活"缓解了张承志的孤寂,甚至给他带来了"好心情"。尤其是通过冈林信康,让他感觉到了日本人的真诚和善良的一面。更为重要的是,作为一种异域"资源"的冈林信康,使张承志对现代性艺术的探求找到了一个突破点和具体路径。

二 张承志文学中的冈林信康元素

考察冈林信康对张承志的影响,需要在张承志的文学文本层面找到这种痕迹,进而确认这种影响和关联。与张承志私交甚好的朱伟在解读张承志1984年回国之后的作品时指出,1984—1985年间的《残

---

[1] 张承志:《长笛如诉》,《黄土高原》,东方出版社,2014年,第297—298页。
[2] 朱伟:《张承志记》,《钟山》1994年第1期。

月》《晚潮》《九座宫殿》《黄泥小屋》标志着张承志进入到区别于《黑骏马》《北方的河》的第二阶段,"张承志这一阶段的创作,因为对梵高的狂热崇拜,每一篇小说其实都是对一幅具体的梵高式绘画进行文学叙述。"[1]这个判断从绘画角度阐释了张承志小说中的色彩美学及其与梵高之间的关系。实际上,张承志对梵高、冈林信康的接受几乎是同时的,西方现代音乐与绘画在20世纪80年代都是张承志狂热投入的领域。因而,我们可以由此考察冈林信康的音乐如何影响张承志从日本归国后的写作。

在接触冈林信康的音乐之前,张承志自称是染上了"异族胡语的歌曲底色"。[2]这种"异族胡语"也即是蒙古草原的古歌,写于1981年的《黑骏马》,即是蒙古古音影响下的作品。张承志在青年时代,听到了蒙古歌曲《刚嘎·哈拉》,从此一直心醉神迷,他固执地认为,"对这支古歌的发掘,是理解蒙古游牧世界的心理、生活、矛盾、理想,以及这一文化特点的钥匙。"[3]因而,在这一心理驱动下,张承志主题先行地创作了中篇小说《黑骏马》。这部小说的独异之处在于结构的音乐化,即通过民歌的一节歌词对应小说的一节,从而呼应和控制小说的节奏。尽管这篇小说大获成功,但张承志对这一结构并不满意,这种音乐化(民歌化)的结构限制了他的表达。1983年的日本之行,可以说开了张承志的现代艺术之眼,进入到受冈林信康影响的阶段。冈林信康的音乐无疑带给张承志极大的震惊和激动,他将这种崭新的音乐体验归结为"美的质地"和"美的质感"。张承志曾反复描述冈林带给他

---

[1] 朱伟:《张承志记》,《钟山》1994年第1期。
[2] 张承志:《歌手和游击队员一样》,《越过死海:2011—2015》,第100页。
[3] 张承志:《初逢刚嘎·哈拉》,《草原边疆》,东方出版社,2014年,第14页。

的这种音乐体验和刺激:

> 那是继草原以后,对一种语言滋味的不确切把握。冈林信康的歌曲使我对又一种语言有了体会,日语的语汇限度和暧昧、它的特用形式,使得这种语言常常含有更重的语感。他的歌词则在这一点上更突出:时而有入木三分或使人如受袭击般的刺激。[1]

1983年与冈林信康的这次结缘,是张承志探求文学新路,走出草原蒙古音乐接通现代艺术的一个起点,这种全身心的聆听和经年的研习更加强化了他的这种音乐体验,并自觉将之转化为写作的养分与资源。在1983年之后写作的《北方的河》《残月》《晚潮》《九座宫殿》《黄泥小屋》《金牧场》等小说中,我们能够看到跟《老桥》《黑骏马》不一样的叙事节奏和现代技法。在《北方的河》《金牧场》中,冈林的歌曲直接进入小说,《你究竟是我的谁》成为《北方的河》中小说主人公情绪的表现方式,歌词与人物心境相得益彰,这首歌词非常贴合主人公被女友抛弃时的心境——失落、无奈和独自走向自由长旅的决心。而在《金牧场》中冈林的歌曲贯穿始终,主人公疯狂迷恋的日本摇滚歌星小林一雄的原型即为冈林信康。《金牧场》是张承志在1986年对自己以往岁月的一种具有总结意味的自传性书写。值得一提的是,研究张承志的精神轨迹和思想转换,《金牧场》是一个最为关键的文本,这个文本几乎包含了张承志后来文学创作所有的心灵密码:关于80年代的日本体验,对四年牧民生活的回忆,早年红卫兵情结和重走长征,西海固贫瘠、坚

---

[1] 张承志:《音乐履历》,《思想·下》,第62页。

韧的生存，甚至自己早年的记忆和母族书写。1990年的《心灵史》以及2012年改订本里的所有意义系统，几乎都可以在《金牧场》中找到某种草蛇灰线式的伏笔。毫无疑问，《金牧场》包含了张承志浓郁的冈林情结，在这个文本中张承志对自己的艺术偶像作了一次毫无保留的礼赞。受结构主义叙事的影响，小说采用了多线并举的复调叙事，讲述了红卫兵重走长征路、知青与蒙古牧民重返家园的大迁徙、国外求学的经历和异国体验等几条线索。在这部小说中，小林一雄是一个没有出场的主角，在主人公压抑、艰难、饱含屈辱的日本体验中，小林一雄是"我"的精神力量，激励着"我"奋勇向前。对照张承志的其他自述和访谈文字，可以发现，《金牧场》中的日本体验基本上是作家80年代初期日本之行的遭遇和情绪的真实表达。在小说中，小林一雄是"我"的"精神之父"，指引着"我"从被歧视和压抑的境遇中走出，夏目真弓和平田英男则是这种人格力量的现实力量，关心着我的事业与成长。这种叙事格局所隐喻和对应的恰恰是现实世界中冈林信康和张承志的真实关系：冈林是张承志艺术上飞跃的重要导师，与冈林的密切交往和对冈林音乐美学的深度研究，使张承志完成了现代主义的转向。可以说，《金牧场》将这种人格力量隐居幕后，虚化了冈林与张承志之间的这种兄弟般的现实关系，以此表达张承志对这位精神之父的感激之情。

值得注意的是，《金牧场》出版五年后，张承志萌生了重写的想法，认为这是一部被他自己写坏的作品，经过大量删减后的《金牧场》改名为《金草地》。从《金牧场》到《金草地》，删改了留日和插队场景，保留了红卫兵重走长征路和考察大西北的叙述。许子东细致比较了小说的日本叙事删改情况，指出《金草地》删去了原作中的现代都市氛围的压迫和平田英男与夏目真弓两部分,保留了日本"全共斗"运动和歌手小林一雄的歌词。[1]关于小林一雄这部分,《金草地》删去了"我"对小林一雄的迷恋和大量抒情、议论文字,"一个没有出场的声音和歌声,以及那些歌词被保留。"[2]

在这取与舍之间,我们一方面可以看到张承志对冈林信康歌曲的喜爱,宁可删去那些故事性的情节和正面的日本人形象,也要保留住《朋友呵》《向自由的长旅》《载春雪海》等歌词,并用歌词对应着小说对日本"全共斗"左翼学生运动的叙述;另一方面,从删去大量抒情和迷恋小林一雄的行为中,我们看到张承志20世纪80年代前期那种情感的浓度和热度降了下来,趋于冷静和理性。其中的原因不难理解:1990年夏张承志写完《心灵史》,全身心投入对哲合忍耶的信仰之中。1990年11月开始,他以"浪人"身份浪迹在日本、加拿大等地,不愉快的漂泊经历使他中断了移民加拿大的念头,最终于1993年下半年回国。在归国前后的这三四年,除了完成《心灵史》,他还校译并出版了宗教史典籍《热什哈尔》,撰写了日文著作《从回教看中国》《红卫兵的时代》《殉教的中国伊斯兰》,发表了《离别西海固》《以笔为旗》《清洁的精神》《无援的思想》等极具思想棱角的散文随笔。可以看出,90年代以来的张承志已不再是《黑骏马》时代的那个草原抒情王子,也不是《绝望的前卫》《金牧场》时期疯狂迷恋现代艺术的"冈林迷",伊斯兰文化和回教哲合忍耶正以强大的魅力召唤着他,张承志对冈林信康、鲍勃·迪伦、梵高的兴趣逐渐"移情"到新的信仰中去了。因而,改写《金

---

[1] 许子东:《重读"文革"》,人民文学出版社,2011年,第254页。
[2] 张承志:《思想重复的含义(代自序)》,《金草地》,北岳文艺出版社,2001年,第2—3页。

牧场》时张承志放弃了那些"空议论""理想主义的设计"[1]以及那些太过于感性的偶像迷恋和缠绵的心路历程。由此也可以看出张承志在接受和转化冈林信康这一域外资源时的阶段性特征。

冈林信康作为一种养分与资源影响张承志，不仅体现为小说人物形象的塑造、借用歌词烘托情绪推动情节、作家对这种资源的叙事强度与情感强度的调整，还体现为经由这种音乐体验形成作家的诗性叙事。"张承志始终不忘把他那经常性的而且有其独特性的音乐体验与音乐感受，安排在诗性叙述中，构成'叙述体诗'的中心形象或'迷狂的歌王'的形象。在《金牧场》中，则达到一个极致。其音乐经验，主要来自于对日本音乐的理解，作品关于日本的部分，始终在关于日本的历史考古和音乐考证中展开，主人公在日本的生活体验，几乎全部都是关于音乐的体验和解说。"[2]也就是说，张承志的小说，甚至散文，都有极强的抒情性、诗意化，有时如草原劲风，有时像流水清波，有时像暴风骤雨，这种节奏和旋律跟张承志的音乐体验有很大关系。在《美文的沙漠》一文中，张承志探讨了美文、语言和音乐之间的内在关联：

> 叙述语言联通整篇小说的发想、结构，应该是一个美的叙述。小说应当是一首音乐，小说应当是一幅画，小说应当是一首诗。而全部感受、目的、结构、音乐和图画，全部诗都要倚仗语言的叙

---

[1] 张承志：《十遍重写金牧场》，《思想·下》，第215页。
[2] 李咏吟：《通往本文解释学：以张承志的创作为中心的思想考察》，广西师范大学出版社，2006年，第166—167页。

述来表达和表现,所以,小说首先应当是一篇真正的美文。[1]

在这里,张承志确认了美文需要有好的语言,而好的语言离不开诗性和音乐性这样一个逻辑。对于自己具有诗性的语言和流动着音乐感的文学,张承志也坦言其与音乐的养分是分不开的:"我不仅珍惜,也意识到这是自己经历的一部分。以他为入口,我接触了'现代形式'。这种学习,催我总是在一个念头上捉摸不完:究竟什么才是歌。不用说,这对一个作家不是小事。流水般的悦耳音声流入心里,人的内里就不易僵老枯硬。音乐的水,直接滋养着我的文字。几条小溪分别浇注,我便活在一种交响和重奏之中。"[2]由此可见音乐的滋养使他的内心蓄满诗情画意,文字也因此而摇曳多姿。张承志在20世纪80年代一度迷恋鲍勃·迪伦、冈林信康这些现代音乐,并对这些音乐进行深度思考,找寻其与文学的关联,自觉将这种音乐养分转化为文学的质地。这里的"他"是指冈林信康,冈林信康作为一种域外资源形成了张承志独特的音乐体验,这种体验又转化为了他的诗性。

三 "前卫"的局限与对激情的校正

张承志曾说,他是一个两到三年就要寻求创新的作家。美学观念上的这种反风格化和追求多变意味着某种艺术养分和异域资源可能都会成为张承志创作之路上的"过客"。冈林信康作为张承志迷恋的

---

[1] 张承志:《美文的沙漠》,《思想·上》,第27页。
[2] 张承志:《敬重与惜别——致日本》,第186页。

艺术巨星和可以信赖的兄长,在20世纪80年代至90年代后期一直如此。不过到了世纪之交,张承志的音乐之旅经历蒙古古歌、冈林信康、伊斯兰音乐后,开始转向"西语歌曲"。2015年他这样描述这种喜新厌旧:"既然我无法潜入中亚(波斯—印度)音乐渊薮里涌出的那些令人痴醉宛如中毒的迷人歌曲,既然我又想快快挣脱'东亚'类型民族的音乐局限,不消说既然我还打算俯瞰和嘲笑四周的靡靡之音——投向西语歌曲,那就是必然的事了。"[1]

张承志这种转向是相当自觉的。其原因,一方面在于张承志90年代后期以来的"行走"体验极大拓展了作家的视域,更新了美学观点。世纪之交,张承志开始频繁游走,探访云南、新疆、蒙古、黑龙江,以及江西、甘肃、四川等各地的名胜古迹,了解各地宗教、交通和文明形态。同时,他将这种行走延伸到国外——西班牙(1999、2003、2008)、秘鲁和墨西哥(2006),深入这些国家了解其人文地理、文化传播。客观来看,这种行走不是简单的游玩,而是专业的文化考古和历史勘察,经由这些地理感觉和行走考察形成了大量随笔散文和学术散文。毫无疑问,突破亚洲的地理局限,在西方的"行走"更新了张承志的艺术感觉。他曾这样描述与西语歌曲相逢的那种激动:"那是一种音质清脆的语言。那是一种暗含魅力的复句。那是一种烙着阿拉伯的烙印又在印第安—拉丁美洲再生的艺术载体。也几乎就在第一次,我在刚刚听到一首的时候就被掳掠……它们给人的,还不仅是赏心悦耳的听觉。那不容否定的底层意味,那艺术化了的痛苦欢乐,都驾着

---

[1] 张承志:《歌手和游击队员一样》,《越过死海:2011—2015》,第103页。

响亮的音节,如又一次的振聋发聩,带给我久违的激动。"[1]

另一方面,东亚类型民族的"音乐局限"也是促使张承志与冈林信康分道扬镳的重要原因。那么,这里的"音乐局限"是什么意思？从1983年开始,冈林信康的音乐旅程经历了数度转变,从早期的folk song、摇滚、电吉他加大音响,再到日本传统演歌,直至"嗯呀咚咚"的日本号子,张承志都曾密切跟踪和聆听。在这样一个风格演变中,张承志并不认同冈林信康使用最传统的日本民谣号子作旋律和节奏的基调,这种过多诉诸民族标签的音乐类型显示了"一种东亚民族的底气不足",在世界性的消费主义大潮中,亚洲的音乐显得"犹豫和胆怯"[2]。因而他建议冈林采用"无拳套的演出"(Bare knuckle revue),即放弃一切音响和工业化手段,回归真腔实歌的原初音乐。再者,冈林信康试图以自己的音乐"代言亚洲"的取向显然让张承志极为不满。"1992年底,我回国前不想再见到他,我感到在日本所谓'亚洲人'是什么味道,既不愿失去这个立场也不愿向他表露这个立场,因为我对大举向亚洲发动经济侵略的日本充满敌意。作为一个作家,我警惕着可能同样大举前来的文化侵略——我非常担心自己会在我的战场上发现他的影子。"[3]民族立场和正义的价值标准使张承志面对昔日的"道之兄长"采取了"疏远"的态度,而今后是否还会钟情这个歌手,则取决于冈林信康对中国的作为。

如果说在1980—1990年代,张承志对于冈林信康是自觉接受和

---

[1] 张承志:《歌手和游击队员一样》,《越过死海:2011—2015》,第103—104页。
[2] 同上,第102页。
[3] 张承志:《艺术即规避》,《思想·上》,第224页。

宽容看待的话，那么，到了2008年以后的文字中，张承志对冈林显然多了一些质疑和批评。在《绝望的前卫》(1986)、《艺术即规避》(1991)和《音乐履历》(1998)中，张承志对于冈林拒唱反战歌、回避政治的行为进行了辩护。但《解说·信康》(2008)和《歌手和游击队员一样》(2015)等随笔，表明了作别冈林的心态，并对冈林的局限进行了犀利批判。在张承志看来，冈林身上最大的局限在于，"由于对政治的怀疑、躲避和恐惧，他习惯了远避大是大非的姿态，使得冈林信康难以再进一步。"[1]他认为艺术家可以在消费社会和政治大潮中，采取拒绝和嘲讽的立场。但是，"当世界陷于不公平和屠戮的惨剧时，艺术家更要紧的责任，是率领文化的抵抗。""因为比起《山谷布鲁斯》的时代，今天的世上更在横行不义。艺术的目标，并非仅为艺术家的存活。"[2]《山谷布鲁斯》是冈林信康1960年代在山谷时代创作的一首音乐，在山谷时代冈林形成了自己的底层立场和反贫困意识。张承志其实想指出的是，对于艺术家而言，艺术的政治化并不都是危险的，当社会陷入苦难，当世界被不义笼罩，艺术家不应该无视大义，而应该发出振聋发聩的声音。

在这里，张承志提供了他在评价和接受异域资源时的一种价值立场。他认识到冈林性格上的软弱和对艺术自律的维护，对冈林远离政治的选择给予理解，但理解并不意味着他赞同这种艺术观，所以他重申了艺术家在不义和混乱时代所应肩负的"文化抵抗"的使命。而这种评判所体现出的恰恰是张承志1990年中期以后逐渐清晰并捍卫至

---

[1] 张承志：《敬重与惜别——致日本》，第199页。
[2] 同上，第196页。

今的精神姿态,那就是:不愿无视文化的低潮与堕落,宁可做一个流行时代的异端,也要以笔为旗,捍卫个体的信仰和文学的使命。"哪怕他们炮制一亿种文学,我也只相信这种文学的意味。这种文学并不叫什么纯文学或严肃文学或精英现代派,也不叫阳春白雪。它具有的不是消遣性、玩性、审美性或艺术性——它具有的,是信仰。"[1]。这种文学观体现在张承志对冈林信康的接受中。他对这个偶像有过激赏和沉醉,有过迷恋和效仿,为其开脱、辩解过,直言建议过,直至近年以警惕和质疑的目光进行审视。当冈林信康是一个不卷入政治、纯粹的艺术家时,张承志热烈地拥戴和追随,一度过从甚密;当冈林试图代表亚洲文化,构成某种文化侵略时,张则视他为敌人。敌与友,一己之爱与民族大义,孰轻孰重,张承志显示出了一种冷静、理性的精神立场。张承志一生对冈林信康这个偶像和朋友充满深情,年近古稀之年的他修正了自己三四十岁时的看法,毫不留情地直指偶像的软肋与局限,并与之分道扬镳。

接受冈林信康过程中的这种审慎、辩证昭示了张承志对于这一话题的珍视与内心的复杂。张承志一直视冈林信康为个人的隐秘话题,总想当作私事或私藏秘而不宣,每每写下一些关于冈林的文字后,又会提醒自己以后绝笔不再写,然而由于这份精神履历太过重要,牵涉到太多话题,因而常常会不自觉地触及并认真检省。冈林信康是日本文化的一部分,在张承志这里,言说冈林信康是追溯自己精神和艺术渊源的必要切口,也是理解日本和日本文化的一个重要窗口——"我通过他检讨了自己的立场,也用他的歌确认了美感。还有,他是一个

---

[1] 张承志:《清洁的精神》(修订本),安徽文艺出版社,1996年,第240—241页。

让我理解日本的窗口。"[1]张承志是一个具有日本情结的作家,在对日本左翼运动、日本文化进行学术清理,并对其正义性内容进行辩护时,招致了很多骂名和误解。暂且撇开这点不论,值得我们追问的是,张承志在解读、评价包括冈林信康在内的日本艺术家(包括作家)时所持守的立场,在冈林信康叙述上的价值系统与其日本总体叙述上的认知结构是怎样一种关联,这些问题无疑有助于我们理解他对冈林信康的美学接受和激情校正。

客观地说,张承志的日本叙述丰富了现代以来中国知识界的日本书写。张承志认为,由于漫长的军事失败史和强烈的民族屈辱感,导致我们对日本理解的不足,这种心态和疏离策略导致了知识界在日本叙述上的难处。"浏览着甲午之后的日本谭,虽然新书总在推动旧版,绵绵的游记评论,各有妙处长所,但毕竟大同小异——不仅周作人徐志摩抠抠琐琐,即便鲁迅更语出暧昧欲言又止。时而我们能从鲁迅涉及日本的文字中,读出一种掩饰混杂的微妙。"[2]正是这种"滞涩"的日本书写,带来了近代以来知识分子情感和价值上的暧昧与游移,"它捆绑着沉重的是非,牵扯着历史的道德。它表达敬重时,它选择惜别时,那内藏的严肃与真挚,并非话语所能表示。"[3]正是由于这种稀疏匮乏且含混不清的日本书写,使张承志多次造访日本,基于自己的留日体验、与很多日本朋友交往的感受,以考据式学术方式仔细爬梳日

---

[1] 张承志:《敬重与惜别——致日本》,第186页。
[2] 同上,第288页。
[3] 同上,第286页。

本的艺术、军事、外交、政治,形成了《敬重与惜别》和《红叶作纸》[1]两本有关日本的专著,前者甚至被日本学者认为是"谈论日本的独一无二的巨作"[2]。在叙述日本的过程中,张承志尽量抛开历史宿怨形成的敌视情感和偏激立场,客观冷静地走进日本历史和文化的深层,理性区分日本的文化、经济振兴、民主进程与日本的殖民扩张、野蛮罪性,辩证看待日本的勤勉精进与军国野心、施暴者与受害者身份,这种视角体现在《长崎笔记》《亚细亚的"主义"》《赤军的女儿》等政治性散文随笔中和《解说·信康》《文学的"惜别"》等论文谈艺的篇章之中。

在《文学的"惜别"》中,张承志细述了对日本作家太宰治、佐藤春夫始于激赏,终于愤慨并冷静"惜别"的阅读旅程。比如张承志对佐藤春夫的激赏,始于后者对石原慎太郎恶质文字的挞伐,但这种喜爱和敬重并没有能维持多久,在阅读佐藤散文集《支那杂记》中的《卢沟桥》一文时,由于佐藤春夫对日本战绩的赏玩式口吻,"这一篇像一头冰水,浇得我身心寒冷",继而表示,"即便不识字的村夫农妇也懂得:杀伐他人、自视霸主,都与古代的精神相悖。何况事情并非止于古典,粗糙苟活的国民也有权说:如此墨迹,伤害了文学的尊严。"[3]从这种"失败的阅读体验"中,张承志获得的不仅仅是对这些日本作家的疏离,而且更是一种立场的重申,那就是文学应坚持最基本的道义,作家应该学会自律和对他者的敬重。

---

[1]《红叶作纸》(浙江人民出版社,2016年)是张承志第二部关于日本的专论,该书的部分内容曾刊发在《天涯》杂志的"红叶作纸"上。据笔者了解,该书由于出版方和合作方在某些问题上出现分歧,实际上还未真正面世。

[2] 河村昌子:《张承志的日本论:以〈敬重与惜别〉为题材》(「張承志の日本論:〈敬重与惜别-致日本〉を題材に」),载《国府台经济研究》(「国府台経済研究」)2013年第3期。

[3] 张承志:《敬重与惜别——致日本》,第225—226页。

再回到与冈林信康的关系上,从与冈林的甜蜜之旅到最后的分道扬镳,同样体现了张承志这种重视文学的民族情感和人道大义的立场。总体来看,对冈林信康的接受旅程体现了张承志对前卫艺术和现代资源的热情汲取,同时他秉持民族视野和道义立场,对这种艺术资源进行消化和吸收。张承志敬重冈林的自由人格与现代艺术,又清醒地看到他的性格弱点和局限,更警惕于他在政治立场上的歧途,以及他在不义世界中持守的艺术无为观。当冈林信康的艺术有可能带来佐藤春夫那样的"不义叙述"时,张承志不能容忍文学的尊严被辱没,民族情感被伤害,果断与之诀别。由此可见,在张承志的文学历程中,他与冈林信康经历了由亲近到疏远、由偶像到陌路的曲折心路历程,这样一个过程昭示了作家三十余年来在文学观念、音乐美学以及精神立场上所发生的重要嬗变,而对待日本音乐资源所体现出来的这种审慎、理性和民族大义,几乎也成为他对待其他域外资源的视角与立场。

《尹薇薇》改写事件与王蒙早期文艺思想及其变迁

一、曲折的《尹薇薇》：从"未刊稿"到"冰熊奖"

在王蒙的写作历程中，存在着"旧稿重刊"的现象，即由于特定时代语境的原因，一些未能刊发的旧稿，在新的语境下，得以重见天日。这些作品中，有的是新旧两稿未曾作大的变动，经过历史动荡，得以保存并原貌发表。比如写于1963年夏的《〈雪〉的联想》，王蒙于1964年将它寄给《甘肃文艺》，未果。1979年他接到《甘肃文艺》编辑部的来信,被告知该作即将在该刊发表[1]。另一类"未刊稿",在新的语境下经过二次加工,而后得以重新发表,这类作品有《等待》《这边风景》《尹薇薇》等。比如《等待》是写于20世纪60年代的一部短篇小说,用非常抒情的手法描写柏拉图式的爱恋。80年代,王蒙旧作新写,"一去不复返的昨日与尚未适应的今天混在一起写",形成了新时期的作品《初春回旋曲》[2]。《这边风景》作为王蒙写作生涯的"中段"[3],1978年完稿,由于种种原因未能及时出版,尘封近四十载后,经过王蒙修改,得以于2013年出版。

重新发表的"未刊稿",还包括《尹薇薇》这部作品。《尹薇薇》写于1957年早春,患了感冒的王蒙,在病中写下了这篇小说。这篇小说围绕青年人革命意志消沉的主题,勾勒了"我"与日常生活中沉于世俗的尹薇薇的会面与所思。这部作品与此前明朗的《冬雨》、激愤的《组织部来了个年轻人》风格不同,调子上显得低沉。小说写完后,王蒙先后投给《北京日报》和《人民文学》,由于时代原因,作品未能刊发,在随后的运动中,《尹薇薇》成为批判王蒙的材料。对于这段经历,王蒙在自传里这样记述:

> 这篇东西写得浅,有点幼稚。最初,我给了《北京日报》副刊。后来责任编辑辛大明把清样退了回来,说是最后一分钟主编周游决定不用。稿子证明,责编遵命作了许多修改,如把尹薇薇有两个孩子改成了一个孩子——按,当时尚未实行一个孩子的计划生

---

[1] 王蒙:《王蒙文集:论文学与创作》(中),人民文学出版社,2020年,第19页。
[2] 王蒙:《初春回旋曲》,《人民文学》1989年第3期。
[3] 温奉桥主编:《文学的记忆:王蒙〈这边风景〉评论专辑》,花城出版社,2014年,第302页。

育政策。我把它转给了《人民文学》,《人民文学》的编辑把所有《北京日报》上改过的东西又都恢复成原状。[1]

1979年,"摘帽办公室"将旧稿《尹薇薇》还给了王蒙,80年代,王蒙找出了《尹薇薇》这篇旧稿,对它进行了加工和再创作,形成了新作《纸海钩沉——尹薇薇》(下文《尹薇薇》是指1957年的旧稿,"新版《尹薇薇》"指代80年代后期修改后发表的新作《纸海钩沉——尹薇薇》),后来在《十月》杂志上刊发。《十月》杂志1981年开始设立"十月文学奖",以此奖励在《十月》上发表的优秀的长篇、中篇和短篇小说,以及散文、诗歌和报告文学作品。80年代末期,意大利意伯纳公司、河南商丘低温设备厂与《十月》杂志联合举办"冰熊文学奖"——由于合作公司生产的"冰熊牌"系列冰柜驰名中外,该奖冠名"冰熊"。该次评奖是"十月文学奖"的第四届,以奖励1988—1990年之间发表在《十月》上的优秀篇什。王蒙的《纸海钩沉——尹薇薇》成为获得"冰熊奖"短篇小说奖的五部作品之一。

责编过王蒙《纸海钩沉——尹薇薇》的《十月》资深编辑张守仁曾这样描述王蒙的创作主题:"1957年前,革命加青春;1977年后,八千里行程,三十年风云。"[2]这种概括基本准确。王蒙在1958年之前的几部重要作品,主题都以"革命加青春"作为主线,《青春万岁》《组织部来了个年轻人》《尹薇薇》莫不如此。尽管旧稿《尹薇薇》我们已无法看到完整原文,但在新版的《纸海钩沉——尹薇薇》中仍能大致看出其

---

[1] 王蒙:《半生多事》(《王蒙自传》第一部),花城出版社,2006年,第162页。
[2] 张守仁:《王蒙:文学是一种特殊的记忆方式》,《星火》2017年第3期。

详。"尹薇薇"的故事大致是关于革命者意志消沉的叙事,讲述了归来者"我"前来看望曾经的恋人尹薇薇,而后失望离开的故事。"我"与尹薇薇在 20 世纪 50 年代原是情谊甚笃的恋人,可是羞于表达,抗美援朝开始后,"我"和尹薇薇决定结束两个人的情谊,两人约定,不再通信,等五六年后两人成长了再合作搞创作。当"我"六年后如约回来并试图兑现当年的承诺时,悲哀地看到,尹薇薇已在琐碎的日常生活中蜕变了。更为悲哀的是,尹薇薇不允许保姆回家看望生病的儿子,责备自己的母亲等行为,体现了人道主义精神在她身上的某种退化。

如果仅从故事的内容来看,原版《尹薇薇》似乎并不是一个多么出彩的叙事,讲述了一对青年男女的久别相见和因理想志趣不同分道扬镳的故事,混杂着"组织部"里革命意志退却后赵慧文式(王蒙《组织部来了个年轻人》)的精神形态。可以想见,在满怀豪情建设社会主义的 20 世纪五六十年代,这样一个抒情性很强,但基调并不高昂向上的作品,显然在精神风格上略显消极,与时代精神明显相左,因而最后被两家刊物弃用,也在情理之中。问题的重点并不在于此,而是在于,这样一个并不复杂的鲁迅叙事的当代"重述",何以在新时期重新焕发光彩?也就是说,未刊稿《尹薇薇》时隔三十二年后,经过王蒙的重新讲述,为什么能够在文学黄金时期的 80 年代大放光彩,并跻身获奖小说的行列?这里固然有 80 年代的文学语境发生了巨大变化这一重要外围原因,宽松的文学环境使"尹薇薇"在 80 年代的"复活"成为可能。但仅有外部环境,如果没有"尹薇薇"在新时期的"易容"和"升级",这部旧小说,未必能够绽放光彩。而尹薇薇的"升级"依靠的是"重述"。重述,一方面是对尹薇薇和"我"所代表的知识分子的不同道路选择和精神状态的当代观察,另一方面也是对于文本所指涉的五六十年代历史的总体观察与省思。因而,王蒙在新时期对《尹薇薇》的重述,"也就包含有对一个时代的政治时尚和对一己的心路历程双重的反省意义"[1]。时代与自我的双重回溯及其所隐含的两个时代的"对话"构成了这个文本的特征。

除了在内容上提供了对大历史和知识分子精神史的反省可能,通过这种"重述",原先相对简单的故事形态,得以被扩充成了一个复调的文本。这种复调一方面体现为时间与视角上的复调。旧版《尹薇薇》的时间结构是在"六年后的今天"与"六年前的昨天"之间进行切换,用"今天"和"昨天"的时间轴再现"我"与尹薇薇各自的精神情态:六年后的"我"依然葆有知识分子的启蒙意志和人道主义情怀,试图兑现当年许下的一起创作的诺言;而尹薇薇已在生活里蜕变为一个沉于俗务、精神粗鄙的妇人。"重述"后的新版《尹薇薇》,除了原先的时间结构,还多了一个20世纪80年代的当下时间。当下时间代表着一种当下视角甚至当下立场。由于有了这个当下时间/视角,"我"与尹薇薇之间的一切都具有了一种历史性,尹薇薇的过往,尹薇薇走向庸俗,都成为个体或一代人的历史阶段,都成了一种历史诗情。

新版《尹薇薇》的魅力不仅仅来自于重述带来的反思性和复调属性,还来自于在重述《尹薇薇》的过程中使小说具有了"元小说"(metafiction)的现代性叙事智性。英国小说家兼批评家戴维·洛奇指出:"元小说是有关小说的小说:是关注小说的虚构身份及其创作过程的小说。"[2]如果说原来的《尹薇薇》是一个纯叙事性小说文本,那么,改

---

[1] 於可训:《王蒙传论》,武汉大学出版社,2009年,第399页。
[2] 王先霈、王又平主编:《文学理论批评术语汇释》,高等教育出版社,2006年,第798页。

写后的《尹薇薇》则以原来的小说文本作为核心要素,细致勾勒这个小说文本的历史遭遇与现实走向。也即,新版《尹薇薇》在讲述一部小说的诞生过程,呈现历史环境如何塑造一个小说在总体和细节上的生成,作者的真实心迹和改写动机、行为也在小说生成中得以书写。由此可以看出,《纸海钩沉——尹薇薇》既是关于人的精神史,更是关于一部小说的生成史。正如帕特里夏·沃所说,元小说关注小说自身的结构和小说的外部世界,这种呈现小说创造过程的写作行为,"潜藏着一种真诚的努力"[1]。可以说,新版《尹薇薇》借助于"元小说"的叙事手法,将原先的一个相对简单的记叙性文本,改写成了一个以"我"与尹薇薇相见的故事脉络为基础,融合进小说所处的 20 世纪五六十年代这一"外部世界",以及外部世界如何影响小说历史进程的"元小说"文本。小说在历史反思、呈现叙述人的写作心路和勾勒当代知识分子精神史这些方面得到了增强,也实现了叙事品格和艺术手法上的开拓,增强了小说的趣味性和可读性。

因而,《尹薇薇》从"未刊稿"到"金熊奖"的历程,呈现了王蒙个体写作史从 20 世纪 50 年代到 80 年代的自我调整与认知变迁,同时,也包含了社会史和文学史在三十余年演进中的诸多重要讯息。《尹薇薇》这一"出土文本",既复原了王蒙早期写作中的一块重要拼图,又连接着王蒙在新的历史时期价值视点和美学精神的变化。可以说,理解《尹薇薇》的写作史和修改史,对于理解 20 世纪 50 年代至 80 年代的王蒙具有重要意义。

---

[1] 王先霈、王又平主编:《文学理论批评术语汇释》,第 798 页。

二、《尹薇薇》的写作心境与"青春褪色"叙事

《尹薇薇》诞生于1957年早春,而此时正是《组织部来了个年轻人》引发巨大舆论风暴和王蒙倍感巨大压力之际,也正值王蒙与妻子崔瑞芳新婚不久的"蜜月期",同时他在写作上又处于一个渴望突破自我的焦虑期——这些社会和个体"事件"构成了王蒙写作《尹薇薇》的历史语境。因而,考察这些"事件"如何影响王蒙当时的写作心境,辨析这部作品的主题或叙事在王蒙写作谱系上的连续性或异质性,对于认识早期王蒙的思想及其艺术生成具有重要的意义。

长期以来,在王蒙研究过程中,存在着"头"和"尾"受重视程度高,而"中段"被忽视的情况。即《青春万岁》(1953)到《组织部来了个年轻人》(1956)的"头部",以及"新时期"之后的"尾部",被关注多,而"中段"的二十余年则是研究界的弱项。2013年《这边风景》出版后,王蒙称"在小说中找到了自己,就好比一条清蒸鱼找到了中段"[1]。其实,王蒙的"中段"不仅仅指写于20世纪70年代的《这边风景》,50年代中后期至"新时期"之间的作品还有不少:《冬雨》(1957)、《眼睛》(1962)、《夜雨》(1962)、《向春晖》(1978)、《队长、书记、野猫和半截筷子的故事》(1978)、《最宝贵的》(1978)。值得注意的是,处于"头部"和"中段"之间有两部作品,常常被忽略,即写于这一时期但未曾发表的"未刊稿"《等待》和《尹薇薇》。这两部作品的意义,王蒙

---

[1] 温奉桥主编:《文学的记忆:王蒙〈这边风景〉评论专辑》,第3页。

称为"一个时期的写作的结束"。它们既是《青春万岁》《组织部来了个年轻人》这些头部作品的延续和总结,也意味着一种新的写作断裂即将生成。由于此时动荡复杂的历史语境以及王蒙一波三折的人生命运,可以说,《尹薇薇》这样的"未刊稿"是王蒙在20世纪50年代中后期面对现实危机的一种艺术想象,隐含着王蒙的精神密码和心理真实。

可以把王蒙写作《尹薇薇》前后的重要事件按照时间顺序大致勾勒如下——

1956年4月,写作《组织部来了个年轻人》,《人民文学》9月号发表。

1956年10月写作《冬雨》。

1956年12月起至1957年3月前后,《文艺学习》等刊物掀起《组》大争鸣。

1957年1月28日,王蒙与崔瑞芳结婚。

1957年2月9日《文汇报》刊发李希凡批评《组》的长文,从政治上上纲。

1957年初春(大概二三月),病中写作《尹薇薇》。

1957年的五六月份,王蒙从"可能被重点保护"的行列变成了"不再保护"。

通过这样一个简单的梳理,可以大致看出,从1956年9月《组织部来了个年轻人》发表,至1958年5月"确定帽子",王蒙经历了该作品成功的大喜,也经历了人生的焦虑期和低谷期。关于《组织部来了个年轻人》的争鸣最初带给王蒙的是声名鹊起的兴奋和"得意洋洋"[1]。与此同时,他的长篇小说《青春万岁》修改稿在中青社通过三审,可谓一夜成名。但随后《组织部来了个年轻人》引发的批评性意见和负面的政治定性,给王蒙带来了心理上的重负,即使1957年1月28日大婚,仍然难抵这种山雨欲来的紧张。这时的王蒙深感处于歧途之中,看不清未来的路,被惶惶然所包围着,"我生活在一个路口,我不知道下一步会发生什么事情,我确实觉得,自己有些不对头,某些事情将要发生了。"[2]真正让王蒙感到紧张和惊慌失措的是李希凡1957年2月9日在《文汇报》上刊发的评论文章。这篇文章认为王蒙"醉心于夸大现实生活阴暗面的描写,以致形成了对于客观现实的歪曲",认为王蒙与林震一样,"是用小资产阶级的狂热的偏激和梦想,来建设社会主义和反对官僚主义"[3]。面对这样的上纲上线和政治定性,王蒙极为紧张,很快便给文艺界最高领导人周扬写信解释,"求见求谈求指示"[4]。结果是,周扬在面见王蒙时,转达了毛主席的"保护性批评"的意见,使得王蒙感到化险为夷。

1956年秋,王蒙被派到北京有线电厂任团委副书记。《组织部来了个年轻人》巨大轰动带来的成名的喜悦,尖锐的批评,新婚之喜与分别之苦,这些政治与生活的激流让二十二岁的王蒙感到不适,甚至被他视为当时的"精神危机":"说来惭愧,新婚乍别,我感到了一种酸楚。在班上缺少激情和投入,回家来孤孤单单,心神不定,心慌意乱,心浮

---

[1] 王蒙:《王蒙八十自述》,人民出版社,2017年,第29页。
[2] 王蒙:《半生多事》(《王蒙自传》第一部),第159页。
[3] 李希凡:《评〈组织部新来的青年人〉》,《文汇报》1957年2月9日,笔会版。
[4] 王蒙:《王蒙八十自述》,第30页。

气躁,我不知道这是一种什么躁郁综合症。是成了'名人'烧的? 是终于患上了文学原植物神经紊乱? 是新婚乍别症? 是小资产阶级脱离工农?"[1]这种精神的焦虑,使王蒙无法在新的工厂全身心投入,和环境也有隔膜之感。对现实和世俗生活的厌倦,转而使他在文学上渴望焕然一新。

正是在这样一个历史时段(1956—1957),他创作了《冬雨》和《尹薇薇》。《冬雨》的内容和手法并不复杂,源于王蒙坐电车时,看到两个小孩在车窗玻璃的雾气上画画儿,由这样一个场景而受到启发,进而形成了这篇具有散文诗风格的短篇小说。但《冬雨》写作时的心境,以及这部作品所透露出来的现实和理想的"不和谐"值得注意。王蒙曾这样描述《冬雨》的写作心境:"《冬雨》的写作,是缘自那天我的心情特别不好。为什么不好呢? 因为我1956年9月份发表了《组织部来了个年轻人》,后来就听说有人有这个意见,有那个意见。写《冬雨》是10月份时候的事儿。"[2]同时,也正是通过这种散发着淡淡哀愁的叙事作品,王蒙意识到自己的文学和现实之间的裂痕越来越大:"在我痴迷的文学与并非无视也并不对之特别糊涂的现实生活工作之间,有某种不和谐,不搭调,有某种分裂和平衡的难以保持。"[3]《尹薇薇》写于1957年初春,王蒙曾这样表述该作品的由来:

在《组织部新来的青年人》受到愈来愈多的指责的一九五七年的春天,一次病中,我收到了中国青年出版社寄赠给我的《鲁迅

---

[1] 王蒙:《半生多事》(《王蒙自传》第一部),第157页。
[2] 曹玉如编:《王蒙年谱》,中国海洋大学出版社,2003年,第20页。
[3] 王蒙:《半生多事》(《王蒙自传》第一部),第160页。

选集》,愈读愈觉得放不下。刚好心血来潮,便写了《尹薇薇》,写一个女大学生被生活所消磨,调子不太高,记得最后一句是尹薇薇呼唤"我"说:"风大了,竖起来你的大衣领子!"[1]

可以说,在理解20世纪50年代王蒙的文艺风貌及其早期文艺心理时,《尹薇薇》是相当重要,甚至不可或缺的一部作品。正是这部50年代中期辗转几处却未能发表的"未刊稿",包含了1956—1957年这一特定历史时期王蒙的诸多真实心迹及其文学投影。《尹薇薇》真实而典型地凝聚了处于这一复杂历史情境中王蒙的心灵危机及其美学表述。从艺术风格来看,格调低沉,小说结局和整体氛围略显灰暗的《尹薇薇》无疑属于王蒙早期(1952—1957)写作上的异类,在《礼貌的故事》(1952)、《青春万岁》(1953)、《友爱的故事》(1954)、《小豆儿》(1955)、《组织部来了个年轻人》(1956)、《尹薇薇》(1957)这样一个作品链上,《尹薇薇》显然不同于这一时期乐观、明快、昂扬的主导风格。这是一个王蒙自称为"嘲笑和恶毒渐渐取代了灵气和善意"的写作新阶段,区别于《青春万岁》那样"有些夸张,耽于幻想,磨磨唧唧,往往立论于太空,抒情于镜子之前,奇想于回忆与联想之中"[2]的前一阶段。

联系王蒙此前的写作,从《青春万岁》《组织部来了个年轻人》到《尹薇薇》,在类型上,都可以归为"青春叙事"。这些作品描写的主体内容大致都是关于青年或青年群体的青春岁月,青年与新的环境的融合情况,革命青春在现实中的激情退却等问题。王蒙曾这样描述这一

---

[1] 王蒙:《王蒙文集:论文学与创作》(下),人民文学出版社,2020年,第34页。
[2] 王蒙:《半生多事》(《王蒙自传》第一部),第162页。

时期的"青春"书写:"它(指《组织部来了个年轻人》,笔者注)也是青春小说,与《青春万岁》一脉相承。青春洋溢着欢唱和自信,也充斥着糊涂与苦恼。青春总是自以为是,有时候还咄咄逼人。青春投身政治,青春也燃烧情感。青春有斗争的勇气,青春也满是自卑和无奈。青春必然成长,成长又会面临失去青春的惆怅。"[1]

如果说《青春万岁》里吟咏的是"从来都兴高采烈,从来不淡漠"和"我们渴望生活,渴望在天上飞"[2]的燃烧而跃动的青春,那么《组织部来了个年轻人》和《尹薇薇》则聚焦了"困惑"与"褪色"的青春。王蒙一直不太认同《组织部来了个年轻人》的"反官僚主义"的社会性主题,将之视为一种追加的主题。在他看来,年轻人在变化环境中的"心灵的变化"[3]才是这篇小说要表述的重心。可以说,王蒙通过林震、赵慧文在"组织部"的经历与不同应对方式,呈现了年轻的革命者在新的环境中的成长危机。这种危机在林震这里主要是融入新的集体时个人伦理和群体伦理,知识分子的单纯、正义品性与官场生态的复杂性之间的冲突。而赵慧文的危机则表现为从激情的奋斗者到自甘沦为"抄抄写写"的敷衍者。赵慧文的失色的青春,在小说中是作为背景性叙事出现的。在时隔几个月后的《尹薇薇》中,王蒙将赵慧文式女性作为主人公,铺衍成了尹薇薇的故事,通过这两个女性由亮到暗的人生蜕变,试图总结出女性的这种日常化的悲剧——"从理想始,到尿布终,这就是生活在乌托邦中的那时的我为无数'女同志'概括的一个无

---

[1] 王蒙:《半生多事》(《王蒙自传》第一部),第142页。
[2] 王蒙:《蝴蝶为什么美丽:王蒙五十年创作精读》,郜元宝、王军君选编,复旦大学出版社,2007年,第32页。
[3] 王蒙:《冬雨·后记》,人民文学出版社,1980年,第321页。

喜无悲的公式。"[1]

青春,在王蒙的人生词典里从来不是一个普通的词汇,而是连接着雄强和阔达。青少年时期的王蒙第一次读《毛泽东的青年时代》以及其中的毛泽东诗词时,被深深震撼,感叹"青春原来可以这样强健"。他说:"在近十五岁的时候,在中央团校学习革命的理论的时候,在华北平原的良乡,在晴朗的秋天的夕阳照耀之下,在河边和河水的浸泡里,在毛泽东的事迹与诗词的启发引导之下,我开始找到了青春的感觉,秋天的感觉,生命的感觉,而且是类毛泽东的青年时代的感觉。辽阔,自由,鲜明,瑰丽,刚强,丰富,自信,奋斗,无限可能,无限希望,无限的前途:像风,像江水,像原野,像古老的城墙,像天降大任的期待,像革命的领导人的榜样。"[2]因而,王蒙理想中的青春样态,是由《青春万岁》中直率锋利的杨蔷云、沉稳韧性又能出生入死的郑波这些优秀青年所代表的。当然,单纯正义而又略显幼稚的林震也是王蒙极为珍视的一种青春形象。同时,王蒙也意识到青春时代可能会存在人的激情衰退问题。因而,从处女作《青春万岁》开始,到后来的《组织部来了个年轻人》《尹薇薇》《深的湖》《蝴蝶》《恋爱的季节》,王蒙都在或深或浅地思考着青春与人的"衰颓"问题。正是在这个意义上,王蒙将自己的小说写作的意义视为"克服着衰颓","克服着无动于衷与得过且过,克服着遗忘与淡漠,克服着乏味与创造力的缺失,一句话,小说想留下青春"[3]。

由此可以看出,《尹薇薇》是王蒙的另类青春叙事,即沿着《青春万

---

[1] 王蒙:《纸海钩沉——尹薇薇》,《十月》1989年第4期。
[2] 王蒙:《半生多事》(《王蒙自传》第一部),第83页。
[3] 同上,第143页。

岁》《组织部来了个年轻人》留下的关于青春衰颓和激情消退这一主题的草蛇灰线。《尹薇薇》浓墨重彩聚焦年轻人"灰色的青春",通过尹薇薇在现实生活中的理想、精神的蜕变,敏锐地指出在热情高涨的20世纪五六十年代青年群体尤其是青年女性所存在的青春褪色和革命意志消退的现实问题。《尹薇薇》写作于50年代,正式发表于80年代后期,从写作谱系的角度看,《尹薇薇》应该被视为王蒙的早期写作。但由于从"未刊稿"到"发表稿"的曲折过程,王蒙早期的这块重要拼图,至今并未受到应有的重视。可以说,相对于《青春万岁》和《组织部来了个年轻人》,《尹薇薇》是隐而不彰的赵慧文叙事的升级版。尹薇薇和赵慧文是同宗同脉的"文学姐妹",在主题上承续了王蒙此前写作中的青春主题和衰颓意象,进一步以冷峻的笔触呈现青年人的人生衰退的社会现象,有发人深省的社会意义。

那么,尹薇薇和赵慧文的青春褪色,激情退却,从"理想"的高端堕入到"尿布"的现实,是否一定值得批判?女性除了革命者身份,如果回归家庭的妻子、母亲和其他身份,并且在"庸俗"的日常中踏实生活,是否是一种非理性的选择?《尹薇薇》所引出的这些重要话题,值得探讨。有研究者指出,王蒙塑造的女性革命者常常包含着多重身份的冲突,即革命者与作为妻子和母亲的女性身份在现实中常常对立,在《青春万岁》中的黄丽程、《组织部来了个年轻人》中的赵慧文、《尹薇薇》中的尹薇薇、《这边风景》中的乌尔汗,以及2016年的中篇小说《女神》中的陈布文身上,她们"都未能逃脱家庭、母亲与妻子的性别角色为她们构筑的围城"[1]。对于尹薇薇从革命回归家庭,从理想走向庸俗的变

---

[1] 严家炎、温奉桥主编:《王蒙研究》(第四辑),中国海洋大学出版社,2018年,第169页。

化,1957年写作这篇小说时的王蒙,显然耿耿于怀,充满了冷嘲热讽甚至是莫大的悲愤。在三十二年后的改写中,他以回溯性视角这样自问:"我为什么要用一种暗淡的调子描写一个姑娘做了妻子,做了母亲,又做了母亲。我不喜欢孩子?我不喜欢青年人长大?青春,这究竟是一根怎样敏感的弦呢?"[1]可见,对于尹薇薇失色的青春,20世纪50年代的王蒙显然难以接受,在最初的这份未刊稿中以知识启蒙者的视角寄予了怜悯甚至嘲讽,而在80年代的重述中,王蒙对早年的这种情感和立场进行了一定程度的校正。

三、"鲁迅风"与"庸俗观"的认知变迁

《尹薇薇》在小说基调、人物塑造和主题表达上能明显看到鲁迅、法捷耶夫和契诃夫这些"影响源"。这些"影响源"如何影响并渗透进小说肌理,对于尹薇薇式的"庸俗生活",王蒙在20世纪50年代与80年代的不同时期分别提供了怎样的价值视点,是否发生了认知上的变迁,值得细致分析。

首先,《尹薇薇》在美学特征上有着浓郁的"鲁迅风"。略显低沉的叙述语调,消沉忧郁的人物形象和"问路者"的焦虑和茫然无措,显然与鲁迅1920年代的《在酒楼上》《孤独者》《伤逝》和《野草》如出一辙。这种相似并不是两个作家偶然的风格撞车,而是源于王蒙对鲁迅经年的学习与自觉的效仿。王蒙对于鲁迅的阅读始于童年和青少年时期。在这样一个"什么都读"的年龄,他阅读了鲁迅、冰心、巴金、老舍等中

---

[1] 王蒙:《纸海钩沉——尹薇薇》,《十月》1989年第4期。

国现代作家。王蒙曾说:"我从一开始就感到了鲁迅的深沉与重压,凝练与悲情。我知道读鲁迅不是一件好玩的事情。"[1]1952年前后,王蒙的阅读史里大致聚焦的除了"精当神奇"的老托尔斯泰、"大河滚滚"的陀思妥耶夫斯基、"描写准确"的巴尔扎克,还有他极为喜爱的"冷峻忧愤"的鲁迅、"忧郁"的契诃夫,以及"写出青年人灵魂"的法捷耶夫。他曾这样描述这一时期的阅读状态:

> 我一遍又一遍地读鲁迅,《伤逝》是一首长长的散文诗。《孤独者》与《在酒楼上》字字血泪。我尤其喜欢他的《野草》,喜欢《秋夜》《风筝》与《好的故事》,还有《雪》:"那孤独的雪,是雨的精魂……"
>
> 我同时愈来愈喜爱契诃夫,他的忧郁,他的深思,他的叹息,他的双眼里含着的泪,叫我神魂颠倒。
>
> 超越一切的是法捷耶夫的《青年近卫军》,他能写出一代社会主义工农国家的青年人的灵魂,绝不教条,绝不老套,绝不投合,然而它是最绚丽、最丰富,也最进步、最革命、最正确的。[2]

对比王蒙的这份"阅读自述"和《尹薇薇》的小说世界来看,我们看到二者之间的这种影响事实。在尹薇薇的人生蜕变中,我们看到了鲁迅的"忧愤"、契诃夫的"忧郁"和法捷耶夫的"革命"。1957年的初春,23岁的王蒙在尹薇薇这一艺术形象上寄予了革命青年激情退却、沉入

---

[1] 王蒙:《半生多事》(《王蒙自传》第一部),第49页。
[2] 王蒙:《王蒙八十自述》,第26—27页。

世俗生活的苍凉感。尹薇薇的问世,得益于王蒙对鲁迅的阅读。"病中我读鲁迅。我忽然想起亲友中的一些女性,她们原来也是地下党员,盟员,学生运动中叱咤风云的人物,这几年,大多结婚生子,暮气沉沉,小毛病也暴露了不少。"[1]在1981年的一篇文章中,王蒙说《尹薇薇》是自己在"有意学鲁迅",坦言"写这篇东西的时候我真想学鲁迅呀,用鲁迅式的凝重的语言"。[2]显然,王蒙并不讳言《尹薇薇》与鲁迅之间的这种影响事实。甚至在小说文本中,叙述人——实际上是王蒙本人,在逐段呈现残稿《尹薇薇》时,通过"点评"或"补叙"的方式交代这篇小说的历史命运过程中,仍不忘点明小说的词句来源于鲁迅的影响。比如《尹薇薇》开篇不久,小说这样叙述:"至于'惊喜无措'呀,'惶惑'呀这些词眼,似乎与鲁迅的作品有关。五十年代,中国青年出版社出版了四卷本的《鲁迅选集》,我来得及得到前两卷的馈赠。我一遍又一遍地读《呐喊》《彷徨》和《野草》,而我的大叫着'青春万岁'的心也时而变得沉重了。"[3]这种安置在小说文本中的关于小说风格来源的叙述,通过对小说内部品质的自我拆解和分析,成为了《尹薇薇》自我生成的动因,使小说具有"元小说"的特质。

《纸海钩沉——尹薇薇》不仅在语词上来源于"彷徨"时期的鲁迅,在小说的氛围、叙述的基调、故事的框架和结局等方面,都与《孤独者》《在酒楼上》有着或多或少的相似。尹薇薇生活在如火如荼的20世纪五六十年代,她也曾热情忘我地投身于社会主义建设的大潮。然而,现实消磨了尹薇薇如火的激情和如诗的理想,忙于世俗生活,而且她

---

[1] 王蒙:《半生多事》(《王蒙自传》第一部),第161页。
[2] 王蒙:《王蒙文集:论文学与创作》(下),第34页。
[3] 王蒙:《纸海钩沉——尹薇薇》,《十月》1989年第4期。

拒绝重拾六年前曾经许下的一起合作进行创作的约定。尹薇薇在精神上已经变得粗鄙,在庸俗的生活中苟且度日。从激情的革命遁入庸常的生活,从高蹈的理想追寻走向浑浑噩噩的现实,这是尹薇薇的人生历程和精神轨迹,王蒙对尹薇薇这样的精神走向委顿的时代青年是警惕的,这种委顿型青年并不是他的理想青年。鲁迅曾在20世纪20年代塑造过魏连殳、吕玮甫这样的意志消沉的时代青年。他一方面不同意青年作无谓的牺牲,提醒他们要"韧性地战斗",另一方面心痛并失望于他们在现实中的革命意志退却。在1926年的《一觉》中,他将"愤怒,而且终于粗暴了"的可爱青年视为他的赞赏对象,"是的,青年的魂灵屹立在我眼前,他们已经粗暴了,或者将要粗暴了,然而我爱这些流血和隐痛的魂灵,因为他使我觉得是在人间,是在人间活着。"[1]鲁迅的这种青年观非常切合20世纪50年代的王蒙。在热情高涨建设社会主义的现实情境里,王蒙发现生活中存在不少"从理想始,到尿布终"的时代青年。于是,他塑造了尹薇薇这一形象,通过这样一个精神衰变的革命女性——包括《组织部来了个年轻人》中理想退却的赵慧文和"就那么回事"的刘世吾,王蒙试图探讨的是,在社会主义建设年代如何永葆革命激情,如何在现实的消磨中保存理想和激情的问题。

《纸海钩沉——尹薇薇》,尤其是初版《尹薇薇》,显然包含了王蒙对尹薇薇的"庸俗"生活的批判,以及对革命生活、精神生活的竭力维护。在小说中,尹薇薇的"庸俗"实际上表现为这样两个方面,一是精神空间的粗鄙化。比如,尹薇薇变卖文学专业书籍买收音机,限制保

---

[1] 鲁迅:《一觉》,《鲁迅全集·2》,人民文学出版社,2005年,第228—229页。

姆回乡看望生病的儿子,因为生活琐事责备母亲——很显然,尹薇薇已经从曾经的文学青年和投身于革命事业的洪流中退场,在精神上远离了浪漫的诗情和待人接物上的温婉友好。面对这种"庸俗",小说中持守理想主义价值标尺的"我",试图唤回尹薇薇曾经的理想与激情,但遭到了尹薇薇的断然拒绝。五六年之间,由于走入家庭,尹薇薇已经走向并融入了世俗生活,精神上的追求已然暗淡。二是生活空间的物化。小说在写到屋子陈设时,用工笔详细介绍屋子里的各种器物,比如,"不新不旧的桌子、椅子、茶几、收音机、盆花、柜子和柜子上大大小小的许多包袱",墙壁上贴满了盖着图章的"从苏联画报上剪下来的画片"。这里的器物描摹,并没有张爱玲、沈从文笔下流露出的器物迷恋和艺术智性,而是充满了王蒙的讽刺和警惕,以至于小说中的"我"在临走时不忘嘲讽墙上的"小画片",活像一块块的"膏药"似的。

对于尹薇薇所代表的"庸俗人生",王蒙在小说中显然是持否定、鄙夷和批判立场的。之所以不屑于尹薇薇这种"庸俗"生活及其人生沉迷状态,一方面与王蒙作为革命者的经历有关。彼时的王蒙23岁,已在机关工作多年,亲历了新中国成立之前波诡云谲的时代巨变,同时作为建设者、组织者参与了新中国初期的社会主义建设事业,在新旧两个时代,年轻的王蒙看到的是破旧立新的时代大势与建设新时代的热情洋溢与豪情万丈。1956—1958年之间的王蒙,由于声名雀起以及"组织部风波"引发的巨大动荡,而在内心处于一种焦虑状态,渴望着写作上的"焕然一新",但对工厂生活、集体宿舍、大食堂和运转的机器,又非常隔膜,拒绝物质生活的同时,是对理想、精神的迷恋。他说:"我这时满脑子是文学、艺术、激情、理想、深思、忧郁、悲哀、追求、大地、天空、繁星、永恒、色彩与交响……不能容忍一分一厘的世俗、庸俗、流俗。"[1]可见,此时的王蒙心仪和向往的是火热、激情、战斗的人生。而尹薇薇的没有生气、缺少活力的生活显然与大时代理想的青年生活相距甚远。

另一方面,法捷耶夫、契诃夫等俄苏资源影响和左右了王蒙那时对于世俗生活的理解与评价。《尹薇薇》的初版和改写版里,法捷耶夫和他的《青年近卫军》多次出现,甚至作为小说的一个核心元素而存在。《青年近卫军》的人物相见场景设置、"这是哪一阵风吹来的"等句式、小说哀伤而悲情的情调,都可以在《尹薇薇》中找到回应。对于王蒙来讲,把法捷耶夫和《青年近卫军》征用并装置到自己的小说中,既是叙事技巧和情节安排的需要,更是革命精神和美学风标的自然流露。王蒙曾多次谈到俄苏资源尤其是法捷耶夫和其他作家对他写作的影响,认为"是法捷耶夫的《青年近卫军》帮助我去挖掘新生活带来的新的精神世界之美"[2]。法捷耶夫作为俄国浪漫一代革命作家的代表,其人其文成为王蒙的精神标杆,而法捷耶夫以及其笔下的苏尔迦、斯塔霍维奇无疑代表了一种热情的革命人生。由此也可以理解为何《尹薇薇》有那么多的《青年近卫军》的痕迹。《尹薇薇》实际上是以法捷耶夫式的革命、理想的人生作为参照,以此对照着呈现尹薇薇日益衰颓的革命意志。值得注意的是,改写版的《尹薇薇》中加进的关于《青年近卫军》中人物、情节、结局的分析,并非可有可无,正是这种对法捷耶夫元素的不断伸张,使小说的精神坐标更为明晰,尹薇薇的"庸俗"生活在法捷耶夫和《青年近卫军》的映照之下,境界大小立见分晓。

---

[1] 王蒙:《半生多事》(《王蒙自传》第一部),第157页。
[2] 王蒙:《王蒙文集:论文学与创作》(下),第339页。

除了法捷耶夫,契诃夫"反抗庸俗"的理念同样影响了《尹薇薇》的价值视点。在20世纪50年代,王蒙喜爱契诃夫到了"迷恋"的地步,契诃夫对庸俗的反抗自然影响了那时王蒙的文学实践。"我的对于契诃夫的迷恋也使我变得自恋和自闭起来,契诃夫的核心是对于庸俗的敏感、嘲笑与无可奈何的忧郁。一个人追求一个有醋栗树的院子,他得到了,他傻呵呵地怡然自得,他显得更加愚蠢乏味。一个女孩,过着好好的日子,迎接新婚,突然悟到了她的生活是多么庸俗和无聊,她抛弃了一切世俗的幸福,断然出走。看多了契诃夫的书,你不由得怀疑起那个叫做生活和日子的东西。"[1]"醋栗树"的故事是指契诃夫的短篇小说《醋栗》,这是契诃夫的一篇典型的剖析庸俗腐蚀人的灵魂的小说。除了《醋栗》,《姚尼奇》《胖子和瘦子》《文学教师》都是关于"庸俗"的小说。契诃夫对于庸俗几乎是毫不迟疑地不满、嘲弄和反抗。高尔基在回忆契诃夫的文章中甚至说,庸俗是他的敌人。其实,不光是契诃夫秉持了对庸俗、粗鄙、肮脏现实的批判和警惕,这几乎是有良好文化教养的俄罗斯作家的一个重要传统,有研究者将这种"反抗庸俗"视为一种"俄罗斯经验"[2]。对于浸淫俄苏文学甚深的王蒙来说,反抗庸俗的"俄罗斯经验"无疑对他的审美观和价值观形成了重要的影响。尹薇薇的家中"大大小小的包袱""盖有图章的画片""茶几、收音机、桌子、椅子、盆花、柜子"等日常器物,无疑是一个高度物化的世界,这种坛坛罐罐的"物"的世界与尹薇薇停止成长、放弃憧憬的精神世界,无疑是王蒙笔下那个"愚蠢乏味"的庸俗世界。因而,《尹薇薇》的写作意

---

[1] 王蒙:《半生多事》(《王蒙自传》第一部),第157页。
[2] 李建军:《俄罗斯经验:文化教养与反对庸俗》,《小说评论》2008年第4期。

旨是在反思尹薇薇的褪色人生，而尹薇薇式的由理想遁入庸俗的主题，又是从《青春万岁》中开始的"衰颓"主题、《组织部来了个年轻人》中的隐而不彰的赵慧文式的革命意志退却现象演变而来。可以说，由于《尹薇薇》在20世纪80年代后期的发表，王蒙早期写作的一块拼图得以复原。正是通过《尹薇薇》这块拼图，我们可以清晰地看出王蒙早期文艺思想中关于人的"衰颓"和走向"庸俗"现象由生成到饱满的文学演变史。

当然，不可忽略的是，《纸海钩沉——尹薇薇》是80年代对于50年代写作的一种"重述"，自然在理论上也包含了当下视角对历史视角的某种纠正或补充。事实上，在文本中，我们确实在"当下叙述"的部分，能够看出叙述人/作家对于原作的一种"再叙述"。小说中，《尹薇薇》的原作用较细的仿宋体标注，"当下叙述"用较黑的宋体标注，"当下叙述"不仅逐段解析写作来源、创作心境和小说所遭遇的发表困境，同时也有当下视角对于小说人物、风格、叙事的"点评"。比如，对于小说中的"我"，原作《尹薇薇》试图塑造的是一个一直保持着理想和热情的青年人形象，以他的视角见证尹薇薇的衰变，并对尹薇薇进行劝谏和嘲讽。叙述人"我"在重读这篇旧作时，对于原小说中的"我"感到不满，认为这个"多愁善感的酸溜溜的小子"是个缺少男子汉气概的鼻涕虫，"我"为他而感到"惭愧害羞"。再如，由于50年代王蒙对"物"的极度厌恶，对庸俗生活非常排拒，因而，对尹薇薇的书写用笔显得苛刻。对于尹薇薇在情感上的敌视，王蒙借助于"当下叙述"自我检讨到："食指指自己，介绍对象，我把我当时最不喜欢的一切举动都给了尹薇薇。那时候我一点也不懂得宽容,不懂得'理解比爱更高'。也不懂得国情。"[1]小说结尾,"我"在遥想尹薇薇的家庭和当下状态时,已没有了先前的批评和嘲讽,"我"从道德制高点上回到了一种平和与体谅的视角,在假想中给尹薇薇写的讣告里,将尹薇薇还原为一个"普通人",或者成为历史的"迷雾"。可见,王蒙在80年代对于尹薇薇的认知由原先的苛责和愤激,走向同情与宽容。

确实,在20世纪80年代王蒙对"庸俗"的认知发生了显著的变化。但这种变化并非在80年代后期改写《尹薇薇》时才出现,在80年代初期的小说创作中已见端倪。1981年王蒙在《人民文学》发表了短篇小说《深的湖》,这篇小说的主题是揭示父子"代沟"问题。大学生的"我"和画家父亲之间的代沟问题,主要集中在关于理想生活和庸俗生活的认知差异上。"我"在早年崇尚火热、有情调和美好的理想生活,而鄙视父亲所代表的琐碎、庸俗的世俗生活。但经过"油画事件"和"参观画展",透过《湖畔》油画的优美、猫头鹰雕刻的深邃与诗歌中的才情,父亲充满诗情、理想的精神内面逐渐向我打开。父子间的隔阂释除,不仅缘于"我"对父亲的才情及其曾经火热理想的震撼,更来自于"我"对父亲这代人始于浓烈的理想主义,历经时代沧桑和历史之苦,继而隐匿理想拥抱庸俗日常这条人生轨迹的理解。一直嘲笑、不屑于父亲的"我",经过70年代后期的诸多事件后,开始理解父亲,开始反思契诃夫式嘲讽庸俗的价值立场。这种调整也即是由先前崇尚理想、鄙夷日常和世俗,转向理解和肯定"庸俗"的世俗生活。小说中用"赏红叶"时能否"买黄花鱼"的讨论,来探析20世纪80年代的人们

---

[1] 王蒙:《纸海钩沉——尹薇薇》,《十月》1989年第4期。

如何安置理想和世俗的问题。小说借"我"之口这样说:"我已经不是两年前的我,五年前的我,以至一年前的我了。甚至于连契诃夫的那个夹鼻眼镜和他的(我想象的)温柔伟大的声音,也不那么吸引我了。如果把契诃夫调到我们这个省城来,除了叹息他又会做些什么呢?而把一切都看得那么庸俗本身,莫非也是一种庸俗么?"[1]这段话既可看出小说中80年代的"我"对契诃夫由迷恋到质疑,对庸俗生活由批判到宽容的调整,也显示了王蒙在新时期关于庸俗观的自觉调适。

到了1983年,王蒙在一篇文章中更为明确地谈到了自己由笃信"反抗庸俗"到"抱一种怀疑和分析的态度"的认知转变。他这样说:"我曾经是契诃夫的崇拜者,我也曾经迷恋'反庸俗'的主题。但是在实际生活里,我却发现,任何伟大辉煌浪漫的事情都包含着平凡、单调、琐碎乃至其他貌似庸俗的东西。爱情是充满诗意的,然而即使最最最充满诗意的爱情也只能是食人间烟火者的爱情,它无法排除生火、做饭、油烟、洗碗碟、打洗脚水和洗尿布,无法排除厨房、卧室和卫生间里的各种器皿,一句话,无法排除生活。"[2]六年后重写《尹薇薇》时,王蒙通过"当下视角"和"过去视角"、"1980年代的我"和"1950年代的我"的并置,以前者审视后者,对于20世纪五六十年代那种过于看重理想主义和革命激情,而鄙夷世俗和日常生活的价值视点进行矫正。王蒙并不否认崇高理想的重要性和积极意义,在认同的同时多了一些理性和警惕;同时,他也肯定世俗的合理性,宽容生活的"庸俗"——这是自80年代以来王蒙的思想脉络或认知视野里逐渐清晰

---

[1] 王蒙:《深的湖》,花城出版社,1982年,第245页。
[2] 王蒙:《王蒙文集:论文学与创作》(下),第79页。

的一极。90年代声援王朔引发巨大论争的名文《躲避崇高》里提出的"躲避伪崇高"的文化立场，未尝不是王蒙在80年代理性分析"庸俗—理想"问题上的自然延伸。由此可见，正是80年代后期这次对《尹薇薇》的重写，一方面重现了王蒙在50年代关于理想与庸俗的文学叙事，另一方面也使我们清晰地看到了王蒙自50年代至90年代，在庸俗、理想这些问题上的叙事流变和认知变迁。

结语　改写或重述的意义

改写与重述，是文学史上或作家写作实践中经常有的现象。很多的改写或重述现象，大抵会基于原来文本的要素、走向、框架等内容，根据现实表达所需，进行重新构思与艺术加工，使文本在新的叙事变形与艺术重构中呈现出新意。改写与重述后的文本在人物角色的主次、情节或意义的表述上，都发生了根本性的改变。类似的改写有鲁迅的"故事新编"、汪曾祺的"聊斋新义"，以及西西对传统"灰阑叙事"的重述等等。而王蒙对《尹薇薇》的旧作重述，提供了另一种不同范式，那就是文本的核心元素与主旨意义不变的情况下，通过元小说的叙事方式，把原先文本、叙述人对文本影响源和叙事心境的"拆解"，文本的发表历史，以及叙述人当下的品评糅合在一起，形成一个新的叙事文本。这种重述，不是颠覆原先文本的含义，而是在今昔时间轴上呈现一个文本的新旧文景，以及作家叙事美学、历史认知的变迁过程。

《尹薇薇》的价值和意义在于，它是王蒙继《青春万岁》《组织部来了个年轻人》之后的一部重要作品，在王蒙早期的写作历程里，从主题表达和人物谱系上都具有承前启后的连贯性。但是由于这篇小说在

20世纪五六十年代发表的"夭折"而成为"未刊稿",80年代后期王蒙"旧作重述"并顺利发表该作后,使得王蒙50年代的这部作品得以重见天日,从而复活了王蒙早期写作版图中散佚已久的一块重要"拼图"。王蒙曾说:"我们这代人年轻时候写了一些东西,后来政治运动越搞越紧,这些作品就无奈消失了。"[1]这些"消失了"的作品,其中就包括《这边风景》和《尹薇薇》等"重见天日"的作品。如果把《这边风景》视为王蒙的写作"中段"的话,那么,《尹薇薇》则属于他写作生涯的"头部"。王蒙曾将《尹薇薇》视为"一个时期的写作的结束",这个时期经历了从"有些夸张,耽于幻想"到"找不到感觉,江郎才尽"的变化。这里所谓的"一个时期"的结束,即是指50年代的《青春万岁》《组织部来了个年轻人》《小豆儿》《春节》这样的抒情、幻想、灵气的作品,也包括《冬雨》《尹薇薇》这样的沉郁、焦灼、激愤的作品。可以说,《尹薇薇》对于理解王蒙早期的写作有着其他作品不可替代的作用,这是王蒙50年代人生低谷期的艺术独白,既有对尹薇薇式庸俗生活的反抗和无奈,也有对自我高蹈理想的伸张。而在《尹薇薇》之后的《眼睛》(1962)、《冬雨》(1962)、《向春晖》(1978)等篇开启的截然不同的叙事风格,实际上形成了王蒙的"中段写作"时期。可以说,《尹薇薇》是王蒙写作的"头部"和"中段"之间的过渡之作,对于理解王蒙早期的文学流变和50年代后期的精神世界具有重要的意义,小说也呈现了王蒙写作的诸多"影响源"问题,它的一波三折的发表史本身包含了五六十年代的出版制度、文艺季风和社会风尚这些重要信息。

另一方面,王蒙在新时期的"旧作重述"显然是一次增殖性改写,

---

[1] 温奉桥主编:《文学的记忆:王蒙〈这边风景〉评论专辑》,第302页。

正如王蒙所说,短篇写作的要旨在于"翻"与"变",就是要"翻自己的案""善于翻旧变新"[1]。改写的《尹薇薇》由于把写作过程、发表遭遇以及作家自我的评价都揉进了小说中,而使小说具有了"元小说"品质,小说的趣味性和智性得到增强。同时,"当下"与"历史"、今天的"我"与原来的"我"这些双重视角使小说形成叙事的复调,现实与回忆,当下与历史之间既形成对话与互文,也形成校正和补充,大大拓展了小说的内在容量。可以说,《尹薇薇》是一部极具才情的短篇小说,同时,这部作品对于"庸俗"的辩证叙述,对于女性命运的关注,对于青春的叙述,既可在王蒙早期作品中找到源头,又能在后来的《深的湖》、《季节》系列、《女神》、《生死恋》等作品中看到新的表述。因而,《尹薇薇》既能清晰烛照出王蒙早期写作的诸多写作特色,又隐藏着王蒙后来写作的诸多轨迹,值得予以关注。

---

[1] 王蒙:《王蒙文集:论文学与创作》(上),人民文学出版社,2020年,第338—341页。

后记

  学术既需要不断前瞻性构思,所谓要有学术规划,也需要阶段性总结,这种阶段性反思对于青年学人的成长尤其不可或缺。通过回望自己某一阶段所走过的学术之路,去看看这一阶段的自己读了什么书,思考了什么问题,学术特点和亮点是什么,短板和不足是什么,然后再去针对性地调整和充实。比如,下一阶段是否需要在方法论和研究范式上进行新的拓展,是否需要在学术的辨识度上倾心倾力,项目式研究与自我学术兴趣两者是否得到兼容,这些问题都值得反思。

  这本书里收录的是 2017 年至今几年间的研究成果,这些成果大多先期在学术刊物上发表过,有的还产生过一定的学术影响。发表拙作的刊物有《文学评论》《文艺研究》《当代作家评论》《中国现代文学研究丛刊》《文艺争鸣》《社会科学》《文艺报》等,其中《张承志与冈林信康的文学关系考释》《中国现当代文学研究中的强行关联法指谬》《新世纪长篇小说空间叙事的旧制与新途》等文章被《新华文摘》或《人大复印资料中国现代当代文学研究》同时或分别转载,也获得了一些奖项或荣誉。我是 2011 年博士毕业,攻读博士期间以及博士毕业之后的几年里,我大多数精力都是围绕中国新时期小说中的历史叙事展开的,做了几个项目,形成了一些成果。由于众所周知的原因,我后来不得不放弃了原先研究及其相关延伸研究。近几年,我有意识地调整自己的研究方向,重新凝练和聚焦新的研究内容,比较关注的方向有新世纪小说研究、新世纪现实主义思潮、中国现当代文学批评方法、写作资源与当代作家的写作关系等方面。这本书收录的即是这几个方向的研究论文。从研究对象来看,本书所选择的作家、文本、思潮、现象几乎都是新世纪最近二十年的,因而,也可以说,这是一本关于"新世纪文学"的论稿,体现了我最近几年的阅读、思考和学术表达。这本小书里的大多数文章,我自己是满意的,因为这些文章融入了自己阐释的激情,是我自己感兴趣的话题,甚至,有几篇文章表达了我内心的桀骜不驯,抒发了我对"好学术"的毫无保留的赞赏和对"问题学术"毫不留情的挞伐。在学术文章越写越长、越写越绕、越写越反胃的当下,我总在不断提醒自己:千万不要让自己的学术肖像和学术口吻变成自己讨厌的那副德性。我在写文章时并不看重理论,也从不会为了刻意立新论立奇论而故作惊人之语,我看重的一是问题,二是立场。问题是学术研究的要旨和归宿,没有问题导向,所谓研究会丧失航向,会不知所云,会成为没有逻辑的梦呓。立场是指研究者的价值判断,是研究者通过扎实可靠的研究对研究对象进行的优劣甄别和价值估衡,价值立场上的中庸和骑墙是值得警惕的,妄图追求"去价值化"的学术研究,也是拙劣的。

新世纪至今已过去两个十年有余,过去的这二十多年,世界和中国无论是内部秩序还是外在形态都在经历着变动不居的历史变革。文学处于这样一个剧变的时代,既是时代的组成部分,也是时代的见证。米勒在上个世纪所说的"文学死了吗"的忧虑似乎并未成真,文学依然鲜活而多姿,只不过,文学就是文学,文学既不中心,也不边缘——对整个社会的大结构和大秩序而言,文学确实称不上有多少直接的生产力,因而,文学和文学研究确实是人们的"业余"生活和文人赖以为生的"手艺"而已;另一方面,文学似乎也不边缘,在人们的心目中,文学依然有光,依然能够带来美学享受和精神食粮,文学依然是文学知识分子们津津乐道甚至倚重的生存要地。新世纪二十多年的文学,是关于时代的见证,而我的跟踪、关注与解读,既是一个职业批评者的专业使命,也是一个知识分子理解和言说时代的方式。

书名《镜与针:新世纪文学论稿》借鉴了美国文学理论大师艾布拉姆斯的《镜与灯——浪漫主义文论及批评传统》。本书中的"镜"是指系列论文试图对新世纪文学的现状与真相进行忠实的勾勒与呈现,"针"是指以不虚美不隐恶的历史态度介入新世纪文学创作、批评和现场,针砭问题与局限。本书共分三辑,分别为"新世纪文学理论维度""新世纪文学典型现象"和"新世纪文学经典释读"。可以说,这本集子是我阐释新世纪的一段心迹,虽很用心和勤奋,但一定不免浅陋和问题,诚望读者诸君能够接纳并批评。

最后,小书能够成为"微光"的一员,多亏了金理兄的辛勤奔走和无私相助。金理兄的热情和无私,既体现了他在策划"微光"丛书中确立的"开放"和"谦逊"的态度,也体现了作为同辈人翘楚惯有的大度和友善风范。感谢金理兄！感谢上海文艺出版社！

2024 年 12 月 16 日

沈杏培　谨识

图书在版编目（ＣＩＰ）数据

镜与针：新世纪文学论稿 / 沈杏培著. -- 上海：上海文艺出版社，2025. -- （微光•青年批评家集丛）.
ISBN 978-7-5321-8580-1

Ⅰ. I206.7-53

中国国家版本馆CIP数据核字第2025VD8683号

策 划 人：金　理
责任编辑：胡艳秋
装帧设计：胡斌工作室

书　　名：镜与针：新世纪文学论稿
作　　者：沈杏培
出　　版：上海世纪出版集团　上海文艺出版社
地　　址：上海市闵行区号景路159弄A座2楼 201101
发　　行：上海文艺出版社发行中心
　　　　　上海市闵行区号景路159弄A座2楼206室 201101 www.ewen.co
印　　刷：崇明裕安印刷厂
开　　本：890×1240　1/32
印　　张：12.625
插　　页：3
字　　数：281,000
印　　次：2025年4月第1版　2025年4月第1次印刷
Ｉ Ｓ Ｂ Ｎ：978-7-5321-8580-1/I.6759
定　　价：69.00元
告 读 者：如发现本书有质量问题请与印刷厂质量科联系　T：021-59404766